被前任看见一个人吃火锅

胡柚 著
HU YOU WORKS

目录 catalogue

无论将来他是老了，
还是秃了，发福了，
还是有啤酒肚了，
她都会爱他，她永远爱他。

生活其实就是日复一日地重复，在重复里不停地做选择题。
说有趣也有趣，说无趣也无趣。
他能想象和她过这样的日子，
却无法想象和别人过这样的日子。

第一章

被前任看见一个人吃火锅

01 被前任看见一个人吃火锅

叶阳衡量一家火锅店好不好吃的标准，就是他家的酱料好不好吃。

她觉得蘸料是火锅的灵魂，所有不能自主调料的火锅店，叶阳绝不去第二次。

“鹿鸣宴”家的芝麻酱做得又绵又醇又香，香油蒜汁也好，两者一拌，再加点香菜、小葱，她干吃能吃半碗。

别人每次调一碗，她要调两碗；别人调两碗，她要调四碗。

叶阳左手端一碗，右手端一碗，顺着过道回自己的位置。

斜刺里瞧见店中又进来一对青年男女，她本来没在意，可很快意识到不对劲，目光重新转回去确认。

不过两秒钟，她认出来了，心中咯噔一下。

她赶紧收回目光，目不斜视地回到自己座位上。

她想象过与张虔偶遇的戏码。

在咖啡馆，在电影院，在图书馆，在话剧场，在公园……

在一切文艺得像电影情节的地方。

彼时他们都是成熟豁达的大人了，这样的偶遇着实不算什么。

他们先是惊讶，而后寒暄，互相恭维。倘若时间允许，会找个地方喝杯咖啡，聊聊当年和这些年；倘若时间不允许，他们就各奔东西，再也不见。

她会想到这样的重逢，因为张虔是本地人，自小在这儿长大，这城市属于他，巴掌大的地方，偶遇不是没可能。可她只愿无聊的时候想想，并不是真的要跟他重逢。

大学时的恋爱，无论是无疾而终还是有疾而终，只要终结了，成了回忆，它都是诗篇。时间越长，韵味越悠长。只是不能将它从回忆中拿出来暴晒，一晒就会变质。初恋分手，永不相见，其实是最好的结果。可世事总不尽如人意，你真正想在现实中碰到的人却碰不到，不想碰到的人，却偏偏碰到了。

碰到就碰到，倘若无法避免，叶阳也不会仓皇逃避，只是这次的场合实在太不讲究。她不要求在咖啡馆和图书馆这种自带柔光滤镜的地方碰到初恋男友，但怎么着也不该在火锅店这么接地气的地方，怎么着也不该让她在只有一个人的时候碰到他！

叶阳心乱如麻，慢慢坐下去。

直到服务员过来上菜，她才缓过来。

趁这工夫，她又瞄了一眼，希望自己看错了。可再一次确认，她没看错。

服务员上完菜后，脸上露出标准微笑："您的菜上齐了，请慢用。"

服务员走后，叶阳从包里翻出一顶帽子，带在头上，低头时看到自己上身的公司文化衫，"誓死效忠甲方大大"八个大字泼墨一般地印在上面。以前觉得这句话有种特别彪悍的服务精神，现在突然觉得上不了台面，她捏着帽檐使劲往下压，几乎都要遮住眼睛了。

番茄牛尾的汤底和麻辣汤底已经沸腾，香气溢出来，十分浓郁，可她一点食欲都没有，脑子却像受到了某种刺激，异常亢奋，回放似的翻出来许多旧画面。

他们在路灯下接吻。

他们在月光下的湖边接吻。

他们在宿舍楼前那条林荫道旁接吻。

他们总是在晚上接吻。

他说喜欢傍晚和夜晚，想起来像老电影的画面。

他很会吻，因为她不是他的第一个女朋友。不过他有种能力，叫她觉得她是他的初恋。

他说，高中谈过恋爱，牵过女孩子，也亲过女孩子，但都没这次强烈，不知道是当时年纪太小，还是怎么回事……

他说，你这人有时候诚恳，有时候让人觉得讳莫如深，叫人不知道你在想什么……

他说，看别人谈恋爱送花送戒指，心里鄙夷得不得了，觉得俗不可耐，现在突然也想送你……

都八年了，叶阳平时也不大想起这些事，原以为都忘了，没想到看到这个人，能想起这么多来。

叶阳在回忆中逐渐镇定下来。

她认得出张虔，张虔未必认得出她，就算认得出来，也未必会过来打招呼，毕竟当时不是和平分手。

她又拽了拽帽檐，把自己点的菜，哗啦啦下进锅中，然后拿出手机，开始找人。

倘若找到人陪吃，她就慢慢吃；倘若找不到，她就只能狼狈不堪地溜走了。

叶阳的朋友算不上多，也不算少，只是关系好到不怕丢人的，且在 B 市的，就只有周嘉鱼一个。而周嘉鱼还是今日的罪魁祸首，若非周嘉鱼加班延时，爽了她的约，她何至于这么狼狈。

叶阳翻了一圈通讯录，发现竟找不到一个合适的人帮她解围，忽然悲从中来。

她将手机放下，拿筷子拨了拨锅里的菜，看到桌角的二维码，拿起手机扫了，先把账结了。

刚扫完码，她正要输密码，一个低沉男声传到她耳朵中：“叶阳？”

叶阳的手顿住了，与此同时心中咯噔一下，暗叫不好。

她缓慢地把目光从手机屏幕移开，顺着声音去看站在过道上的张虔。

张虔微微皱着眉，似乎也不太确认到底是不是，见她抬头，眉头骤然松开，他确定了。

叶阳不动声色地摁灭手机，在惊讶和尴尬中起身。

惊讶是假的，尴尬是真的，不过幸好帽檐压得低，她觉得安全，但声音仍然有些涩：“张虔？”

张虔扫了一眼桌面，又去看她，声音带了若无其事的意味：“看着有点像，没想到真是，怎么一个人在这儿吃饭？”

张虔是 B 市人，身上有 B 市人那种养尊处优的劲儿，还有一口地道京腔。叶阳很喜欢他身上的这两种东西。那两样东西合起来能组成一种自信，说是文化自信也好，说是人格自信也好，总之是她没有的自信。而且她极其迷恋张虔的京腔，两人在一块时，只要张虔说话，她几乎从不打断他。

叶阳微笑道：“约了朋友，堵在路上了，就先点上了，你怎么也在这儿？”

张虔淡淡“嗯”了一声：“过来办点事，顺便吃个饭，怎么样？好久不见，你好吗？”

叶阳忍不住感叹，张虔比以前帅多了。以前是大男生式的阳光帅气，现在是成熟男人的深邃帅气。相比大男生，她更吃成熟男人这一口啊。

她微笑道：“挺好的，你呢？”

张虔又看了她一眼，这才点头，介绍道：“这是我女朋友，程柠。”他又对程柠道：“前女友，叶阳。”

程柠很惊讶，随之颔首示意：“真没想到能见面，幸会。”

叶阳顺着张虔的介绍去看站在他身旁的女人——纤细，白皙，端庄，像株亭亭玉立的植物，跟张虔天造地设地般配。

她就知道自己一定是张虔学生时代的猎奇，他骨子里喜欢的还是与他水平一样高的空谷幽兰。

她回以微笑：“幸会。”

汤底咕嘟嘟地在锅里翻腾，汤汁开始往外溅，张虔看了一眼，道：“那行，不耽误你了，我们过去了。”

叶阳点了点头。

他们走后，叶阳坐下来调低火候，拿出手机，开始给周嘉鱼发微信。

虽然她知道周嘉鱼来不了，但实在没办法了，几乎在咆哮怒吼：“碰到前任和他女朋友，还过来跟我打招呼，我一个人！我一个人！你知道多尴尬吗？我说你堵路上了，快给我滚过来，否则绝交。”

收到微信消息的周嘉鱼正在开会。

作为一个尽职尽责的乙方，她几乎二十四小时待命，手机随时响随时看，以防漏看任何一位甲方大大消息。收到叶阳的消息后，她立刻就笑了，打了一串“哈哈哈”过去：“哪个？”

叶阳吼道：“还有哪个？当然是大学那个。”

周嘉鱼又“哈哈哈哈”笑起来：“我说改天再吃，你非要一个人去吃，这下尴尬了吧？”

叶阳回了要哭不哭的表情：“你别那么多废话，快给我过来！”

周嘉鱼道：“我倒是想去！但我走不开，我在开会！！！”

叶阳的眼圈都红了，回复道：“我不管，这是你造的孽，你必须来！”

周嘉鱼“哈哈”起来：“行了，别哭了，我发微信给家安，叫他过去。”

任家安几乎每两分钟就会收到叶阳的问候，问他——“到了没”“到了没”“到了没”，催得任家安心焦。他看出来了，这姐妹现在十分不淡定。

叶阳当然不淡定，甚至相当难熬。她生怕张虔走了，任家安都没来，那她这个前女友在他眼里得多可怜啊，连个陪吃饭的人都没有，所以等任家安进来时，叶阳简直都要哭了，忍不住拥抱他：“亲人，你终于来了。”

任家安立刻乐了：“不就是前男友吗？至于吗？”

叶阳“嘘”了一声道：“你小声点。”

任家安四下望了望：“人呢？”

叶阳赶紧拍了他一下，叫他低调点：“又不是找你来打架，你管人在哪儿。”

任家安不干：“嘉鱼可是给了我任务，还叫我拍照，务必把两人都拍全了，这哪儿成啊？”

叶阳喊了服务员，又对任家安道：“你俩就饶了我吧。”

任家安的眼睛四处乱瞟：“让哥哥的火眼金睛瞧一瞧，哪对最有可能是。”

叶阳伸手又拍他：“大哥，大哥，今天我请，改明儿我再请你们夫妻，饶了我，饶了我。”

任家安这才放过她，坐了下来：“我已经认出来了，斜对面，衣冠楚楚，人模人样儿那个是吧？”

叶阳惊讶了。

任家安更惊讶了：“我就随口一说，真是啊？”

叶阳没吭声。

任家安以一种发现新大陆的惊奇目光打量她：“可以啊，我看了一圈，就他齐整，眼光不错。”

叶阳得承认，是不错。头次谈恋爱，瞎猫碰死耗子似的撞上了那么一个人，谈恋爱的时间不长，倒把她的胃口养刁了。跟张虔分手后，她有好长一段时间都没谈恋爱的兴致。

任家安从服务员手中接过笔，一边点菜，一边觑她：“你们怎么认识的？同学？”

叶阳摇摇头：“不是。”

不是同学，甚至不是校友，也没有共同好友，所以分的时候，能如此干净迅速。

她和张虔是在 Kelsey Coffee 认识的。那时候，她读大一，在店里做兼职。

张虔来店里买咖啡，排在她收银的队伍前，她一抬眼，就对这个人印象深刻了，因为帅。是她每天接待八百位顾客也能记住的帅，是她闲暇时会跟同事花痴的帅。

叶阳问他需要什么，他回答，一副流水似的嗓音。

她收了他的钱，是张崭新的百元人民币，干净得跟他的人似的。

她低头找钱时，他的目光便停在了她脸上。

既然他敢多看她，叶阳找钱给他时，也跟着多看了他一眼。

不过叶阳虽对他的帅有印象，却对他多看自己的那一眼没什么感觉。

她所在的这家 Kelsey Coffee 招聘员工，很看重颜值。店长说，他们这店不能说是 B 市颜值最高的店，起码也是区域颜值最高店。而她之所以在那么多学生中应聘成功，主要就得益于颜值和英语。虽不是艳光逼人的大美女，但长相干净可人，加上年轻，青春是逼人的，被顾客多看几眼是常有的事。

第二次看到张虔，是在一个多月之后。

他跟朋友一块来店里，仍排在她收银的队伍中。

后来，他的朋友先走了，他一个人在那儿坐着。

店里正放着一首英文老歌，他过来问歌名。

当时店里没其他点餐的客人，叶阳叫他稍等，跑过去问了主管，回来告诉他是 Dusty Springfield 的《I Only Want To Be With You》。

他没听清楚，皱眉问什么。

一皱眉，人就更帅了。

叶阳放慢语速重新说了一遍。

他一字一顿地重复道："I only want……want to……"

她道："I- only -want -to -be- with -you。"

他明白了，点点头。

叶阳原以为他要道谢，连微笑都备好了，他却道："我知道了，我回去考虑一下。"然后转身走了。

叶阳愣住了。

附近写字楼里的精英来店里买咖啡时，偶尔也会逗她们。不是那种猥琐的挑逗，而是一种顺势而为的俏皮话，常叫人会心一笑，但年纪比她们大得多，姿态也更像长辈，所以笑笑很快就会过去。张虔跟她年纪相当，而且帅气，她一下子就被撩到了，飘飘然了一整天。

02　是不是他甩你？

第三次再见，是大一漫长的暑假过后。

叶阳一眼就认出了他，他似乎也没忘记她，但似乎也没特别放在心上，只在她低头找钱时，平淡地问候了一句："你还在这儿啊。"声音很低，低到叶阳以为自己听错了，自然也没有回答他，仍旧在递钱给他的时候，冲他礼貌地笑。

等店里的客流量稍微小点，她可以歇一会儿了，就瞧见他一个人在窗边坐着。

秋日的阳光给他镀上一层淡金色，他整个人都熠熠生辉。

她这才有空回味他方才的问候，还挺心动的。

最初的心动并不需要感情，技巧就能达到，如同吊桥反应。她的经验也不多，再一次被撩到了，所以等张虔过来点餐台，借她手机打电话时，她虽犹豫，但还是把手机从围裙中掏出来给他了。

张虔离开没一会儿，叶阳收到了一条短信。

是他的自我介绍，包括姓名，学校和专业。

叶阳这才知道，他是B市电影学院的学生，学的是电影管理。

她恍然大悟。

怪不得她觉得不一样，原来是电影学院的人。

不过，她纳闷，电影学院非表演系的学生也长得这么帅吗？

当天晚上，张虔打电话过来，但叶阳没接着。

按理她该回过去，又觉得他们也不认识，他若有别的事，还会再打，就没回。

但他没再接着打。

后来某个她不去店里的中午，吃过午饭，正准备午休时，又收到了张虔的短信。

他来她们学校了，在明德湖。

但他没说是来找她的，也没说让她出来见面，只是简单地告诉她，他在她们学校。

叶阳有些不太确定，心突突跳了很久，也犹豫了很久。

犹豫不只因为他没明说见面的事，还因为她从张虔的穿着和教养上看出了他家境不错。

不一定是富二代，但肯定是家境殷实的当地人。

在咖啡馆时，她穿着员工整齐划一的工作服和绿围裙，又有店里的小资氛围烘托着，她不觉得自己跟他有差距，可离开了那地方，她不晓得那种差异会不会显示出来。尽管那时她在这座城市一年多了，成绩不比任何人差，甚至还算有姿色。可面对来自五湖四海的时髦同学，面对宿舍中家境殷实、光鲜亮丽的室友，她觉得自己是乡巴佬。

她一边犹豫，一边洗头换衣服，临了还戴了顶帽子。

可走到半路，终究害怕从他脸上看到失望的情绪，她又回去了。

回去后，想给他回条短信，说自己不在学校，可人家也没说等她，她这么回似乎显得自作多情，最终还是不了了之。

他那边也石沉大海了。

隔了一周，叶阳差不多都要把这个小艳遇忘了，又收到了他的短信。

他说他来她们学校了，这次明确说了，约她出来见面。

叶阳的心突突跳起来。

她想，她若不去，还能不能收到第三条？倘若他的耐心耗尽了，就此作罢，她会不会后悔今天没去？她觉得一定会后悔，所以咬着牙去了，反正见一见又没什么大不了。万一话不投机，一拍两散，她就不用后悔，也不用胡思乱想了。

虽然九月底，可天还热着，太阳大剌剌地挂着，晃得人无法直视。

下午一点多，正值午休，校园里乱逛的人不多，一切都懒洋洋的。

叶阳戴着一顶黑帽子，走在太阳底下。

明德湖四周种着垂柳，清早时候，常有学生在这里读书；晚间时候，常有人在湖边谈恋爱。一个湖，囊括了大学最美好的两个主题，恋爱与读书。

叶阳绕着湖走了半圈，在垂柳下看到了他。

他也戴了一顶帽子，抄着手靠在湖边的围栏上，等得有点意兴阑珊，好像下一刻就会拔脚离开。

叶阳站在不远处瞧他。

他的目光从前方扫过来，发现她后，换了方向，但没迎上来，而是跟着打量起她来。

叶阳想了想，走了过去。

她向张虔走过去时，已经什么都不想了，只是抱着见世面的心态去的。因为她生活中，还没有一个类似的人出现，她想认识这人。

张虔的黑眼睛在帽檐下一闪一闪的："你是故意的吧，非要一而再，再而三？"

叶阳抿嘴笑了一下，声音温柔："干什么？"

他的声音跟着温和下来，问："吃饭了吗？"

叶阳点了点头。

他道："我还没吃。"

叶阳下意识地往四处望了望，见四周没熟人，这才问："你不是电影学院的吗，怎么老来我们学校？"

他有点漫不经心："有个朋友在你们学校，我过来找他，他见色忘友，把我扔下了。"又看她，"怎么，我在这等了半个小时，你不请我吃饭？"

叶阳又下意识地看四周，这才道："食堂？"

张虔有点不悦："怎么，我不能见人吗？你这么怕被看见？"

叶阳怔了一下，忽然笑了，说"不是"。奇怪的是，她竟然不紧张了。

俩人一路不咸不淡地扯到食堂，食堂这点了，饭菜不多，她就要了两碗炸酱面。

叶阳很讨厌请人吃饭，也讨厌别人请她吃饭，除非双方非常熟络，因为餐桌上最能暴露人的教养。大家常说谁谁吃相太难看，其实就是教养不行的意思。她乐意在饭桌上观察别人的吃相，却不想叫人观察她。所以通常情况下，无论她请人，还是人请她，她都是吃两口意思一下就行。但张虔不拘谨，该怎么着就怎么着。后来，大约她看的时间太长，他再忽视她的目光，有点不礼貌，这才停下来下，问她为什么用那种眼神看他。

叶阳有点不大明白："什么眼神？"

他道："这人真怪的眼神。"

叶阳笑了，直言不讳道："是觉得你有点稀奇。"

他问："哪里稀奇？"

叶阳看着他面前的炸酱面，认真道："咱们可不熟，你怎么一点不认生，竟然可以把面吃完？”

他诧异道：“别人请吃饭，吃完难道不是礼貌？”

叶阳摇摇头：“我不是这意思，我是说你怎么不认生，我看着你吃，你竟然吃得下去。莫说陌生人看着我，就是室友看着我，我都未必吃得下去。”

他听懂了她话的意思，道：“那不是我的问题，是你的问题，你顾虑太多，多累啊。”

叶阳一怔，随即笑了，看着他：“我喜欢你的自信与松弛。”

这下换他觉得意外：“你这夸得未免太快太直接了吧？”

叶阳补充道：“我是说真的。”

张虔没想到还有一句，这次是真的觉得意外了，直直地看着她。

叶阳别开了目光。

他又点点头，轻声道：“那是我的荣幸。”

这句话被他那样说出来后，叶阳心中一动，又回来看他。

两人在空中对视了几秒钟，忽然又扭头去看其他地方。

过了一会儿，他又道：“你是南方人吧？”

叶阳点了点头。

他问：“南方哪里？”

叶阳道：“江苏。”

他笑了：“怪不得，南方女孩说话都好听。”

叶阳也笑：“你说话更好听，字正腔圆，像学过似的。”

他脸上浮出一点薄笑：“我父亲是话剧演员，话剧嘛，声台形表，声音和台词最重要，怎么也在他腔调下活了二十年，多少受了点影响。”

叶阳对戏剧没研究，不太懂“声台形表”是什么意思，只是听说他父亲是话剧演员，便想到了《雷雨》《茶馆》《哈姆雷特》那一类的东西。他父亲一定是那种温文儒雅的老艺术家，她道：“怪不得。”

一时之间又无话，过了一会儿，他道：“香山红叶节又快到了，之前去看过吗？”

叶阳摇摇头，垂眸道：“头一年来的时候，想去来着，不过听说山下全是车，山上全是人，比红叶还多，乌压压的，没什么看头。”

他点点头：“香山的红叶，现在应该已经开始红了，半红半青，也挺有看头，周六日人多，平时人少。”

叶阳点了点头，但没说要去看。

他也没再接着问。

吃过饭后，两人没多待，很快就从食堂出来了。

叶阳说下午还有课，要回去，他说去找朋友。

回宿舍的路上，叶阳在太阳下慢腾腾地走着，只觉得时间似乎被拉长了，一切都慢了下来，她觉得像走在一场白日梦里似的。

叶阳后来常想，倘若她当时没有勇气，没有去明德湖，她和张虔是否会就此打住，她的人生是否会因此产生剧变，就如同陶杰在《杀死鹌鹑的少女》中写的那样：“当你老了，回顾一生，就会发觉，什么时候出国读书，什么时候决定做第一份工作，何时选定了对象而恋爱，什么时候结婚，其实都是命运的剧变。只是当时站在三岔路口，眼见风云千樯。你做出选择的那一日，在日记上，相当沉闷和平凡，当时还以为是普通的一天。”

任家安很快就点完了，他将菜单还给服务员，服务员重复了一遍，确认无误之后便走了。

任家安见她还在发愣，敲敲桌子：“你怎么又发起呆来了？至于吗？别跟我说是他甩你啊？”

叶阳从回忆中回过神来，茫然地看着他：“你说什么？”

任家安很无奈：“我问，是不是他甩你？”

叶阳没吭声。

任家安“啊”了一声：“那是挺尴尬，怎么样，要不要我冒充你男朋友，向他耀武扬威一番，表示你没他过得更好？”

叶阳乐了：“我没男朋友过得也挺好，干吗要你冒充？”

任家安不同意了，觉得这姐们儿口是心非：“那你干吗让嘉鱼把我叫过来？”

叶阳叹口气：“没男朋友不代表过得不好，但一个人吃饭怎么说都有些寒碜，我不想叫他觉得我可怜，换你呢，你行吗？”

任家安摸着下巴琢磨：“分手男女再见，比的不就是谁离开谁之后过得更好了吗？要是我，我得找人激吻……”

叶阳：“……”

张虔和女友离开前也没忘了过来打招呼。

张虔和程柠一出门，任家安一脸难以置信地问道："姐姐，富二代？"

叶阳摇摇头："就普通的 B 市人。"

任家安诧异了："B 市普通人的标准是除了比我们有房有户口，其余没差别的人吧？他手上戴一块几十万的腕表，这不是普通人标准吧？"

叶阳顿了一下，道："那估计是他自己的能力。"

任家安见她情绪低落，没接着说了，转头安慰道："真的，叶阳，这没什么大不了，谁还没个把前任啊？嘉鱼跟她前任分手后，见面互骂爹娘，你们见面打招呼，体面多了。"

叶阳看着面前那碗芝麻酱，几乎没怎么动，她道："我知道。"

张虔和程柠离开后没多久，任家安和叶阳也离开了。

叶阳住在街对面的小区里，她同任家安分开后，过了天桥，就到了。

小区坐落在一大圈商务楼后面。

与前面灯红酒绿的繁华不同，小区是幽静的，里头种满四季花木，虽是六月，可还不觉得燥热。

晚上九点多，有人在跑步，有人在遛狗，有人在遛孩子。

叶阳进了电梯，按了楼层，靠在扶手上。

这狭小的一方天地，连空气都不流通，安静得如同末日来临。

她忽然觉得全身的力气都像被抽干了，疲惫不堪。

03 装什么糊涂?

叶阳原以为那次偶遇是好多年才能发生一次的巧合，没想到三个月后，她又见到了张虔。

叶阳在方圆传媒供职。这是家影视营销公司，规模不算大，但做过爆款影视剧的营销，成绩不错，有点小名气。那天，老板王彦带着总监吴晴和经理叶阳到时代影业去比稿，叶阳就在时代影业的大会议室中又看到了张虔。

时代影业在春节档有部大片要上映，是马珂的《海市蜃楼》。

马珂不是高产导演，上一部作品是三年前的事了，票房高达十二亿，而且出奇的是口碑也不错。有了上次的成功，投资人自然更宠这位鬼才导演，拍

《海市蜃楼》时，几乎没让他为钱发过愁。

电影投资总额达三亿之多，而宣发费用就一个多亿。抛除发行费用，宣传这块有五千多万的预算，这块大饼自然成为各大营销公司争抢的对象。

不过像时代影业这样的制片公司，通常有御用的营销公司，好处是稳定，坏处是易形成套路。制片方若不想走寻常路，就会找一些像方圆这样的新锐公司过去比稿。

以往去比稿，大项目是由总监吴晴上去讲，小一点的让主负责人经理讲，这次因为项目超级大，王彦亲自上。

仨人到了会议室后，发现其他公司代表都还没来，就直接落座了。

他们刚落座，就有公司跟着到了。

王彦见到熟人，出去寒暄，回来后，有些坐立难安。

吴晴凑过去问："老王，什么情况？我看前面空了两排，是老总都要来吗？"

王彦压低声音："大集团的田总，影业的常总，发行总监，宣传总监，外加两个项目经理。马珂的老婆也会来。"

吴晴有些纳闷："她来干什么？"

王彦道："总制片。"

吴晴懂了，安抚道："他们肯找咱们过来，说明有可比性。比不了大公司，还比不了咱们身后那家小公司吗？总不会垫底。"又笑，"反正都是臭皮匠，中了就是赚的。"

王彦也道："我倒不担心不能拿下来，就怕在台上出丑。"他又瞄了一眼叶阳，见她还挺平静，问："叶阳，怎么样，阵仗是不是比你想的大？"

叶阳笑："没想到会来这么多人，幸好不是我上台，要不然这会儿都不会说话了。"

王彦呵呵道："别侥幸，这次我替你们，下次你们自己来。等会别家上台的时候，多记多学，全当来见世面了。"

两点的时候，会议室的门准时开了，鱼贯进来七个人，五个男的，两个女的，会议室里一下静了。

方圆传媒的位置比较靠后，叶阳压根儿看不清进来的都是谁，不过张虔的身影从前面一晃，她还是认了出来。

她想要确认，那些人已经落座了。

比稿是个漫长过程，每家公司的PPT都不下百页，即便主持人说今天公司多，让每家公司尽量控制在十五分钟内，可轮到方圆传媒时，仍是两个小时后。

王彦倒没超时，干净利落地讲完就下来了。

等所有公司讲完后，时代集团的田总站起来，接过主持人递过来的话筒，跟在座的这么多公司简单地道了句“辛苦”，叫大家不要急，若有合作意向，会有人跟进，然后跟影业的常总和马珂的老婆离开了会议室。

俩老总和马珂的老婆离开后，留下两个总监和两个经理与各家公司周旋。

前面几个大公司都跟时代影业合作过，自然熟络些，一下就把四个人围住了。方圆传媒和后面的大河文化是头次来，多少显得局促和无助。俩老板一个眼神对视迅速结成同盟，热络寒暄起来。

叶阳趁着这时间，从后门出去找洗手间。

回来后，会议室里人已经不多，吴晴笑道：“你去得不是时候，刚才有人夸你呢，说方案做得漂亮。”

叶阳有些摸不着头脑：“谁夸我？”

王彦得了夸，十分松弛：“他们宣传部的总监过来打招呼，说咱们的内容有亮点，PPT也做得漂亮，能让人记住，就算这次不能合作，以后也有机会。”

叶阳笑了：“这是全公司的功劳，我就是一个执笔的，哪是夸我呢，我可不敢接。”

王彦道：“你没仔细听，人家说内容有亮点，PPT也漂亮。内容是大家的功劳，PPT是你的功劳。你是咱们公司的方案大佬，一出马就知道有没有，这就不用谦虚了。”

叶阳点点头，仍道：“不过PPT始终是锦上添花罢了，主要还是内容。没漂亮的内容，PPT做得再漂亮也没用。有内容，PPT好不好看就无所谓了。”

吴晴揽住她，一行人往外走：“我就喜欢叶阳这点，永远不居功，多难得啊。”

那个项目方圆果真没拿下来，给了一个大公司去做。

不过像《海市蜃楼》这样体量巨大的商业片，就应该用大公司，广铺渠道，调动一切手段和资源进行铺天盖地的营销。尤其还是春节档，竞争如此激烈，就更不能手软。即便真给方圆传媒，他们估计也咽不下去。

《海市蜃楼》的首映礼是在春节前三天举办的，主演全阵容到场，业内知名影评人全去了，可谓声势浩大。首映礼那天，王彦弄到了入场券，跟着去参加了，回来后，说《海市蜃楼》完了。

大家问怎么回事，王彦说，片子有问题，在场的影评人都看得一头雾水。影评人都这么觉得，更别说普通观众。三亿彻底泡汤了，制片方现在焦头烂额，导演都快疯了。

后来，果如王彦所料，《海市蜃楼》惨遭票房滑铁卢，别说三亿，最终票房只有 4.2 亿。

投资三亿电影，票房将近十二亿才能回本，这四个亿简直可怜。

不知道是否受《海市蜃楼》失败的影响，时代影业改变了策略，春节档过去之后，方圆又收到了时代影业的比稿邀请。

这次不是什么大片，而是一个中小成本的爱情电影《我正去往你的所在》，简称“我去往”，是时代影业扶持新人导演的作品。演员中除了男女主是二线，其他基本叫不上名。不过这对方圆来说，仍算不小的项目，正巧叶阳手中的电视剧项目处在收尾阶段，不怎么忙，就接下了这个活儿，苦熬了几天，交了一份方案出来。

这次比稿结束后，先前时代影业跟王彦对接的一个女经理直接过来，大老远地伸出了大拇指赞道：“王总，厉害，方才我们集团田总都点头了，说不错。”

秦雪兰三十七八岁的样子，脸长得圆，嗓门有些粗，颇有些豪放的意味，看着倒是像没心眼、好打交道的人。

王彦稍微松了一口气：“姐，是不是真的？您可别跟弟弟开玩笑。”

秦雪兰不乐意了：“正经事，我逗你做什么？我们张总刚才也说有亮点，更倾向你们家，你就把心放回肚子里吧，这边我给你盯着，一有消息马上通知你们。”

这次不是客套话，比稿结束后两天，时代影业那边就有了消息，让方圆传媒去时代影业开会。先跟发行、海报、预告的团队碰个面，大家坐下来，捋一下整体宣发。

叶阳到了后，看见对面的周嘉鱼，隔空跟她打了个招呼。

周嘉鱼的公司做预告，在业内是数一数二的存在，一直是时代影业的御用乙方。先前知道叶阳的公司要竞标“我去往”的全案营销，她就特期待，说想跟叶阳一块工作，没想到真有机会。

每家公司挨个儿阐述自己负责的那部分的方案，这次没时间限制，越详细越好，所以这个会议从下午一点，一直开到了晚上七点。

散会后，周嘉鱼和叶阳去吃饭，路上周嘉鱼神秘道："我觉得张总对你有好感。"

叶阳愣住了："哪个张总？"

周嘉鱼推了她一下："装什么糊涂？就时代影业的宣传总监，你阐述方案时候，他一直在看你。"

叶阳诧异道："我阐述方案，他不看我，他看谁？你们公司阐述方案时，他也看你们啊。"

"不不不。"周嘉鱼赶紧解释道，"其他人，他是偶尔抬眼看一下，你，他一直在看。"

叶阳很想告诉周嘉鱼，那是因为她是他前女友。跟分手多年的前女友一起工作，任谁都觉得稀奇，刚开始多看两眼很正常，时间长了就好了。但又觉得告诉了周嘉鱼，怕周嘉鱼守不住，她以后的处境会尴尬，她就憋了回去，道："以后多开几次会你就知道是巧合了。"

周嘉鱼撞了她一下，道："宝贝儿，你姿色还行，干吗妄自菲薄？"

叶阳笑："这跟妄自菲薄有什么关系？总不能别人多看我两眼，我就觉得人看上我了，那我得多自恋和自作多情啊。"

周嘉鱼笑了："你这么一说也是，不说他，咱们吃什么去？"

两人刚到吃饭的地儿，微信同时响了起来。

是秦雪兰拉的工作群，大家都在打招呼。

周嘉鱼和叶阳改了群昵称，跟上了打招呼的队伍。

吃完饭回到家里，叶阳发现时代影业那边有几个人请求添加她为新朋友，她一一地通过，分组备注好。

洗完澡出来，发现又有人添加，她打开看，昵称有且只有两个字："张虔"。

叶阳放下手机，打开电脑，找了一部上一年上映的，票房还不错的爱情电影来看。

看完差不多快十二点，她又拿起手机来看，看了许久，通过了张虔添加好友的请求，备注成"宣传部总监张虔"，分在时代影业的组里。

04 一动不动地看着她

合作的事情敲定后，几个合作的乙方公司又连着去时代影业开了两次大的宣发会议。

通过这几次接触，叶阳发现张虔变了好多，最大的变化是话少了。

学生时代，张虔不能说健谈，但绝对不沉默，可现在他都很少说话了，或者说不说废话了，一说就要说到点上，因而显得十分高深莫测，不敢叫人过分亲近。

周嘉鱼点点头："他一直这样，不过我觉得挺好。管理层嘛，就得有管理层的样子。尤其他还这么年轻，太外露，容易叫人看穿，镇不住底下的那些老油条。而且我跟你说，这人虽然高深莫测，但并不专制，不会仗着甲方身份一意孤行，能听进去意见，我们老板对他评价很高。"她想起什么似的，又道，"我跟你说过没？就上一年《聊斋》的庆功酒会，海报公司的老大带着公司的人过去时代影业那桌敬酒，就那爱喷唾沫的发行曹总，估计喝多了，搂着一个小姑娘可劲灌酒。海报的老大不想为小菜鸟得罪人，就劝小姑娘喝了。头一杯，小姑娘勉强喝了，结果老曹不依不饶，接着灌第二杯和第三杯。我有些看不下去，就怂恿我们老大带着我们过去敬酒，岔开这事，我们老大叫我别多事。老大不帮忙，我自己人微言轻，也不敢上去，只能干看着。后来张总从边上过去，揉着太阳穴说自己喝多了，问老曹带没带解酒药，老曹说没有。那小姑娘是个聪明人，立刻说她有，这才借此脱了身。"

周嘉鱼两眼放光："你能想象在觥筹交错的酒会上，一个甲方高层风轻云淡地给自己见都没见过的乙方小菜鸟解围的情形吗？太 man（有男人味）了！"

这个叶阳倒是不觉得稀奇，只问："后来呢？"

"后来？"周嘉鱼摇摇头，"就没了。不过正因为没了，这一举动才显得迷人，要是再发展点别的，那就狗血了，没劲。"

"我去往"的宣发大方向捋顺后，各家公司进入了与时代影业签合同的流程中。

合同盖了章，成为正式合作伙伴后，时代影业搞了一个起航宴，说之前来来回回地一直在开会，都没坐下来好好认识一番，趁这个机会认识一下，也方便以后开展工作。

宴会在京郊的一个会所，晚上六点开始。

叶阳到了后，才知道导演今天也来了，就安排在时代影业那一桌上。

是个年轻导演，三十几岁的样子，穿着很朴素，架着一副眼镜，头发在脑后扎成小鬏鬏。宴会主持人秦雪兰点到导演讲两句，他端着酒杯站起来，很腼腆的样子，也没多说，简单地感谢了一下几个老总，又说这是他第一部院线电影，成与不成，在此一举，拜托大家，然后将手中的酒一饮而尽。

新人导演的第一部院线电影很重要，要么票房成功，要么口碑成功，反正两项你总得有一个，才能继续走下去。不然，以后的命运很难说。能看出来这导演的确很真心地在拜托在场的诸位。毕竟这年头，除了电影质量，对电影的命运影响最大的也就是宣发了。

前面几个投资方的老总致完辞，接下来就开始挨桌自我介绍，介绍完后，开始挨桌敬酒。

方圆拿了全案营销，最先起来去敬酒。

先去时代那桌，敬甲方大大们。

方圆一共来了七个人，王彦、吴晴和叶阳，还有叶阳手下的四个小组员。组员听指挥干活儿，暂时不用交际，跟着就行了。

主要是吴晴和叶阳。

吴晴是项目总把控，叶阳是主负责人，在以后长达半年的时间内，她俩要扛住这些虎狼甲方的压力，把项目做好的同时，还得把人哄开心，为以后的合作打下基础。

王彦介绍完吴晴之后，又着重拿叶阳说事。

她年轻，姿色也尚可，在这种几乎都是中年男人的酒桌上，最有话说。

王彦热情洋溢地对在座的各位老总道："叶阳年轻，经验也不多，但执行能力特别强，上手快，而且一点不含糊，缺点就是不爱说话，之后若有什么得罪和不足，还请各位老总多多包涵和指点。"

王彦和叶阳将杯中酒饮尽，桌上的各位老总都象征性地抿了一口。其中一位放下酒杯笑道："我们几个今天都是凑热闹的，宣发的事主要还是曹总和张总来办，得罪我们没关系，得罪他们可了不得，你们多敬他们两杯，叫他俩以后别为难你们。"

老曹应声端着杯子站起来，笑道："秦总，您这话说得老曹心里不高兴，什么叫得罪我们可了不得？难道我跟小张还能吃了他们？再说他们都是小张的人，您说小张就小张，怎么还拉我垫背？我不依，秦总，您得跟我喝一杯，给我赔罪。”

秦总大笑起来，对其他人道：“你们看这个没皮没脸的老东西，竟然还要我给他赔罪。你们说，我该不该给他赔罪？”

张虔也端着杯子站了起来，笑道：“老曹两杯酒下肚就要说疯话，上次喝醉了，竟然要亲我们常总，吓得常总现在都不敢靠近他，只叫我跟他坐。我估摸着他快不行了，秦总，您等会儿保护好自己，别叫老曹占了便宜。”

在座的哈哈大笑起来。

老曹跟着哈哈起来：“小张，家丑不可外扬，你当着这么多人的面拆我台。”他看了一眼王彦他们：“来来，正好，你们别饶了他，替我多灌几杯，看他还敢不敢乱说话。”

常总笑：“张虔说的是实话，你敢做，就别怕人说。”

老曹不依不饶：“常总，您偏心，小张不就比我年轻几岁，比我长得好看了点吗？谁年轻的时候不是帅小伙儿？！您这么喜新厌旧，伤我们这些老人的心！”

张虔没接着与他们插科打诨，而是端着杯子走出来，目光掠过叶阳时已没什么笑意。他看向王彦，接上王彦的话，是嘱咐，也是提醒：“我们常总常说，人分两种，谈事的人和做事的人。我们这儿不缺会谈事的人，但缺会做事的人。不用担心得罪我们，放开手脚做，大家心里都有秤。要是事情做得不好，那才是得罪我们。”

这话恰巧叫常总听到，他插话过来：“张虔这话说到我心坎里去了。”他又看向王彦他们：“方案着实弄得不错，好好干，千万别辜负大家的期待。但也不用有太大压力，一个电影一个命，咱们尽人事，听天命，问心无愧就好。”

王彦自然听懂了张虔和常总的话，暗想领导就是领导，站得高，看得就远。他忙接住两位甲方领导的话，恰当地表了一番心意，又领着公司的人敬了一次酒，这才继续往下。

敬完一圈，叶阳觉得自己都快笑僵了，回到座位上，其他公司又分拨挨着过来敬他们。如此一番车轮战，她的脑子慢慢发起晕来。

周嘉鱼跟自己老板敬完酒后，过来找她，两人一块去了洗手间，出来后，也没回会场，而是去一楼的大厅休息。

大厅有供人休息的沙发椅，还有小吧台，但并没有人，叶阳靠在那里，觉得一切都静了下来。

周嘉鱼摸了摸她的脸，烫得厉害，她问："宝贝儿，你没事吧？"

叶阳仰靠着朝她笑了笑："没事，就是头有点晕，歇一会儿就好了。"

周嘉鱼又道："我来的时候家安给我塞了解酒药，我给你泡一袋去，你先坐着。"

叶阳点了点头。

大厅静了下来，叶阳的脑子越来越晕，靠在那里几乎要睡着，忽然听到有人说话，她便醒了。

不是周嘉鱼。

她忙调整了一下坐姿。

是个男生，戴着一副金丝眼镜，干净又斯文的样子，倒不陌生，开会的时候见过，好像是周嘉鱼的同事。

男生手里还握着杯子，他温和道："嘉鱼被我们老大叫住了，正好我下来，她就让我带过来了，解酒药，喝了吧。"

叶阳接过杯子，道了句谢，一口气喝了下去。

男生并没有走，而是在叶阳对面的沙发椅中坐了下来。

一时也没话要说，两人只是沉默地坐着。

过了一会儿，男生道："好点了吗？"

叶阳"嗯"了一声："好多了，多谢。"

男生微微笑着："宴会真烦人，是不是？"

叶阳附和着笑了，但没说话。

过了一会儿，他起身走了。

叶阳重新歪回了沙发椅中，等她再次睁开眼时，发现对面的沙发椅中还坐着一个人。

那人指间夹着根快燃尽的烟，眉头微微皱着，正一动不动地看着她。大约是太久没动的缘故，烟灰掉了一地。

张虔。

叶阳坐直身体，双肘撑着沙发扶臂往后挪了挪。

张虔纹丝未动，仍旧看着她。

叶阳清了清嗓子，但声音还是有些哑：“你怎么在这儿？”

张虔欠身将快要燃完的烟熄灭，扔在烟灰缸里，站起来走了。

宴会结束后，张虔没回自己家，而是去了女朋友住的地方。

程柠睡眼惺忪地出来开门，见到是他，有些惊讶，接过他的包挂起来，问：“不是说有宴会吗？这么晚还过来？”

他扶着她的肩，低下头来和她接吻。

烟酒的气味混合着成熟男人的阳刚之气，他压根没用力，是很轻很淡的吻，却叫她欲罢不能。

他低声问：“话剧排得顺利吗？”

程柠久久沉溺于他的吻中，这男人的迷人之处就在于此，浓烈又若无其事，她喜欢这种表里不一。

她微微喘了口气，低声道：“挺顺利的。”

张虔又问：“什么时候首演？我去给你捧场。”

程柠便笑了：“你整天那么忙，见面都难，哪里敢叫你来捧场？”

张虔低声道：“你先说，等我确定能去了，再告诉你。”

程柠道：“六月十八日。”

张虔点了点头：“宴会上只顾喝酒了，没吃菜，现在有点饿了。”

程柠笑了：“我说怎么半夜跑过来了。”

张虔“嗯”了一声：“不想一个人做，一个人吃。”

程柠道：“这么可怜，行吧，今天就收留你了，吃什么？”

张虔的表情仍然淡淡的：“都行，随你。”

程柠道：“那你先去洗一洗吧，我去给你下碗面条。”

等张虔从浴室出来，面条刚出锅，他擦着头发走过去，将湿毛巾搭在另一张椅子上，坐下来，拿起了筷子。

程柠收拾好厨房之后，出来问他好不好吃，他点了点头。

程柠见他的发梢还往下淌水，脖子那一圈都是水珠，就拿毛巾擦了一下，柔声道：“你先吃着，我给你拿吹风机去。”

张虔放下筷子，一把捉住她的手腕，将她拉到身边来，仰头看着她，道：“我有件事跟你说。”

“什么事？”程柠见他如此认真，有些不明所以。

张虔认真看着她："公司有个小项目用了几个乙方，叶阳的公司也在其中，她是项目的负责人。"

"叶阳？"程柠皱眉思索，"是上年夏天，我们在火锅店碰到的那个？"

张虔问："你介意吗？你若是介意，我可以叫他们换个人。"

程柠反问道："你介意吗？"

张虔愣了："为什么这么问？"

程柠抬手抚摸他的脸颊，灯光下如此英俊。说来奇怪，话剧院出身、表演系的俊俏同事不少，英俊的，却是一个没有。一个男人没有英气，真是没有任何魅力可言。她低声道："之前我问你介不介意我跟他一起工作，你就是这么问我的，现在我也这么问你，你介意吗？"

张虔没说话。

他不是乱来之人，程柠对他是很放心的，否则不用等前女友出现，他工作上遇到的那些就够人受了。她笑："你知道我不是小心眼的人。"

张虔眼里的光明灭不定，不知道是对这个回答满意还是不满意，但他点了点头，松开了她的手："你先睡吧，我在这歇会儿，顺便把面吃了，别影响你明天的排练。"

05 人的本质是爱犯贱

宴会过后，"我去往"的工作慢慢展开。

叶阳的主要对接人是秦雪兰。

方圆这边的所有工作，大到媒体投放，小到微博文案，都要丢到项目群里让秦雪兰或者她指定的人确认，叶阳才能安排往外放。未经确认发出去的东西，后果自负。

"我去往"的项目大群里，时代的各方领导都在，虽然领导大多时候不吭声，但他们的存在，直接限制了微信群里的交流尺度。你要为你在群里说的每一句话负责，那些不吭声的领导都是见证人，你可以说废话，但绝不可以说错话。也不止于群里，跟甲方私聊时，也要斟字酌句，可以废话连篇，甚至可以兜圈子，就是不能说错话。否则，一旦出了差错，追根溯源，大家就开始咔咔放微信截图，或者微信语音。

叶阳必须眼观六路耳听八方，善于揣摩每个甲方每句话背后暗含的意思，不管是说出来的还是没说出来的，她都要能意会。她还要善于使用各种萌萌哒的语气词和表情包调节气氛。因为甲方是掏钱的人，有资本居高临下，而乙方赚他们的钱，一定要保持谦恭态度。

接触久了，叶阳发现秦雪兰是个暴脾气，自己 @ 她确认东西，她可以一个下午不回。而秦雪兰 @ 她，她两分钟不回，秦雪兰就会在群里刷屏，跟催命鬼似的，超过十分钟不回，秦雪兰就打电话过来。一个月下来，叶阳就患上了秦雪兰恐惧症。每次看到她的电话，叶阳本能性地头皮发麻。

五月要预备定档发布会，事情多且杂，秦雪兰的脾气更暴躁了。尤其叶阳年轻，身份还低，不过是个乙方小经理，秦雪兰不把她当回事，颐指气使，很不客气，把叶阳气得差点摔手机。

有一次，晚上十点多，叶阳去洗澡了，出来见秦雪兰打了仨电话，就知道大事不妙，赶紧给她回过去。

秦雪兰劈头盖脸地数落了她一顿，问她是不是不想干了，不想干了，早说。

叶阳服务过各种各样的甲方，奇葩甲方不在少数，可这样蛮不讲理的，她头一次遇到。她是服务甲方的，可至于下班时间洗个澡都要被骂不敬业吗?

叶阳一直忍着，直到听到秦雪兰问是不是不想干的时候，再也忍不住了，脱口道："兰姐，是我不好，是我能力不够，要不您跟我老板说，把我换了吧。"然后就把电话挂了。

挂了电话没多久，王彦打电话过来问怎么回事，秦雪兰连发了三条朋友圈，全是大叹号，夹枪带棒地指责她能力不足，脾气还大……

叶阳登时觉得秦雪兰有病，至于这样吗?

她把事情的原委跟王彦一说，王彦也很无语，但同时也暗暗批评她，觉得她不该意气用事。又说现在是磨合期，而且忙，大家都有些躁，起点冲突，也情有可原，让她下不为例。等会他先打个电话过去赔罪，想必秦雪兰也不敢把事情闹大，否则她在他们领导那也交代不过去，之后让叶阳再打电话过去道歉，这事就这么算了。

叶阳也只能说"好"，总不能真的一开始就被换下去，那多丢人啊。

半个小时后，王彦给她发微信，说"打吧"。

叶阳给秦雪兰打了过去。

秦雪兰也缓过来了，说最近事情多，上面领导给的压力大，有急事问她，一时找不到人，脾气大了点，叫她别介意。又说自己这人就这样，脾气来得快，去得也快，让她别放在心上。

挂了电话，秦雪兰还给她发了个千元的红包。

叶阳目瞪口呆之下，倒的确感受到了秦雪兰的歉意，若不是真心要道歉，谁肯发一千块的红包，估计最多88就把她打发了。

叶阳的气消了不少，推拒着不肯接，秦雪兰说不接，她可就要真生气了，叶阳只好先接了。

临睡时周嘉鱼打过来，问怎么回事，叶阳只得又把原委跟她说了一遍。

周嘉鱼大笑起来："你不是一个人，我们公司叶未匀跟她对接预告片的事，小叶多稳的一个人，被她气得直骂娘。听说早几年，她更暴躁，这两年结了婚，也有孩子，脾气比以前收敛多了。"

叶阳胆战心惊道："你别吓我，电影在国庆节上，这才五月刚开始，我怀疑自己撑不到结束。"

周嘉鱼顺势踩了她一脚，道："没关系，你要是死了，我给你收尸。"

叶阳直接让她滚。

周嘉鱼笑了起来："说起来，你觉得叶未匀怎么样？"

叶阳没听懂，问："什么？"

周嘉鱼提醒道："就宴会上给你送解酒汤的人啊，怎么，这么快就忘了？"

叶阳恍然大悟："你说他啊，怎么了？"

周嘉鱼有些无奈："你这金鱼记性，我上一年不是说要给你介绍男朋友吗？就是他，你还说人名字好听，这姓配这名，简直绝了，一听父母就是文化人。"

叶阳经过她这么一提醒，倒是想起来了，奇道："你不是说人没意向吗？"

"对啊。"周嘉鱼道，"不过那时他说他刚跟女朋友分手，没心情，再等等。前几天，我想起这事来，想着你们也见过了，问他对你的印象如何，你猜他怎么说？"

叶阳立刻道："我不猜。"

"瞧你那德性。"周嘉鱼嗔了她一下，"是好话，说跟想象中不大一样。我问他怎么个不一样法，他皱着眉头想了半天，说像一种动物，羊或者鹿？我问这是夸人，还是骂人？他说当然是夸。我说人还单着呢，他就不吭声了。我觉得是默认，他对你有好感。怎么样？你觉得呢？”

一个人对自己有没有好感，叶阳是能捕捉到的，不过他们这个年纪，好感这东西什么都说明不了，她笑：“人家或许就是礼貌性的。”

周嘉鱼诧异道：“你是过分谦虚，还是没看上人家？”

叶阳道：“真没有。”

周嘉鱼道：“是本地人，你知道本地未婚男青年多抢手吗？就户口那一项，就多少人往上扑，更别说人还干净，事业也不错。倘若这样的优秀男青年你都看不上，我就真不知道你想要什么样的人了。”

叶阳重申道：“我没看不上人家，我怕人家看不上我。”

周嘉鱼“啧”了一声：“怎么可能？人家说你像羊或者鹿，意思就是你让他很有保护欲，我都听出来了，你怎么听不出来？”

叶阳被逗笑了：“你懂？”

“真的，你别不当回事。”周嘉鱼语重心长道，“我最近才察觉到，叶未匀之前没兴趣，压根不是前女友的问题，就是眼光高，以为我给他介绍的是乱七八糟的人，结果一见，不就真香了嘛，早知道早给他看照片了。”

无论如何，被人这么称赞，都是令人愉悦的，叶阳笑：“你可别胡猜八猜了。”

周嘉鱼懒得跟她兜圈子了，直接道：“你就说有没有兴趣吧？有兴趣，咱们赶快下手，保不齐你犹豫的工夫，他就被撬了。”

叶阳叹气：“他们本地人多数还是想找本地人吧。我估计，即便他真看上了我的个人条件，多半也看不上我的家庭条件，你还是不要瞎猜人家是默认了，万一是拒绝呢？”

周嘉鱼对她这种消极的人生态度很不满意，立刻道：“上一年我刚开了个口，啥都没说呢，他就给我回绝了，他啥也不知道，怎么可能看不上？他就是开会的时候，看见你了，有兴趣了，所以默认了。”

“那就更不靠谱！”叶阳道，“你要是什么都说了，他还有兴趣，有意向，那我敬他是个猛士，一定用尽浑身解数把他骗过来，好好珍惜。但他现在什么都不知道，只看人产生的那点好感太靠不住了。不过，你要是不死心，可以去试试，但别说是我的意思，毕竟咱们才刚开始合作，别因为这个事弄得大家尴尬。”

周嘉鱼觉得有必要认真开解一下这位姐妹，她沉吟道：“我叔叔家有个跟我同岁的堂哥，早先跟一姑娘订婚。姑娘是独生女，家里有房有车，爹好像还是个小官，对我哥也好，几乎唯命是从。我哥刚开始跟她订婚，也是相中姑娘的家庭条件。长辈也都说好，家里条件好就算了，主要是我哥能拿住她，但我哥最后还是退了婚，也不是什么狗血劈腿，就是觉得没意思。后来，我哥相亲认识了我嫂子，我嫂子家兄弟姐妹五个，一家子累赘，条件比我哥家差太多了，而且关键是我嫂子看不上我哥。可我哥不知道中了什么邪，就看上我嫂子了，非她不可。上一年春节回家，孩子都八个月了。我跟我嫂子聊天，问我嫂子最后为啥答应了，我嫂子说，反正嫁谁都是嫁，你哥看着老实，再选也就这样了。我说‘这话你可别当着我哥的面说，男的都要面子’。嫂子说，‘你哥知道’。我问我哥啥反应，她说他就笑笑，也不吭声。”

叶阳笑了：“你堂哥挺猛。”

周嘉鱼道：“我倒不觉得堂哥猛，只觉得人的本质是爱犯贱，尤其感情的事，最无法拿常理推断。”

叶阳“嗯”了一下：“想起《颐和园》里女主说，人就是爱吃苦，也爱受罪，不然不会对眼前的事物漠然，而去追求永不可期的东西。”

周嘉鱼问：“你呢？一个是自己能拿捏的，一个是拿捏自己的，你怎么选？”

叶阳摇摇头：“我不爱犯贱。”

周嘉鱼却幽幽叹了口气：“我有种感觉，不知道对不对，我觉得叶未匀跟我哥一样，骨子里爱犯贱，他能拿住的，他不稀罕，他稀罕能拿住他的人。”

叶阳没吭声。

“而且，”周嘉鱼又道，“我个人感觉，你也爱犯贱，骨子里有受虐倾向，保不齐会被男人吃死。”

叶阳笑了：“我在你心里这么没用？”

周嘉鱼摇摇头：“我不知道，只是感觉。”

叶阳笑：“那你的感觉有错。”

周嘉鱼又叹气：“希望是我的错觉，可我不想看你被狗男人虐。”

挂了电话，已经夜里十二点多。

项目群里，甲方领导结束了一天的连环 @，没有动静了。

叶阳觉得微信是所有上班族的魔鬼，它几乎二十四小时全方位地将人绑架给工作。

叶阳关了灯，慢慢地躺下去，却没睡着。

06 原以为张虔喜欢清冷挂

周嘉鱼对叶阳和叶未匀的事很上心，因为她公司有个专门跟她对着干的绿茶婊一直在盯着叶未匀。

叶未匀对绿茶婊的态度倒不暧昧，但周嘉鱼担心近水楼台，万一看对眼，她就恶心死了。

叶未匀这么干净斯文的人，还是应该给叶阳。要是叶阳和叶未匀成了，她觉得自己能恶心死绿茶婊。所以跟叶阳聊过的次日下午，下了班之后，她就请叶未匀吃饭去了。

两人先聊了一些公事，又聊公司的琐事，最后周嘉鱼才缓缓将话题转移到自己身上，由自己身上往叶阳身上转，笑道："说到这，倒是想起一事来，上次不是问你觉得我那朋友怎么样，只可惜被打断了，这些日子忙，竟然把这事儿忘了。昨天叶阳被秦雪兰发朋友圈连骂三条，哭得可惨了，我拿你被秦雪兰为难的事安慰她，她听说你这么斯文的人，也扛不住秦雪兰，多少好过了一点。我重新想起你俩的事情来，不过你没松口，我也没跟她说。怎么样，未匀，是你喜欢的类型吗？"

叶未匀想起靠在沙发上的温顺姑娘，她眼角有滴泪痣，不哭就显得很动人，若是哭起来，估计更显动人。其实那晚，他并没有别的事，原本是想在那里坐一会儿的，但她似乎不想被打扰。他笑道："有点印象，不过没仔细看过，有点记不清了。"

周嘉鱼拿起手机，把叶阳的照片扒拉出来给他看："叶阳是我这么多朋友里，长得最端正的一个，爱好跟你也差不多，前一段找我去看什么话剧，八个小时，我直接给吓瘫了，坚决不去，结果她就自己一个人去了。你不也好这口儿吗？你俩要是凑一块，以后就有伴了。"

叶未匀仔细看照片，人很白，脸小小的，看着很好打交道。不过真见面可不是这种感觉，而是温柔里带一点疏离，是越温柔越难亲近的那类人。

周嘉鱼补充道："虽然长得好看，但为人并不花哨，很认真，也很尊重，尤其对待感情，很老派，就是书信很慢，一生只爱一个人那种……估计多少跟家庭有点关系，她父母自小不在身边，是跟着爷爷奶奶长大的，家里还有一个弟弟。"

叶未匀道："看着像南方人。"

周嘉鱼道："江苏，好像是江阴人？"

叶未匀道："江阴是个好地方，满城香樟树，处处芙蓉花。"虽是这么说，兴致却有些下去，他想拒了周嘉鱼的撮合，却有点不愿，可答应吧，又着实会觉得麻烦，只好先转移了话题。

事后叶未匀自己也疑惑，明明对人家有好感，为什么一听她不是跟父母长大的，忽然就觉得麻烦起来？他仔细想了想，或许因为在他的认知里，这样的女孩，骨子里多半有点缺爱，平日为人处世看不出有什么不同，可一旦进入两性关系，会非常拧巴别扭，时间长了，会很累。倘若他再年轻几岁，只想谈恋爱的话，会愿意尝试一下，但现在真的力不从心。

后来，周嘉鱼没有再跟叶阳提起叶未匀，叶阳就自动领悟了。

谈不上失落，但总归有点失望。

她喜欢他的名字，也喜欢他给人的感觉。

好在这种失望的情绪并未持久，毕竟每天晚上十一点多了，各个工作群还在不断地往外弹消息，她连假装睡着都不能，工作就够让人头大了。

定档发布会那天，叶阳千谨慎万谨慎，发布会还是出了状况。她们当天邀请了一百多家媒体，到场的每家媒体都有车马费，结果有人趁乱冒名顶替，领走了两家媒体的车马费。虽然不过千八百块钱，但这是个失误，很糟心。更重要的是，她一会儿没看手机，秦雪兰就噼里啪啦往"我去往"的项目群里丢了几张截图，是电影官微的发布会文图直播，分别@了王彦、吴晴和叶阳，道："怎么回事？错别字这么多，你们能不能专业点？"

叶阳点开一看，三条微博，条条都有错别字，脑袋立刻大了，赶紧去找自己组那俩在现场直播的文案组员。

俩文案组员在项目群里，早就蒙了，见叶阳过来，一脸惶恐。

叶阳严肃道："怎么回事？不是跟你们说了吗？发之前一定要检查，怎么错这么多条？"

封小文哭丧着脸："台上流程走得太快，直播怎么都跟不上，我俩太着急了……"

叶阳问："改了吗？"

两人忙不迭地点头。

叶阳的脸色缓和了一点，安慰道："行了，错都错了，也没办法了，这次先这样，下次发前一定检查，宁愿少发一条，也绝对不能错，知道吗？”

封小文嗫嚅道：“那群里……”

这时叶阳的手机响了，她一看是王彦，抓紧时间嘱咐道：“你们先别管其他，把剩下的播好，千万注意错别字，再有下一次，你们自己去解释。”说着接了电话。

王彦问：“你看到了吗？”

叶阳道：“看到了。”

王彦道：“赶紧让她们改。”

叶阳道：“已经改好了。”

王彦道：“把改好的截图丢到群里，不用解释，这的确是咱们的失误，就说下次注意。”

叶阳挂了电话，截了图，丢到了群里，认了错，但秦雪兰没理她。

发布会结束后，叶阳又赶紧跟媒介部的同事一块带主创去专访间做专访。同事跟着男主角姜凯进了专访间，她跟着女主角蓝臻进了专访间。

专访做了一半，门又开了，张虔进来后把门掩上了。

叶阳从早上七点到现在还一口饭没吃，连水都想不起喝，这会儿已经饿得心慌，加上跟媒体一块，都是蹲在明星面前的，完全没力气照顾形象。张虔一进来，她蹲都蹲不稳，脚下踩着的高跟鞋摇摇欲坠，好几次都差点崴倒，只能不停地换姿势来稳定重心。

蓝臻看到张虔进来，隔空朝他摆了摆手。

张虔让她继续，自己则站在角落里看。

好在专访不过几分钟就结束了，叶阳扶着沙发站起来，将媒体送了出去。

蓝臻跟着从沙发中起身，打趣道：“呦，这不是张总嘛，张总，好久不见了。”

张虔笑：“从杀青宴到现在，也没几个月吧？”

蓝臻不无感慨：“是啊，以前好几年不见也觉得是好久不见，现在好几个月不见也是好久不见，时间好像能随意缩短或拉长似的。”

张虔笑：“演了文艺片就是不一样，说话都带诗性。”

蓝臻莞尔：“可不，恒导在现场说话就跟作诗似的，时间长了，我们大家都被影响了。”

张虔问：“怎样，拍摄还顺利吗？”

蓝臻请他在隔壁的沙发上坐下："苦是苦了点，不过倒是挺有意思的——"

两人正要往下坐，蓝臻的宣传"咦"了一声，指着沙发前不远处的地毯问："谁的手机？"

小助理弯腰捡起来，扬起来给大家看。

房间里的人纷纷摇头。

蓝臻道："是媒体的吧？"

张虔接过来看，外表看不出什么，于是摁亮了屏幕，锁屏是前几年国内引进的一个奇幻动画的剧照，一望无际的蓝色海洋中，一朵浪花上趴着一个精灵，屏幕中心有两行小字，类似什么个性签名的东西："没有什么会被忘记，也没有什么会失去。宇宙自身是一个广大无边的记忆系统。如果你回头看，你就会发现这世界在不断地开始。"

这是《守望灯塔》里的一句话。

叶阳送过他这本书，他记得这句话。

可能跟专业有关，叶阳送他最多的东西，就是文学类的书籍。他二十一岁生日那天，她还送过他刘震云的《一句顶一万句》。他问书名是什么意思。她说是有些人跟你说了一万句话，却抵不过某些人跟你说的那一句话的意思。这是本好书，可他年轻时候，怀抱着对喜欢的人的热情，也没能将书看完。那时候他有很多朋友，把酒言欢，彻夜长谈，不是难事，对这书名也没深刻顿悟。直到后来经历多了，他才越来越知道，哪怕你微信里装了两千个人，但真正能跟你真正交流的不一定有两个。他在彻底理解那句话时，回头望，才发现她说这句话时，已经是懂了的。她常自嘲，说穷人家的孩子早当家。现在想想，好像的确是那样。她某些时候，很天真甚至可以说纯朴，可某些时候，又像洞悉世事的老人。

张虔摁灭手机，道："我知道是谁的，我给她。"

蓝臻的表情有些微妙："我刚一直纳闷，说边上蹲着的那姑娘眼熟，看到你就想起来了，你大学有个女朋友，眼角也有粒泪痣，是不是？"

张虔一怔："这么多年了，我都忘了她长什么样，你还记得？"

蓝臻沉吟道："别的倒没什么，就眼角的泪痣印象比较深。"又笑开，"当初大家还吐槽，说原以为张虔的审美是清冷挂，没想到是楚楚可怜挂。俗，可太俗了。"

张虔轻轻一哂，自嘲道："可不是嘛，简直俗不可耐。"

07 她会在他不舒服时吻他

叶阳开门送媒体出去，见秦雪兰正蹲在墙根下，就带上门，走过去问："兰姐，导演那边结束了？"

秦雪兰有气无力道："原以为导演是个闷葫芦，谁知道私下这么能聊，我听得头都大了，出来歇会儿，蓝臻怎么样？"

叶阳道："挺顺利的，该采的都采了，该录的也都录了。"

秦雪兰撑着膝盖站起来，叶阳忙扶住了，她道："是不是要走了？我进去看看。"

叶阳提醒道："你们张总在里头。"

秦雪兰一听，又委顿下去："那还是算了，让他们同学叙旧吧，我可没精力伺候了。"说着竟顺着墙根坐了下去，瞧见叶阳还踩着高跟鞋，道，"你还穿带跟的，不累啊？"

叶阳无奈地笑了："累也没办法，今天来这么多领导，不能给公司丢人。"

秦雪兰啧啧："还是年轻体力好，搁我，丢人也要穿平底。"

叶阳蹲都蹲不下去，只得扶墙站立，眼风里瞧见自己组的王青萍在不远处晃悠，就招了招手，问："萍萍，看见小文了吗？"

王青萍道："好像在会场写稿子，怎么了？找她有事？"

叶阳问："你现在有事吗？"

王青萍道："我暂时没事，等安排呢。"

叶阳道："稿子六点前就得出，别打断她了，你替我去会场跑一趟，把我的包拿过来，包里有双鞋，再不换，我估计走不了路了。"

刚说完这话，专访间的门开了，秦雪兰"噌"的一下，满血复活了似的站了起来。

王青萍一溜烟地走了。

张虔和蓝臻一行人从里头出来，不过并未与她俩打招呼，而是径直走了过去。

走廊上，拥挤观望的蓝臻粉丝一哄而上。

粉丝走后，走廊安静了不少，叶阳很想像秦雪兰一样一屁股坐在地上，可又怕被领导们看到，还是算了。

王青萍抱着叶阳的包过来，叶阳刚换好鞋，导演专访间的门开了。

媒体先行扛着机器出来，导演一行人也出来了。

秦雪兰站起来，堆起满脸笑容，迎了上去。

等他们走远后，叶阳带着王青萍回专访间，一一检查有没有什么遗落的东西，查到蓝臻那间时，想到什么，赶紧往身上摸，身上什么都没有。她心一沉，手机不见了。

王青萍看她着急，问："怎么了？"

叶阳边摸边道："忘了手机放哪儿了，你给我打个电话试试。"

王青萍赶紧拨了过去，打通了，但没人接。

叶阳安慰自己，只要不是关机，就还有希望。她在沙发上坐下，去想自己最后用手机是什么时候。她记得从这个房间出去后，就没用手机了。手机一定是落在这房间，她和王青萍将专访间仔仔细细地找了一遍，连沙发底下都看了，却一点踪影都没有。

王青萍试探道："会不会是蓝臻的人先收起来了？"

叶阳觉得可能性微乎其微，倘若真如此，怎么会没人接电话？她让王青萍再打一遍，王青萍又打，还是无人接听。叶阳不安起来，手机里存的东西太多了。她问："你有秦雪兰的手机号吗？"

王青萍摇了摇头。

叶阳又道："你帮我发个微信给晴姐，找她要一下。"

没过一会儿，吴晴回了消息，叶阳便给秦雪兰打过去，找她要蓝臻宣传的手机号。

蓝臻的宣传接了电话，听她自报家门后，就道："的确有，给张总了，就时代影业那个，你知道吧？"

叶阳心中咯噔一下。

王青萍见她神色不佳，问："怎么，没有吗？"

叶阳摇摇头："刚才张总在专访间，他们顺便给他了。"

王青萍松了口气："只要找得到人就成。"

叶阳用王青萍的手机给王彦打电话要张虔的手机号，看着那串手机号，她却没勇气拨出去，只是王青萍就在边上看着，也容不得她犹豫，心一横，就拨了出去。

十几秒钟后，那边有人接了电话。

叶阳抿了一下嘴唇："张总，我是方圆的叶阳，刚才手机落在专访间了，听说您给捡到了？"

张虔在那头稍微停顿了一下，道："不用说你是方圆的叶阳，我也知道你是哪个叶阳。"

叶阳："……"

张虔简洁道："地下车库，D 区。"说着挂了电话。

叶阳到了地下停车库，车库几乎都停满了，她找到 D 区，压根没看到张虔的人影，也不知道哪辆车是张虔的。

她正犹豫要不要再打个电话过去问，边上那辆车的车窗缓缓地降了下去。

叶阳忙走近，俯身叫"张总"。

张虔抬眼看她，重逢后第一次在这么近的距离看。她不像之前开会时一丝不苟，今天有些狼狈，头发从鬓边掉下来了几缕，面色发白，嘴唇干涩，唯独眼睛还是亮的，乌黑又湿润。张虔想起以前，她寒假不回家，留在 Kelsey Coffee 做兼职，那时候正热恋，一刻不见都想得厉害，想去 Kelsey Coffee 找她，她总不让。被拒绝的次数多了，他有点不舒服，觉得她东躲西藏的，有很多秘密。她会在他不舒服的时候吻他，小声说，不想他看到她为生活所迫，被人支使得团团转的窘迫样，她想想都觉得可怜，她不想他可怜她。可如今，兜兜转转，他却成了支使她的人，看尽了她面对生活时的各种狼狈相。

张虔摸出手机，递了出去。

叶阳双手接过去，客套又不失礼貌道："多谢张总。"

张虔面无表情道："这段时间，辛苦你们了。"

叶阳谦恭道："张总言重了，这是我们应该做的，哪里说得上辛苦，主要辛苦的还是兰姐和张总。"

张虔也没说什么，看向前方，若无其事道："不过我着实也没见过这么乱的发布会。"说着让司机将车子倒出去，开走了。

叶阳呆住了。

回去把这话跟王彦一说，王彦咂摸了半天，觉得张虔不是在批评他们，而像是在批评秦雪兰，毕竟秦雪兰才是"我去往"的总统筹，他们顶多是执行而已，张虔觉得发布会乱，这个锅怎么也轮不到他们背。但对秦雪兰工作不满意，其实也相当于对他们不满，毕竟秦雪兰和他们是一体的，只是问题没那么严峻罢了。不过倘若是对秦雪兰不满，张虔为啥要跟叶阳说？

吴晴琢磨：“会不会他想借我们的口敲打秦雪兰？”

王彦就着吴晴话咂摸了一会儿，中肯道：“你说得对，很有这个可能。”

吴晴疑惑道：“那我们是要把这话透露给秦雪兰吗？”

王彦背着手踱步，好一会儿：“说，要说，不管是不是，都得告诉她，但得想个巧妙的法子才是。”

发布会的事告一段落后，王彦约秦雪兰出来吃饭，把张虔那天对叶阳说的话，一字不落地转述了，并哭丧着脸问：“兰姐，张总是不是对我们公司不满，不会要中途把我们换了吧？我听说你们之前就有中途换公司的先例？”

秦雪兰的脸立刻就垮了。

外人不清楚他们内部的关系，她自己心里是有数的，张虔当然不会无缘无故跟一个乙方小经理说那样的话，他显然是借别人的口，说给她听的。这样既不伤她的体面，也转达了自己的想法。

对于张虔，秦雪兰既怒且惧。无论她服不服他，他都是她的领导，官大一级压死人。

秦雪兰打哈哈道：“别看我们张总年纪不大，但要求贼高，这话没说过十回也说过八回，咱们尽全力，问心无愧就行，别想那么多。”

叶阳很快就发现张虔那句敲打的分量，因为项目群里的秦雪兰明显没有以前那么暴躁了，很少再刷屏 @ 人，颐指气使的劲儿也淡了，说话都会带萌萌哒的语气词，弄得群里的几个乙方负责人都十分纳闷，这位甲方大大到底是抽什么风！

叶阳跟周嘉鱼说了事情的原委后，周嘉鱼大笑：“活该，我们跟时代合作也好几次了，《海市蜃楼》还是他们张总亲自带的，无论有什么不满，台面上都不叫人难堪，就她拿个鸡毛当令箭，不把乙方当人看，活该！要我说，秦雪兰这样的老娘儿们，就得一直有人压着，否则她能飞上天去。现下她消停，咱们也都松快几天。”

叶阳道：“但愿吧。”

周嘉鱼又道：“这周末有空吗？有空来我家玩儿啊，我跟家安搬到新房后，你还没来过。”

叶阳立刻道："我不去，去了会受刺激。"

周嘉鱼磨叽道："来嘛来嘛，我这房子虽然不大，但好歹写了自己的名儿，你就不想来参观一下？"

叶阳惊讶道："还不大？一百六十多平方米，六百多万，你是想要别墅吗？"

周嘉鱼重申道："郊区房！每天上下班开一个多小时车，要遇上堵车，得俩小时！"

叶阳笑道："别矫情了，有房就不错了，哪像我们这些没房的草根阶级，指不定啥时候来一阵大风，就把我们吹回老家去了。"

周嘉鱼也笑："行了，别卖可怜了，周末早点来，给我搭把手。"

叶阳警惕道："搭什么手？你要干吗？"

周嘉鱼道："我们买房动静不是挺大的嘛，差不多能知道的人都知道了，也帮了不少的忙，我说弄个乔迁宴，感谢一下大家。人多，我怕到时候忙不过来，提前跟你打个招呼。"

叶阳"哇"了一声："你这哪里是请我参观新房？明明是拉我做苦力。"

周嘉鱼理所当然道："等你在 B 市买房了，我也给你过去当苦力。"

叶阳又笑："你这不怀好意啊，明知道我买不了，故意刺激我吧？"

周嘉鱼笑了："得，等你搬家的时候，我和家安都过去给你当苦力，这总可以了吧？！"

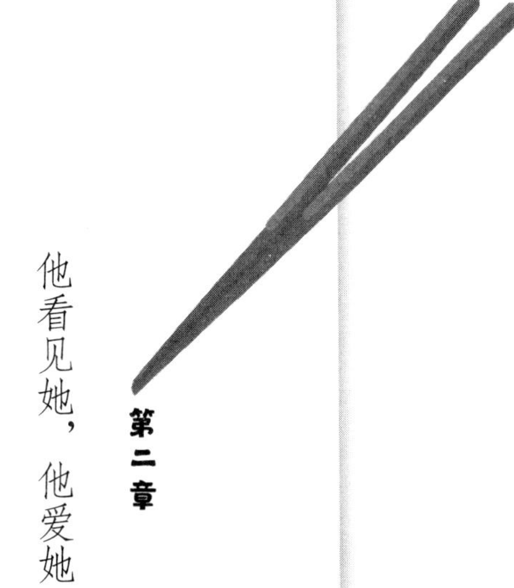

第二章

他看见她，他爱她

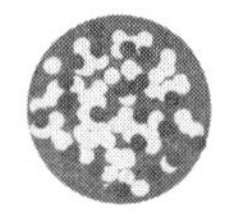

08 一个人一个活法

周日那天，叶阳抱着一盆昙花到了周嘉鱼家。

周嘉鱼接过昙花上下将她打量了一番，不禁皱眉："我特意嘱咐你穿得好看点，你就是这么敷衍我的？"

叶阳低头看自己的背带裤，奇道："这怎么了？不挺好的吗？再说了，穿什么不重要，重要的是脸，你没看我化了妆吗？"

周嘉鱼盯着她的脸左看右看，看了半天，仍然有点嫌弃："你这妆也太淡了……"

叶阳横了她一眼。

周嘉鱼立刻改口："行行行，姐姐，您天生丽质，化不化都一样。"

任家安从厨房里探身出来："来，让我看看。"

叶阳浮夸地转了一圈。

任家安笑："我觉得挺可爱的呀。"

周嘉鱼一边找地方摆昙花，一边道："可爱有什么用？要艳丽才行。"

任家安问："你不是说他前女友是知性挂吗？"

周嘉鱼道："是知性明艳挂，反正不是可爱挂。"

任家安耸耸肩："那还不是照样分手。"

周嘉鱼对自己老公频繁反驳自己感到不满，掐腰看他："是你了解他，还是我了解他？"

"等会儿。"叶阳越听越糊涂，"我怎么听着不对劲？你们到底在说什么？"

周嘉鱼揽住她，往厨房推："宝贝儿，我不是跟你说过吗？我们公司有个绿茶婊，她是我们老大的助理，今天代替老大过来，我看不惯她那副婊样儿，拉你过来给我长威风。”

叶阳倒是从周嘉鱼那听说过这位绿茶婊的事迹，她问：“是那个老在群里暗戳戳撑你，并抢你功劳的人吗？”

周嘉鱼道：“就是那个贱人！”

叶阳道：“不过跟我有什么关系？”

任家安笑：“嘉鱼说叶未匀对你有好感，绿茶婊对叶未匀有好感，你们仨又都来，她想用你气气绿茶婊。”

叶阳恍然大悟，怪不得周嘉鱼叫她打扮好点，她看向周嘉鱼：“宝贝儿，我要是能帮你，肯定义不容辞，可你真觉得叶未匀对我有好感吗？”

周嘉鱼郑重地点了点头：“他的确对你有好感，这毋庸置疑。”

叶阳警告道：“你要是故意误导我，让我在人面前自作多情，我可是要跟你绝交的。”

周嘉鱼道：“上个月月初，我请他吃饭，想撮合你俩，他的确一副没准备好的样子，说要再等等。可后来咱们在时代影业碰面，我注意到他其实还挺关注你的……”顿了顿，“你别跟我说你没察觉，挺明显的。”

叶阳只道：“再等等就是没意愿。人家两次都没意愿，你还上杆子撮合，显得咱俩多欠啊。”顿了顿，“咱俩欠吗？”

“不欠，不欠。”周嘉鱼哄道，“谁欠你也不欠，你放心，这点分寸我还是能拿捏的。”

快十一点的时候，任家安的几个朋友先到，任家安出去招呼。

十一点多点，周嘉鱼的几个同事陆陆续续到了。

叶未匀和常萱最后到。

周嘉鱼在厨房听到声音后，在叶阳耳边切齿道：“绿茶婊。”接着出了厨房。

叶阳竖耳听，只听到有个温柔女声三百六十度全方位赞美周嘉鱼的房子，从大小到采光到装修，中间配合着叶未匀的附和声，周嘉鱼在那边咯咯地笑。又听到叶未匀问：“好漂亮的盆栽，是昙花吗？”

周嘉鱼扭头看，笑道：“好像是。”

叶未匀笑：“昙花不好养，没想到你还有这种兴致。”

“我哪有这个闲情逸致养，是朋友送的。”周嘉鱼道，“萱萱应该不认识，未匀应该认识，经常跟咱们一块到时代开会的叶阳，她爱养这些稀奇东西。”

说着仨人到了厨房门口，叶阳听到动静，放下手中正剥的虾，回身来看。

周嘉鱼笑："叶阳，给你介绍一下，这是我的两位同事，叶未匀你应该知道，这位是常萱。"

叶未匀朝她颔首示意。

叶阳笑着走上前来对周嘉鱼道："上次宴会，我喝晕了，你就是让这位送的解酒药吧？"

周嘉鱼嗔道："你这脑子，还记得人家，真不容易。"

叶阳看向叶未匀："是杨柳依依叶未匀的那个未匀吗？"

叶未匀一愣，笑了："厉害了，很少有人不用解释就知道是哪三个字的。"

周嘉鱼也笑："我俩是在上家公司认识的，一块入的职，中午时，她约我一块出去吃饭，上来叫我水中君子，很少有人知道嘉鱼是这个意思，大家通常表面理解成一条好鱼，我可惊讶了，后来一问，才知道是X大中文系的，怪不得如此博学。"

常萱跟着笑："那叶阳姐肯定也知道我这个字的含义。"

周嘉鱼立刻拿话截住了她，道："别叫她占你便宜，她估计还没你大呢。"

常萱有些惊讶："我原以为叶阳姐跟嘉鱼姐一样大。"

周嘉鱼道："她上学时跳过级，比我小好几岁，萱萱是哪一年的人来着？"

常萱没正面回答，只笑："那我们俩差不多。"

叶阳见没自己什么事了，对周嘉鱼道："火上还坐着锅呢，我回去看看，你陪他们到外头聊吧，别让烟熏了衣服，沾上饭味。"

叶未匀见状也赶紧道："没事，你们忙你们的，我们就是过来打个招呼。"说着从厨房门口走开了。

周嘉鱼一见他们走远了，立刻回来骂道："Bitch!"

叶阳一边剥虾一边道："人家也没怎么着你，你怎么气成这样。"

周嘉鱼切齿道："她上来就想为难你，让你在叶未匀面前丢人，呵呵，我要让她得逞了，我周字倒着写！"

叶阳道："你说她让我猜她名字的含义啊？"

周嘉鱼道："对啊，你要是猜不出来，她肯定就会一副'呵呵，你朋友也不过如此'的样子！"

叶阳道："我觉得人挺好的，说话温柔，长得也温柔，指不定就是没话找话顺口那么一说。”

周嘉鱼“我去”一句：“不会吧？你喜欢傻白甜就算了，还喜欢绿茶婊？”

叶阳呼吸窒了窒：“我只是比较喜欢温柔点的，甜蜜点的，温柔和甜蜜不代表就是绿茶婊和傻白甜啊，你别乱给我扣帽子。”

周嘉鱼道：“别解释了，你内心就是住着一个直男。”

叶阳不甘示弱道：“这么说，任家安也是傻白甜，你也喜欢傻白甜！”

周嘉鱼想还口，可一想到自己老公平时那傻样和甜蜜，就觉得叫他傻白甜其实也没什么错，只好道：“傻白甜是中性词，绿茶婊是贬义词，我喜欢傻白甜，不喜欢绿茶婊！”

没过一会儿，任家安到厨房来拿东西，悄声对周嘉鱼道：“你那位同事开大，一过去就把话题从咱房上转移到了她身上，聊了这么久，话题还在她身上……”

周嘉鱼冷笑着对叶阳道：“看到没有？这就是你说的温柔，温什么柔？就是没分寸感，不分场合地抢人风头。”

任家安道：“不过那个叶倒真对她不太热络。”

周嘉鱼很是满意：“叶未匀要真好她那口，我也不会把他介绍给叶阳。”

任家安拿了东西，出去了。

叶阳要开始剁排骨，只可惜平时不太常碰排骨，不知道怎么整。而周嘉鱼正忙着，也没空帮她，就让她随意。叶阳只好拿刀乱砍，砍得骨头块迸得到处都是。她觉得这样不是办法，正准备拿手机查一下，忽然听到身后有人问：“需要帮忙吗？”

周嘉鱼回头一看，“呦”了一声：“你怎么出来了？怎么，大家等不及了，让你来催？”

叶未匀笑：“没有，他们聊得正热闹，想不起这事来，我闲着也是闲着，过来看看你们需不需要帮忙。”

周嘉鱼笑：“你平时做饭吗？可别来帮倒忙。”

叶未匀微笑道：“做得不多，但打打下手总没问题。”

周嘉鱼看了一眼叶阳，立刻道：“那你帮叶阳把排骨剁了吧，我看她那力气，剁到明天也剁不好。”

叶未匀挽着袖子过去洗手，叶阳笑着让出位置：“我平时也不大吃，能剁成这样很不错了。”

周嘉鱼嗔道：“把排骨剁得七零八碎，你也好意思说不错。未匀，是不是爷们儿，是爷们儿就让她瞧瞧什么叫不错。”

叶未匀擦了手，笑：“其实我也不怎么会，剁不好别笑话我。”低头将排骨上的关节都摸清了，哐哐几下，又哐哐哐几下，干净利落地剁好了。

周嘉鱼这下倒是真惊讶了，赞道：“行啊，手法这么熟练，平时没少做吧？”

“偶尔做一下。”叶未匀掂着刀，跃跃欲试的样子问，“还有其他要帮忙的吗？”

叶阳上前道：“其他就是小东西了，我来吧。”

她过来的那一瞬，叶未匀闻到了一股椰子的香气。

叶未匀到旁边去洗手，周嘉鱼那边的菜正好出锅，他洗完手就端了出去。

叶未匀出去后，再回来时，常萱也跟了进来，问有没有什么她能帮忙的，周嘉鱼只好安排他俩去剥蒜。

剥蒜的两人比较闲，还能边剥边聊。周嘉鱼火力全开，注意力全在菜上，偶尔能跟他们搭上一句。叶阳因为跟他们不是很熟，也没吭声，就一直给周嘉鱼打辅助。

叶阳只听到常萱一直在笑，似乎叶未匀每说一句话，无论内容是什么，她都要笑，笑的方式也不同，有柔声轻笑，也有咯咯甜笑，还有拊掌大笑。叶阳自认为算见多识广，可真是头一次遇到如此爱笑的人。之后吃饭的时候，常萱也在不停地笑，对谁都笑，给人很好打交道的印象，话题自然而然又被带回了她身上。

私下周嘉鱼一分钟都忍不了常萱，可饭桌上，她的表情管理非常好，只在任家安的一个朋友频频向常萱献殷勤时，有一点崩坏。

这哥们儿表现得太明显了，一点儿都不加掩饰。

周嘉鱼一想到常萱这小婊子心里暗爽的样子，就目眦欲裂。

周嘉鱼几次想把话题拉回叶阳身上，但见她一脸置身事外的样子，又不得不放弃。叶阳这人什么都好，就是没有做美女的自觉，也不珍惜自己的脸蛋能带来的红利。她若有那样的脸，才不会心甘情愿地做绿叶。不过周嘉鱼又想，有人喜欢热闹，有人喜欢清静，一个人一个活法，强求不来。

09 Open Up Your Door

吃过饭后，大家到练歌房去唱歌。

周嘉鱼和任家安买的房子是三室一厅，一百六十多平方米，首付就将近二百万。刚开始，他们没想买这么大，负担太重，但又想俩人是独生子女，家里四个老人，老人老了，行动不便，难免要接过来，若是连住的地方都没有……所以就咬咬牙，买了个大的。只不过现在两家老人身体还硬朗，暂时不需要他们照顾，所以夫妻俩将空置的一间改成了练歌房，有事没事吼两句，发泄一下压力，倒是蛮爽的。

叶阳不喜欢热闹，没进去，而是帮周嘉鱼在厨房洗水果切水果。

中间周嘉鱼端果盘进去，被众人留下来唱歌，厨房就剩下了叶阳一个人。

叶阳洗水果就洗得更慢了，生怕自己洗完就没事干。

叶未匀去洗手间，回来时瞥见厨房有人，走了过去。

阔腿背带裤搭衬衫，像朴素的学生，跟工作状态下妆容精致的都市丽人完全是两回事。

他正要开口问要不要帮忙，就听到她道："你要等到什么时候？"

他一怔。

她回头来看，见到是他，眼中闪过一丝讶然："怎么是你？我还以为是嘉鱼。"

叶未匀笑了："我看你洗得认真，不忍心打搅。"

叶阳回过头，又拿了一个苹果去洗，边洗边问："怎么出来了？"

叶未匀对着她的背说话，始终有些别扭，就走过去，佯装看水果："里头太闹了，出来透透气。"

叶阳笑了："想起你那天晚上说宴会真烦人，很少有人这么直接。"

水池旁有洗好的车厘子，叶未匀捏了一粒，道："一到这种场合，就无所适从。"

叶阳心有戚戚："让不擅长社交的人出来社交，的确太难为人了。我要是你，肯定就拒绝嘉鱼了。"

叶未匀笑了，问："那你又在这儿？"

叶阳幽幽叹气："我是来做苦力的，让她欠我个人情，将来还得让她还我。"

叶阳鬓边的碎发随着她洗水果时的动作而在脸颊上拂动，弄得脸痒痒的，她想将头发别到耳后，奈何手湿淋淋的，她试图用手腕来别，但又觉得不大可能，就作罢了。

叶未匀见状询问道：“要我帮忙吗？”

叶阳看了他一眼，笑道：“那就麻烦了。”

叶未匀放下车厘子，走近她一点，用手指勾起碎发，悉数给她别到耳后，然后又到另外一侧，将那边的也别好。大约是因为靠得近，他只觉得她身上的椰香越来越浓郁。

叶阳道了谢，想起什么，问：“听说你们已经看过粗剪的片子了？”

叶未匀一脸心有余悸：“都快看吐了。”

“啊，是，你们要剪预告，肯定得反复拉片。”叶阳道，“片子如何？”

叶未匀道：“比预期好点，能看出导演还是有想法的。”

叶阳诧异道：“真的假的？”

叶未匀道：“可能之前对它的预期太低，所以会有点惊喜。”

叶阳若有所思地点了点头，没再说话，而是拿起水果刀，专心致志地切起苹果来。

叶未匀有些无所事事，伸手端起那盘车厘子就要走，叶阳立刻叫住他，道：“等我切好苹果，你一块端过去吧，我就不进去了。”

叶未匀顿了一下，道：“你不进去，嘉鱼也是要出来喊的，躲不过去。”

叶阳笑道：“等会让她找不着我。”

叶未匀有些讶异：“你要走吗？”

叶阳道：“我本来就是被骗来做苦力的，现在活儿也做完了，再留就没必要了，你不要告诉她，等我下楼后，再给她发微信，省得她出来拦我。”

叶阳出了小区，小区门口就有公交站，她到站台去等车，没过一会儿，眼前停下一辆车，车窗降下来，叶未匀冲着她喊：“叶阳。”

叶阳十分意外，过去俯身问：“你怎么也出来了？”

他道：“这不方便说话，你先上车。”

叶阳绕过去，开了副驾驶的车门坐了上去。

叶未匀问：“你住哪儿？”

叶阳道：“涂白寺，顺路吗？”

叶未匀“嗯”了一声：“我住青叶湾，简直不能再顺了。

叶阳点点头，忽然发现没话说了，想找话题，一时之间，竟然找不到，车厢里沉默下来。

之前周嘉鱼是他俩的纽带，有她在，怎么都不觉得尴尬，如今她不在了，好像一切交流就没必要了。

叶未匀也不是话多的人，就调开了音响，里边流出一副温润醇厚的嗓音。叶阳觉得熟悉，可想不起名字来，一首歌快结尾时，她突然道：“理查德·霍利。”

叶未匀更诧异了：“你也听他？”

叶阳笑：“以前听过一阵，这是《Long Black Train》吧？”

叶未匀“嗯”了一声。

叶阳回忆道：“有段时间特喜欢他那张《Late Night Final》专辑的封面。一个快餐店，柜台那儿坐了几个人，有人低头看报纸，有人喝果汁，有人四处张望。柜台下还摆了桌椅，一个穿豹纹服饰的老太太坐在那儿吃面包，她旁边的那张椅子，老得皮儿都绷开了，卷着边耷拉下来。而画面的最左边，有个戴帽子的老人低头往袋子里掏东西，帽子也压不住他满头银发。”

叶未匀笑了：“记得这么清。”

叶阳仍处在回忆中：“那画面好像是暖黄色的调子，有种老人的随和和安详，我挂着当头像，用了很久。”

音响中已切了新歌，是理查德·霍利的另外一首《Open Up Your Door》，轻浅的前奏一响起来，叶阳本来要再找话题说的，忽然就紧紧地闭上了嘴巴。

叶未匀打了一圈方向盘，车驶入辅路，理查德·霍利那沧桑温润的声音响起：

Open up your door.
I can't see your face no more.
Love is so hard to find.
And even harder to define.
……

叶阳扭头看车窗外，辅路与主路之间有长长的绿化带，绿化带多种月季，颜色也多，饱满的大朵擎在枝头，在风里摇晃，也有横斜出绿化带的，打开车窗，就能顺手折一枝。

Oh, open up your door.
Cos we've time to give.
And I'm feeling it so much more.
……

这是她听理查德·霍利的第一首歌，也是张虔分享给她的。

歌名翻译成中文是《打开你的爱情之门》。

那时她和张虔正在以朋友的身份暧昧着，一切都是似是而非的状态，所以张虔分享过来这样的歌儿，很令人遐想，而这种遐想令她害怕。

张虔是投胎赢家，父亲是话剧演员，母亲是舞蹈演员，典型的文艺世家。自小受艺术浸淫，有成熟的艺术审美，钢琴和吉他虽不专业，但是爱好，拿起来都能弹。寒暑假会被父母带出去旅行，日本、美国、英国、澳大利亚……

而她不过是南方小镇里的姑娘，在没有考到B市前，几乎连省都未出过，更别说什么爱好了。她压根没资本培养那些高雅爱好，顶多看看书，看看电影罢了。

精神上的自卑是一方面，物质上的自卑是另一方面。

她没谈恋爱时，就觉得生活拮据，若谈了恋爱，多出一笔花销来，只会更拮据。她总不能让张虔天天陪自己吃食堂，轧马路，看星星，张虔显然不是这样朴实无华有情饮水饱的类型。但同时她也不觉得谈恋爱时男生应该为各种约会行为买单，她觉得有来有往比较公平。这么综合一考虑，她觉得自己压根就没条件谈恋爱，尤其是和张虔谈恋爱。

虽然现实压迫得叶阳不能去想和张虔谈恋爱这事，可张虔又在不断地跟她释放信号，于是她陷入了一种要和不要的焦灼中。

而就在这阶段，她室友陈蜜和男友分手了，这件事让她面对张虔时彻底冷静了下来。

陈蜜是西安人，家中富足，不是动辄身家上亿的富家女，而是家中有厂子，身家千万的那种小富，能看出来是个小公主，人养得很娇，但并不蛮，是叶阳身为女孩子，看着她，都不希望她吃苦的那种存在。陈蜜在西安上高中时，谈了一个男朋友。男朋友虽然也是当地人，却不是市里人，而是住在稍微远一些的郊区，家境不好。男朋友没考上B市的学校，只能在当地上大学，不过这不妨碍陈蜜和他谈恋爱。陈蜜经常折返于B市和西安两地，几乎半个月一趟。一年下来，没有几十趟，也有十几趟。陈蜜把车票都留着，有一天闲来数着玩，说只路费这一项，就花了三万多。

她男友也来过B市，但次数终究是少的。

陈蜜和男友常晚上打电话，若是寝室熄灯了，她就用被子蒙着头悄悄说。不过叶阳总能听到一些，他俩常说结婚后的事情，有时候很高兴，有时候会吵起来。叶阳记忆比较深刻的一次吵架，好像是陈蜜的男友担心陈蜜将来会对他父母不好，陈蜜非常生气，说做人将心比心，他们对我好，我自然也对他们……

因为类似的事情吵得多了，加上来回奔波，陈蜜觉得有点累。她说男友爱她，她也爱男友，可家庭差异的确会带来为人处世的差异，而这些差异刚开始并不明显，但会随着年龄的增长，逐渐体现出来。重要的是这些为人处世的差异后期很难改变，所以她和男友之间的矛盾才会越来越多。陈蜜不知道还要不要维护这段看不到未来的恋情。

陈蜜在大二的冬天，最终还是和男友分手了。分手后，两人坐下来促膝长谈。陈蜜说，她松了口气，陈蜜的男友说，他也松了口气。

叶阳在这事之前，是不屑“门当户对”这四个字，觉得是腐朽思想，现在才深刻体会到门户说并非腐朽思想，而是一种通用的智慧。

不过陈蜜并未因自己的失败而劝说叶阳不要和张虔谈恋爱。她说人跟人是不一样的，她和前男友不行，并不代表叶阳和张虔也不行，让叶阳不要受自己和前男友的影响，该谈还是要谈，大学嘛，不要害怕试错。

从这句话可以看出陈蜜是在意过程比在意结果多的人，但叶阳不是，她是倘若一开始就知道事情的结果不好，那宁愿不开始的人。

叶阳不打算再跟张虔继续暧昧，否则嘴边有块肉，却不能吃的感觉太糟糕了。

张虔也不是那种明知道你对他没意思还会上赶着的人，她两次没接电话，他那边就没动静了。

张虔真不联系她后，叶阳有种失恋的失魂落魄。不过时间不长，毕竟年轻，自尊心又强，父母又从小不在身边，她人生中的重大决定，全是自己一个人做的。性格中有温顺的一面，也有冷酷的一面，加上是学期末，她要准备考试，还要忙兼职，没空伤春悲秋。

考试结束后，寒假不回家，申请留校，Kelsey Coffee 全年无休，她留下做兼职，每天晚上要忙到十一点多，有时候要忙到凌晨三点多，就不大有空闲去想张虔了。

除夕当天，她结束了一天的工作，回到宿舍，已经要累瘫。跟家人通了电话后，差半个小时就是新年，可她懒得等，就那么睡了。朦朦胧胧间，听到手机响，她从枕下摸出来，“喂”了一声，电话那端却是长久的沉默。

叶阳逐渐清醒过来，看了看屏幕，是张虔。

她也没吭声。

手机两端都是深重的沉默。

这种沉默持续了很久，叶阳在沉默中能听到他那边的吵闹声，一定很热闹。她有点心酸，便低声说了一句“新年快乐”。

那边却把电话挂了。

叶阳想装作若无其事，躺下去继续睡，却怎么也睡不着。

她从手机里翻出这首《Open Up Your Door》，听了半夜。

很适合夜里听的一首歌，低吟浅唱，入耳即醉。

那人一直在唱：“Open up your door, Open up your door, Open up your door……”

听得多了，真会生出情人在外面叩门的错觉。

你听，他真的在催促你，快点开门啦，快点开门啦，我都等不及了。

想象美得叫人想哭。

10　他看见她，他爱她

叶阳从叶末匀车上下来，回到家中，看见合租室友正躺在沙发上敷着面膜看电视，同她打了声招呼，回了自己房间。

叶阳在这儿住了三年。房子是两室一厅，跟房东直租，但不是整租，所以她的室友会经常换。李小白刚搬进来半年，两人的关系并不亲密。叶阳也没有想与她亲密起来的想法，毕竟换室友这事太频繁，若是个个都试图亲密，离别时会有失去的痛感，再接纳下一个时，需要的时间会更长，太累了，还不如就这么平平淡淡的，谁离开谁进来都无所谓。

六月初，天儿有点热，开空调还没必要，叶阳就把窗户打开了。

换上宽大T恤和舒适短裤，在床上躺了一会儿，她拿起手机刷朋友圈。

朋友圈现在不是朋友圈，是工作圈，她必须时刻关注工作圈的动态，以防自己忽略了什么重要事情。

晚上到厨房做饭时，叶阳接到了许久未联系的朋友的电话。

朋友是叶阳初中时的同班同学，是她唯一还保持联系的中学同学。

朋友言简意赅地告诉叶阳，她要结婚了，婚期定在七夕，叫叶阳一定去。

七夕是农历，按公历算，怎么也是八月中旬了，而“我去往”是国庆档，八月和九月是最忙的时间，叶阳不晓得有没有时间到连云港参加她的婚礼，只得先说，尽量抽空过去。

朋友异常坚定，不容拒绝：“平时叫你来玩，你说忙，我也不勉强你。结婚这事太大，一辈子就一次，你自己想办法，来也得来，不来也得来。”

叶阳也觉得不去说不过去，就应承了下来，说尽量。她放下手机，将面条从锅里盛出来，端到饭厅。青菜叶子的面条，她坐在那里一口一口地吃。

这是毕业后，叶阳接到的第四个朋友要结婚的电话。

前仨是叶阳大学时的室友，还是在她们毕业后的两年内相继结完了婚。

叶阳那时才二十刚出头，觉得婚姻是遥不可及的事情，所以每次接到这种电话，都有种天打五雷轰的感觉。

叶阳的这仨室友都是在大学里谈的恋爱。在叶阳的认知里，大学恋爱甚少有成功的，多半毕业即分手，没想到这仨全都成了。其中有两人要结婚，叶阳仔细想想还能理解，因为这两人家境殷实，上学时候，日子就过得很优哉，结了婚不会有养家压力，无所谓。另外一个女孩，叶阳有点不大理解，因为那女孩家境普通，男友也是普通的上班族，叶阳觉得她要结婚，肯定过得是贫贱夫妻百事哀的日子。当然了，过日子大多是一地鸡毛，叶阳只是没想到那女孩会这么早地走进婚姻。

叶阳想了许久，还是回归到了根源问题上，那就是被父母养大的孩子，哪怕物质条件不富裕，也不惧怕这种事。像她这样没跟父母一起长大的孩子，才会惧怕与人建立某种长久的亲密关系。

这个中学朋友跟大学那个室友一样，家境也不富裕，却是在父母的关注下长大。大学谈个恋爱，还被“渣”了，中间很长一段空窗期，天天念叨缘分怎么还不来，结果上一年认识男友，今年就结婚了。叶阳在跟朋友的视频通话中，见过她男友，浓眉大眼，人很秀气，但自信心一点不秀气。叶阳说他长得像董子健，他去查了一下人家照片，然后淡淡地表示他比董子健帅多了……

放下手机，叶阳叹了口气，陷入了一种被抛弃的孤独感中。

周嘉鱼发微信语音过来，问她到家没。

叶阳回：“要是这会儿没到家，你就可以报警了。”

周嘉鱼道：“怎么回去的？坐公交车？”

叶阳道：“在公交站碰到了叶未匀，搭他的顺风车。”

周嘉鱼对此非常满意，她道：“你俩聊得怎么样？”

叶阳有气无力：“一个多小时的车程，你知道我要费多大心思找话题吗？”

周嘉鱼听她这么说，顿时有些恨铁不成钢：“你还说，绿茶婊今天把家安的一个朋友迷得团团转，那没出息的，非要送人回去，拦都拦不住。我就不明白了，绿茶婊假笑的样子，到底有什么好看？你要是再占不到叶未匀的便宜，我是赔了夫人又折兵。”

叶阳着实觉得周嘉鱼对绿茶婊过度关注了，笑着开解道：“她柔柔的，像水一样，你脾气太躁，当然奈何不了她，要我说，放平心态，别太在意，你越在意，她越得意。”

“所以才拉你过来！”周嘉鱼恨声道，“她是水象，你也是水象，你给我水漫金山，淹死她。”

叶阳：“……”

叶未匀再从周嘉鱼口中听到叶阳的名字，差不多是十天后的事。

他俩正吃着饭呢，周嘉鱼的微信响了，她顺其自然地拿起来看，看完脸色忽然变了，紧张道：“今天几号？”

叶未匀看了看时间，道：“十七号。”

周嘉鱼把手机往饭桌上一扔，抱住了自己的脸：“死了死了，我怎么把这事给忘了？”

叶未匀奇道：“怎么了？”

周嘉鱼懊恼道：“我之前答应明天陪叶阳去看话剧，可我把这事给忘了……”

叶未匀笑："你明天不是要跟白总去上海吗？"

"对啊！"周嘉鱼继续懊恼，"问题是叶阳一个多月前就买票了，时间太久，我给忘了。"又目光熠熠地看向叶未匀，寻求他的安慰，"你说，我要是现在跟她说我去不了，她会不会掐死我？"

叶未匀想到了什么，失笑着摇头："看着不像。"

周嘉鱼被他的笑弄愣了，她觉得叶未匀对叶阳依然有兴趣，还是忍不住想撮合。她想问他有没有空代替自己去，但终究介意他此前一而再再而三地推辞，就作罢了，道："算了，早死早超生。"说着拿起手机，给叶阳回了微信。

叶未匀没有说话。

叶阳退了一张票，自己一个人去了。

话剧是首演，请了许多媒体和嘉宾，前两排的座位不出售，叶阳即便一开售就去抢票了，仍然只能坐第三排。

叶阳没上大学前，压根不知道话剧是什么，纵然语文课本上有什么《茶馆》的选段，可也只能囫囵吞枣地理解。上大学后，她忙于做兼职，有空闲也是到图书馆看书，电影都不常看，更别说小众的舞台剧。而张虔对这些东西是信手拈来的，他常给她推荐电影，分享音乐，偶尔也带她去看话剧。她才发现，除了文学，世上还有如此多的好东西。她觉得张虔是她的音乐和电影，让她贫瘠苍白的人生丰富多彩起来。所以那时候，她常常觉得自己在占张虔的便宜。她从张虔身上受益如此多，自己却没什么能给张虔的。

她问过张虔喜欢她什么，张虔答不出所以然来，只说他父亲告诉他，爱情并非是朝夕相处日久生情，爱情就是双方初次相见时的灵光乍现。而这样灵光乍现的瞬间，并不是人人都能遇到。但不走到人生终点，谁也不知道自己能遇到还是遇不到。他父亲让他珍惜当下的每一刻感受，要他感受到爱的时候，用力去爱。不要等到垂暮之时才发现自己因年少无知而错过的东西，到底有多重要，从此遗憾终生。

那时，张虔的爱情只是一种感觉。

我看见你，我爱你，就这么简单，没有为什么。

不像她，她可以列出十条甚至一百条原因来。

叶阳拿着票，对着座位号，找到自己的座位。

此时距离开演还有半个小时，她没有同伴，难免觉得无聊，就摸出手机。

看了一会儿手机，她再看时间，发现才过了五分钟，实在受不了自己像个傻子一样坐在那里，便出去溜达了一圈，看时间差不多了，才又进剧场。

剧场已经坐得七七八八，她往三排中间去，发现自己座位上有人。

她以为自己走错，又看了一眼，是第三排没错。

她看着自己座位上的女士，礼貌道：“不好意思，您是不是坐错了，这好像是我的座位？”说着把票给人看。

那位女士吊起眼梢看了她一眼，道：“你是一个人吧？是这样的，我们买票的时候，没连座了，就分开买了两张。出门在外，行个方便，跟我们换一下座位吧，感谢。”

这位女士的话虽客套，但态度有点颐指气使，而且大有歧视她一个人的意思，叫人不舒服，但叶阳忽略了这点不舒服，依然打算成人之美，她问：“您的座位在哪儿？”

那位女士道：“六排九座。”

叶阳摇头：“您这太靠后了，要是同一排，我就给您换了。”

那位女士皱眉道：“三排十和六排九没差价，都是六百八的票，说明效果是差不多的，你不是一个人吗？行个方便吧。”

纵然六排九和三排十没差价，可离舞台着实远了点，她提前一个多月买票，可不是为了第六排。不过对方若态度好点，她倒愿意成人之美，只是如今这样，她觉得没必要了，微笑道：“不好意思，您的座位真的太靠后了，要是同一排，我怎么着也跟您换。”

女士仍坐着没动，倒是她身边的男同伴站起来：“行了，我去后边吧。”

那女士仍不动，叶阳就站在那儿，微笑地看着她。

四周渐渐有目光聚过来。

她不动，叶阳就一直站着。

叶阳不觉得理亏，但在众人的目光下，多少觉得有点难堪，不过难堪她也要坚持住，某些人可别想道德绑架。

那位女士的男同伴站在六排九座冲伙伴喊：“过来吧，这边有人愿意跟咱们换。”

那位女士拿起自己的包，站起来冷冷一甩：“这世上还是有同理心的人的。”

拿自己的六排换人三排换不成，才想起拿自己的三排换人六排，想占便宜没占着，还倒打一耙，绝了。但公众场合，叶阳不想做泼妇，权当没听见，转身正要坐下，看见一排有个人正在回头看她，忽然像挨了一个晴天霹雳，脸上的色儿即刻就变了。

11　那人在车窗里唤她

那人很快若无其事地回过了头去。

叶阳几乎是在眩晕中坐下来。

换到叶阳隔壁的是一个女生。

女生跟叶阳同龄，见叶阳一副快哭的难堪样子，以为被对方气着了，就小声道："没关系，这种人多了去，别放在心上。"

叶阳茫然地向她看过去。

女生友好地笑了笑。

叶阳顿时觉得自己被治愈了，逐渐回过血来，感激地朝她笑。

女生道："你笑起来真好看。"

叶阳以为这是礼貌性的，道了一句"谢谢"，那女生见她没当真，补充了一句："我是说真的，你笑起来很好看。"

叶阳愣住了。

习惯了职场上虚伪客套的称赞后，面对这种直白的真诚还真有些不习惯。反应过来后，叶阳觉得自己应该做点什么，就道："我叫叶阳。"

那女生一笑，伸出手来，道："田心。"

叶阳碰了她的手："很高兴认识你。"

她嫣然一笑："我也是。"

明明打扮很清新的女生，不知道为什么竟叫叶阳觉出了酷，那种文艺女青年特立独行的酷范。不过两人的交流也到此为止，剧场的灯马上暗了下去，话剧要开始了。

叶阳在黑暗中平静下来，可张虔回头看她的那个画面始终在脑子里盘桓不去。

张虔坐第一排，按说是主办方请来的嘉宾，可台上并没他父亲，那他到底是为谁而来？

她打开手机，重新去查话剧的相关主创。

话剧是群戏，主演多，她是冲导演和那几个经常活跃在影视圈的知名戏骨来的，完全没注意到其他人，如今仔细一看，赫然发现有个叫程柠的女演员。

有了对照，叶阳特别留意了一下。不过因是民国戏，加上舞台和观众中间还隔着一个乐池，她看不清楚演员的脸，只隐约觉得那个穿酒红旗袍的女演员是张虔的女友。

身段曼妙，仪态款款，隔这么远，叶阳觉得自己都能闻到她身上的香气。张虔真有艳福，不过叶阳又想，张虔的确有这个资本。

话剧结束后，是分享交流会。交流会结束，差不多快七点，叶阳和田心在马路边加了微信好友，说以后有机会再约，就分了手。

叶阳打开微信用软件叫车，发现需要排队，准备坐公交回去。

她眼前停下一辆车，车窗缓缓降下来。

暮色浓，叶阳没看清是谁，正准备往边上让，却听到那人在车窗里唤她："叶阳。"

叶阳愣住了。

倘若现在让叶阳回想，从小到大，哪个人叫她的名字最好听，她能想到三个人。

第一个是她外婆。

叶阳自小跟爷爷奶奶住，因为父母不在身边，外婆家离她们家又远，她很少到外婆家去。若真想去，只能骑自行车，那时她还小，大人的自行车蹬不起来，骑的还是小孩子的小车。六公里之外的外婆，对她来说，像在天边。她骑小车去，差不多骑一上午才能到。她外婆每次看到那么大点的孩子累得满脸通红，就会一迭声地叫她的名字，叫得又温柔又有耐心。

第二个是中学班上的男同学。

那时，叶阳已不在镇里上学，去了江阴。男同学是她同桌，因为是同桌，有事通常拿手拍肩膀或者推胳膊肘就行，男同桌并不常叫她的名字。那次前后桌几个人在聊天，忘了在聊什么，可能是聊大家都用什么洗发水吧，男同学见她一直没吭声，忽然点到了她，问："叶阳呢？叶阳用什么？"叶阳被他叫愣了，反应过来后暗自诧异了许久，他竟可以把她的名字叫得这么好听。后来，她大一点，才意会到她当时感受到的好听其实是温柔。一个男生如果懂温柔，那真的要老命。

第三个是张虔。

那时她和张虔还在暧昧期，他约她出来看话剧，看完话剧，天已经黑了。他俩一路聊，一边往公交站去。不过她有些心不在焉，因为她进剧场后，才知道张虔买的票是第二排，票价几乎相当于她一个月的生活费。虽然张虔说他请，可她不能让他白请，她下次是要还回来的，还肯定不是一张，而是两张，这样一来，她俩月的生活费就没了。这还只是一方面。另一方面，她被自己和张虔之间巨大的差异冲击到了。她知道他家境殷实，但不知道殷实到了什么地步，现在切实感受到了，一下觉得这人遥不可及起来。这样一想，想得有些入神，就真把身边的张虔忽略了，一直等到张虔喊她，她才发现把人落在了后面。

那是他第一次叫她，字正腔圆里带一点温柔。

她回头去看，他从暮色中走来，看着她笑："想什么呢这么入神？人丢了这么远都不知道。"

她以前以为情话就是王家卫电影中那些漂亮而文艺的台词，但遇到张虔，她会发现自己平平无奇的名字也可以成为一句情话。

只是如今，那人虽在，也会叫她的名字，但再无温柔，只余字正腔圆。

"叶阳"不再是一句情话，"叶阳"只是最普通的一个名字。

叶阳从人行道下来，走到车旁。风一吹，路旁的槐花簌簌往下落，她俯着身，尽量使自己的语气带一点不那么夸张的惊和喜，尽量使自己像个偶遇了甲方大大的小乙方："张总，您怎么在这儿？"

张虔从车窗里看着她，问："去哪儿？"

叶阳摇摇头："不用麻烦了，我已经叫了车，估计马上就到。"

张虔看着她。

叶阳和他对视几秒，还是在他双重身份的压迫下，别开目光，改口："涂白寺，张总若顺路，捎我一程也行。"

话音刚落，"砰"的一声，副驾驶的车门锁开了。

叶阳识趣道："多谢张总。"说着到另外一侧，打开车门，钻进了副驾驶。

车行驶在斑斓的夜色中，俩人都没说话，后来拐入潮安路，遇上堵车。

车像蜗牛似的爬了将近四十分钟。

在这四十分钟里，张虔接了五个工作电话。

中间张虔似乎想抽烟，都摸到了烟盒，但意识到有女士在车上，便作罢了。

叶阳以前很迷他抽烟的样子，因为很有范儿。叶阳的词汇量其实不低，她却形容不出张虔抽烟时那种劲儿到底是什么，只觉得像老电影里的长镜头，让人长久地记着。

车过了涂白寺桥，转个弯，到了叶阳住的小区门口。

叶阳下了车，到车窗旁，同他道别，道完别却没走，她觉得张虔是有话要说，总不会是因为绅士才送她回来。她觉得借机说开挺好，回避不会让人轻松，说开了才会轻松。

张虔见她不走，微微有些疑惑："还有事？"

车内光线暧昧，他浸在里边，整个人跟着迷离起来。

叶阳学生时代喜欢这张脸，喜欢的是那种眉目疏朗的开阔和自信。现在他沉淀下来，面由心生，五官跟着深邃下来，身上带上了成熟男人的疏离和位居高位的威严，是另外一种震慑性的帅气。

叶阳微微一顿，道："不是你有事吗？"

张虔一面将车窗升上去，一面道："回去吧，叶阳。"

叶阳看着那辆车滑入车海，不见了踪影。

叶阳回到家里，坐在床上，一时不知道要做什么，瞧见角落中的吉他，拿了出来。

吉他是她升职时买的，工作不忙那阵，花钱报了一个班，跟着学了一阵。那段时间，她对吉他很有热忱，有空就练，也练了几首曲子。但后来忙起来，她就搁下了，吉他一直在角落里吃灰。

李小白趿着拖鞋进来，靠在门边听了一阵，忽然道："《See you again》。"

叶阳没吭声。

李小白笑："当年陪前男友看'速7'，都结束了，他还不走，非要把片尾曲听完，我寻思有什么好听的，没想到用吉他弹，这么温柔。"

叶阳一边弹一边问："怎么分了？"

李小白笑得不甚在意："我们俩吵架了，正在冷战，还没分手呢，他就去相亲了。"

"啊？"叶阳停了下来。

李小白道："他想结婚，我说结婚可以，得先买房吧。他说行，然后就完了，之后再也不提，像没这回事似的。他不积极，我就忙着张罗，拉他去看房，他一听首付一百多万，脸都吓白了。我问怎么样，他说好。其实我知道他不想买，他那人很懒散，给他压上几十年房贷，他怕。我也没真想在B市买，只想给他点压力，让他知道倘若结了婚，他可就要为家庭负责了，不能再像以前一样混日子。但他也不说不买，只是不吭声。他不吭声，我就全当不知道。后来因为一件小事吵了起来，他半个月没搭理我，我还以为他想法子去了，谁知道是相亲去了。更奇葩的是，他相了几个没相上，竟然回来找我。我这才想明白，他为什么不直截了当提分手，敢情把我当备胎。找不到更好的，再来跟我商量；找到好的，就把我踹了。"

叶阳："……"

李小白轻轻一哂："这人啊，平时相处，人模狗样的，挺像那么回事的，结果一遇到大事，立刻就不行。怪不得都说，不要试探人性，果然禁不起试探。"

叶阳信手拨了一下弦，一串清灵的音符蹦出来，她道："你这也算因祸得福，不然结了婚才发现靠不住，那就麻烦了。"

李小白道："谁说不是呢。"说着走开了。

12 我想吻你

张虔把车拐入一条小道上，熄了火。

路两侧种满槐树，槐树在马路中央交汇，地上落满青白交错的槐花。

马路左右是老旧的居民区，通过铁栅栏，能看到一层有几家闪着劣质灯牌的商户，打印店、美发店、小吃店等。

不时有跟他一样，从主路上拐进来的车辆掠过，偶尔能听到从居民区传来的狗吠。

他降下车窗，点燃了烟，一支未完，又有电话进来，他简单地同对方说了两句，便挂了。

马路上有对说笑的年轻情侣经过。

两人走到他车前方不远处，忽然停了下来，男生弯腰去给女生系鞋带，路灯将他们照得昏黄，朴素得像电影画面。

张虔没由来地觉得这样的生活画面动人，大约他太久不做这样的事情，也太久没有停下来观察生活了。

男生正对着他，张虔几乎能看清他的脸，很认真的样子。

鞋带系好后，他还扯了扯，发现很牢固，这才站起来，揽住女友往前走。

六月已经很热，可他们似乎不觉得。

夏天的恋人不怕热，冬天的恋人不怕冷。

他的初恋始于冬天，他有段时间不怕冷。

现在想想，当时真是傻得冒泡。

其实严格来说，那次不算初恋，但算心理意义上的初恋。因为高中的恋爱太过稀里糊涂，稀里糊涂地就开始，还没品到个中滋味，就稀里糊涂地分了手。而大学那次，他有很明确的时间线，人家站在弥漫着咖啡香的收银台冲他一笑，问他需要什么，他便知道自己要跟这个女孩谈恋爱。

不过接触久了发现，看着很老实很好勾搭的女生，其实很不好勾搭。或者说，开始好勾搭，但勾搭上后，深入发展会比较难。

不是难在她不喜欢他，是她明明对他有好感，她也没掩饰过这种好感，但她又在时刻跟他保持距离。

比如他请她吃顿饭，她跟着会回请。

他请她看电影，她要回请。

他请她看话剧，她回请。

不是互有好感的男女礼尚往来式的回请，她是丁是丁卯是卯，跟你撇清关系式的。

当然，她会说得好听点，但实质行为就是撇清关系……

朋友生日时，知道她没排班，他想叫她一块来，也借此多了解一下，她却推说跟同事换班了来不了。

B 市下雪时，请她去滑雪，她又找借口推……

不过年轻的男生，对世界的探知欲是非常强的。一马平川，把什么都摊在他面前，他会觉得没意思。这样的捉摸不透，忽冷忽热，虽然有时候会让他苦恼和烦闷，但还是一点点地把他的兴致吊了起来，越发想和她在一块，想跟她亲近。

他老是十点多到 Kelsey 买咖啡，一直坐到打烊，然后出去等她。

她通常会在打烊半个小时后从店里出来。

那时已是冬天，他就在路边枯掉的槐树下抽烟。

有时候会没耐心，觉得这么着不是办法，想等她出来了，直接吻她。她要是不愿意，那就算了。

不过等她真出来了，看到那张脸，这种想法就没有了。他觉得这人很容易受惊，万一真吓着，就此完了，他这仨月不就白忙活了吗？还是慢慢来吧。

结果这人很神奇，他对她越好，她就越不把人当回事，后来甚至发展成了不回信息，不接电话。

人和人之间的关系变化是很容易被察觉的。他先前主动，皆是因为感觉到了她对他有好感，并且默认了他们可以往前发展。否则，他一开始就不会动。他从不做对牛弹琴的事，没意思。现在她冷淡下来，他自然也能察觉到，跟着就冷淡了下来。两次不接电话，他没再打第三次。

没联系的一个多月里，他有试着跟其他对他有好感的女生来往。

看电影，吃饭，说说笑笑，话题一直不会断，但分开后，对方发信息过来，想继续聊，他却一点继续的欲望都没有。

后来终究觉得这么结束太令人烦闷，大年初一的凌晨，借着拜年的机会打电话给她。

她接起来，声音含混，像被吵醒的。

她倒是真的没放在心上，难为他还想着，话也不想说了，直接挂了电话。

挂了电话，回味那句“新年快乐”，不知道为什么，他有点难受。

他觉得她好像要哭了似的，但又疑心是自己多想了，她不大像是会为这种事哭的人。

大年初一，朋友来找他玩，他提不起兴趣，开车晃悠到 X 大附近的那家 Kelsey，原想着她已经回江苏，不在这座城市，没想到竟然还在。他隔着 Kelsey Coffee 的玻璃幕墙，看到她就站在收银台后面，不时倾身给顾客解释什么，微笑一如既往。

他忽然像被什么撞到了。

他原以为她做兼职，只是为了体验生活，并不是真的需要工资。可倘若真的只为体验生活，怎么会大过年的还在这里？

她显然不是来体验生活的，她是真的需要。

她这么辛苦，却从未叫他觉得苦，也未因此占过他便宜。虽然他很愿意被占便宜，但她不管他愿不愿意，都不占。这是多么倔强又自重的女孩子。

他觉得他要认真一点对待她。

下午时候，B 市开始下雪，雪不大，慢悠悠地飘着，让这个干冷灰色的城市，一下浪漫起来。

想起她说，南方的季节很含混，有时候秋天都过一半了，她还没意识到夏天已经走了。她说，B 市的四季很分明，春天就有桃花飞，夏天槐树成荫，秋天遍地银杏，冬天就有雪。她能在季节交替的某一天，突然感受到下个季节的来临，她感受到的时候，就觉得这城市神奇起来。

她觉得城市神奇，他觉得她神奇，这是多平常的事情啊，却被她形容得如此浪漫。

不过他喜欢这点浪漫，他觉得她是一个善于发现生活中细微美的女孩子，他喜欢这样的细腻。

Kelsey Coffee 打烊，已经是晚上十一点多，雪下了几个小时，城市有点白。她和同事一块出来，商场前的一排路灯，将夜色中的雪花照得纷纷扬扬，她的杧果色羽绒服在雪色中如此鲜亮。

她和同事顺着阶梯走下来，在种满槐树的人行道上分手。

她往他这边来。

这地方离她学校有两站地，若坐车，就过天桥；不过，就是打算走回去。

他想，可能是下雪的缘故，她才想走回去的，多浪漫的心思。

他降下车窗，对正走过自己的女孩子喊：“叶阳。”

她吓了一跳，等看清是谁之后，又松了口气，眼睛里还有些诧异：“你怎么在这儿？”

他下了车，将她推到另外一侧，给她打开副驾驶的车门，让她坐上去，给她系安全带。

一个多月未联系，她很不适应。

他等了她这么久，却不想让她知道，可能还有她的忽冷忽热，伤害了他的自尊的缘故。

他道：“我有事跟你说，你是回学校吧？”

她可能觉得气氛不对，也可能因为生疏，总之没多说，只点了点头。

一到过年，这城市就成了空城。街道上没车，距离又近，几分钟就到了。

他将车停到X大前面的马路边上，解开了安全带，又俯身去给她解。

她忙说自己来，一边解，一边问："你要跟我说什么？"

他正在想怎么将暧昧捅开，然后吻她，忽然又觉得车里施展不开，就打开了车门，下去了。

外面冷，但小雪飘着，多浪漫啊。他绕到里侧，给她开车门，让她下来，靠车门站着。

她瞪着眼睛看他，眼睛很大，都能倒映出雪花来。

他被看得很心慌，话也不想说了，准备直接行动。

不过为防万一，还是问了一句，万一真被甩耳刮子，那也不太好看。

他低头看着她："我想吻你。"

她的眼睛瞪得更大了。

他道："那我就吻了。"抚着她的腰，就吻了上去，

她微微有些挣扎，他却没再管是不是会被甩耳刮子，先吻了再说。

事后，他把脸颊埋在她温暖的颈里，低声问："你之前没谈过？"

他只感觉她颈上的温度一下就起来了，她不甘示弱道："我高中一直忙着学习，没空谈。"

他低声问："现在有空吗？"

她沉默了一下，声音低下去："现在也没空。"

颈儿温暖，她身上还有咖啡香，他很想咬一口，可最终只是轻轻吻了一下，道："挤一挤吧，时间都是挤出来的。"

她又沉默了一阵子，道："我觉得我们俩不是一个世界的人，谈恋爱肯定会很辛苦，你辛苦，我也辛苦，弄不好还要撕破脸，我不想这样。"

他忽然意识到她的忽冷忽热不是手段，不是要他，而是在认真考虑一个比较现实的问题。他隐约能感觉到那个问题的存在，只是不觉得有她以为的那么大。

他低眼看着她，她没看他。

他低声道："你当我是什么人？富二代？我不是，我就是很普通的本地人。倘若这跟你就不在一个世界了，那这世上怕是没有人能跟你在一个世界。"

她笑了一下，仍没抬眼，眼角的泪痣却越发盈盈："我喜欢你这种低调的自信。"

他一把捉住她的手，她最初有点惊慌，似乎想挣脱，发现他握紧了之后，就没挣了。他一直好奇这手握住是什么感觉，现在发现了，凉凉的，软软的，跟这个人一样。

他道："你别再拿这种话哄我，我的目标很明确，没有不成就做朋友这条路。"

她没吭声。

张虔又觉得自己太严厉，放低声音，几乎都在哄："你别把这事想得太复杂，想再多也是纸上谈兵，成不成，试了才知道。试了，真不行，那咱们谁也都没遗憾，不是吗？"

她仍旧没吭声。

张虔将她揽到了怀里。

她没有推拒，安静地靠在他怀里。

马路空荡，雪花飘扬。

半天，她小声道："我猜肯定超不过三个月。"

他问："什么？"

她小声道："有人跟我说，三个月是热恋期，很多情侣过了那个阶段，会突然就没感觉了。"

他没有吭声。

她又道："倘若有一天，你发现自己没感觉了，要直截了当地说。不要像别人一样，不喜欢了，却碍于什么男生的面子也好，不好意思也好，一直拖着，拖到最后面目全非。换了是我，我也会很痛快地说出来。咱们都是痛快的人，对吧？"

不知道是出于什么样的原因，她这段话说得他心动。或许不是话的内容叫他心动，而是她的那种态度叫他心动。他又想吻她了，他把她从怀里拉出来，低头吻了上去。

这一次就不是蜻蜓点水了，他吻了很久。

她大约没被吻过，抵抗力很差，忍不住哼了几声，他便立刻有想把她吃下去的冲动。

13 生日快乐，宝贝儿

大年初一的那个晚上，他们确定了关系，正式交往起来。

交往之后，女友不准他去 Kelsey Coffee 找她，哪怕去坐一会儿也不成。

她说她会分心，万一做错了事，又被顾客投诉，又被主管指责，太狼狈了。

她不想他看到她的窘迫可怜样儿。

他觉得她说得有道理，也觉得自己一个男生，不能表现得太黏缠，就说等她休息那天再来找她。

再见是初五。

初五那天她不上班，他带她去逛公园。因为下雪，古公园里红墙绿瓦，雕梁画栋，挺有看头。不过那一整天他几乎没看雪景，心思全在她嘴唇上。她画了淡妆，涂了口红，不是很烈的颜色，但很鲜明，加上她白，又白又水，像颗招摇过市的水蜜桃似的，看上去很好吃，弄得他心猿意马。又因为知道这是自己女朋友，他可以吃，内心几乎可以用猴急来形容，但行为上他并未表现出来。恋爱才开始，他不能一下子露出獠牙，还是要坐怀不乱，风度翩翩。

一直忍到晚上，将她送回学校。他要在林荫道旁吻她，四下无人，雪夜寂静，他可以吻很久。

他为了表示自己没猴急，还煞有介事地吻了一下她的额头，然后才低下头吻她的嘴唇，结果她微微一偏，他只吻到了她的头发。

她把额头抵在他肩上，低声笑："我这一嘴火锅味儿。"

他笑了："出来时，人送雪糕，你不要？"

她有点扭捏："我是乡巴佬啦，哪里知道人家送雪糕是这个用意。再说了，大冬天的，送什么雪糕？送薄荷糖不行吗？你不是也没要吗。"

他笑："我是见你不要，我才不要的，俩人都是一个味儿，谁也不用嫌弃谁了。"

她娇嗔似的抬手轻轻捶了他一下，就砸在他胸膛上，他忽然觉得很甜蜜，满嘴火锅味儿，也仍然想吻她，她却极快地跟他拉开距离，回宿舍去了。

酝酿一整天也没亲着，晚上想着那鲜艳的嘴唇，他翻来覆去睡不着。

最开始是嘴唇，不一会就变成其他了。

二十岁出头的男生，再克制，再一本正经，脑子里也全是对异性身体的向往。尤其在他还有女朋友的情况下，简直是恶狼嘴边有一块肉，没有一刻不想吃下去。不过，他不愿随便对待这件美好的事情，还是想先培养好了感情基础再说。

暧昧虽是美好的阶段，但很多事情都是浅尝辄止。谈恋爱不一样，可以深入地了解很多事情。恋爱久了，他就发现他女友只是看着温顺，其实骨子里还挺酷的。但酷里又还带着一点娇，娇中又有决绝……总之反复无常得非常迷人。

比如谈恋爱时所产生的花销，他是男生，家庭尚算富足，按理多负担一些，很正常，可她不让。

做朋友时，她跟他 AA，他还能理解。谈恋爱还 AA，他就有点不舒服。

她就说，刚开始你负担得多，可能不会觉得有什么，但长此以往，就算你不介意，心里肯定也会多少有点看轻我，等真到那时候就晚了。

他知道她说得有道理，任何一个自信自重，并且抱着认真谈恋爱心态的男生都不会希望自己一直买单，有来有往才能让他觉得自己找对了人，否则很容易有做冤大头的错觉，不像谈恋爱，时间长了自然会看轻对方。但他觉得这事也不必如此严肃，有时候哄她，说分担多少要根据双方的能力而定，谁比较充裕，谁就多负担点，但她坚决不肯。

再比如，那年有个温情港片在内地上映，他俩一块去看。几乎没在他面前落过泪的女友，在那场电影中，哭得稀里哗啦。为了不叫他发现，还把头发散了下来，每次擦眼泪时候，就装作是在弄头发。他很想将她揽到身边，但又怕她不好意思，就装作没看到。

散场时，已经快十点了，他送她回学校，在明德湖的柳树下吻她，问她怎么了，怎么哭得那么厉害。

她把脸埋在他颈边，还没说话，眼泪又出来了，他感觉到颈边一片温热水渍，不自觉地将她抱得更紧了点。

她小声道："张虔，你知道我最喜欢你什么吗？"

他吻了吻她的头发，低声道："不是说喜欢我的自信吗？"

"也喜欢你的家庭。"她道，"我虽然不知道你和父母平时是怎么相处的，但从你那些旅行的照片里可以看出，你们感情非常好。你父母一定善于和你沟通，倾听你的想法，如果你做得好，他们会鼓励。如果你顽皮，他们会耐心纠正。

打小就带你见识世界，培养你的各种兴趣，还会传授他们的人生经验给你，让你少走弯路。我是跟你完全相反的，我也有父母，不过只有过年才能见到。那十几天，对我来说，如临大敌，因为不知道该怎么跟他们相处。我母亲后来意识到了这种生疏，也曾失声痛哭，可有些东西的缺失，是无论如何都弥补不了的。于是我母亲无比希望再生一个孩子，并且说哪怕背着讨饭，也要亲自带大。只是没有如愿，因为年龄不允许。可能自己缺少这方面的东西吧，每次看到相关的，就像被踩到了尾巴一样难受。我很羡慕那些父母与子女关系好的家庭。那样的家庭，善于表达，情感丰沛，养出来的孩子也一样，他们拥有一切，从不怕失去。我觉得人都是缺什么找什么，我看你第一眼，就觉得你是这种人，你将来肯定是个特别好的父亲。我常想，如果我的孩子拥有你这样的父亲，该多好。不过我也知道，大学的恋爱甚少有结果。但就算将来我们不在一起，我也会找个跟你差不多的人给自己的孩子当父亲。毕竟母亲不靠谱，父亲靠谱，那孩子还不至于被养歪。”

他就笑了，吻她的头发，道：“话是好话，可每次都要加一句万一，我觉得有点画蛇添足，下次别加了，我懂你的意思，你不用来回强调。”

她摇摇头：“我觉得是画龙点睛，否则叫你产生了我想跟你结婚的想法，你指不定要怎么嘚瑟呢。我不是非你不可的，只是你现在是我男朋友，我只能——”

他吻住她，低声道：“都说了，不用强调，我知道。”

再比如，暑假时候，朋友喊他去尼泊尔爬雪山。她不能去，他也不想去。热恋中的男生，哪里有什么朋友，只有女朋友。他做什么都希望她在身边，她不在的话，一切都会变得索然无味。她却一定要他去。他一再警告她，他前女友也会去，她的想法也没改变。她说倘若他因她不去，她会有压力。他问她，不担心他和前女友发生什么吗，她说真那样的话，防不住，早发现早解脱。他最终还是去了，但心有所牵，旅途变得十分漫长。

其间他没联系她，她也没联系他，他却更想她了。

他最终还是提前回去了，回去没告诉她，在商场前的人行道那儿等她下班。

路边的槐花在晚上开得灿若星空，晚上十一点多，她和同事分手，慢慢朝这边走过来。

他本想故作冷淡，若无其事地问她有没有想他，她却一头扎进了他怀里，带着哭腔说她要吓死了，以为他真和前女友旧情复燃，把她忘了。

就这一句话，他就知道她的日子同样不好过。可即便提心吊胆着成这样，她也不肯主动联系他。

他将她从怀里拉出来，一个劲儿地吻她。

路上没多少行人，可即便有行人，他也不在意。

他一点不想克制，手伸到她的衣服里，想立刻将她扒干净。

好在他没理智了，她还有，死命捉住了他的手腕。

可他觉得自己有点撑不住，或者不想再撑了。他们早晚都会做，早一刻，晚一刻，他觉得没差别。

他把她推搡到车里，不管不顾地亲。她没经历过这样的阵仗，也不知道衣冠楚楚的男友，某时候很可能是衣冠禽兽。她又急又怕，颤声道："你的生日马上就到了。"

年轻的时候，把做爱当做革命，发生了就必定会改变人生，所以也讲究天时地利人和。

张虔开始期待自己的生日，但有时又疑心女友只是嘴瓢。不过他已经冷静下来，只要女友不在他眼前肆无忌惮地晃，他觉得自己还可以再等。都说爱情最美好的阶段，是在接吻之后，做爱之前，他也担心这事会破坏如今的美好感觉。但他生日那天，女友穿了一条红裙子，她平时很少穿裙子，再加上她白，红色衬得她白得发光，搞得他心神恍惚，他便立刻推翻了自己再等等的想法。

他带女友见了自己的朋友，吃完饭后，一块去 KTV 唱歌，从里头出来，已经十点多了。

他开车将她送回学校，车停到路边，槐花落了一地，降下车窗，能闻到馥郁香气。

他解开安全带，她却没有动，只是靠在椅背上闭目养神。

他觉得她似乎有点累，问"怎么了"。

她摇摇头，说"没事"，歪着头看他，目光含情带水，简直可以淹没他。

他忍住冲动，伸手摸了摸她的脸颊，低声道："别人都给我礼物了，就你还没给呢。"

她刚才被灌了几杯酒，又被起哄唱歌，这会儿声音有点哑："书不算吗？"

他摇摇头："书也可以当礼物吗？你也太敷衍我了。"

她问："那你想要什么？"

他俯身过去给她解安全带，寻常都会趁机亲她，今天低着眼睛不看她："你。"

她的胸脯随着呼吸微微浮动，声音很低，但很清晰："我就行吗？"

异性特有的柔旖带着酒香直扑到他脸上，他一下子意会到了，喉咙发紧，手就乱了，连安全带都解不开，面上倒还镇定，声音也平静，像个泰山崩于前而色不动的男人："你就够了。"

安全带终于解开了，她握住他的肩头，亲了上来。

气息逐渐沉重，她用极细微的声音道："那这个我送得起。"

他心神一荡，亲了亲她的鼻尖，压着声儿道："你可真大方。"

她便笑了，把脸颊埋在他颈里，低声道："生日快乐，宝贝儿。"

她可爱的时候，他会这么叫她。也逗她，让她这么叫自己，她却死活都不肯，说还是直接叫名字有情调。今天她第一次这么叫他，却一点不觉得生疏，好像她已经叫过很多次了似的。

他哑声道："今晚别回去了，成吗？"

她在他颈里微不可察地点了点头。

以前吻她，总要克制，怕自己意乱情迷，会动用花言巧语哄她上床。今晚显然时候已到，他再也不用克制。

中间她呜咽着说无论他将来是老了还是秃了，发福了还是有啤酒肚了，她都会喜欢他，她会永远喜欢他。

事后，他问她刚才说什么，她又假装什么都不记得了。

他觉得她别扭的样子特可爱，低声在她耳边道："我即便五十岁了，也不会允许自己发福和有啤酒肚的，你放心。"

她脸红耳烫起来，小声道："反正跟我也没关系了。"

她总是一句情话后面必定要带上一句相反的话，好像不带那句话，就不完整似的。他当时对人心的百转千回还没那么了解，也没深入去想她到底为什么这样，只觉得这人可爱又可怜，只想让她再胡言乱语一些。

年轻是什么？年轻就是可以和喜欢的人彻夜贪欢，直到天边都亮起来。

二十一岁生日的那个夜晚，像个五彩斑斓的盛大梦想。

一切都很美好，简直没办法再好。

他甚至在某个瞬间希望自己已经三十岁了。

男人三十而立，他事业稳定，心态成熟，能抵御一切诱惑，可以结婚生子，安稳度日。可当时他毕竟只有二十一岁，任何关于未来的承诺听起来都那么虚无缥缈。他不会承诺，她也不会信。

然而美好后，紧跟的是分手，来得快而且非常猛。

等他真正意识到发生了什么的时候，他已经说完狠话，从X大的女生宿舍楼下来了。

他走在那条银杏树的林荫道上。

一边是网球场，一边是操场，只因为是暑期，并没什么人，校园很安静。

他在路边坐下，摸出烟，缓了许久，终究还是走了。

事后，他没有再联系她。

因为她没给他留余地，他也没有给自己留余地。

一场戛然而止的恋爱。

分手后，他常想起她，开始非常多，后来渐渐就少了。这几年，除非看到与之有关的人或事，才会想起来。

想得最多的是她会变成什么样子。

她常说，他是赢在起跑线的人，而她是输在起跑线的人。他就会想在起跑线输了那么多的她，是否已经被生活折磨得不堪重负，轻而易举地改变了自己，就如同大多坚信自己不会被改变的人一样，最终变成了自己曾经讨厌的那种人？她是否还会冒着触犯男人自尊心的风险，跟他们抢着买单？她是否已经懂得漂亮脸蛋是稀缺资源，会兵不血刃地和男人周旋，为自己赢取现实利好？她一定聪明了，世故了，市侩了，没有坚持，十分油滑。那么有一天他们在超市或者街头重逢，他认出了她，会像大多数男人一样，绝不愿意承认眼前这个油滑市侩的女人，是自己爱过的人。那种因得不到的才是最好的情结，会在此刻碎成一地。

不过真重逢，他才发现她并未朝着自己的期望所去，眼睛里没有那种世故和精明，脸上的温顺和倔强仍在，也没拿他前女友这个特殊身份做文章，所以硬生生让人在朋友圈骂了三条。不过人倒的确比做学生时更圆熟了，像壳子笨重的山竹逐渐长成了鲜美荔枝，因而有了另外一种风情。

老曹那个色鬼，私下点评“我去往”起航宴上姿色尚可的女人，说她有种凌虐感，想让人扒了衣服狠狠地……那个字，他顾忌着身份没说出来，但表情可以说明一切。

他当然知道那代表什么，但那不再跟他有任何关系。

退一万步来讲，就算他仍不能免俗，也绝不会是她。

年轻时候，都以为自己的恋人是唯一的，见得多了就发现，没有人是不可替代的。

张虔抽完最后一根烟，将烟蒂揿灭，丢在烟灰缸里，将车倒出了这条僻静小道。

14 抬头不见低头见

电影项目通常是上映前的那俩月最忙。如今才六月，叶阳原以为自己可以优哉到七月底。结果周一上班时，秦雪兰就扔了重磅炸弹过来，说“我去往”可能要改档，叫大家周三去时代影业开会，并让叶阳准备一下七夕档、国庆档和双十一这仨档期的竞品分析报告。

“我去往”才定档半个月，就要改档，叶阳觉得多半是上周《奔月》开了发布会，将档期定在了国庆的缘故。

《奔月》全明星阵容，大投资，是比较受市场瞩目和期待的电影。先前有传言说，《奔月》特效量大，做不完，赶不上国庆档，要冲击春节档。国庆档没超级潜水艇，“我去往”才把档期定了。结果不知怎么回事，对方上周突然就宣布加入了国庆档。

《奔月》加入国庆档，对这个档期中的所有电影来说，都是不小的挑战。

国庆档的盘子就那么大，进来一部，就必定要分走一部分票房。

带上《奔月》，国庆档已经有十二部电影，接近饱和状态。

周三到时代开会，一听果然是因为《奔月》，只是还没确定到底要不要改，叫大家过来，也是想听听大家的看法。

目前供选择的档期是七夕、国庆和双十一，大家都倾向在七夕档和国庆档之间选。

十一月是电影淡季，若没超级大片带，大盘就跟死了一样，太冒险。

七夕档虽是小档期，但在暑期档里，有学生受众，比较稳妥些。

国庆档竞争激烈，容易出黑马，若电影质量过硬，咬牙拼一把也行。

时代的发行团队给出的数据分析是，七夕档的主要竞争对手只有两部，若后续营销理想，首日排片可争取到 28%—30%，总票房能到 3.5 亿左右。国庆档大片扎堆，“我去往”又是新导演，影片也没有扛票房的演员，算最好的情况，首日也只能争取到 8%—10% 的排片，不出意外的话，保守估计，票房有 3 亿左右。

秦雪兰又让方圆传媒说一说这俩档期竞品的营销情况。

两个档期的竞品营销分析报告看下来，也是七夕档稳妥，国庆档冒险。

新导演的作品，市场认可度不高，维稳比较重要，时代这边最终还是选择把档期改到七夕。

中午时候，时代影业的总经理让秘书定了附近一个日料店，请大家吃饭。

确定改档七夕，距离“我去往”上映，就只有俩月了，时间紧迫，又是一场硬仗，大家也没心思好好吃，速战速决。

吃完上去开会，接着捋改档后的宣发安排，一开又是一下午。

结束后秦雪兰说，她稍后安排人把会议记录发大家邮箱，也请大家辛苦点，周五前把新方案交上来。

从时代大厦出来，天已经黑透了。

周嘉鱼问叶阳：“你今晚是不是要熬通宵？”

叶阳叹了口气：“就一天的时间，不通宵还能怎么办？你们呢？”

周嘉鱼道：“我们的方案简单，十几页 PPT，明天去了稍微调一下就成，不像你们一百多页的方案，还要大改。”

叶阳笑：“你们的工作量在后头，俩月时间，五支预告，三支特辑，平均七天一支，有你们哭的时候。”

周嘉鱼看了眼不远处正跟自己老大说话的叶未匀，笑：“预告片是电影的名片，他压力比较大，我那几支特辑就是常规物料，差不多就行了。不过我觉得他应该没问题，上一年《聊斋》的终极预告，因为要得比较急，他亲自剪的，交上去后，一帧未改，这事直到现在都是奇迹。我们老大说他的风格比较符合时代决策层的口味，想留住这个客户，就全靠他了。”

叶阳有些吃惊：“那预告是他剪的？”

周嘉鱼道：“你也有印象，是吧？”

“岂止有印象！”叶阳道，“看得我浑身发麻，我就是因那预告才去电影院的，结果发现是个大烂片，烂到我如坐针毡。”

周嘉鱼哈哈笑了："所以时代的人才喜欢啊，能把观众骗进电影院的预告都是好预告。"

叶未匀从远处过来，正听到周嘉鱼笑，问："聊什么呢，这么开心？"

周嘉鱼乐不可支地指着叶阳："说你那支神预告呢，把她也骗进了电影院，结果发现完全不是那么回事，人快气死了，赶紧地，正好你在，赔罪吧。"

叶阳笑："看了这么多预告，就对三支预告有印象，一支是《红拂夜奔》，一支是《海市蜃楼》，一支是《聊斋》。"

叶未匀看着她微笑："三部都是东方魔幻，估计是沾了特效的光的缘故。"

周嘉鱼玩笑道："你这么推卸责任，是不想还人电影票吗？"

叶阳立刻意识到周嘉鱼又把自己的嘱咐忘了，抢话道："你要这么说，他可不止欠我一个人，估计得包场才行，哪有这么坑自己同事的？"

叶未匀笑："不认识的人就不用请了吧？！否则我非破产不可。"

周嘉鱼扬扬下巴："认识的呢？"

叶未匀又看了一眼叶阳，笑道："认识的，自然要请。"

周嘉鱼半真半假地对叶阳道："叶阳，听到没有，这是他亲口说的，让他请，千万别便宜了他。"

叶阳嗔道："我看他不是欠我，而是欠你。"

两人都笑了。

叶阳又道："我今晚估计得熬通宵，不能跟你们在这瞎聊了，先走了，后天见。"

周嘉鱼一把将她叫住，道："你不回家吗？我开车来的，捎你一程。"

叶阳摇摇头："我回公司，回家脑子容易不清醒。"

叶未匀顺口道："去哪儿？看我顺不顺路。"

周嘉鱼怕她又拒绝，道："她公司在青叶湾，未匀是不是住青叶湾来着？"

叶未匀看向叶阳："青叶湾哪里？"

叶阳只好道："中宁大厦。"

叶未匀笑了："那跟我走吧，我就在中宁大厦对面住。"

如此，叶阳只好谢了他，上了他的车。

叶阳刚上叶未匀的车，就收到了周嘉鱼发过来的一串文字："宝贝儿，人家对你有好感！只是在犹豫，你抓住机会！别那么在乎自尊心了，想想人家的条件。你难道要找个外地的，学我和家安一辈子还房贷，将来为孩子上学的问题焦头烂额？我不是让你跟绿茶婊一样贴上去，我知道那样廉价，人家多半也不在意，但能顺其自然，你可别犯傻。”

叶阳微微叹了口气。

虽然是事实，可事实让人难受。

她摁灭了手机。

叶未匀一边开车一边问：“累了吧？开一天会，可不是轻松的事。”

叶阳不仅累，而且饿。她吃不惯日料，中午就吃了几口，现在已经心慌了。她揉了揉脑门：“你们是不是都已经习惯了？”

叶未匀开解道：“跟时代合作压迫性是强了点，但人家也专业，是什么就是什么，不像其他小客户，什么都不懂，还什么都要插一脚，弄得鸡飞狗跳，结果还不好。”微微一顿，“秦雪兰算是个例外了。”

叶阳笑了。

叶未匀又道：“不过好在大物料上她没决策权，顶多催一催进度，提一些小的修改意见罢了。”

叶阳叹息：“你们比较幸运，我这边可全都笼罩在她的魔爪之下。”

叶未匀道：“其实人不错，就是脾气有点急躁，说话也不讲究，容易伤着人。”

一想到秦雪兰，叶阳很忧伤，道：“或许是我们磨合的时间还不够长吧……”

音响里流淌出一段慢调，叶阳没再说话，跟着听了一阵，觉得耳熟，道：“这是……”

“别告诉我，你还知道。”叶未匀很讶然。

叶阳努力去想自己在什么地方听过这首曲子，觉得那东西就在嘴边，但就是想不起来。

叶未匀见她想得艰苦，好心道：“要不要我提示一下？”

叶阳立刻拒绝：“不要，我一定能想起来，千万别说。”

但一首曲子播完，叶阳也没想起来，只好放弃：“我记得一幅画面，应该是西部片里的，阳光很充足的森林中，一个西部牛仔和一个蓝眼睛少年并排骑着马，马与马之间扯起了一根绳子，他们边走边晾衣服。”

叶未匀直接道：“《西部慢调》。”

叶阳一下就想起来了，笑：“我就说是部西部片，这是它的配乐吧？”

叶未匀点了点头。

叶阳回忆道："这电影是在X影节上看的，2014年还是2015年那一届，正好家门口的电影院有电影节的展映厅，我闲着无聊，看还有余票，就买了一张。这电影连字幕都没来得及做，就在银幕最下方放了一块字幕屏。晾衣绳的情节出来后，整个影厅哄然大笑，印象比较深刻。"

叶未匀看了她一眼，道："我也是。"

叶阳惊讶道："真的？"

叶未匀道："蓝家园的星河影城，对吗？"

叶阳一听还真是，就笑了："B市真小。"

叶未匀也笑："B市这地儿，说它小，它有两千多万人，说它大，其实地方来来回回就那么些。"

"可不是，抬头不见低头见。"叶阳喟叹道。

叶未匀问："现在几点了？"

"八点三十五分。"叶阳看了一下时间。

"都这个点了，我说怎么有点饿了。"叶未匀笑，"饿吗？我看你中午好像没怎么吃，要不先去吃个饭？"

叶阳摸了摸肚子，道："是快饿死了，正要问你呢，你想吃什么？我请，权当车费了。"

15　你变成了我，我变成了你

吃完饭，已经九点多，叶阳回到公司，开始改新档期的营销方案。

十一点多的时候，叶宽打电话过来，叶阳正写得热火朝天，看了一眼，没接。

叶宽一直打，打到第三个，叶阳还是担心叶宽有什么急事，就停下工作，拿起了手机。

叶宽在手机那头喊："姐，你在干吗？"

叶阳一听他这句不自然的问候，猜出他打电话的目的了，波澜不惊道："加班。"

叶宽嘿嘿一笑："这么晚了，还加呢？"

叶阳只做不知，“嗯”了一声：“最近有点忙，你有事说事，没事我就先挂了。”

叶宽的笑声中依然带了点不好意思：“姐，借我点钱呗。”

叶阳微微叹了口气，还真是一点没不错，她道：“俩月前你才借过，说好半个月之内准还，现在也没还。没还就罢了，又借？”

叶宽“哎呀”一声：“姐，我是真没办法，才来找你的。我朋友结婚，我得随份子，不随多丢人，你先借我点，让我应应急。”

叶阳无动于衷：“你每次都有借口。一会儿吃不了饭了，一会儿发烧感冒了，现在又来同学结婚……你不是有工资吗？也不求你攒钱，挣多少花多少不成吗？为什么次次要借钱？”

叶阳这话不知说了多少次，可没办法。若是别人，她可以挂电话，可这是自己弟弟，她不希望他一辈子都这样。尽管失望透顶，但该说的话，她还是得说。

叶阳总是对这个弟弟心软，因为老是想到他跟自己一样，父母都没怎么管过，很可怜。

叶阳没到江阴上学时，一直都带着这个弟弟，虽然那时她才屁大点，但很有长姐为母的意思。后来，她去江阴，开始在学校住宿，不常回家了，这才渐渐地生疏了，只从跟爷爷奶奶的电话中知道叶宽学习不好了，整天跟人在外边混。叶阳大二那年，叶宽突然要退学，说他学不进去，不想在学校浪费时间，要出去打工。叶阳专门从 B 市回了一趟老家去劝叶宽，因为她知道，那是叶宽人生的拐点，可叶宽最终也没将她的话听进去，还是不上了。

叶宽先去上海待了一阵，没待下去。

又到四川的亲戚那儿待了一阵，也没待下去。

之后去了新疆，还是不行。

如今又回了江阴。

叶宽人不坏，只是做什么都三分钟热度，也不考虑将来，得过且过。

叶阳以前跟叶宽谈过，问他看别人生活得那么好，他一点努力的动力都没有吗。叶宽说，遍地都是比他差劲的孩子，可人家也活得好好的，他干吗要那么拼。

叶阳原以为人都是想往高处走的，不管有没有那个能力，至少都有那个心，所以对叶宽向下看的这个价值观，简直目瞪口呆。

叶阳有时把他批狠了，他也一把鼻涕一把泪地说要努力，但这股劲头通常维持不了仨月。

叶宽还在哀求：“帮一下忙啊，姐，我不会没完没了地借，最后一次，最后一次。”

叶阳仍旧无动于衷，只道：“每次都是最后一次，你觉得我还会信吗？你自己想办法。”然后就把电话挂了。

叶宽不死心，又打电话过来。

叶阳没有接，他就开始发微信，用那种很沉痛的声音卖惨。

叶阳没搭理他。

叶宽发狠了，问她到底是不是他姐，有这么见死不救的姐姐吗，不如直接把他拉黑得了。

叶阳还是没搭理他，但被他指责得有点心烦意乱。

她拿了烟，到楼梯间抽了几支，冷静下来后，才又回去接着写。

凌晨四点多，叶阳终于把方案写完了，之后又开始写排期。

早上七点多，把排期弄好，丢在公司的项目群里，她 @ 了王彦，然后就趴在工位上睡着了。

八点多，公司陆续来人，她才清醒。

九点多，王彦来了公司，给方案提了几点修改意见。叶阳花了一上午的时间，将方案和排期改好，没问题后，将方案和排期扔到了“我去往”的项目群里。

秦雪兰的反馈非常快，但没在大群里说，而是单独跟叶阳聊的，说方案没亮点，有点平。她都觉得平，她领导估计更会觉得平，让他们再想一想。

王彦让全公司的项目组都先停下手头工作，一起开会，群策群力。

叶阳赶在晚上十二点前，把方案又交了上去。

十分钟后，秦雪兰再次单独跟她沟通，说方案比上版好点，但仍然觉得不够好，不过先这样吧，明天开会看看领导怎么说。

创意这东西是无止境的，只要有时间，它永远可以更好，而甲方永远希望更好。

叶阳想，现在幸好是没时间了，否则这一个方案能改半个月。

她收到秦雪兰的消息后，二话没说，就叫了车回家去。

她喝咖啡提神提得心慌，必须睡了。再不睡，她觉得自己可能会厥过去。

结果才刚一上车，她就收到了张虔的微信。

三条语音，全是有关方案的，哪几个点太累赘需要删，哪几个点需要放大写，最后还给了她提了几个新创意，要她添进去。听着内容很多，但三条语音加起来不到两分钟。

叶阳下了车，进了小区。

夜里有风，小区树影摇曳，木叶的清香钻进肺腑，她在梧桐树下的长凳上坐了一会儿，脑子这才从缺少睡眠的浑噩中逐渐清醒。

叶阳又听了一遍张虔的语音，越发觉得他说的都是重点，没一个字是废话。不像秦雪兰的意见，永远是没亮点、太平淡……笼统到让她不知道他们甲方到底想要什么样的东西。

叶阳回了一个“好的”，从长凳上起来，慢慢往自己住的那栋楼去。

她想起以前自己问张虔为什么没上表演专业，他父亲是话剧演员，他的外形又如此出挑，正好子承父业。

他说他从小就在话剧院混，能经常看到演员们排练。那种忘我，那种狂热，那种声嘶力竭，他次次看次次震撼。做演员，一定要有那种相信你无法相信的东西，并且全情投入的能力。他觉得演员是感性的，而他太理性，不适合，即便去做，也是二流货色，不上不下，会非常痛苦，不如置身事外，做个管理者。

现在想想，他做这个决定时，还不到二十岁。

很多人甚至包括她，大学毕业都还在茫然自己到底要做什么，能做什么。

而张虔高三的时候，就已经做好人生规划，并且一直贯彻执行到现在。

他一直知道自己要什么，不要什么；适合什么，不适合什么。

叶阳回到家里，打开电脑，靠着咖啡续命，奋战到凌晨四点多，睡到九点多，起来洗了个澡，下午到时代去开会。

周嘉鱼已经先到了，隔着叶未匀仔细看她，笑：“你这满脸倦容，化妆都遮不住。”

“两天我就睡了五个小时，现在脑仁还突突跳呢。”叶阳有气无力地坐了下来。

周嘉鱼道：“这才哪儿跟哪儿？有你熬的时候，悠着点，别太猛了。”

叶阳问：“你们呢，怎么样？”

周嘉鱼道：“我们的简单，就把时间调了调，两小时就完事了。”

两人正说着，秦雪兰过来了，悄摸地坐在王彦身边，低声问："方案怎么回事？我们张总到底怎么说的？"

王彦同样压低了声音："没跟我说，直接跟叶阳说的，改了一晚上，今天早上才完事，张总又说什么了？"

秦雪兰道："我转他邮箱了，不知道看了没。"她隔着王彦喊叶阳："宝贝儿，过来。"

叶阳从座位上出来，问："兰姐，方案还有问题？"

秦雪兰摇摇头："张总除了让你改方案，还说什么了吗？"

叶阳把手机拿出来，翻出聊天记录给她看："除了方案，什么都没说，把我也吓个半死。"

秦雪兰毫不客气地将手机接了过来，挨着将三条语音听完，这才稍微放心了一点，将手机还给了她，宽慰道："估计是突然想到了什么，就跟你说了一下，没事，有事我顶着呢，把心收回肚子。"说着起身离开了。

周嘉鱼探头过来问："怎么了？"

叶阳低声道："我昨天不是扔群里两版方案嘛，他们这边不满意，半夜十二点还让改，一直改到今天早上，要是再说没亮点，我就要疯了。"

叶未匀夹在俩女人中间，虽然尽量后仰，但仍不可避免地闻到了那股椰香，不仅闻到了，因为靠得格外近，一度让他觉得左手边靠过来的是个大椰子。

周嘉鱼问："张总让你改？"

叶阳道："你怎么知道？他也对你们干过这种事？"

周嘉鱼笑："他手里握着十几个项目，几百个工作群，指不定消息都不带看的，哪有空指导我们？"

叶阳"哦"了一声。

周嘉鱼瞥了一眼叶未匀，道："我觉得张总挺欣赏你的，指不定下次咱们还能再合作。"

叶阳没接招："我可不敢盼下一个，只希望当前这个万无一失。"

周嘉鱼笑道："放心吧，尽没尽全力，人家心知肚明着呢，问心无愧就成，压力别太大了。"

正式开会前，秦雪兰组织大家先在会议室看了一下样片。

"我去往"的样片一百一十二分钟，秦雪兰说还会再剪掉三分钟，成片应该是一百零九分钟。

叶阳第一次看片。

电影的确比她预期中好，有几个点甚至很触动她，因为跟她的经历有点相似。

这么说或许不准确，应该说她轻而易举地就代入了。

一个业内人士都能代入，那说明这电影拍得很成功。

爱情电影卖的不就是代入感吗？有代入感才有共鸣，有共鸣才有讨论，有讨论就有热度，有热度就有票房，那就成了。

其实这电影最像的是叶阳大学室友陈蜜和她那个前男友。

一个家境殷实的娇姑娘遇到了一个贫穷但上进的男生，姑娘一开始各种看不起穷小子的寒酸相，但又被他的上进和努力打动，开始了穷追猛打。

一个略微有些俗套的校园故事的开始，但古今中外，爱情的套路说实在就那么多，就看你怎么往里填细节。导演的聪明之处就是能把俗套拍出清新温柔的质感。

家庭的差异，带来为人处世的差异，带来视野和消费观的差异。

两人吵吵闹闹，最终还是分了手。

此后，男主角一路拼事业，女主角在爱情里跌跌撞撞。

十年后再相见，物是人非。

曾经炙烈地相信爱情的女主角，被爱情伤过很多次后，已经不再相信那玩意儿。那个当年说爱情只是幻觉的理性男主角，如今有感情稳定的女友。

女主角说，“十年后，你变成了我，我变成了你，其实还是什么都没改变”。

倘若电影就此戛然而止，那这就是生活。不过这样的结局，不是观众需要的。毕竟生活中，因为年少而错过的爱情已经够多了，不能回头的事情也够多了，没必要再添上这一桩遗憾。既然都说电影是造梦机器，那就别有遗憾了，导演最终还是给他们找了一个在一起的契机，一个欢喜结局。

电影是陈蜜和她男友的开头，却不是陈蜜和她前男友的结局。

当年陈蜜和前男友分手后，很快交了门当户对的新男友，她的前男友也找了跟自己条件差不多的女朋友，大家都很惬意。

大学毕业后，陈蜜跟现任领证结婚，这么多年来，叶阳一直能在朋友圈看到她晒恩爱。情人节有玫瑰花和大餐，七夕节有礼物，结婚周年会去旅行。

叶阳与陈蜜联系，言辞之间，也能感受到她对老公的崇拜和爱意，只不过她仍言辞恳切地叫叶阳别那么早结婚。

叶阳想，陈蜜和她那个前男友应该不会再见了吧。

不过见到又如何，其实不如不见。

张虔和他的女助理是在电影快结束时进来的。

会议室里关着灯，他和女助理在边上坐下。

光影勾勒出轮廓，刀削斧凿般好看。

叶阳年轻时看他，是一种路人看帅哥的那种感叹，单纯地觉得好看，但不会觉得迷人。

当他属于她之后，她才觉得他迷人起来。

现在不管他属不属于她，不管她是否还了解他，她都得承认，他很迷人。

男人的外表真没那么重要，重要的是气质。

那种教养，那种风度，那点疏离，以及洁身自好的分寸感……她想，没有女人不吃这一套。

散会后，已经是晚饭的点儿了，周嘉鱼、叶阳、叶未匀仨人就在时代大厦的底层找了一家云南菜馆去吃。

吃饭时候，周嘉鱼问头次看片的叶阳："电影怎么样，能卖到三个亿吗？"

叶阳没回答，因为的确不知道。

电影市场很迷，质量和票房有时成正比，有时成反比，完全不能预测。

她只道："我们公司有个猜票房的传统，全公司都能参加，接近最终票房的前三名有奖金。大家都很认真地在猜。你们知道大家都猜多少吗？"

周嘉鱼兴致盎然："多少？"

叶阳道："最低的猜几千万，大部分是一到三亿不等，当然了，也有猜十几亿的。"

周嘉鱼笑："猜十几亿的是你们老板吧？"

叶阳道："我们老板，还有我。"

周嘉鱼笑："你是应该多猜点，一个负责人都没期望的话，那也太消极了，影响不好。不过你这高得有点离谱，猜个五亿、七亿什么的，还像那么回事，猜十几亿，像破罐子破摔。"

叶阳也笑："我之前猜中了三次，两次一等奖，一次三等奖，我们老大说我有奶电影的潜质，这次要我多奶点，提高一下士气。"

周嘉鱼哈哈笑了：“你们老板这属于作弊行为，万一票房只有几千万，连本都回不了，你以后就是毒奶代言人了。”

叶阳笑：“你别乌鸦嘴，我真情实感地在奶呢。还打印了一张电影海报，供在家里，早晚三炷香。要是把它奶爆了，以后它就是我的护身符了，走哪儿都不用怕了。”

周嘉鱼笑：“这倒是，你要能带出一个十几亿票房的项目来，从此就金光闪闪了。别说你金光闪闪，你们公司都金光闪闪，短时间内，再也不用愁没大项目了。”

叶阳道：“何止我们公司？大家一块升天了。”

周嘉鱼道：“可不是，大项目爆了就爆了，大家也不稀奇，一个小项目要爆了，那可真是鸡犬升天。我估计时代的股票要涨停。”顿了顿，低声道，“你们说有可能吗？真有可能，我还得下手买点呢。”

叶未匀道：“这东西看运气，买点玩玩行，别当真。”

周嘉鱼哼了一声，道：“你们都没房贷，不知道房奴的苦，要买就下狠手，不买就不买。”

叶未匀没吭声。

叶阳也不赞同：“我觉得他说得对，投机倒把要看运气，你身上有房贷，就更不能冒险了。”

周嘉鱼鄙夷道：“你俩太稳了，一辈子都是打工的命，这事我不能问你俩的意见，有空我得多跟秦雪兰打听打听，看看有没有什么内部消息。”

叶阳道：“你问也白搭，年前的时候，他们内部也预测不到《海市蜃楼》会扑得爹妈都不……”

周嘉鱼忽然站了起来，朝着叶阳的身后道：“张总。”

叶阳的后半句就卡在了喉咙里。

叶未匀也站了起来。

叶阳跟着站了起来。

张虔和游越在他们的餐桌旁停了下来。

张虔看了叶阳一眼，又去看周嘉鱼和叶未匀：“吃饭呢？”

周嘉鱼脸上立刻换上看见金主爸爸时的热烈笑意：“雪兰一直说这馆子不错，今天正好有机会，就进来试试，张总和游助也没吃吗？不嫌弃的话，跟我们一块吃点？”

张虔道：“你们吃吧，忙过了这一阵儿，有的是机会。”

“好嘞。”周嘉鱼笑，“那我们可就等着张总的大餐了，张总千万别说话不算话。”

张虔和游越过去后，仨人又重新坐下。

周嘉鱼回头见张虔和游越落座比较远，这才回身低声道：“你们知不知道张虔和他这个女助理有一腿？”

叶阳一口茶水呛在喉咙里，咳得满脸通红。

叶未匀拿了餐巾纸递给她。

周嘉鱼道：“你怎么反应如此大？”

叶阳一边拍抚胸口，一边咳嗽：“喝到了一根茶梗，卡住了，没事，你继续说，我没听说过这事。”

周嘉鱼道：“你不知道很正常。”看向叶未匀，“你听顾景明说过吗？”

叶未匀摇摇头。

叶阳问：“顾景明是谁？”

周嘉鱼道：“时代的另外一个项目经理，就是之前带《聊斋》那人。”

叶阳好奇道：“他说什么了？”

周嘉鱼道：“他们宣传部的前总监叫王焕，是公司老人，仗着资历，有点倚老卖老，常总对他有微词。但因为是老人，不好直接动，就从外头挖了张虔过来。张虔过来后，常总把宣传部一分为二，让王焕管电影，张虔管电视剧。估计是想先培养一阵子，让他慢慢上去。王焕嗅出不对劲了，煽动了好些老人跟他出去自立门户。顾景明说，王焕其实不想走，只是想把张虔逼走。这游越是王焕的秘书，可能被王焕压迫久了，也可能是看上张虔了，暗中帮了他不少忙。张虔一个一个地找人谈话，虽然没把人从王焕手中全抢过来，也好歹留下了一半。王焕走后，张虔就招了一批新人进来，来了个大换血，不过一年的时间，就把队伍整顿好了。他本来是要让游越也带项目的，但游越不干，想做他的助理。时代的人都说她哪里是想做张虔的助理，是想做张虔的女朋友。只不过张虔有女朋友，她没机会罢了。”

叶阳欠身拿过周嘉鱼面前的杯子，掂起茶壶，给她倒了一杯茶。

周嘉鱼接过杯子，喝了一口，又回头看：“我觉得她还是有机会扶正的，这朝夕相对，近水楼台的。”

叶阳问叶未匀还要茶吗，叶未匀欠身接过茶壶说自己来，叶阳就把壶给他了，他边倒茶边道：“不能用这个来衡量吧？”

周嘉鱼质问道：“你身边放着这么一个美艳的女助理，还天天对你献殷勤，时间久了，你不会心动吗？”

叶未匀诧异道：“怎么突然扯到我身上了。”

因为周嘉鱼想到了绿茶婊，她道：“你不也是男的吗？你俩还都是本地人，年龄也差不多，说说看。”

叶未匀失笑道：“人跟人是不一样的。”

周嘉鱼饶有兴味道：“就说你的看法。”

叶未匀想了想，道：“就我自己的认识来说，一个男人跟一个女人有没有发展的可能性，基本第一眼就能定。当然不是说第一眼有感觉就一定能发展，也不是说第一眼没感觉就没有发展的可能性。但通常情况下，这么长时间了，都没发展起来，那多半是不大可能了。即便真的有发展，也是其他方面的。”

周嘉鱼皱眉道：“那就是说成为女朋友是没可能了，但是炮友什么的，还是很有可能的？”

叶未匀点点头：“这么说有点狭隘，不过的确包括。”

吃过饭后，仨人一块出去。

暮色四合，华灯初上，这座城市有最美丽的夜景。

周嘉鱼照例将叶阳托付给了叶未匀。

车厢是一片狭小封闭的空间，叶阳进去后，觉得整个人都放松下来。

一放松下来，就觉得有点累。

叶未匀开了车窗，放了音乐，音响流淌出宁静的后摇。

叶阳看着窗外略过的夜景想，无论什么时候，张虔身边都有那么多优秀的人。

一个赛一个地漂亮，一个赛一个地多情。

做他女朋友，真是要有一颗强心脏。

半晌，叶阳道：“原来你喜欢听后摇啊？”

叶未匀道：“以前的女朋友喜欢听，跟着听了一阵。”

叶阳有些诧异，因为这话题的导向比较私密，她顺着就问了：“那你们怎么分了？”

叶未匀微微一顿："不知道怎么回事，就累了，倦了，淡了。"

是个通用的答案，叶阳一时不知道说什么，就没吭声。

车路过成群结队的写字楼，大马路上，车流涌动，霓虹闪烁。

B 市一到晚上，就美得像电影。

叶阳常迷恋于这座城市的不真实感，让她觉得一直生活在电影里。

叶未匀又道："那天，我开车送她回家，将车开进她住的小区，车停在车位上，她问要上去吗，我说不去了。她坐着没动，忽然问，你是不是不爱我了，我没吭声。半晌，她说，我们分手吧。我点了点头，说好，她打开车门就走了。"

叶阳没想到他真会说出来，一时也不知道接什么，只是顺着他的话，想到了一本书，就轻轻笑了："我看过最有欺骗性的一本书就是《霍乱时期的爱情》，那书的 slogan 是什么跨越半个世纪的爱情，就理所当然地以为那是一段轰轰烈烈的爱情故事。不过年轻时候，觉得爱情是陈词滥调，不屑看。直到后来马尔克斯逝世，附近商场的一个书店，借着这个热度，又将他的作品全部摆出来。我逛书店时，就看到它摆在书店最显眼的位置，也不知道出于什么心理，就买了一本，一直看到最后，才发现被骗了。原来以爱情为名的一本书，写的却不是爱情，顿时觉得 slogan 真是害死人。"

遇到了红灯，车停下来，叶未匀问："写的是什么？"

"孤独。"叶阳道，"人生来孤独，死而孤独，即便拥有爱情，它也不会让你不孤独。"又道，"看《百年孤独》都没这样深刻的感觉，没想到看这本，会有这种感觉。"

叶未匀没吭声。

叶阳也没再吭声。

半个小时后，车过了涂白寺桥，到了叶未匀第一次送叶阳回家的地方。

叶未匀叫了她一声，她没应。叶未匀看了看，觉得她好像睡着了，又想到她说两天只睡了五个小时，就没再叫她。但这地方着实不适合长时间停车，就顺着往前开，没多远，遇到红灯，他见边上有条小道，将车拐了进去。

种满槐树的小街道，两边都是居民区，他将车停在了路边，熄了火。

叶阳是突然醒过来的。车里没开灯，她开始没意识到自己在哪儿，等看到自己身侧的人，才想起来是在叶未匀车里。

她拍了拍脸，试图让自己清醒，可脑子还是昏沉，声音也是初醒时的那种含混：“不好意思，我好像睡着了。”

叶未匀“嗯”了一声，将烟撳灭，道：“这两天太累了吧。”

叶阳用手捂住额角，低声道：“有点。”又问，“我睡了多久？”

叶未匀看了看时间：“一个小时吧。”

叶阳靠回了椅背上，长长舒了一口气：“竟然睡了这么久，这是哪里？”

他道：“就顺着上次送你回来的那条路往前走了不远，遇到了红灯，拐进来就是这里了。”

或许是四周太静的缘故，或许是晚上人的戒心低的缘故，叶未匀低低的声音有那么一瞬间让叶阳觉得很安稳。

叶阳摁了车窗键，将玻璃降下来，四处看了看，是熟悉的街景，她笑了，道：“离住的地方不远，我就从这儿下了，你开出去过涂白寺桥，往前就是青叶湾了。”说完反应过来，又笑，“差点忘了，你是本地人，哪里需要我指路。”

叶未匀跟着笑：“城市变化太大，本地人在这迷路的也不少。”

“这倒也是。”叶阳低头解安全带，“对了，上次说要请你吃饭，结果还是叫你请，下次一定我请，不然就不敢再搭你的顺风车了。”

叶未匀道：“路上小心。”

叶阳打开车门，夏日的热气涌上来，还有一点槐花的清甜，她隔着车窗道：“你也是，小心开车。”

他点了点头，系上安全带。

叶阳站在一旁，看他将车倒出去，看着他开走了，这才跟着慢慢地走了出去。

过了马路，不过五分钟，就到了小区门口。

周末要加班，第二天早上，叶阳早早地到了公司。

她组里的人都已经到了。

正式开会前，叶阳先开了一个动员小会，因为改档之后，就没缓冲期了，会迅速进入忙碌状态，她道：“咱们公司头次跟时代这样的大公司合作，头次合作，项目就落在咱们组了，这是一个天大的好机会。这项目要是成了，就不说咱们公司会怎么样，就说你们自己以后跳槽，说跟过这项目，人家也会多看你一眼，谈薪资时会容易很多。所以无论为公司还是为自己，咱们都得加把劲。而且大家都在大群里，也看到了对方的专业，咱们这边但凡含糊一点，人家立刻就能察觉到，就会把东西打回来，让咱们重做。还是那句话，这个项目，小到微博文案，大到方案，一个字都不能含糊。你要含糊，他们敢让你重做一百遍，到时候加班加点，辛苦的可是自己。他们不会体谅我的辛苦，我也不会体谅你的辛苦，因为辛苦不叫专业，做得好才叫专业。”

组里全员九零后，最大的就是跟叶阳同岁的王青萍，整体年龄差超不过五岁，算是同龄人，且都未婚，没什么顾虑，大家干劲都足，只有一个男同胞是例外。

他正在谈恋爱，还是为数不多的把爱情看得比工作重要的人，以至于每次他加班，遇到女朋友的“连环 call”，慌得半条命都没了似的。

金浩小朋友表示，他已经跟女朋友备过案了，说这俩月会比较忙，叫女朋友尽量不再“连环 call”他。

叶阳每次看到这种小男生，都会叹息“真好”。这小男生可能不够上进，但女孩子跟他谈恋爱一定很有幸福感，毕竟没一个女孩子不希望自己比男朋友的工作更重要。

下午，叶阳让王青萍带着人写发布会方案，自己则打车跟秦雪兰会合，一块去看发布会场地去了。

看完发布会场地，回公司问他们方案写得如何。

王青萍将他们写好的方案发给了叶阳，叶阳看了一下，觉得还是差点意思。

金浩试探性道：“其实我们刚才还想了一个特别大胆的 idea，就是怕片方实现不了，不过如果能实现，还是挺牛的。”

叶阳问：“什么？”

金浩兴致勃勃道：“这电影不是主要说前任吗？可以把蓝臻的前男友陆子宽请到发布会。他俩分手的时候，撕得那么厉害，一副老死不相往来的样子，如今陆子宽给蓝臻站台，世纪大和解，热搜肯定要爆。这对蓝臻也好，对陆子宽也好，对电影也好，一举三得，多棒啊。”

叶阳跟着就道：“最好能把男主姜凯的前任也请过来。蓝臻和陆子宽的世纪大和解能博热度，而姜凯和前女友俞凡因事业冲突而和平分手，简直就是现实版的《爱乐之城》，更容易让人有共鸣，也容易引起广泛讨论，热度可以维持一阵，不会掉那么快。”

王青萍接着道：“我们下午也讨论这个，只是觉得不太可能。这四个都是有头有脸的人物，能不能同台是个问题，即便可以同台，现在距离发布会也就十天左右了，他们有没有档期还是个问题。”

叶阳虽然也觉得难，不过还是抱了一点期待，道：“别忘了，咱们这次的甲方是时代，人家家大业大，没什么不可能的。让他们去协调，协调不下来，是他们的问题，咱们只管放开想。”想起什么来，忽然又犹豫了，“我们改档发布会给他们做这么大，那首映礼的时候怎么办？”

大家都愣住了。

金浩“嗐”了一声，道：“首映礼的时候再说呗，咱们先把眼前的这个做好，两个月，还想不出一个好方案吗？”

叶阳摇摇头：“除非首映礼前，蓝臻和姜凯被偷拍到正在谈恋爱，双方均不承认也不否认，之后出席首映礼时承认恋情，否则不会再有比现在这个点更能吸引眼球的大事件了。”

王青萍笑了：“这倒是个好主意，就是不知道他们俩肯不肯配合。”

叶阳叹气：“要是大导演大成本大制作，这俩人估计愿意博一下。‘我去往’这新导演，小成本的，最后怎么着还不一定呢，他俩多半不愿意。”又道，“咱们准备两套方案吧，一套常规点的，一套冒险点的，后天去开会的时候，看看时代那边怎么说。”

16　不想付出，不想冒险

周一的时候，叶阳带着组员前去时代开会。

这次是小会，参会的只有方圆传媒、时代影业以及发布会的搭建公司。

时代这边大领导都没来，只有秦雪兰和她的几个组员，压迫感没那么强，大家都很放松。

关于改档发布会的创意，秦雪兰显然很喜欢请前任来站台的这个点，也很想做，只是这事太大，她自己拿不定主意，就道：“我们老大正在隔壁开《叶限》的会，等我问问他们什么时候完事。如果完事了，让领导过来拿个主意，咱们先接着往下捋其他的。”

十几分钟后，张虔从隔壁会议室出来了，不过没打算坐下来，只站在会议室门口问什么事。

秦雪兰给叶阳使了一个眼色。

叶阳站起来到门口，简单地跟他阐述了一下请前任来站台的这个创意。

张虔听完后，皱眉看着她："改档用了这个点，首映礼的时候你们准备怎么办？"

叶阳刚要张口，秦雪兰立刻截住了她，道："我也觉得这次用这个点有些仓促，不如放在首映做效果更好。这样，叶阳，改档发布会的事你们再想想，明天咱们开个电话会议，再碰碰。"

叶阳只能道"好"。

走出时代大厦的旋转门，六月骄阳似火，大家纷纷拿手遮住了脸。

金浩一边往回看一边愤愤道："她也太黑了，明明阳阳姐有问是不是放首映礼做效果会更好，是她邀功心切，说想在改档做，结果他们领导一说，她立刻就转了口风，把什么都推在咱们身上，还连带着把另外一套方案也否了，不带这么坑人的。"

这样的事，叶阳经历多了，倒没怎么在意。她一边走一边道："至少首映礼的时候，咱们不用愁了。"

金浩继续愤愤不平："这么一弄，我也想去做甲方，可以随意否定别人，真爽。"

王青萍笑："你阳阳姐之前在九州影业待过，你问问她怎么出来了。"

"啊？"金浩和另外一个叫宋丽的女孩都很吃惊。金浩忙问："阳阳姐，你为什么出来？甲方多爽，活儿全是乙方干的，他们动动嘴皮子就行，吃回扣还吃那么狠。"

叶阳笑："别的公司不知道什么样，九州的确是个是非窝，五个人能拉出十个微信群来，天天血雨腥风。脑子稍微走慢一点，就会被带坑里。要是能遇到个好领导，跟着学点东西，咬咬牙，倒不是不能待。要是遇到个爱搞事的领导，那真是噩梦。"

金浩两眼放光："刺激！"

叶阳道："我那个老大，就是个爱搞事的人，逮谁撕谁。我那时候负责跟艺人对接，偏生艺人都不省事，个个要求贼多。我们老大很愤怒，但不好跟他们直接撕，就拿我的微信在群里跟他们撕，撕得昏天黑地，让我把所有艺人宣传全得罪了……然后她再出来和稀泥……"

“哇！”金浩道，“你们老大也太黑了吧！”

叶阳道：“据说我们老大也是被这么坑上去的。可能被坑着被坑着心肠就硬了，所以她坑我们的时候，不会产生一点愧疚，只觉得这是理所应当的。你被坑久了，心肠也会又黑又硬。侥幸上位了，你对下面也这样，是个恶性循环。我想了想，没必要因为工作，把自己都弄变形了，还是算了。”顿了顿，“不过这因人而异，有的人天生就能在浑水里游刃有余，这也是一种本领，只是强求不来。”

金浩“哦”了一声，若有所思起来。

晚上叶阳加班把方案做完，又发了秦雪兰邮箱，收拾东西回家时，已经八点多了。

回到家里，她在玄关换鞋时，听到周嘉鱼的声音从客厅传出来。

叶阳以为自己听错了，走到客厅一看，周嘉鱼正盘腿坐在客厅的沙发上跟李小白说话。

周嘉鱼听到动静回头来看，见到是她，笑道：“大忙人回来了？”

叶阳见她眼睛红红的，声音也跟平时不一样，忙过去问：“怎么了？跟家安吵架了？”

周嘉鱼现在已经缓过来了，不怎么生气了，只道：“除了他，也没别人了。”

叶阳坐下来，好奇道：“你俩都多长时间没吵了，这是为什么呀？”

周嘉鱼恨恨道：“还不是因为绿茶婊。”

“啊？你俩因为她吵什么呀？”叶阳更奇怪了。

周嘉鱼道：“上次乔迁宴，家安的哥们不是来了几个嘛，有个看上绿茶婊了，那天还送人回去，俩人加了微信，这么些天一直在聊，越聊越喜欢人家，但这几天绿茶婊忽然对他淡了下来，这哥们儿摸不着头脑，就来找我咨询。我知道绿茶婊对他没意思，就是想炫耀自己的魅力，就隐晦地劝他死心。结果他好像有点生气。家安也因此生气了，觉得我不该盲目劝那朋友死心。我就怒了，问既然如此，他来找我做什么？家安说，那哥们儿来找我，是想从我这儿得到信心。我说那不就是骗他吗？家安说，没让你骗他，只是不让你什么都不知道就瞎劝，万一绿茶婊对他有意思呢？我说绿茶婊就是对他没意思，他被人耍得团团转，你明知道是坑，还鼓励他继续，你这不是害他吗？他就说，哥们儿不是小孩，有自己的判断力，也要为自己的判断负责……我说他冷血，他说我自以为是……我就甩门出来了。”

周嘉鱼看向叶阳：“你说，要是你，你怎么办？你明知道某个男的在耍我，只是因为我喜欢那个男的，你不想得罪我，就会装作不知道，看我被他耍吗？”

叶阳：“呃……”

“说啊。”周嘉鱼逼问道。

叶阳有点苦恼：“我得看情况，你要是个明白人，那我就跟你说实话；你要是个不明白的人，我就装不知道……”

周嘉鱼道：“你怎么一点原则都没有！”

叶阳道：“常与同好争高下，不与傻瓜论长短……”

周嘉鱼愤愤道：“我不管他是同好还是傻瓜，是什么就是什么……他若因此被我得罪了，这朋友不要也罢。反正瞎鼓励他，他最后发现自己被骗了，还是会责怪我……”

叶阳点点头：“不过家安说的也有道理，这事着实没什么标准答案，只是处事原则不同罢了，也不是大事，值得你跑这么远过来吗？”

周嘉鱼道：“事是不大，可他冲我嚷嚷，我一上头就甩门出来了，饭都没吃呢，饿死了。”

知道要吃饭，就说明没啥大问题，叶阳笑了：“我也没吃呢，你想吃什么，外卖还是下面条？”

周嘉鱼道：“我跟小白刚点了外卖，你跟着吃点吧，忙了一天，别下厨了。”

说话间外卖就到了，仨人到饭厅去，刚没吃两口，周嘉鱼的手机就不停地振了起来。

叶阳以为是任家安道歉来了，周嘉鱼说不是，是“我去往”的改档预告片初版剪出来了，他们公司内部正讨论。

叶阳忙凑过去一块看。

预告不长，一分四十八秒，很快就完事了。

周嘉鱼问她觉得如何。

叶阳笑：“你不该问我，该问小白。小白，就作为一名普通观众，你看了这预告，想去看电影吗？”

李小白点点头：“挺好的，我挺想去看的。”

周嘉鱼好奇道：“哪个点打动了你？”

“就男主那句，即便最后会相互憎恨，我也想和你再试一下。”李小白不无感慨道，“现在这时代，大家都缩在自己的壳里，不想付出，不想冒险，即便付出，也是付出一分想收获两分，算计得不得了，太悲哀了。但是每个人的内心最深处，又都十分渴望有人不计得失地爱自己，无论男女，于是矛盾来了。现实解决不了这矛盾，就只能从爱情片里找点安慰。你们这预告里有几句台词挺猛的，看着叫人觉得有希望。”

李小白说完，周嘉鱼和叶阳不约而同地鼓起了掌。

叶阳一边鼓掌一边道：“说得好，说得太好了，我要记下来，以后可以拿这个点写篇稿，找一些情感大V投放。”

周嘉鱼笑：“看看敬业成什么样了？脑子里天天就是稿子，再没别的了。”

话音刚落，叶阳的手机振了起来，她一看是任家安，就扬起手机给周嘉鱼看：“估计是找你的。”

周嘉鱼放下筷子，捂住耳朵：“我不听，你别放外音。”

叶阳哪里肯听她的话，一直把音量开满，放起了任家安的语音来。

果不其然，任家安的确是来找周嘉鱼的。

周嘉鱼放下捂耳朵的双手，愤恨道：“就说不在，让他到别地儿找去。哪能这么便宜他？再找俩小时。”

叶阳点点头：“两小时后就十一点多了，他到我这儿就十二点多了，再从我这儿回你们那儿，又得一个多小时……你明天不上班吗？”

周嘉鱼狠狠地瞪了她一眼。

叶阳给任家安回了微信。

快十一点的时候，任家安到了叶阳所在的小区，叶阳给他开了门禁，让他上楼来。

任家安手中拿着一支玫瑰，一脸的疲惫和焦急，问人呢。

叶阳努努嘴：“在客厅呢。”

任家安问：“还生气呢？”

叶阳道：“先前哭了一通，刚才跟我们一块吃了点饭，这会儿应该好了，你过去哄两句，估计就没事了。”

任家安走到客厅，见电视开着，周嘉鱼却面朝沙发里边躺着，好像睡着了。

叶阳低声道：“装的。”

任家安走过去，俯身拿花搔周嘉鱼的面颊。

周嘉鱼躲了几下，他就一直追着搔弄她。

周嘉鱼不耐痒，没忍住，噗嗤一声就乐了，人也跟着坐了起来，只是仍然背对着任家安。

任家安在沙发上坐下，握住她的肩膀，手中那支玫瑰便像从周嘉鱼身体里长出来的似的，他哄道："好了，老婆，我错了，我道歉，别生气了，成吗？"

周嘉鱼甩掉他的手，往里挪了挪，道："错在哪里了？"

任家安郑重道："绿茶婊是老婆的同事，老婆自然最了解她，我不该自以为是，乱发表评论。"

周嘉鱼仍背着他："我不是说我对她的判断就一定正确，也不是说你的判断是错的。我生气的是你的态度，有什么话不能好好说吗？你吼什么吼？"说着眼圈就红了。

任家安拍她的背，温柔道："好了好了，别哭了，我不是冲你，是最近工作压力大，一时上火，我保证，我以后一定注意，不把工作情绪带家里，别哭了啊。"

周嘉鱼其实很好哄，脾气来得快去得也快。她见任家安如此诚恳，委屈立刻烟消云散。她擦了擦眼睛，问："吃饭了吗？"

任家安叹气道："饭做了一半，你就跑了，我哪里有的吃？快饿死了，咱们赶紧回去吧，也别耽误人家休息了。"

17　那些浪漫，无奈，心酸和思念

周嘉鱼和任家安走后，叶阳回到了自己的卧室。

卧室的落地窗开着，她听到楼下有砰砰砰的声音。

九层楼的居民楼，她住四层，平时也不觉得低，可只要开窗，底下的一切都无所遁形。

说话声，跑步声，猫叫声……

叶阳到窗前去。

楼与楼之间的间距宽敞，绿化带中种了各种各样的花木，还有石亭子和小小的足球场。

叶阳隐约看到小足球场里有人，砰砰声就是从那儿传上来的。

虽然看不清楚人，但能听到他们的对话。

好像是对父子，孩子清朗的声音中带点稚气，年龄似乎并不大。

叶阳不知道摸黑踢球有什么乐趣，但喜欢这样的生活小图景。

小时候常希望自己能有母亲在黄昏中扯着嗓子叫自己回去吃饭的日子，可终究成了一种奢望。

无聊的时候，展望未来，会希望自己能组建这样的家庭。

不过她的思维有时候很奇怪，从不想着给自己找个靠谱的老公，只想给自己的孩子找个靠谱的父亲。

她严重怀疑自己将来会是溺爱孩子的那种父母。

那应该是一种无意识的补偿心理，好像在补偿自己小时候。

她觉得孩子的父亲非常关键，至少得是能够阻止她无限度溺爱孩子的人。

而且说到底，现代社会仍是男权社会。男人得到的多，付出的也多，懂的也多。

一个孩子，有个好父亲，他能得益良多。

不是说要孩子继承父亲的财富和权力，只要孩子的父亲能传授一下他的人生经验，也足以让其少走许多弯路了。

就像张虔的父亲对张虔做的那样。

她之所以被张虔吸引，主要是被张虔身上流露出的良好教养给吸引了。

她对这人有诸多好奇。

她想知道张虔的父母是如何教养他的。

想知道他这样的人，拥有怎样的内心世界。

想知道生而为人，他和她到底有怎么样的差别。

爱情？十八岁的女孩子，连爱情电影中的歇斯底里和泪流满面都弄不懂是为什么，怎么会懂什么爱情，就是好奇罢了。

不过分手后，那些看不懂的爱情电影倒是忽然间都看懂了。

那些浪漫、无奈、心酸和思念，好像一下就能感同身受了。

叶阳站在窗边看了一会儿，去洗漱，回来发现那对父子还在玩足球。

这肯定不是一个父亲敷衍孩子的举动，他们是真开心。

她关上窗，关了灯，躺了下去。

次日早上，叶阳带着人跟秦雪兰开了个电话会议，碰了一下发布会的事情。

发布会的大方向确定后，流程、台本、媒体邀请名单、新媒体投放计划等就开始准备了。

秦雪兰那边一忙，因此脾气又上来了。

不过这次不是叶阳撞枪口上，而是发布会的搭建公司撞她枪口上了。

秦雪兰对搭建公司出的发布会效果图不满意，劈头盖脸一顿指责。

搭建公司的项目负责人是个九零后小年轻，不敢惹甲方大大，就等秦雪兰冷静下来后才开始解释。

搭建公司的老总却有点受不了秦雪兰的颐指气使，两人在群里戗了起来，戗着戗着就撕了起来。

搭建群里十几个人，没一个吭声，就让俩女人你来我往地可劲撕。

叶阳这边的工作与搭建沾点边，所以也在群里，正好目睹了全过程。

王彦说，“这是本地人民的内部矛盾”。

叶阳顿时就懂这俩女人为何会撕起来了。

B 市人身上有种天不怕地不怕的气质，好像这座城市几百年的风云变幻王朝更迭，都在他们身上留下了印记。他们什么都见过，什么都不怕。

她觉得 B 市人无论大事小情，都不忍气吞声，他们有一张没受过欺负的脸。

叶阳很喜欢这种人。

虽然他们不可避免地因此产生了一点优越感。

秦雪兰和搭建公司撕到最后，也没撕出结果，搭建的方案到底要不要改，就这么搁下了。

群里没动静十分钟后，张虔出来说话了。

“我去往”有几十个工作群，有些张虔在，有些不在。无论在不在，他都很少说话。

一来因为他微信里有几百个工作群，没时间挨个儿看，除非有人单独 @。

就算他有时间看，就算秦雪兰的某些意见跟他的看法相左，只要不是大方向上的错误，他通常也不吭声，顶多私下提醒两句。

秦雪兰是项目主负责人，他要维护秦雪兰的权威。倘若乙方公司不把主负责人当回事，工作一定会出现懈怠，他不能让这种情况出现。

这次也一样，无论秦雪兰对乙方的要求多苛刻，张虔都不可能不向着她。

但也没明显向着她，只是 @ 搭建公司的老总，很冷淡地说了下自己对发布会搭建的看法和意见，没全盘否定他们，但也不是对他们满意。

张虔和秦雪兰对发布会搭建的效果图的看法基本是一致的，那就是太俗了，跟市场上其他爱情片的发布会没有差异，叫人记不住。

只是秦雪兰只会说太俗了，不够洋气。

俗和洋气是形容词，包含的内容太广，乙方理解不了秦雪兰脑子里的俗和洋气到底是什么样的，就只能猜测。

若是正好猜对了，那就皆大欢喜。

若是猜不对，会越改越偏，全做了无用功，搭建公司也很崩溃。

张虔不说形容词，会给出具体意见甚至具体方向，这样一来，乙方很容易听懂他在说什么。

张虔的语音发到群里后，搭建公司的女老总立刻恭敬了起来。

她立马 @ 了她的负责人，让他们改。

她还玩笑着解释了一下她和秦雪兰存在沟通上的误会，才有了争执。她们都是为了工作，对事不对人，让张总别见怪。

秦雪兰见有台阶，也没再嚯嚯，跟着就下去了。

群里其他看热闹的人，这时候纷纷挑出来插科打诨。秦雪兰还发了大红包，慰劳大家。

但叶阳没抢，毕竟这群不是她的主场。

而且就在秦雪兰和搭建公司开撕之前，叶阳刚往全案营销群里扔了设计好的发布会的邀请函，请秦雪兰那边确认。

叶阳很担心秦雪兰刚才没撕过瘾，再来撕她。

不过她的担心有点多余，秦雪兰虽针对邀请函提了一些意见，但态度还好，叶阳这才暗暗地松了口气。

周五的时候，时代的《叶限》上档了，叶阳他们这边格外关注。

时代在新年的春节档已经扑了一部《海市蜃楼》，暑期档若再扑一部大片，那压力可想而知。甲方有压力，必定会转移到他们这些干活儿的乙方身上，他们就别想活了。

《叶限》是古典小说《酉阳杂记》里的一个小故事。

说白了就是中国版的《灰姑娘》。

简直一模一样。

《叶限》的创作时间其实早于西方的《灰姑娘》一千多年，只是一直不被人所知罢了。

叶阳本想约周嘉鱼一块，毕竟同为乙方，想必他们也是关注这电影的。但她又想，这样的电影，比较适合情侣去，万一周嘉鱼想跟任家安一块去看呢，就作罢了。

没想到快下班时候，周嘉鱼主动发微信过来，说她们老大包场支持甲方大大，邀请她一块去。

叶阳快下地铁时，周嘉鱼发了一条微信过来，问她到哪儿了，带伞了没，外边下大雨了，要是没带伞，叶未匀说过去接她。

B 市夏天多雨，常常说下就下，绝不含糊。叶阳被淋过几次后，就习惯性带伞了。她看到微信后，打开包找，又看了看时间，已经快开场了，回复道："算了，地铁站离千悦城还有几百米的距离，又下着雨，一来一回且耽误工夫呢，你们看吧，我就不过去了，直接转地铁回家去。"

周嘉鱼立刻就道："可不是我让他去接你的，我本想自己去接你，叶未匀主动要求代劳。"

叶阳下了地铁，到了地上，发现下面的地铁口已经站了许多躲雨的人。

雨势很大，还伴随着轰隆雷声，站在里边都能感受到溅进来的湿意。

叶阳低头看微信，瞧见新朋友那里有人添加，打开来看，是叶未匀。

她通过申请后，给他备注了一下，有一瞬间的犹豫，是把他放在朋友组里还是工作组里，最后还是放在了工作组里。

叶未匀问："是在 D 口吗？"

叶阳回复了"嗯"。

叶未匀又道："我们到的时候还没下雨，我得先回车里拿伞，可能会有点慢。"

叶阳回："没关系，我正好赏会雨。"

叶未匀回了一个笑哭的表情过来。

叶阳也跟着笑了，但没再回复，抱臂站在那里看这场突然而至的暴雨，竟觉得还不错。

她本就喜欢雨天，喜欢雨里夹着风吹树叶的哗哗声；喜欢雨里浓郁的植物清香；喜欢轰隆的雷声，所有人都行色匆匆。

不过叶阳赏雨的兴致很快就被工作消息打断了。

封小文发了一篇稿子给她审。

一篇稿子看完，叶未匀还没到，叶阳给封小文打电话，详细说稿子需要修改的地方。

才刚说了两句，瞧见叶未匀已经到了跟前，她就用空着的那只手跟他打招呼。

叶未匀收了伞，见她正在讲电话，让她继续。

雨声太大，地铁口躲雨的人又多，有些嘈杂，无论是听电话还是讲电话都费劲。叶阳没跟封小文多说，说等会发文字跟她说。

挂了电话，叶阳笑着对叶未匀道："真不好意思，下这么大雨，还让你跑一趟。"

18 If You Want Me

叶未匀一边掸身上的雨珠，一边笑："我这算不算英雄救美？"

外头茫茫大雨，几乎要把说话声淹没。

地下不时传来地铁穿过的隆隆声。

嘈杂的人声像在天边又像在耳边。

这一切元素组合起来，的确有点兵荒马乱的错觉。

而他在昏暗的灯光中笑着说出这样的话，不是卖弄风度，也没有攻击性，温和中带点俏皮，倒还真有点那种意思。

叶阳笑："那我太荣幸了。"

叶未匀将手中的一把女士伞递给她，笑："我的荣幸才是。"

叶阳撑开伞。

粉红色带蕾丝花边，不像雨伞，倒像一把遮阳伞。

她问："这是谁的伞，不像嘉鱼的风格啊？"

叶未匀道："我车里只有一把伞，这么大的雨，总不能叫你跟我挤，正好一块坐的同事包里有伞，就借给了我。"

不知道为什么，叶阳竟想到了常萱，感觉这种少女风，应该是常萱的风格。

她叹了口气，道："寻常包里是有遮阳伞的，也能当雨伞用，可从来没用上过。今天好不容易派上用场了，发现竟然没带，造化弄人。"

叶未匀笑："缘分使我们相遇。"

叶阳抿嘴一笑，低头去看手腕上的表，已经八点二十分了，就道："咱们快走吧，再耽误电影就要演完了。"

叶未匀道："又不是只有一场电影，没事，咱们慢点走，不着急。"

"看我这死脑筋。"叶阳恍然大悟，"怎么也冒雨来了一趟，看半部电影多没意思，等会我跟嘉鱼说，咱们去看另外一场。"

叶未匀似笑非笑："你请？"

叶阳会心一笑："我不请像话吗？"

叶未匀撑开了伞："那我就算没白耽误工夫。"

俩人一块走入雨中，但因雨声太大，交流是很费劲的事，俩人都没说话，只是默然在雨中走着。

到千悦城后，都快八点四十分了，周嘉鱼那场《叶限》没放一半也放了三分之一了，叶阳和叶未匀当即决定去看另外一场。

《叶限》首映排片将近 40%，且八点多还是黄金时间段，几乎每隔十分钟就有场次，俩人买了票，连等都不用等。

到了检票口，叶未匀问有没有毯子，检票员问他要几条，他说一条就够了。

进到场里后，叶阳才发现里头竟还开着冷气。她刚从雨里来，身上穿得也薄，忍不住打了个寒战。

叶未匀把毯子给她披上。

叶阳立刻说不用。

他道："就是给你拿的，你不用就白拿了。"

叶阳道了谢，趁着没开场前，赶紧给周嘉鱼发微信。

周嘉鱼叫叶阳来看电影本就是为她和叶未匀制造见面机会，现在俩人单独去了，这个媒人自然非常高兴，叫他们随意。

叶阳觉得这电影不错，像一个质朴又灿烂的东方童话。质朴的是价值观，让人感受到"真善美"这样老掉牙的词是多么美好。灿烂的是服装和特效，也是它的商业性。这电影既有自我表达，又有大众喜闻乐见的商业性，不失为一部佳作。

美中不足的是，看电影的过程中，她弟弟一直在给她打电话。

叶阳用脚趾头想，也知道叶宽是来借钱的。

叶宽找她，十次有八次是借钱，从不让她失望。

叶阳没有接。

看完电影，已经十点多，票房不会再有大波动，叶阳查了一下实时票房。

首日将近一点五亿，加上之后的双休日，首周三日如果能有五亿票房，那么总票房肯定不低于十亿，时代绝不至于亏本，她吊着的心稍微放下来了一点。

不过看到叶宽发过来的文字消息，果真是借钱的时候，叶阳刚被电影治愈的美好心情顿时就没影了。

不晓得是不是血缘关系在作怪，明明对叶宽已失望到底，可叶阳仍会对他抱有期待。希望他变好，可叶宽日复一日地告诉她，他从未改变。

叶阳小时候觉得自己可以改变很多人，后来发现连自己的亲人都改变不了，甚至连让他变好一点都不能，叶阳就开始觉得无能为力起来。

叶阳没回复叶宽，因为一旦回复，想结束，要么借钱给他，要么吵一顿。她跟他吵过太多次，真的不想再吵了。

外头的雨停了，叶未匀开了车窗。

风进到车里，还带点湿意。

叶阳看着窗外的夜色，想谈恋爱的想法忽然就消失了。

父母虽然什么都没给她，但也没虐待她，她将来要养他们。

原本有个弟弟，以为能一起分担一些，现在觉得弟弟能顾住自己就不错。

父亲又爱喝酒，喝得肚子像个鼓起来的皮球，她常担心他会突然倒下去，再也站不起来。

母亲的身体虽没什么大病，可小病不断，也不怎么健康，她也会担心病来如山倒。

她做了人家的女儿，这辈子没的选，倘若那一天真的来临，只能尽力而为。

有这样的原生家庭，就算找到了合心意的另外一半，且不说人和人家里会不会因此看轻她，她自己都怕拖累人家。

大家都是普通人，谁活着都在拼尽全力，不能帮人分担就罢了，还要拖累人家，何必呢？

叶未匀见她头抵在车窗上不说话，轻声问：“怎么，困了？”

叶阳从自己的思绪中回过神来，揉了揉有些酸的脖子，笑道：“好像有点。”

叶未匀道：“要不你眯一会儿？到了我叫你。”

叶阳摇摇头：“我怕我睡了，没人跟你说话，你会跟着犯困，等我一觉醒来，就在沟里了。”

叶未匀中肯地点了点头：“这担心倒有道理，那你还是别睡了，你得对咱俩的生命负责。”

叶阳微微一笑，正要说话，手机又振了，她低头看了一眼，还是叶宽，叶阳还是不打算接。

她可不想当着叶未匀的面跟自己弟弟争执她作为姐姐到底该不该借给他钱。

别说叶未匀，就是当着周嘉鱼的面，这种事也够难看了。

叶未匀见她不接，问：“是嘉鱼吗，要骂我们俩见色忘义？”

叶阳笑了：“是我弟弟，不过我俩一直不对付，怕当着你的面跟他吵起来，就太丢人了。”

叶未匀笑：“那看来我要备副耳机了，下次等你电话响，我就塞住耳朵，假装听音乐，然后偷听你们吵什么。”

叶阳笑了：“好奇心这么重，你一定是独生子女。”

叶未匀“嗯”了一声：“从小羡慕有兄弟姐妹的人。”

叶阳默了一下，道：“有哥哥或者姐姐是什么感觉我不知道，但有个弟弟的感觉，是时常产生想掐死他的念头。”

叶未匀把她的话当成了气话，笑道：“看来他把你气得不轻。”

叶阳倒不是被气着了，只是绝望。她看不到叶宽的未来，或者看到了，替叶宽觉得窒息。他若一直这样，人到中年，就是那种所有人都嫌弃的无赖了。她苦笑道：“有点吧。”

车停下来等红灯，叶未匀想起来什么，把着方向盘看向她：“一分钟活一生，不觉得太短了吗？”

叶阳的思绪还在叶宽身上，起先没反应过来，问：“什么？”然后不等他重复，意识到他在说她的微信昵称，就笑了，“三分钟也行。”

叶未匀继续问：“三分钟干什么？”

叶阳歪头想了一阵：“三分钟好像也不能干什么，那就唱首歌吧。”

叶未匀又问：“什么歌？”

前头红灯转了绿灯，叶未匀正要启动车，叶阳道：“《If You Want Me》？”

车又猛地一刹，叶阳往前栽了一小下，叶未匀急忙伸手臂过去护，问：“没事吧？”

叶阳下意识地握住他的胳膊，稳住自己后，笑道：“我倒没什么，就是不知道后面怎么样？”

叶未匀收回胳膊，往后看了下，车道上空空如也，他长松了一口气，道：“幸好后面没车，不然又该骂我了。”说着一边启动车一边缓解气氛，“下次表白别挑我开车的时候，容易出人命。”

叶阳将鬓边头发别到耳后，笑道：“词可不适合你。”

他问：“那适合谁？”

叶阳本不欲说出前男友三个字，但竟然毫无负担地说了出来，自然到连自己都诧异。

事后，叶阳想，或许是因为叶未匀跟自己说过前女友，她潜意识里觉得自己也应该说点深入话题，回应一下。

叶未匀回味了一下那个字眼，觉得她说这个词特别温柔，叫他产生了一种被她说起是件很幸福的事。

他笑：“那我回去听听。”

叶阳又道：“我不知道，我瞎说的，只觉得像写给爱而不得或者前男友的。”

叶未匀问：“你会唱？”

叶阳问：“我要是说自己会唱，会不会给人一种难忘旧情的错觉？”

叶未匀本来是有点这意思，没想到她自己说出来了，他笑道：“有点。”

叶阳立刻就否认了：“那我不会唱。”

叶未匀笑得更厉害了：“你这也太假了吧。”

叶阳也笑了，云淡风轻道：“其实它是一部电影的插曲，只是比较喜欢那部电影，喜欢这首歌儿罢了。”

叶未匀点点头，道：“我懂。”

第三章

后悔就没意思了

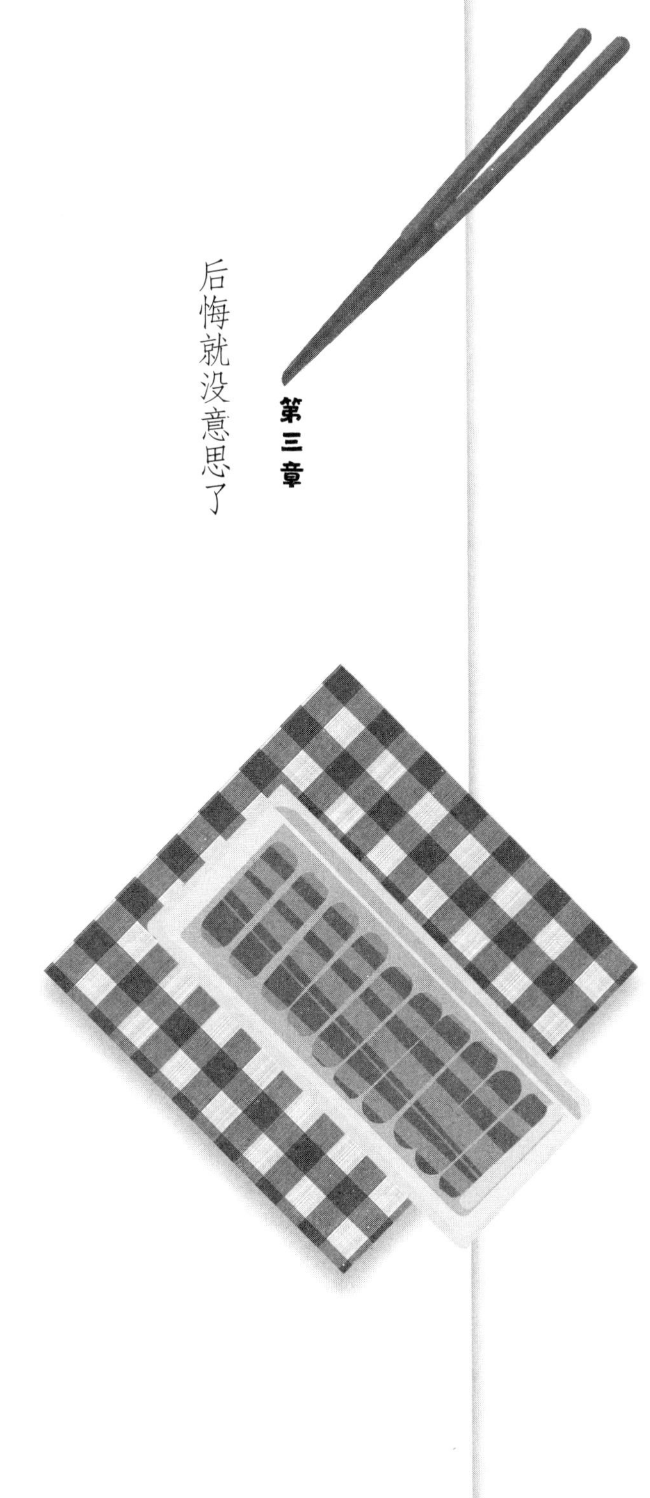

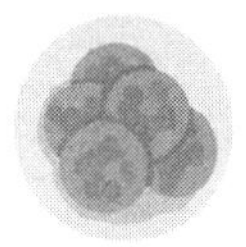

19 他曾经给她买过戒指

周一下午，叶阳去时代开改档发布会的策划会，秦雪兰状态明显不错。

想是《叶限》票房好，相对应地，她这边的压力就会小。

开完会从楼上下来，叶阳出电梯时迎面撞上正要往里进的程柠。

上一年夏天，和张虔偶遇时，叶阳戴了帽子，把眉眼压得很死，程柠没看清长什么样。

这次迎面撞见，最初程柠也没反应过来。

当叶阳认出程柠并怔住时，程柠才在她的愣怔中逐渐意识到她是谁。

程柠有些讶异。

她见过照片，一寸的证件照不苟言笑，加上知道张虔是被甩的那个，就原以为是位锋利的娇主儿，没想到这么地……平易近人。

程柠随即微笑道："真巧。"

叶阳颔首道："最近有个项目合作，过来开会。"

程柠"嗯"了一声，道："他跟我说了。"

叶阳又道："过两天有发布会，事情比较多，先走了。"

程柠与她告辞，一直目送她走出大厅，方才收回了目光。

"我去往"改档发布会那天，《叶限》的总票房已突破七亿，而且口碑也不错。照这个势头发展，总票房不能冲到二十亿，也能拿个十五亿。

《叶限》是新导演的片子。时代原本对它的期望不高，只是为了让新人试水，能不能挣钱倒无所谓，别赔就行。

如今《叶限》爆了，意义绝不止于票房数字，而是直接成就了一个商业导演。

现在的中国电影市场，一点不缺钱，缺的是人才，这才是《叶限》成功的最大意义。

“我去往”也是新人导演，有了《叶限》的成功，投资方对这电影抱了很大期待，所以当天发布会的后台格外热闹。

尤其“我去往”的主创相继到了后，后台就更热闹了。

主持人到了后，叶阳把他拉到一边对流程去。

只是快到开场了，蓝臻还没到，叶阳就先让主持人带着其他主创走了一遍流程，然后进场了。

蓝臻到了后，直接进了发布会现场。

叶阳不得不跑到第一排蹲在她跟前对流程。

但长时间蹲在高跟鞋上，实在难受。

叶阳本想单膝跪下，但介于张虔也坐在第一排，她还想维持一下前女友的形象，就咬牙撑了一会儿。

最后实在撑不住，心一横，她还是跪了。

爱谁谁吧，认真工作的人最美丽！

叶阳跟蓝臻对完流程，悄悄地移到了一旁。

出去后发现后排的粉丝拿着摄影机都蹿到前面媒体的席位上了，边上安保跟睁眼瞎似的，一动不动。

叶阳赶紧提醒他们，让他们把粉丝弄出隔离带。

上次发布会乱，多半就是因为粉丝挤占了媒体的位置，导致前排乱成一团，这次不能重蹈覆辙了。

然后她又给金浩发微信。

金浩是负责带粉丝的，叶阳让他注意点，看好了，别让他们乱动。

一个小时的发布会，流程走得很顺利，台下领导和媒体的反应也算热烈，叶阳就觉得这两周起早贪黑的辛苦总算没白费。

最后一个环节是回馈粉丝，主持人让主演抽号码，抽中的粉丝被请到台上与演员互动。

女二莫旖旎的男粉丝临下场时向莫旖旎索要拥抱。

主持人觉得莫旖旎的穿着不适合与异性粉丝拥抱，就拿话替她解了这个围。

莫旖旎大方表示没关系，结果这男粉借拥抱的机会，强吻了莫旖旎。

只因是互动环节，而且动作也不大，大家最开始都没反应过来，就连主持人和站在莫旖旎旁边的男主姜凯都没反应过来。

直到莫旖旎尖叫一声，男粉丝折身往舞台下逃时，叶阳才听到谁大喊了一声安保。

现场顿时如梦初醒。

男粉丝从台上跳下来，往叶阳所在的舞台西侧逃过来。

叶阳避之不及，下意识伸手抓他，结果却被他一把甩了出去。

男粉丝大力将叶阳甩出去后，没稳住自己，也摔了出去。舞台西侧顿时一片尖叫。

男粉丝连滚带爬地往外冲，安保迅速从侧边抄过去，一把将他摁在了地上。

叶阳倒在音响边上，现场音效团队的女鼓手见状赶紧出来替叶阳捡起手机，又过去扶她，问“没事吧”。

叶阳磕在了音响上，有些晕头转向，她晃了晃头，觉得还行，就扶着女鼓手站起来，说“没事”。

女鼓手把手机还她，担忧地看着她的额角，道：“出血了，真不要紧吗？”

叶阳吓了一跳，忙拿手机去照。

叶阳瞧见右额角被磕破了一点皮，隐约渗出血丝来，倒不是很严重，就松了口气。接过女鼓手递过来的纸巾，蘸了蘸伤口，眼见秦雪兰从东边跑了过来，她将别在耳后的碎发拨下来，挡住额角伤口，跟女鼓手道了谢，快步过去了。

张虔遥遥看到西边的安保已经将人制住，回头给台上的主持人打了手势，让主持人控制现场，继续走流程。

主持人这才反应过来，赶紧拿话安抚台上的演员和台下的嘉宾，叫大家不要惊慌。

张虔穿过舞台，到西边处理去了。

张虔言简意赅地跟秦雪兰和叶阳说了四点。

一报警，让警方来处理；二别让莫旖旎参加媒体群访，否则媒体的注意力会集中在她一个人身上，那今天就不是“我去往”的发布会，而变成莫旖旎的发布会了；三是等发布会完了后，官方尽快出份声明，详细交代一下事情的发生经过和处理情况，给外界一个交代；四是做好舆论监控。

搭建公司那边的负责人赶过来后，秦雪兰赶紧让他们报警，又嘱咐叶阳盯好接下来的媒体群访和专访。她则跑去找莫旖旎的经纪人了。

大部分媒体做完群访就散了，只有特约媒体进了专访间做专访。

这次叶阳没跟蓝臻，怕蓝臻看见她再想起点什么，而是跟了姜凯。

专访结束后，叶阳送媒体出去，结果门一开，看见张虔正立在斜对面。

走廊上的女粉丝对着他交头接耳，他像丝毫没有察觉似的，如一尊雕像。

叶阳带上门，与媒体告辞，张虔上来问："完事了？"

叶阳点了点头。

张虔进了专访间。

叶阳让工作人员将门关上，自己则站在外面候着。

姜凯见张虔进来，笑着站了起来："我刚说你再不来，我就走了。"

张虔问："几点的飞机？"

姜凯的助理回道："十二点半就得出发往机场去了。"

张虔看了一眼时间，道："够用了。"说着简略地将"我去往"首映礼准备邀请前任来站台的事情跟姜凯说了。

姜凯听完后，看向了张虔："你想让我请俞凡来？"

张虔道："我跟臻臻说过了，臻臻说，这事得你们两个主演都请才有意思，如果只有一个人请，意义不大，她看你这边的情况。"

姜凯一动不动地看着他："要是你，你会跟前女友开这个口吗？"

张虔微微一怔，随即道："不会。"

姜凯笑了："你要是为了说服我说'会'，我会鄙视你。"

张虔却道："咱们情况不一样，你跟俞凡是和平分手，我是被甩的，自然不可能再向她张口。但如果是和平分手，再见还是朋友，也没什么不可以。"

姜凯无奈道："什么和平分手？也是吵过无数次之后，实在没办法，才分手了。只是时间久了，慢慢被大家美化了，渐渐成了和平分手。现在看网上那些传闻，自己都觉得可笑。不过既然过去已经成为一段美谈，我觉得还是存着不动为好，我不想让人骂我是消费前女友的渣男。"

张虔点点头，道："咱们如果只是朋友，你说到这种程度，我就不再多说了。不过咱们既然有工作关系，那我就得站在商业的角度再说两句。'我去往'之前的宣发预算只有三千万，现在《叶限》成了，几个投资方对'我去往'的期待很大，追加了宣发预算，想将它做大，保不齐它就是下一个《叶限》，甚至比《叶限》还要猛。但只有投资方有信心是不够的，你和蓝臻也得有心才行。首映礼有多重要，你是知道的。这个点做出来，会产生什么样的效果，你应该也能预估。你累死累活跑一百城路演，都抵不过在首映礼和俞凡相视一笑。”

姜凯没吭声。

张虔道：“要不这样，俞凡那边我们去沟通，不用你开口，她如果愿意，那也是冲你来的，你配合就行了。”

张虔和姜凯谈完后，跟叶阳一块将他们送到地下车库。

道别后，两人正要坐电梯上去，碰到叶阳媒介部的同事送蓝臻他们一行人下来。

蓝臻看到他俩站一块，便多看了一眼叶阳。

她越来越觉得眼前这姑娘是张虔以前的那个女朋友。

除了泪痣，说实在的，蓝臻已经不记得张虔前女友的长相了，但记得张虔前女友给自己的感觉。

她第一次见张虔的女友，是在张虔的生日上。

大家原本认为以张虔的审美，他女朋友定是一个清冷大美女，没想到带来的这个如此文静腼腆，当然漂亮那是一定的，扔在表演系也算漂亮的，只是多少有些不符合他们对张虔女友的想象。

吃饭的时候，张虔的女朋友几乎没怎么说话。大家抛话给她，她也是浅浅地笑，然后简简单单地回答。

很老实的一个人。

不过年轻时候，觉得老实这个词很钝。说女生老实，好像在说这女生缺乏某种女性魅力似的，像反讽的话。

梁箴私下道：“你看张虔那样，像喜欢老实人的人吗？指不定人家私底下多会哄呢。小地方出来的人，花样就是多，哪像咱们，这么没心眼，整天傻乎乎的。”

梁箴跟张虔谈过恋爱。

不过据梁箴自己说，她跟张虔谈恋爱的时候，一点没感受到张虔的魅力。

高中时的张虔除了长相和身高是梁箴的菜以外，其他都不是她的菜。

梁箴感受到张虔的魅力时，是张虔跟叶阳谈恋爱后。

梁箴很纳闷，为什么以前那个没耐心、不温柔的张虔突然变得有耐心和温柔起来了。

梁箴有点后悔跟张虔分手，所以对张虔的女朋友多少有点敌意和醋意。

蓝臻是觉得她们身边没这样的女孩，倒是能理解张虔为什么喜欢她，好奇心吧。

不过蓝臻现在倒真有点难以理解了，他们是重新在一起了吗?

倘若真是这样，那可太像“我去往”的剧情了，真正诠释了那句“艺术源于生活”。

蓝臻试图想起她的名字来，可怎么都没印象了。

蓝臻和张虔在电梯口问候了两句，道了别，本不想纠结这个问题，可还是没忍住，起步前又止住，看着叶阳问：“你叫什么来着？”

叶阳愣了下，下意识地看了一眼张虔。

张虔也看着她。

叶阳又回去看蓝臻，笑：“叶阳，树叶的叶，太阳的阳。”

蓝臻立刻想起来了，是叫叶阳来着，蓝臻意味深长地“哦”了一声。

在“哦”声中轻巧地瞥了一眼张虔，蓝臻道：“长得特像我朋友的一个朋友，还以为你就是她，看来认错了。”

叶阳笑：“那我真的太荣幸了。”

蓝臻有些感慨，都说艺术源于生活，高于生活。以她来看，艺术源于生活不假，未必就高于生活，生活其实比艺术精彩得多。

她道：“是啊，兜兜转转的，这世事可真奇妙。”

正在这时，叶阳接到了秦雪兰的电话，说公安局的人到了，让他们这边联系粉丝的负责人过去做个笔录。

叶阳给金浩打了电话，让他赶紧过去。

挂了电话，蓝臻一行人已经走了。

叶阳对张虔道：“兰姐的电话，说公安局的人已经到了。”

张虔没搭腔，目光落在她额头上。

叶阳这才意识到额头在隐隐作痛，忙伸手挡住，解释道：“不小心碰了一下，还没来得及处理，让您见笑了。”

张虔的目光便落在了她捂着额头的右手上。

右手食指和中指上都戴了戒指。

好像现在的女孩子都喜欢这么戴戒指。

一只手上带两个都是少的，有的戴五个，有的戴七个。

不过他觉得手不好看，戒指戴得越多越累赘，不如什么都不戴，返璞归真。

但他觉得她是天生适合戴戒指的，手上这简单的银圈，戴在她手上就很好看。

她的手好看，是好看到能给人留下印象的那种。

他曾经给她买过戒指，当然不是求婚戒指，也没特殊意义，只是某一天发现他女朋友的手修长纤细，很有观赏性，便产生了想装饰它的念头。

等买了戒指，他又觉得平白无故地送人戒指，有点奇怪，就一直等到了她过生日，当生日礼物给她了。

戒指不便宜，因为太便宜的戒指，他觉得配不上女朋友的手指，也配不上他的心意，但为了让女朋友没压力，还是谎称在路边买的。

他有时候觉得可笑，别人买礼物，都怕太便宜，只有他怕买贵了。

他把戒指拿给她的时候，她的眼睛特别亮，问戴哪个手指。

他是按无名指的尺寸买的，不过到了跟前，又觉得无名指的意义重大，他们才刚开始，别搞得太煞有介事了，就说是估摸着买的，哪个手指能戴就戴哪个。

她试了一圈，竟然说戴中指上最合适，戴无名指上有点松。

不过她还是戴在了无名指上，说戴无名指上最好看，然后扬起手来，问他觉得怎么样。

他没赋予那戒指特殊意义，可看着她无名指上的戒指，忽然觉得这人就是自己的了，心中怦然大动，很想吻她，于是果断将她拎过来，吻住了。

她后来也给他买了一枚戒指，倒真是在路边买的，几十块钱。

也没挑好日子，当即就套在了他指头上，说别的女生看见戒指，就不会打他的主意了。

他就笑，这种具有象征意义的东西，只能防洁身自好的老实人。

她也笑，防不住的不老实人，他多半看不上，她不担心。

他想了想，竟然觉得她说得挺有道理。

后来她在那枚戒指上缠了半圈红绳，一直戴着。

他也没觉得自己手上那几十块钱的银圈廉价，大约年轻时候都是有爱饮水饱。

只不过分手时，她将戒指摘了下来还给他，他连同自己手上的那枚一块扔在了垃圾桶里。

张虔从怀里摸出帕子，递到了她眼前。

叶阳这次没再推拒，接过来，道了谢，摁在了额头上。

有一类人，言谈举止尊重女性，细节上体贴女性，都是他们的教养，跟其他都无关。今天即便不是她这个前女友受伤，只是路人，他也会如此。

她不是一直希望能跟他像正常的甲乙方一样相处吗？现在就是。他要是真视而不见，或者她一直不肯接，那才是心里有鬼。

发布会的收尾弄完后，从现场回公司时，金浩十分忐忑，因为粉丝是他负责联络的，上台的粉丝也是他负责安排的，他问："阳阳姐，你说秦雪兰他们会不会追究这事，把责任全算在咱们头上？"

叶阳也有点担忧。虽然目前时代还没追究这事，但只是因为大家都在忙更重要的事情，等忙完了，估计就会开始追究责任了。

她道："舆论要是往好的方向发展，能顺着带一带咱们的电影，他们即便追究应该也不会太严重。要是舆论往差的方向走，那估计够呛。"

金浩道："可我觉得这事不是意外，肯定有人策划，不是莫旖旎那边，就是时代那边。"又道，"你过去得晚，可能不知道。莫旖旎那边的人一直在维护那粉丝，说他年轻气盛，一时糊涂，不想把事情闹大，影响他以后做人。只要对方道歉，愿意私下和解。秦雪兰也在旁边帮腔。"顿了顿，"艺人团队何时学会以德报怨了？事出反常，必定有妖。"

金浩继续道："如果是莫旖旎那边在炒，那这事肯定不能怪咱们头上。咱们联系的都是艺人的官方后援会，粉丝也都是后援会里的人，艺人若跟后援会串通好了，咱们只是个对接人，哪里能判断出来？"

叶阳叹了口气，莫旖旎虽不是什么有分量的咖，可是"我去往"其中一个投资方塞进来的，时代绝不愿意因为这种芝麻大的小事，跟联合投资方生龃龉。

还是那句话，舆论若是往好的方向发展，时代不追究，那大家你好我好；若是往不好的方向发展，时代上面的领导要说法，秦雪兰要给交代，不能动莫旖旎，只能拿他们顶锅。

叶阳道："看看情况再说吧，不一定就真的这么坏了。"

20 有本事，她写去

叶阳和金浩快到公司时，看到组内小群里，有人扔了微博热搜的截图。

"莫旖旎遭非礼"这个词条已经爆了。

金浩立刻道：“一个谁也不知道的十八线艺人遭非礼也能爆，这‘爆’是买的吧？”

叶阳点开词条一看，下面果然有齐刷刷的娱乐大V刷话题，带的视频全是同一个。

男粉丝拥住莫旖旎后，顺着她的脖子亲下来。

莫旖旎有个稍稍后躲的动作。

男粉丝的手移到了莫旖旎的屁股上使劲捏了一下。

捏的时候，男粉丝很诡异地笑了一下。

之后莫旖旎开始尖叫，男粉丝往台下逃。

叶阳也觉得这个“爆”，像是买的。

如果热搜词条是大V自发拱起来的，那大V文案里的“电影《我正去往你的所在》的发布会现场”这一行字就会变成“某电影的发布会现场”。

大V的重点会放在女明星遭非礼上，这是大众喜闻乐见的娱乐点。

如今文案重点却是“电影《我正去往你的所在》发布会”和“莫旖旎遭粉丝非礼”。

明眼人一看就知道这样的微博文案是有宣传诉求的。

只是不知道这事到底是制片方瞒着艺人方的策划，还是艺人方瞒着制片方的自我炒作，还是制片方和艺人方的联合炒作。

不过不管是哪方炒作，就目前来看，对电影都是有好处的。毕竟只要关注这事的人，都会知道有一部叫《我正去往你的所在》的电影开了发布会。

回到公司后，叶阳叫人写了一份声明，连同发布会的新闻通稿一块扔到群里让甲方那边的人审看。

稍微修改了声明中的几处措辞，秦雪兰就让他们拿电影官微发了。

晚上下班前，叶阳又扔了一份舆论报告过去。

目前莫旖旎这事的讨论方向主要有三个。

一个方向是说莫旖旎自我炒作，小艺人为了红丧心病狂。

一个方向是狂热粉丝丧心病狂。

一个方向是说主办方为了博热度的策划，主办方丧心病狂。

前两个方向怎么发展都跟时代没关系，最后一个方向就有点危险，因为形成规模讨论，会对时代的品牌形象有影响。

不过目前这方向的讨论只是很少一部分，占比不大。

秦雪兰看了舆论报告，也没说什么，只是让他们继续盯着。

晚上十点多，社交网站和论坛中出现了大规模以此事件为契机攻击时代的内容。说时代的宣发一向无所不用其极，并列数了他们的宣发劣迹，中间还夹杂着出现了抨击《叶限》的内容，角度不一而足，非常热闹。

叶阳点击去看了看，觉得有点像水军操作。

叶阳去查了一下《叶限》同档期的电影，发现本周五有部体量不小的动作片《绝地追击》要上。

目前《绝地追击》正在做点映，出了挺多口碑稿，不过因为《叶限》先它一周上映，且势头很猛，《绝地追击》的点映并未掀起多大的浪花。

倘若真是竞争对手搞的鬼，那多半是《绝地追击》要借力打力，坏《叶限》的口碑了。

叶阳将这事跟王彦说了，王彦说跟秦雪兰通过电话了，时代的品宣部和《叶限》的宣传团队已经察觉到了，正在处理。

次日，网上传出了几张来源不明的微信聊天截图，聊天双方分别是莫旖旎的工作人员和时代的工作人员。

聊天显示，是时代这边的宣传人员极力说服莫旖旎那边利用发布会炒作。

为说服莫旖旎，工作人员还拿上一年《素颜》导演的私人谈话录音被泄露为例，说那事就是在导演的配合下，内部策划的营销事件。那事在业内引起了不小波澜，帮《素颜》提高了业内关注度。《素颜》一个纯文艺片，卖了三个亿，直接打破了纯文艺片的票房纪录……

虽然大家不知道微信截图的真假，可因为《素颜》的导演是业内文艺片扛把子，此截图一出，这导演便立刻又被顶上了热搜……

网上闹得如此轰轰烈烈，且波及范围广，叶阳很胆战心惊。

叶阳甚至还盯上了时代的股票，希望这事不会对时代的股价产生什么影响……否则真不堪设想……

那两天“我去往”的项目群里，气氛十分严肃，都是有事说事，没事就一直安静。

甲方气氛严肃，叶阳他们这边自然更提心吊胆，生怕不小心踩到地雷。

但叶阳最担心的事情还是来了。

周一她到公司去，直接被王彦叫到了办公室。

叶阳看自己老板一副欲言又止的样子，心里的不安越发大了：“不会是时代那边……”

王彦直接道：“时代当意外处理。秦雪兰是项目统筹，发布会出现了这样的事，她难辞其咎，已经做了自我检讨，咱们这边作为执行方，也不能假装跟自己没关系，让你们组的那个金浩走吧。”

叶阳心中一沉。

王彦道：“人手不够的话，让文静再给你招人，来不及的话，先从别的组调也行。”

叶阳抿了一下嘴唇，道：“粉丝是金浩对接的，可艺人方跟粉丝串通好了要搞事情，他就是再谨慎也甄别不出来。他没犯任何错误，就让他走，是不是有点太委屈人家了？”

人事部经理刘文静也在场，她适时地插话道：“咱们辛辛苦苦招进来的人，好不容易培养好了，能用了，就这么让走了，别说你心里不好受，我和王总心里也不好受，但这是没办法的事。不过咱们公司也尽量不委屈他，赔偿他三个月的工资，让他好好找下一份工作就成了。”

叶阳看向刘文静，诚恳道：“静姐，人家毕业后就进了咱们公司，人生第一份工作，没有犯什么大错，却被炒掉，得留下多大的心理阴影。”

王彦皱起了眉：“粉丝是他对接的，粉丝在台上出了事，就是他的错。咱们私下说他没错，那是为他开脱。不仅他有错，你也有错。他要是不走，我把你换下去，给人赔罪，你看成吗？”

叶阳顿了一下，道：“反正秦雪兰也不待见我。”

王彦脸色铁青：“叶阳，要不是已经进入了密集宣传期，临阵换将会乱，你以为你逃得掉吗？”

叶阳没说话。

王彦恨铁不成钢道：“咱们公司可不止你一个能带电影的经理，胜楠一直跟我这抱怨，说我把好项目全给你了，说我偏心，你怎么就一点不体谅你老板的苦心呢？还搁这耍脾气。”

叶阳委屈起来，道：“给时代的两份提案，我熬了半个月，每天只睡四个小时，她一句您偏心，就把我的辛苦全抹杀了？有本事她写去，她要是能拿下来，我绝不说您偏心。”

王彦严厉道：“叶阳！”

叶阳继续委屈道：“明明您之前说我老实，卖相好。时代的领导都是人精，人精都喜欢老实人，让我受点累，把人伺候好，把下一个项目也拿下来。结果您一转口就想把我换掉，我们老实人招谁惹谁了？”

王彦被气笑了，对刘文静道：“你看她，说她胖，她还喘上了。”

刘文静从沙发上站起来，道：“咱们公司的这几个年轻孩子都被王总惯坏了，王总惯出来的人，王总可不得受着呢？不过好在在外面都知道分寸，王总都没白疼你们。”

叶阳仰头看着她道：“我知道王总和文静姐的意思，可这么突然地叫人走，我……”

王彦劝说道：“叶阳，你是一个项目的负责人，你爱护自己的人，这情有可原，不过也要顾一下大局。现在是，事情闹大了，时代内部要说法，秦雪兰说是艺人方擅自利用发布会炒作，艺人方说他们提前跟秦雪兰沟通过了，但秦雪兰说没有。都没证据，那就还是按意外处理，那秦雪兰就得承担这个责任。而咱们又要对秦雪兰负责，就必定得给她一个说法，你懂吗？”

叶阳没吭声。

王彦又道：“如果他不愿意走，也不强迫，带薪停职三个月，等这项目结束了，再回来也成。”

刘文静过去拍了一下叶阳的肩膀，道：“你要是觉得不好开口，这事我去说，我跟他不是从属关系，也没那么多顾虑。”

叶阳摇摇头道：“还是我来吧，我去跟他说，他可能更容易接受一点。”

叶阳从王彦的办公室出来之后，没回工位，而是去了洗手间，平复了一下心情，之后回去把金浩叫到了小会议室。

金浩开门进来，见她一手搭在椅背上站在那里，脸色十分不好，立刻不安起来：“什么事，这么严肃？”

叶阳无奈地叹了口气，道：“糟心的事。”又道，“你坐。”

金浩笑得有些勉强了：“这么一说，我都有点不敢坐了。”

叶阳只好先坐。

她坐下后，金浩才拉椅子坐下。

叶阳看着他道：“咱们辛辛苦苦准备了两周，结果发布会上出了一个意外，就把所有人的辛苦都抹杀了。本来想着事情若往好的方向发展，大家你好我好，结果偏偏拉扯出这么多事儿。王总说，咱们作为执行方，有不可推卸的责任，得给人一个说法才是，所以决定让你停职休息一段时间。”顿了顿，“带薪停职。等项目结束了，你若想回来，还可以继续跟我们一块工作。”

金浩脸色煞白。

叶阳有点不忍心，但也知道自己不得不说，就道：“不过你才刚毕业没两年，正是奋斗的时候，若不愿意浪费时间，想另谋高就，公司会补偿你三个月的工资。”

金浩缓了好一会儿，勉强笑道：“本来我想做完这项目再走的，没想到提前了，不过也不亏，好歹补偿我仨月工资。”

叶阳抿了一下嘴唇，道：“你若想去甲方试一下，前一段正好有个客户招宣传，因为有过合作，问我这边有没有可靠的人。我给你推荐一下，让她给你个面试的机会，至于合不合适，就看你自己的能力了。”

金浩却摇了摇头，道：“我可能不会留在 B 市了。”

叶阳微微有些吃惊：“那你是要……”

金浩道：“回老家去。”

叶阳紧盯着他：“早就想好了？”

金浩点点头：“她在这里待不下去了，她说她看不到我们未来的样子。她说再努力，也不过是三十岁时，月薪过万罢了。照样还是买不了房，结不了婚，也养不起孩子，不如回家去。”

金浩如释重负道：“本来我还没下定决心，现在公司倒是帮了我一把。虽然一时有点难以接受，不过赔我仨月工资，也值了。毕竟我主动提的话，就什么都没有。”

叶阳不知道他是真心这么觉得，还只是为了掩饰窘迫，只开解道：“你能这么想就最好了，毕竟工作只是用来糊口的，什么也代表不了，没必要为它太难受。”

金浩点了点头。

金浩当天下午就办了离职。

因为事出突然，对叶阳这组是个不小的刺激，组内气氛很是压抑。大家交流的时候，都很小心。

公司其他人听到风声后，也在各个角落讨论，于是整个公司的气氛都变得奇怪起来。

下班之后，叶阳叫上组里的其他人一块去吃饭，全当给金浩践行。

受店里热闹气氛的影响，大家的情绪逐渐高涨了起来，撸串时候，把甲方和王彦狠狠地吐槽了一顿。

金浩倒没怎么吐槽，大约是拿到了补偿金的缘故，心理上没那么多不平衡。他更多的是伤感和茫然，大约还是太快了，一时没反应过来。

撸完串，结了账，一行人出去，发现外头竟然下雨了。

雨并不大，稀稀拉拉的，空气中的热都没冲散。

大家在人行道上分手，同金浩说了一些前途似锦的老话，就各自散了。

叶阳上了公交车，扯着扶手，看雨斜着打在车窗上，啪啪嗒嗒的，人这才渐渐放松下来，开始仔细去想今天发生的所有事。

她越想越茫然，不知道哪一天，自己也会被扫地出门。

职场很冷酷的一个地方是，无论你做到什么位置，哪怕你是某跨国公司的高管，也是可以随时被代替的存在。

这可真令人沮丧。

21　后悔就没意思了

“莫旖旎发布会遭非礼”的事到此还未结束。

几天后，叶阳他们这边接到时代那边的通知，说要将莫旖旎从“我去往”的所有宣传物料和宣传活动中除名。

叶阳从洗手间出来，正好碰到吴晴，问她：“不是前几天还说按照意外处理吗？怎么突然跟艺人撕了？”

吴晴“嗐”了一声，道：“时代一年下来十几个项目，涉及艺人上百个，要是有样学样，个个不跟他们沟通，暗搞小动作，时代不得被他们搞死？估计是杀一儆百。”

叶阳纳闷道：“可莫旖旎不是联合投资方的人吗？”

吴晴道：“十几个投资方，时代的投资比例占了三分之一，主控权在他们手里，哪里需要看别人的脸色行事。当初愿意让他们塞人进来，也不过是觉得能用。没想到小姑娘这么不让人省心，时代肯定不能让人把自己当猴耍。”

叶阳觉得也有道理，问：“不会删她戏份吧？”

吴晴道：“倒也没那么严重，就是不宣传她了，算给个警告吧。”

叶阳笑：“莫旖旎来这一下，闹得够大，热度够了，以后宣传活动不参加，她也是赚了。倘若电影成绩好，即便官方不宣传她，她自己也可以宣传，借机再炒一炒，也算有个名了。”

吴晴道：“不然呢？你当人家傻，拼着得罪投资方也要炒。”又道，“其实让莫旖旎这么一闹，电影也跟着有名了，时代应该偷着乐，估计不能明面上鼓励这种行为，怕影响不好。”

叶阳有些惊讶：“你是说秦雪兰事前真知道这事？”

吴晴道：“我猜，莫旖旎那边肯定有跟秦雪兰透过口风。秦雪兰既想要宣传效果，又不想担风险，就睁一只眼闭一只眼，权当不知道。结果追责的时候，双方就咬了起来。听说秦雪兰和莫旖旎的经纪人撕得可厉害了，就差点动手扯头发了。”

叶阳笑：“真精彩。”

吴晴道：“这还只是跟艺人，时代内部更乱，大大小小斗成一片。你听说过没？还有传张虔是常总的相好。”

“啊？”叶阳着实没想到张虔身上会发生这样的传闻，张虔明明直得都快突破天际了。而且她也见过常总经理，常总明显也是直男。

叶阳看向吴晴：“我看不像啊。”

“我也觉得不像。”吴晴中肯道，“不过他的确年轻了点，听说还没我大呢，这么年轻，上这么高的位置，难保有闲话吧……”

叶阳道：“三十岁，也不小了吧……”

吴晴步子微微一滞，奇怪道：“你怎么知道？”

叶阳一怔，随即道：“我不是有个朋友在预告片那边嘛，听她传过一点八卦，记得好像是三十岁左右。”

下午，叶阳那位朋友就发微信给了叶阳，说想吃火锅，问她有没有时间。

叶阳要加班，完事估计得八点了，吃完九点，周嘉鱼到家得十点多了，叶阳担心太晚，说改天再约吧。

周嘉鱼坚持要今天吃，她愿意等，叶阳就说“好”。

等叶阳到火锅店，周嘉鱼已把所有东西都点好，锅里已经下上了，就连叶阳的蘸料都给调了。

叶阳从未受到过这样隆重的待遇，十分诧异：“你今天是有什么好事，还是有什么事要求我？”

周嘉鱼不回答，就目光灼灼地看着她。

叶阳放下自己的包，坐下来，见她还望着自己，就摸了摸脸，问：“我脸上有东西吗？”

周嘉鱼以手托腮，赞美道：“叶阳，你长得真漂亮。”

叶阳笑了，拿过餐具纸袋，一边撕，一边道：“你已经结婚了，咱俩是不可能，别妄想了啊，宝贝儿。”

周嘉鱼继续道：“叶阳，真的，你今天格外漂亮。”

麻辣汤底里下了豆腐、土豆、红薯、羊肉、小龙虾……番茄汤底里有青菜、虾滑、藕片，叶阳拿筷子拨了几下，香气十分浓郁。

叶阳无动于衷道：“你到底想说什么？”

周嘉鱼仍旧觉得非常不可思议，一边回答，一边啧啧摇头：“你竟然跟张虔谈过恋爱！”

叶阳一愣，随即笑了：“这么快就发现了，我还以为你得到项目结束后才能发现呢。”

“为什么啊？”周嘉鱼见她没否认，一激动，音量就高了上去，“这么劲爆的事，你怎么不早跟我说？你早跟我说，我我我……”

叶阳问：“是家安吗？”

“对啊。”周嘉鱼道，“今天上午我们去时代开策划会，家安正好在附近办事。中午叫他过来一块吃饭，就在时代底层的餐厅，吃完出门，碰到张虔跟人从楼上下来，不过他没看到我们，但家安认了出来。”

周嘉鱼道：“家安很惊讶，指着张虔问是谁，我说是时代的总监，他憋了半天，说好像叶阳的前男友……”

周嘉鱼道：“我刚开始以为他晃眼认错了，还专门找了张虔的照片给他看，他说没错，他上一年夏天在火锅店见到的就是张虔……”

周嘉鱼看向叶阳：“这么值得炫耀的事，你怎么忍得住？你没虚荣心吗？要是我，我得让所有人知道我跟他谈过，我看秦雪兰那个老娘儿们还敢跟我龇牙咧嘴。”

叶阳笑了："这不是狐假虎威吗？"

"什么狐假虎威？"周嘉鱼的音量又上去了，"你是真跟他谈过，实打实的女朋友。"

叶阳伸手去边上拿那扎酸梅汤，补充道："前女友。"又问，"你要吗？"

周嘉鱼将自己的杯子递给她，道："前女友虽抵不过现女友的杀伤力，但也是有杀伤力的好吗？不看僧面看佛面，至少秦雪兰肯定不会再呲儿你。"

叶阳将倒好的酸梅汤递给周嘉鱼："她是不会再呲儿我，但那么多双眼睛，异样的眼光和闲话会比呲儿我更要命。再说，他有女朋友，万一女朋友听到风言风语，开始忌讳这事，让他把我换了，我上哪儿说理去？我惹不起，还躲不起吗。"

周嘉鱼小心翼翼道："那你们私下有交流吗？"

"除了公事，没有任何交流。"叶阳给自己倒了大半杯酸梅汤，将其一饮而尽。

周嘉鱼继续道："那你打算一直跟他无交流下去？"

叶阳没听懂，问："那不然呢？"

周嘉鱼提醒道："他可是时代的总监，手里大大小小项目那么多，但凡他能看在爱过的分儿上，给你几个小项目，你不就能拿提成了吗？一百万的项目提五万，五百万的项目，你能提二十五万，你得干几年才能赚到这么多钱？"

叶阳没吭声。

周嘉鱼又道："男人嘛，就算不爱了，想着过去的美好回忆，也会有怜香惜玉之心，他抬抬手，就能让前女友吃饱喝足，为什么不抬手？而且，我也觉得他不是那种对前女友刻薄吝啬的男人。再说了，他追你，你甩他，估计更那什么。你应该找个机会，好好跟他聊聊，把尴尬的前任关系化解成朋友，你来我往的，以后大家还合作嘛。毕竟过去那么多年了，就是天大的情仇，也该一笑泯了啦。"

叶阳道："我想跟他聊开的，但他不想跟我聊。"

"想办法啊。"周嘉鱼道，"别又是推一下走一步的，主动点，认真点，积极点，好好跟人说。现在阶级固化这么严重，咱们下面的上不去，人家上面的也不下来，张虔是例外，别弄得老死不相往来，浪费资源。万一将来有事，求人帮忙，这是个门路。你有这个门路，将来我都能沾沾光。"

周嘉鱼又啧啧打量叶阳："认识你几年，头一次发现你竟然还有这种好处……"

叶阳："……你也太势利了吧。"

周嘉鱼理直气壮道："老娘是已婚妇女，背着那么重的房贷，将来还有孩子和老人要养，不势利点能成吗？哪能像你们单身姑娘一样清高？”

“我也是要养家的，好吗？”叶阳反驳道，“你也知道我弟那样，完全靠不住，还不得我来？我也在拼啊，哪里清高了？我要清高的话，当初知道张虔在，我就会直接把这项目让出来，让别人去带。我现在整天对着前男友的下属奴颜婢膝，还不是因为要讨生活？”

周嘉鱼扬了扬下巴，不怀好意道：“我正想采访你，在前男友的手下讨生活的滋味怎么样？”

叶阳瞪了她一眼，道：“你说呢？”

周嘉鱼道：“曾经亲你的人，现在是你领导，很心酸吧？”

叶阳道：“G-u-n-gun!”

周嘉鱼哈哈笑了起来。

七月中旬，“我去往”的成片出来之后，时代举行了一次正式的内部看片会。

电影比叶阳他们上次看的样片少了几分钟，然后在片尾出字幕时嵌了一些街头采访素材。

采访无论男女，都只问了一个问题——倘若遇到前任，最想跟他说什么？

路人的回答也不一而足。

有说去死的，有说祝福的，有道歉的，有唱歌的，有流泪的。

街采配着抒情的片尾曲，黑暗中开始有抽泣声。

叶阳跟周嘉鱼、叶未匀一块上到顶层跟秦雪兰开会。

会议结束后，一行人等电梯时，边上海报公司的俩负责人就在那儿讨论片尾的街采。

正巧张虔和游越也过来等电梯，一行人纷纷同他们打招呼。

游越见张虔只点头并不想与他们周旋的样子，就自动接过了这个任务，微笑着寒暄道：“刚才都看片了吗？好看吗？”

海报的负责人笑道：“我们这班人，什么电影没看过，还以为自己修炼成精，早已铁石心肠了，没想到还有电影能给看哭的，刚才她——”指着身边的同事道，“从后半程就开始哭，一直哭到街采。”

周嘉鱼忙跟着道：“电影拍得太真了，大家都看进去了，这世上恐怕再也没有比女人的眼泪更能证明一个爱情电影好不好看了。”

游越道：“前几天跟导演开会，导演还担心年轻观众不吃这一套。下次见面，我把你们的话转告他，他估计就不会那么紧张了。”

周嘉鱼“嗐”了一声，道：“导演太谦虚了，这样的片子，观众怎么会不爱？刚我们还说连片尾街采都是亮点。正讨论万一采到我们，我们会跟前任说什么。”

张虔看向周嘉鱼，做出认真询问的样子：“会说什么？”

周嘉鱼笑得花枝乱颤：“再年轻几岁的话，肯定会让他去死，现在年纪大了，还是要维持住体面，祝他好吧。”

张虔淡淡地笑了，虽然是玩笑，可话说得一本正经，很有压迫感：“你们做创意的，用标准答案，看来得考虑换家公司了。”

周嘉鱼立马狗腿地笑道：“那等我回去认真想一个石破天惊的答案来，下次见面给张总。”话锋一转，“张总呢，张总会说什么？”

大家不动声色地偷瞄向了张虔。

张虔脸上的笑意敛去，渐渐地成了没有表情，人一下就疏离起来：“别后悔，后悔就没意思了。”

众人微微有些诧异。

电梯“叮”的一声到了。

电梯门关闭后，狭小的空间安静了下来。

周嘉鱼瞥了一眼叶阳。

她完全无动于衷，像局外人似的。

走出电梯，周嘉鱼很急切地想跟叶阳讨论一下，但碍于叶未匀在，她并未表现出来，只问：“你回公司，还是回家？回家跟我走，回公司跟叶未匀走。”

叶阳只道：“我约了人吃饭，叫车走，你们先回吧。”

叶阳并没叫车，而是慢慢走到附近的公交站，在等车间隙，拿出手机，给张虔发微信。

只有三个字：“没有过。”

只是一直纠结到公交车进站，她也没发出去。

咽不下这口气，可还是得屈服于他的权势。

他是甲方，真得罪了他，翻了脸，一句话把她踢出项目组，她这几个月的辛苦就白费了。

算了。

22 好久不见

叶阳回到公司，在门口打卡时，已经五点半了。

公司大多数人已下班，只有林天一那组有个项目正在播，稍微忙点，组员都在加班。

叶阳还没走到办公区，就听到了林天一在里头胡咧咧的声音。

林天一见她回来，“呦”了一声，转过椅子，调侃道：“大忙人看片回来了。”

叶阳被张虔内涵了，还不能撑回去，十分憋屈，没心情跟林天一扯皮，就没搭理他。

林天一并没放过她，继续调侃：“怎么，受打击了？看完片发现你那个十八亿票房的梦破碎了？”

叶阳将包搁在桌子上，恨恨道：“你别瞎嘚瑟，万一爆了，你就等着吧。”说着拿了杯子去饮水机那儿接水。

林天一扒着地，拖着椅子追着她道：“你这话说得，好像我不希望你们爆似的，你们爆了，我们多少能跟着沾沾光啊，我也希望你们爆。”

叶阳喝了一口水，润了润嗓子，道：“一个十八亿，你嘲我嘲到现在，鬼才信你。”

林天一笑：“我是真心希望你们爆，只是也真心觉得爆不了。”

叶阳道：“我就觉得能爆。”

林天一道：“你那是爱屋及乌。”想到什么，她又转身对不远处的几个组员科普：“她刚来的时候带一个电视剧，那电视剧，妈呀，雷得简直不能再雷，拉片的小伙伴深受其害，只有她一个人看得津津有味。我问她怎么样，她竟然很认真地说好看。我都惊呆了，心想这姑娘品位真够奇怪的。后来发现不是审美问题，她做什么就觉得什么好，真心到她会失去理智。所以她猜票房，自己带的项目，从来猜不对，别人带的，却能猜个八九不离十。”

一个小男生接话道：“干一行爱一行，多好，我就没这种能力，只能边干边吐槽，太痛苦了。”

叶阳往自己工位上走，边走边道：“听到没有，杨震就比你有觉悟。”

林天一滑着椅子追回去：“我没说这样不好，只是提醒你别太真情实感，万一票房只有几千万，我怕你受打击。”

叶阳坐下来，送了他一个“滚”字。

林天一却并没滚，而是凑近了，将胳膊搭在椅背上，低声道：“欸，我刚可听说了，你看片给看哭了，要不要这么夸张？”

叶阳拿鼠标的手一顿，道：“谁说的？我怎么不知道？”

林天一立刻警惕起来：“这我可不能告诉你，万一你挟私报复，我不害了人家吗？”

叶阳道：“不说我也知道，看电影时，我旁边就坐了宋丽一人，是她吧？”

林天一却并不接这话，只道：“你们先前不是看过一次吗？第二遍还哭，别是触到什么痛处了吧？！”

叶阳瞪了他一下。

林天一笑道：“说真的，我可不知道你是这种人。”

叶阳气哼哼道：“哪种人？”

“看电影会哭的人啊。”林天一理所当然道，“我还以为你是看什么都无动于衷的冷血人。”

叶阳哂笑道：“我到底做了什么，你要给我一个冷血的评价？”

林天一道：“你说呢！”

叶阳直接道：“我不知道。”

林天一压低声儿：“都三年了，你一直无动于衷，现在还有你这么铁石心肠的人吗？”

叶阳点头道：“对啊，三年你换了俩女朋友。”

林天一立刻反驳道：“我一个正值盛年的男人，你不搭理我，我总不能干等啊。”

叶阳道：“那你还装什么情圣？”

林天一道：“但对你的心情是一样的啊。”

叶阳继续冷哂：“什么一样，你是又到空窗期了？”

其实，林天一性格很好，热情又单纯，无论对谁有好感，都不加掩饰，很坦荡。叶阳刚到方圆传媒时，他频频示好，三天之内，整个公司都知道他对叶阳有好感。叶阳初来乍到，曾被这种直白的热情打动过，但接触久了，发现他对谁都有热情。女的个个像他女朋友，男的个个是他哥们儿。叶阳就望而却步了。

对叶阳来说，这样的性格不是不好，但这样的人做朋友比做男朋友有意思。

林天一伸手拽了一下她的头发，道："你说话太难听了。"

叶阳被拽疼了，回头瞪他："你们不忙吗？要是不忙，给我改篇稿子去，我还有两篇稿子待改呢。"

林天一道："我是问你明天有安排吗？我这边有两张画展的门票，一块去看啊。"

叶阳有些诧异："你还懂绘画？"

林天一诚恳道："我可不懂，是朋友给的票，放着也是浪费，要是你有兴趣，咱们一块去看看。"

叶阳摇头："我对绘画一窍不通。"

林天一道："美术馆活动挺多的，看不懂，可以去其他展厅，总比闷在家里强。再说，你一风华正茂的姑娘，多出去见识见识，也好交男朋友。不然就是家和公司，两点一线的，什么时候能谈上？你不孤单寂寞冷吗？"

叶阳咬牙切齿道："滚。"

林天一哈哈一阵大笑："我就当你答应了，明天下午两点，我到你们小区西门接你。"

次日叶阳和林天一到了美术馆，进了展厅，发现来看画展的人还挺多的，但因为两人看不懂，看得很快，不到十分钟就看完了一圈，出去后，觉得不能这么回去，太没成就感。

下楼时，看到一楼展厅门口立着易拉宝，上面写着阿根廷某著名行为艺术家正在这里做展览，两人一时好奇就进去了。

刚进展厅，正撞上携着男伴要出来的边紫。

两人打了一个照面。

边紫一脸惊喜道："叶阳，怎么是你？"

边紫是设计师，叶阳毕业后进第一家公司认识的。又因为俩人住得近，方便交往，交情很好。下班吃饭看电影轧马路，周六日一起爬山逛公园。就连离职，都是一起离的。

离职后，两人还在川藏线上跑了半个月。

当时叶阳以为这份友情会热热乎乎持续很久，可分开后，即便刻意保持联络，联系还是渐渐地少了。

但刚毕业那段日子，人还不懂保留，交朋友掏心掏肺，所以友情很真。虽联系不多，但不会有生疏感，毕竟各自的丑相和尴尬，在最初的时候，都已被对方看尽。

“欸！”叶阳也十分惊喜，“你怎么在这儿？”

“我来看展，你也是来看这个？”边紫张开手臂拥抱老友。

叶阳笑着回应道：“我陪同事来看上面的画展，完事见下面挺热闹，就进来看看，真巧了。”

两人分开后，边紫道：“好像比上次见的时候又瘦了，减肥啊？”

叶阳“嗐”了一声：“什么减肥？最近有个项目在忙，累瘦的。”

边紫道：“还这么拼呢？”

叶阳无奈叹息道：“我们这些打工的，哪儿能像你们自由职业者那么轻松。”又上下将她打量一番，“你可是日渐丰腴了。”

边紫笑道：“丰腴丰腴，你直接说胖好了。”

叶阳解释道：“丰腴不是胖，是在瘦和胖之间，你这恰到好处，还用不上胖。”

两人正说着，边紫边上的男伴忽然开口叫了叶阳的名字，只是语气很不确定。

叶阳把目光从边紫身上移了过去。

衣冠楚楚，白领精英。

叶阳只觉得面善，但一时并未想起来是谁。

对方显然已经确认了她的身份，但并未自我介绍，只是看着她，等她想起来。

叶阳经过长时间的缓慢反应，终于想了起来。

她脸上立刻浮出了偶遇旧友的惊喜微笑来，只是一时之间不知道该怎么称呼他，因为跟他只在张虔的生日会上见过一次。

叶阳张了几次嘴，那个学长也没叫出来。

傅晚卓倒是善意地解了这个围，轻轻巧巧道：“好久不见。”

叶阳这才跟着道：“好久不见。”

边紫一脸惊奇：“你们俩认识？”

傅晚卓就道：“同校不同系的学妹。”

边紫笑了：“那还是巧了。”

叶阳又来介绍林天一：“这是我同事，林天一。”

傅晚卓朝林天一颔首，并顺便打量了几眼。

他倒要看看张虔这位前女友的最后归宿是什么。

傅晚卓很快就失望了。

林天一个子是高，身板正，人看着也算气派，不过比着张虔还是差远了。

傅晚卓又将目光移到边紫身上，道："难得这么巧，又是校友，又是朋友，咱们找个地方坐下来聊聊吧。"他又把目光移向叶阳："美术馆对面有家 Kelsey。"

"今天怕是有些不方便。"叶阳面上浮出些为难神色，并努力去想那位来自阿根廷的行为艺术家到底叫什么，却一点印象都没有了，只好道，"我同事专门为里边那位大师来的，错过了，还挺可惜的。"

边紫正要说话，话却被傅晚卓抢了，他笑："艺术展为期三天，三天展厅全天开放，不差这一会儿。"目光又转向林天一，"如果你这边朋友觉得听我们叙旧无聊，可以先过去，等会儿我们再把你送回展馆。"

林天一看向了叶阳。

傅晚卓既然这么说了，叶阳也不好再坚持，就让林天一先进去了。

23 他连续几天梦到了她

周末的 Kelsey Coffee，坐满了开着电脑工作的白领精英。

也有文艺青年在里头看书。

还有西装革履谈项目的人。

咖啡和蛋糕的香气无处不在。

还有慢悠悠的小调和气氛。

边紫和叶阳找了一个地方坐下来。

傅晚卓去买咖啡，回来后，坐在边上听边紫和叶阳说话，偶尔也插嘴问几句。

边紫今天说话多少有点顾忌，但本人并不是那么有顾虑的人，所以叶阳猜，她估计刚跟傅晚卓认识没多久。

甚至有可能是今天认识的。

边紫不交男朋友，但会有固定性生活。

倘若她没有改变自己的生活方式，叶阳觉得傅晚卓多半是她新近认识的炮友，甚至有可能是今天刚认识的炮友。

边紫问傅晚卓，她和叶阳是怎么认识的。

傅晚卓看了一眼叶阳，意有所指道："就在这儿认识的。"

边紫见傅晚卓神情耐人寻味，就笑："什么意思？"

傅晚卓道："我们学校附近有家 Kelsey，上学时候，偶尔会去一次，她在那儿做兼职。"顿了顿，"我没记错吧？"

叶阳抿嘴浅笑，默认了。

傅晚卓道："我一个朋友在那儿对她一见钟情了。"

"啊？"边紫有些意外，看向叶阳，"真的吗？"

叶阳道："都是过去的事情了。"

边紫想到什么，惊讶道："他朋友不会就是你那个初恋吧？！"

叶阳没吭声。

傅晚卓接着道："朋友追得很辛苦，结果追到手没半年，她就把人甩了。"顿了顿，"还是在人家生日第二天。"

叶阳不想跟傅晚卓多说，只含混道："以前年轻不懂事，有些事情的确处理得不怎么好。"

傅晚卓看着她："你们分手后应该没再见过了吧？"

叶阳没回答，就让他当自己默认了，只问："你们现在还一直有联系吗？"

傅晚卓点点头："偶尔出来吃个饭，打打球什么的。"

仨人又东拉西扯闲聊了一会儿，一杯咖啡就见底了，叶阳觉得叙旧叙得差不多了，就起身告辞。

傅晚卓却没动，只道："再坐一会儿吧，再坐一会儿，他就到了。"

叶阳愣住了。

傅晚卓又道："你要是觉得没必要，也不强求，等他来了，我会跟他解释的。"

当年两人分手对傅晚卓来说是意料之中的事，但分得过于突然，这是意料之外的事情。

前一天还甜甜蜜蜜，难解难分，结果后一天就分手了。

张虔连原因都说不清楚。

傅晚卓最开始以为是张虔甩她，后来发现张虔不对劲，才察觉到他可能是被甩了。

但张虔跑去云南溜达了一圈，回来就没事了，他还以为这事翻篇了。

直到很久之后，傅晚卓才发现这事对张虔产生的影响，比他以为的要深刻得多。

那时张虔跟她已经分手五六年了吧，有一天两人在酒吧谈事情。几杯酒下肚，张虔微醺，靠在沙发上，说起他前一阵开车到涂白寺那边开会的事来。

他说傍晚时候，车经过一个路口，停下来等绿灯。车窗开着，他无聊地四处观望，在路口等绿灯的人群最前面，看到了一个很像她的人。斑马线对面的绿灯亮了后，她随着人流，从他的车前走过。她手中还提着购物袋，或许是太沉的缘故，她走到路中间，还换了一下手。

他之前有想过如果重逢，会叫住她。但那一刻，他什么都想不起来做，只是看着她走完了斑马线，然后不见了。

事后他仔细回忆，觉得自己多半是认错了，但因为这个小事，他连续几天梦到了她。

张虔说这些话时，语气很淡，最后一句甚至带着嘲讽和讪笑，但傅晚卓印象很深刻。

傅晚卓不知道他到底是心有不甘还是难以忘怀，但觉得张虔是需要和这位前女友见一见，聊一聊的。

张虔进来后，傅晚卓朝他挥手示意。

张虔顺着过道过去。

傅晚卓站起来给他让位置。

张虔停下来后，习惯性地瞥了一眼桌上的人，正要问傅晚卓什么事，目光却被坐在里侧的前女友绊住了。

傅晚卓解释道："美术馆里偶然碰见的，这么多年，就碰到了这一次，真不容易，觉得怎么也该叫你一下。"说着从座位上出来，让张虔进去。

张虔从容地在叶阳对面坐下，波澜不惊道："怎么，你没跟他说，我们已经见过了？"

傅晚卓小小吃了一惊："你们见过了，什么时候见的？"

张虔言简意赅道："有个项目在合作。"

"卧槽！"傅晚卓笑，"那缘分还真是妙。"他又看向叶阳："你怎么不早说？早说我就不费劲巴拉地叫他来了。"

边紫笑道：“你太会推卸责任了，明明是你没问，等叶阳知道的时候，人都已经快到了。”

傅晚卓这才想起边紫和张虔还不认识，就给俩人介绍了一下。

边紫颔首：“久闻大名。”

张虔回了一句“幸会”。

傅晚卓问张虔喝什么，张虔说美式。

傅晚卓叫上边紫一块去收银台前排队。

边紫和傅晚卓走后，四人共坐的桌上，就剩下了俩人。

张虔只是看着。

叶阳别开目光，透过玻璃幕墙看窗外。

之前总想找个咖啡店，心平气和地坐下来去讲一讲当年的是与非。等他们从咖啡店出去后，会在路边道别，然后彻底告别过去，将往事踢开。可此时此刻跟张虔坐在这里，叶阳发现她无法坦然张口，将年少轻狂付诸笑谈中。

两人就这么相对无言，一直坐到傅晚卓和边紫回来。

傅晚卓把新买的咖啡分好，又看了看默不作声的俩人，奇道：“你们俩不说话啊，不是吧？这是干吗呀？都多少年了，还别扭呢？”

边紫瞥了一眼张虔：“张总看人时，眼睛有种要吃人的错觉，叶阳都不敢看他，怎么敢跟他说话？”

张虔把目光从叶阳身上移到边紫身上：“不敢看我的人，除了害怕，还有可能是心虚。”

傅晚卓笑着对边紫科普：“你是没见过，当年他们俩谈恋爱的时候可黏糊了，张虔跟我们去尼泊尔爬雪山，就十几天的时间，他都熬不住，非要提前回去，气得我们几个直骂他见色忘友。背地里还嘀咕，叶阳是不是抓住了他的什么把柄？还劝他，不要对女生太好，小心好过了头，对方不知道珍惜，结果这家伙完全不把我们的话放在心上。”他又对叶阳道：“叶阳，不是我说你，张虔当年对你可够情深义重了，你那么对人家，有点无情。”

叶阳顿了一下，看向傅晚卓：“是啊，是挺情深义重，分手不到两个月，就跟前女友复合了。”

“欸。”傅晚卓不同意，“话不是这么说的，你们都分手了，难道还指望人给你守节吗？”

叶阳摇摇头："没人让他守节，哪怕分手当天他跟人复合，我也觉得没问题。"

张虔噌地站了起来。

椅子和地面摩擦，向后退了几寸，发出刺耳长声。

他的眼睛像要吃人似的，死死盯着前女友。

傅晚卓站起来要安抚他，他却拂开傅晚卓的手，一句话没说，走了。

一时之间，桌上沉默了下来。

两秒后，叶阳跟着站起来，道："不好意思，我出去一下。"说着追了出去。

张虔走得很快，叶阳一路小跑，跑得气喘吁吁，终于在天桥上追上了他。

为了让他停下来，叶阳去抓他的手臂，他停下来回身时，手一扬，让她抓了一个空。

高温的夏日，过街天桥，像是要被晒化了一样。

桥上有撑着伞卖小饰品的老太太，见俩人就停在她的小摊不远处，抬眼瞟了一眼。

他扬手躲避的动作，配合着眼神，狠狠地刺了一下叶阳。

张虔冷冷道："叶阳，分手的时候，我一而再再而三地要你把话说清楚，可你就是不说。既然当初不肯说，现在时过境迁，也没必要再说。即便你想说，也没人想听。你把那些都咽回去，烂在肚子里，不要告诉任何人，也不要试图通过任何人让我知道，我没兴趣。"

他说完这些，转身就走。

"没有过。"叶阳用话拦住了他的步子。

张虔被钉在了地上。

叶阳平静道："从来没后悔过，只是想把事情说开而已，既然你觉得没必要，不说也可以。"

"我知道你没后悔过。"张虔冷冷一哂，却没有回头，"不过，你这么直白地说出来真叫人不舒服，这几年职场白待了。"

叶阳顿了一下，道："只是不想用在你身上而已。"

张虔却道："用在我身上吧，我喜欢世故一点的，圆滑一点的人。你要是一直这么无所顾忌，我怕我会变成那种斤斤计较给前女友穿小鞋的刻薄男人，所以怎么对别人，就怎么对我好了，我不介意。"

他走了。

隔了一会儿，叶阳看到他走到了桥下。

叶阳举手在额上搭了凉棚，看到天桥中间打着伞，一直往她这边张望的老太太，就踩着高跟鞋，慢慢地走了过去。

老太太卖小饰品，用洗得发白的蓝布铺在地上，上面摆满五颜六色的皮筋，卡子，手串……

头发铺在身上，又被汗黏在了脖子里，叶阳想买一根皮筋扎起来，就蹲下去选。

老太太一手摇扇子，一边道："过日子嘛，总有拌嘴的时候，不是什么大事，回去好好说说就成了。"

叶阳愣了一下，随即知道她误会了，但也没解释，伸手拿起一个彩色编织绳，付了钱，将头发扎了起来，穿过天桥，到对面的美术馆去找林天一了。

24　只是二十岁爱过的人

张虔和叶阳出去后，边紫透过玻璃幕墙看他俩一个走一个追，不无担心道："他俩不会吵起来吧？"

傅晚卓端起杯子喝了口咖啡，道："感觉这俩都不是热性子，吵不起来。"

边紫把目光收回来，心有余悸道："你那朋友怎么回事？都这么多年了，还提不得？"

傅晚卓摇摇头："平时很少听他提，提也是淡淡的一句，谁知道会这样？"又看向边紫，"她跟你说过分手的原因吗？我直到现在都好奇，因为前一天张虔过生日，两人实在太黏糊了，第二天就分手，实在叫人摸不着头脑。"

叶阳跟边紫说过她跟张虔分手的真正原因，但边紫没告诉傅晚卓。毕竟叶阳连自己前男友都没告诉，边紫怎么能告诉她前男友的朋友。

边紫摇了摇头。

傅晚卓道："算了，不操心他们的事了，咱们办自己的事情去。"

边紫和傅晚卓站起来走出咖啡馆，边紫一眼就看到了，指着过街天桥，问："这俩人腿脚还挺快。"

傅晚卓眯着眼睛去看。

过街天桥的护栏旁果然立着一男一女。

他嗤笑道："什么话不能坐下来好好说，非要跑到太阳底下？这俩人真有瘾。"

边紫道："咱们从前面十字路口过吧。"

傅晚卓刚点了头，就看见张虔走了，他有些诧异："这就完了吗？"

边紫抬眼去看，张虔果然顺着天桥往美术馆的方向去了，留叶阳一个人立在原地。

边紫见叶阳不动，纳闷道："她要一直傻站着吗？"

而傅晚卓没吱声。

边紫寻求认同似的回头去看他。

傅晚卓的视线此刻在另外一侧，他正盯着距离他们有几步远的俩女人在看。

而俩女人撑着遮阳伞，正在往天桥上看。

边紫不解道："怎么了，熟人？"

傅晚卓低声道："张虔的女朋友。"

边紫"啊"了一声："他有女朋友？"

傅晚卓又回头看天桥，叶阳也不见了。

傅晚卓微微松了口气，好在张虔并未与前女友过多纠缠，否则挺正常的一次叙旧，就会弄得说不清楚。

程柠和友人收回了目光，朝傅晚卓和边紫走来。

傅晚卓招呼道："巧了，你怎么在这儿？"

程柠道："陪她来看画展，张虔说来附近找你谈事，完事后，去美术馆跟我们会合，一块吃个饭，我等不及了，就先过来了。没想到正撞上他出来，可惜他没看到我。"

程柠又疑惑地看向天桥："刚才那姑娘是张虔的前女友吗？"

傅晚卓有些吃惊："你们见过？"

程柠点点头："上一年夏天吃饭时，碰到过，张虔有介绍我们认识。"

傅晚卓松了口气，又解释道："我和边紫在美术馆看展，出来时正撞见她，更巧的是边紫和她是朋友，就想着坐下来聊一聊，没想到就撞一起了。你可别误会，毕竟都这么久了，就是叙旧而已。"

"你这么紧张做什么？"程柠打趣道，"他要真想做什么，也不会叫我知道。"

傅晚卓彻底松了提着的一口气，道："吓死我了，我还怕你误会，那我的罪过可就大了。”

两人正说着，张虔的电话打了过来。

程柠扬了扬，笑：“这不，说来就来了。”

程柠接完张虔的电话，跟傅晚卓他们一道回了美术馆。

几个人在大厅会合，而后傅晚卓和边紫先行离开，张虔则请程柠和她的好友去吃饭。

吃完饭，两人先送好友回去，之后又去看了场电影，回到小区后顺手买了水果和鲜花。

程柠进客厅做的第一件事就是将花瓶中半枯的玫瑰丢到垃圾桶里，跪在地毯上开始捯饬新买来的绣球。

张虔这儿是黑白灰的装修风格，极简的几何线条带点艺术气息。

张虔本人又很有条理性，从来不让这儿乱起来，于是这地方整洁得多少叫人觉得有点冷。

程柠每逢过来都会带些鲜花装点。

张虔换了闲适的衣服，出来在沙发上坐下。

打开了电视，调了一遍台，他发现也没什么想看的，就放下遥控器，去看程柠修剪花枝。

电视剧成了背景音。

程柠抬眼瞟了他一下，道：“今天我和龙音去 Kelsey 找你，其实正撞上你从里头出来，但你没看到我，真叫人伤心。”

张虔把胳膊肘支在沙发的靠背上，用手撑着脑门，淡淡道：“你见过的，上一年夏天碰见的前女友，晚卓今天在美术馆也碰到了，他不知道我们见过，也没跟我说是谁，只叫我过去，我是到了之后才知道的。”

程柠波澜无惊地“嗯”了一声：“我在画展看到她了，不过她没看到我，就没打招呼。”

张虔没再接话，继续看她在那摆弄那几枝绣球。

程柠插好之后，端起来问他如何。

张虔将胳膊肘收起来，坐直身体，认真看了一会儿。

花叶高低错落，相映成趣。

他点点头，言简意赅道：“好看。”

程柠将花瓶摆好，走过来，拉过他的一条胳膊，坐下来，把头靠在他肩上，叹了口气："看到你们两个在天桥上说话，虽说知道也不代表什么，但还是有点不舒服。后来我想，为什么之前听你说你们在一块工作都没这样，反而现在这样了？"

张虔的手顺着滑下去，落在了她腰间，问："为什么？"

程柠认真道："可能头次碰见的时候，她穿得太随意，又戴着帽子，我没怎么看清脸，就没放在心上。后来在你们公司又碰到了一次，发现还挺有气质，的确像张虔认真爱过的人，就有点如临大敌了。"

张虔顿了一下，淡淡道："只是二十岁爱过的人，如今工作上有点交集罢了。"

程柠把头从他肩上拿起来，看着他："那她今天追你是要说什么？"

张虔将手从她腰间抽出来，身体前倾，双手搓了搓脸，神情有一点严肃，还有一丁点不耐烦，但更多的是克制下的波澜无惊："可能是想跟我聊聊当年的事情吧。"

程柠看着他："那你跑什么？"

张虔直接道："不想听。"

程柠微微有些讶异："这么多年了，还耿耿于怀呢？"

张虔道："因为有骨气。"

程柠若有所思道："那你们当时感情一定很好。"

张虔脸上又出现了那点不耐烦，像蜻蜓点水似的，从他眉心滑过。他其实不大想提过去，但过去的人重新出现了，他又本能地知道不能避，否则程柠会不舒服。他不想让过去的人和事，影响现在。他又将手放下来，靠在沙发背上，道："半年罢了，能好到哪里去？只不过因为当时年轻气盛，被人甩了，印象有点深刻。"

程柠顿了一下，道："张虔，你有没有想过结婚？"

张虔蹙眉看向了她："什么意思？"

程柠道："咱们交往了两年，连架都没吵过，舒服是舒服，但就这么着，无事无非，也不会想结婚。对于我们俩来说，结婚必须要有冲动，若一直理性思考，永远会觉得它只是一张纸，可有可无。咱们考虑一下结婚的事吧，你说呢？"

张虔的眉头蹙得更紧了："是因为她？"

"她让我产生了这种冲动，但并不全是因为她，否则我也把她看得太重要了。你都不看重，我何必给自己找麻烦？"程柠纠正道。

张虔没说话。

程柠见他不吭声，起身坐在他腿上，双手搂着他的肩，凑近亲了一下他的嘴唇，低笑道："我知道咱们交往的时候，都说过不以结婚为目的。我也没想到自己有一天会有结婚的念头，但想结婚的念头在某个瞬间就出现了，我也不想无视。咱们冲动一下吧，兴许进入了婚姻，我们可以更专注地经营关系，而不像现在这样一味地顺其自然，你说呢？"

张虔不知道她是真想结婚，还是在试探他。但他很快就有了答案，手搭上她的腰，缓缓道："我们不要因为别人影响自己的节奏。"

程柠略微有些失望："你明知道我只是在试探你，可你不愿意配合。"

张虔摇摇头，道："你之前不是说这几年要好好搞一搞事业，暂时不考虑婚姻吗？婚姻要考虑的事情很多，不是可以冲动的事。"

程柠继续失望起来，从他身上下来，道："我有时候觉得，你其实根本不爱我，你只是爱你女朋友罢了。"

张虔蹙眉道："难道有人逼我要你做我女朋友？"

程柠摇摇头："你知道我说的不是这个。"

张虔顿了一下，觉得自己有必要认真解释一下了，他道："程柠，我不会在自己没兴趣的人和事上浪费时间。但婚姻的确不可以冲动，如果你真想结婚，我会认真考虑，如果你只是一时兴起，那我不知道该怎么回答。"

程柠直接道："你在避重就轻。"

张虔站起来，道："你们演员把情感分得太细了，生活中其实没必要分这么细，要真这么分，那就没法过了。"

程柠仰头看着他："要了解人，就得事无巨细，囫囵吞枣，那不入流。"

张虔点点头，但又道："戏剧是戏剧，生活是生活。"

程柠突然较起真来。以前她从来不在这种事上较真，因为无意义，也因为跟张虔相处得太顺了，没必要去较真。但今天张虔显然激起了她的某种好胜心理。

程柠抿了一下嘴唇，从沙发上站起来，看着他："如果我是认真的呢？"

半天，张虔缓缓站了起来，看着她，神情和语气都比她认真得多："我们最初在一起是因为目的相同，如果你的目的已经改变，我们无法同路，那分开走，或许是最好的方式。"

第四章

失去的到底是什么

25 眼里有光，指尖温柔

几天后，秦雪兰告诉叶阳，陆子宽和俞凡的合同已经敲下来了，如果没有意外，两人均会到场，让他们这边开始准备首映礼的方案。

头版方案出来后，吴晴和叶阳到时代去开会。

阶段性大会议，路演、首映礼、终极预告片、终极海报等主题都会一一讨论，参会方比较多。

叶阳他们到时，周嘉鱼和叶未勺已经到了。

这是周嘉鱼知道叶阳和张虔谈过恋爱后，两人头次共同出现在同一个会议上。

周嘉鱼的感觉很妙。

以前觉得张虔高高在上不可攀，现在突然觉得他没那么高了。

周嘉鱼把这种感觉告诉了叶阳。

叶阳倒是刚好与周嘉鱼的感觉相反，她越来越觉得张虔像个与已无关的陌生人。

会议上定了路演的时间和地点。

从B市一路南下，一直到广州，中间在B市办首映礼。

首映礼的主题暂时定为“遇见爱情”。

甲方大大们说，这个主题简单直接且带有憧憬，让人想入非非。

只是发布会的内容还不够有亮点，需要回去再想想。

两天后，叶阳又交了一版方案上去。

方案定下来后，开始着手准备路演和首映礼的事情。

叶阳这组正忙的时候，王彦给她塞了一个实习生，要她带着。

叶阳简直都想骂人。

平时她很愿意带实习生，刚出校门的实习生还没接受社会的洗礼，对生活跃跃欲试，那种热忱常常叫叶阳感动。但忙的时候，她会没有耐心。

实习生到叶阳组里后的第一个周末就跟着加班，从早上一直加到晚上七点多才完事。

叶阳担心实习生承担不住这铺天盖地的工作强度，决定请大家一块吃饭，边吃边聊，拉近一下关系。

工作了一天，大家都累，不想走太远，去了公司附近一个商场里的火锅店。

等排位的时候，叶阳看到叶未匀从里头出来了。

叶阳微微一怔，随即想到他就住附近，立马明白了。

叶未匀身边还有位齐耳短发的姑娘。姑娘个子矮矮的，加上精致妥帖的妆容，有种俏丽的风情。

叶未匀看到她，也微微一怔。

打完招呼后，叶阳他们又等了一会儿，就轮到了。

叶阳再见到叶未匀还是因为去时代开会。

叶阳发现自己对叶未匀有点提不起心劲儿了，不知道是不是因为上次偶遇的事情。

叶未匀对她，倒仍是往常的态度。

三分礼貌，是他为人处世的礼貌。三分自然，是他和她是同类人的舒适。三分亲切，是他们交浅言深的心领神会。

叶未匀很快就察觉到了她的有意疏离，开会的时候，一直在瞟她。

叶阳只作不知。

会议结束之后，叶阳没有接受叶未匀的邀请，搭他的顺风车，而是自己走到公交站去坐公交车。

晚上临睡时，叶阳收到叶未匀发来的微信。

叶未匀问她怎么了，好像心情不是很好。

叶阳说估计是太累的缘故。

是真的累。

工作已经够累了，爱情还要猜来猜去。她不大享受这种乐趣了，更希望平铺直叙一点。

叶未匀见她兴致缺缺，也没多说，只让她好好休息。

“我去往”的首站路演在叶阳的母校进行。

叶阳以工作人员的身份回到母校，觉得还挺奇妙的。

首站的路演，主创几乎都来了，学校的礼堂坐满了学生。

路演没放全片，只给看预告，之后导演和主演出场，与学生互动交流。

有学生问导演，现实生活中分开十年的一对情侣，真的有重新在一起的可能吗？

导演拿起话筒笑着回答：“至少比中彩票的概率要大，我身边就有这样的例子，当然没有十年那么久，但也是兜兜转转，最后还是在一起了。这就是人生的奇妙之处，不走到最后，谁也不知道谁会跟谁在一起。”

导演这么说，叶阳就想起了自己中学时看过一篇关于布拉德·皮特、安吉丽娜·朱莉和詹妮弗·安妮斯顿的文章。

大约那时候，皮特和安妮斯顿刚离婚，跟朱莉在一起。文章从仨人的性格着手分析，煞有介事，说美国甜心终没抵过烈焰红唇的诱惑，狂野的朱莉是皮特的最终归宿。叶阳当时觉得那篇文章分析得很有道理，也很笃定，觉得结局就是这样。可谁知道前几年，皮特和朱莉还是离婚了，最近倒是又传起了和安妮斯顿要复合的传闻来。不知道真假，只是叫人感慨，生活其实很戏剧。只因时间不能像电影或文学一样，可以根据需求无限缩短或拉长，所以戏剧得没那么明显。

路演结束后，叶阳让其他人先撤，自己在学校里瞎溜达。

刚毕业那两年，经常回学校逛。最近这几年，几乎都想不起。有时候即便搭公交车路过它，都不会想下来看一看。

转悠到了明德湖。

明德湖四周是垂柳，柳四周是甬道，甬道四周是小树林，里头种了各种各样的花树。

四月天，樱花和桃花渐次开放，地上全是落花，十分美丽。

如今盛夏，繁花谢尽，一片绿荫，郁郁葱葱。

叶阳记得，晚上小树林里会有很多情侣。

以前有次看完电影，张虔送她回学校，斜穿过树林到湖边时，还碰到了一对在草堆里野合的情侣。

夜色很浓，叶阳并未真的看到什么，但察觉到一男一女叠在一块的时候，还是被吓了一跳。

其实大一的时候，她跟室友们一块看过片，对这事倒是有接触。

只是看片和看真人，是两码事。

张虔看她一副胸闷气短的样子，直接吻了过来。

以前张虔还算老实的，这次估计受了点刺激，不大老实，手在她身上来回乱摸，还说骚话，比如想吃了她之类……弄得她也神魂激荡。他还硬性要求她接吻的时候不能哼哼。

叶阳觉得这很难。他那么会亲人，亲得人意乱情迷，她哪里还有工夫控制自己。不过他提出这个要求后，接吻时，她老会想到这事，会故意多哼哼几下，把他搞得上下左右都不是，对她是又咬又掐。

不过他始终没有过火。

张虔说，感情循序渐进点好，好像盖房子，要先把基础打好，这样建起来的房子会牢固些，倒塌不会那么容易。

陈蜜之前跟她说过类似的话，说她和张虔认识时间不长，基础不够，在高温热恋期，稳不住的话，会凉得很快。陈蜜让她一定要稳住，至少半年内别发生关系。张虔如果只是一时兴趣，撑不过半年。如果过了半年，感觉还没淡，那基本可以判定是认真的，那时候再深入发展比较好。

叶阳从张虔口中听到类似的话之后，很有安全感。

而且张虔不只是说说而已，基本算是把它贯彻下来了。

若非最后两人都觉得时机成熟，且是她主动表现出了意愿，张虔估计不会提出要求。

有时候叶阳看他一脸忍耐的样子，会觉得他超级迷人。

张虔最迷人的地方，就是分寸感。

无论这种分寸感是来自教养也好，骄傲也好，还是来自爱也好。

张虔让她摒弃了某种对异性的偏见。

荷尔蒙正旺盛的男生眼里，性并不总是大于爱的。他们谈恋爱的时候，也是尊重和认真的。他们会考虑长远性和未来，有时候可能比女生想的还要多。

这湖边着实有很多美好的回忆。

叶阳还记得，她生日的时候，张虔抱了吉他过来，就坐在湖边的长凳上，给她弹《Aurora Borealis》。

晚上湖边有很多学生，路过他们时，频频侧目。

张虔恍若未闻，只是看着她。

眼里有光，指尖温柔。

她在他的目光中，忽略了周围人的目光，渐渐安静下来。

弹完吉他，他从兜里摸出一枚戒指，送给她戴着玩儿。

过来吻她的时候，他跟她说，将来有一天要带她去西班牙的小镇，坐在街头，听街头艺人弹这首曲子。他们俩就互相靠着，看着远处的海岸线，海鸥成群地从眼前掠过。

分手之后的某一年，她偶然看到了一个相关视频。

《Aurora Borealis》的演奏者 John H.Clarke 在街头弹奏这首曲子，他背后就是一望无际的海岸线，真有水鸟掠过。

她顿时有种梦想成真的感觉。虽然她从未去过西班牙。

如今回顾大学四年生涯，最精彩的那一年，就是大二。

斯人若彩虹，遇上方知有。

不管后来结果如何惨烈，张虔确实让她相信了，生活有意外，并且会降临在她身上。

悲观中的一点点乐观。

这是恋爱带给她的改变，一种潜移默化的影响。

其他的日子，就很平淡了。

不是学习就是打工，模糊成了一片。

26　不会勉强

“我去往”的路演定了五十城，几乎覆盖到了全国，其中包含二十所大学，八十家影院。

一天两城，四个地方，强度非常大。

时代的宣发之所以牛，就在于够狠。

他们从不对市场抱有幻想，不寄希望于奇迹，不偷懒，只相信事在人为。

叶阳觉得他们的宣发有军事行动的硬度，那就是不惜一切造声势，来争取排片和关注度。

一部电影，从立项开始到上映短则一年，多则三到五年，但命运在上映的一到三天之内就能确定。首周三日票房好，排片立刻就升，票房不好，立刻降。电影院要吃饭挣钱，什么情分都不认，只认票房。

“我去往”是新导演，市场认可度不高，加上蓝臻和姜凯也都是二线演员，此前并未有什么高票房的作品，想得到排片经理的认可，十分难，必须以眼花缭乱的宣发行为来博取关注。

好在路演算是发行行为，宣传只是辅助，叶阳他们不必跟着全国跑，就省去了路途奔波之苦。

叶阳的工作重点，是准备首映礼。

距离上映还有半个月，已是最关键的时候，叶阳这边人手有些不够用，王彦就让不忙的郭胜楠和林天一来协助她。

人一多，叶阳把活儿全都分了出去，出奇地闲下来了，每天竟然可以准时下班。

中间叶未匀约她出去吃饭，被她推了。

再约，叶阳再推。

第三次时，叶未匀的态度就有点强硬了，强硬中又带了一点哄，好像她是吃醋闹情绪的女朋友似的。

叶阳听着他发过来的语音，突然有种关系变质的感觉。

以前是清汤寡水，说暧昧都勉强，现在真有点那种说不清道不明的气氛了。

叶阳想了想，还是应约而去。

刚毕业那几年，她对人很热忱。

出租车司机也好，小区门口的保安也罢，同事也罢，无论喜不喜欢，她都想了解人家，想通过了解人来了解社会。而如今年纪越大，人越平静，也越懒，对陌生人很难再产生兴趣和欲望。交朋友也是，合则来不合则去，不勉强别人，也不勉强自己。如今遇到有兴趣，并对方对你也有兴趣的情况非常难，就这么放弃了，还挺可惜的。

和叶未匀吃饭，他顺其自然地说起前一阵父母安排他相亲的事情来。

叶阳这才知道齐耳短发的小姑娘是他的相亲对象。

叶未匀的语气颇为认真道："今年过年的时候，父母暗暗提醒了好多次，说都三十岁了，该考虑着点了。不要求我立马结婚，起码得先有个女朋友处着，处两年再结婚，也都三十二三了。"

叶阳笑："我觉得那天那姑娘挺好的呀。"

叶未匀点点头："人是挺好的，就是没话说，找话题挺费力气。"

叶阳劝解道："刚开始，在所难免。"

叶未匀摇摇头："即便熟了以后，差不多也是这样，我们爱好不同，说不到一块去。"

叶阳又道："爱好不同，才能擦出火花，要是喜好都一样，那多没趣。"

叶未匀顿了一下，道："每个人的择偶观不同，别人我不知道，我自己的话，还是倾向选跟自己一样的人。"

叶阳仍是笑："知道自己要什么，很不容易。"

叶未匀又去看她："你呢？"

"我？"叶阳笑，"我没给自己设那么多条件，看缘分吧。"

叶未匀抿了一下嘴角，突然道："有件事，我一直很好奇。"

叶阳好奇地看着他："什么？"

叶未匀一动不动地看着她："你跟时代的张总是不是认识？"

叶阳愣住了。

叶未匀有些想不通的样子："不知道为什么，我总觉得你们是认识的。"

叶阳随即笑了："嘉鱼发现还是靠别人提醒，没想到你竟然能看出来了。"

叶未匀见她并不避讳，顺着问："那他是——"

"以前的男朋友。"叶阳直接道。

这下换叶未匀怔住了。

叶阳补充道："很久之前的事情了。"

叶未匀原猜测他们只是有私交，至于到底是什么样的私交，他不确定。不过很容易想象，纵然张虔有女友，纵然眼前这位看着也不是胡搞之人，但如果对象是张虔那号人，道德应该很容易被抛诸脑后。叶未匀只是没想到，他们两个已经谈过了。不过她的坦荡倒是打消了他的许多顾虑，他试探道："大学？"

叶阳点点头。

叶未匀疑惑了："可我听说他是电影学院的。"

“他有个朋友在我们学校，偶然碰到，擦出了那么一点点火花儿，相处了一段日子，后来发现不合适，就分了。”叶阳没等他细问，就和盘托出了，然后转移了话题，“你什么时候发现的？”

叶未匀摇摇头：“说不上具体时间，就是觉得他看你时的眼神，跟看别人不一样。”

叶阳笑：“好歹相识一场，多少跟旁人是不一样的，他要是真看我跟看棵白菜似的，那我就太失败了。”

叶未匀点了点头，道：“这倒也是。”

吃完饭后，叶阳去公交站坐车，叶未匀就说送她回去。

其实只有几站地，没必要送，但在叶未匀坚持送的情况下，叶阳也没拒绝。

车上人多，两人扶着扶手，脸对脸地站着，压迫感立刻就来了。

叶阳觉得有些不自在，就别开了眼，没看他。

叶未匀又嗅到了那股椰香。

不近距离接触或者长时间近距离接触，感觉其实没那么强烈，如今一近，这股椰香好像会无孔不入。叶未匀疑惑，以前没觉得椰子的香气这么强烈，怎么回事？

他觉得回去时，可以买一个椰子试一试。

他正想得入神，公交车却缓缓地在路边停了下来。乘务员解释说车出问题了，不能走了，让大家在这儿下。如果大家愿意等，后面会有车来接，如果不愿意，往前走几步就是公交站，到那里转车也行。

叶阳无奈道：“这趟车老是这毛病，今年都第三次了，也不知道是为什么。”

叶未匀笑：“没空调的车可不多见，估计太老了，容易出毛病，该换新车了。”

叶阳道：“我也一直这么认为，但一直都没见他们换，估计还会再运营两年，不知道能不能等到那一天。”

叶未匀道：“来回就这一趟车吗？”

叶阳道：“这趟最便捷，出门就上车，下车就进公司，其他的还要步行几百米，太远了。”

两人下了车，叶未匀左右前后看了一圈，问：“应该快到涂白寺了吧？”

叶阳指了指前面，道：“过了前面的嘉华庙，就是了。”

两人在原地等了一会儿，见其他乘客都纷纷往前去了，只有少数在等后面的车，叶未匀就道："站着等也是等，要不我们走过去？"

傍晚时分，城市被暮色掩去一些，修饰一些，很有迷人风情，倘若有时间有心情欣赏这座城市的夜景，轧马路其实很有感觉。

两人顺着人行道慢慢往涂白寺的方向去。

几百米的距离，慢悠悠地走了将近半小时。不过叶阳没跟叶未匀说太多的话，皆因他们才刚走了一小段路，还没到嘉华庙，秦雪兰的微信就催命鬼似的找上了叶阳。

秦雪兰的性子火暴，叶阳也不敢延迟处理。她这一路，几乎都在跟秦雪兰对工作。

等处理完工作，叶阳抬头时，发现涂白寺已经在眼前了。

叶阳多少觉得有点不好意思，想着时间还早，就问他想不想看电影，因为天桥对面就是电影院，她请他去看电影。

叶未匀说看她挺忙，还是不看了，等忙过这阵再看吧，不差这几天。

他这话说得很巧妙，像在暗示什么。

叶未匀今晚说了很多容易让人想入非非的话。

比如相亲的事情，结婚的事情，比如她和张虔的关系，以及刚才那句。

叶阳不去琢磨这些话的具体意思，因为解释权不在她手中。她想再多也没用，就囫囵吞枣地理解为他想进一步发展。

他转身要走时，叶阳"欸"了一声，又叫住他。

叶未匀回身疑惑地看着她。

叶阳笑道："我有个问题想问你。"

叶未匀点点头道："你问。"

叶阳认真地看着他："你今年三十岁，对吗？"

叶未匀点了点头，仍旧不明所以："怎么了？"

叶阳接着道："我今年二十七岁。"

叶未匀一头雾水地看着她。

叶阳继续道："家乡是十八线的小城，父母都是老实巴交的农民，没什么指点江山的大智慧，只有生存的小聪明，家里还有令人头大的弟弟，因为他还小，父母的重心都在他身上，没有多少余力帮我。不过也不能苛求，他们已经在自己的能力范围内尽全力了，不能要求再多了。有这样的家庭，自己都觉得压力好大，更别说其他人。只是出身没的选，只能尽力而为。如果能碰到不介意我身后的这个家庭，并且还相信我有处理家务事的能力的那个人的话，那是我的幸运，如果碰不到，也绝不会勉强自己。”

叶阳说完也没给他反应的时间，而是转身走了。

叶未匀看着她袅袅娜娜地顺着人行道远去，没过一会儿，左拐进了小区，不见了踪影。

空气中似乎还残留着淡淡的椰香，缠绕在鼻息之间。

27　张总，生日快乐

“我去往”首映礼定在八月中旬。

首映礼前两天的一个下午，王彦带着叶阳去时代开会，双方对一下首映礼当天各方需要负责和注意的事情，以防出现什么纰漏。

王彦和叶阳到了时代影业后，被前台领去会议室，路过宣传部的办公区，发现竟然是空的。

前台指前方的大会议室道：“今天是宣传部张总的生日，他们正在搞抽奖。”

“嚯。”王彦愉快道，“那我们今天可真是赶上好日子了。”又没话找话问，“奖品是什么？”

前台微笑道：“听说一等奖是笔记本，二等奖是 iPad，三等奖是手机。”

王彦笑了：“张总好大的手笔。”

前台脸上仍是那种职业的甜美微笑：“可不，你们听，他们部门都疯了。”

正说着，大会议室里爆发出了一阵惊叹声，估计是谁中了大奖的缘故。

王彦和叶阳到了小会议室坐下，前台请他们稍等，然后去叫秦雪兰。

没过一会儿，秦雪兰手下的一个小宣传端着切好的两块蛋糕过来，说是请他们吃。

叶阳看着眼前的生日蛋糕，心情极其复杂。

分手后，最难熬的那段时间，她其实不断地后悔，要是不跟他的朋友一块给他过生日，而是单独给他过生日，那说不定现在就是另外一番光景了。当然了，走过那段失恋的痛苦期，冷静下来后，她知道根本问题不在于她怎么给他过生日。

只是生日终究是导火索，没有这个导火索，她或许还可以将甜蜜延续很久，久到她心态足够稳，或许就不会选择那样惨烈的方式分手。

叶阳吃了两口，有点吃不下去，但不好浪费，就勉强又吃了几口。

不多时，秦雪兰过来，未见人影，先听到一阵“哈哈哈”的爽朗笑声，接着人推开门进了会议室，笑道：“你们今天来得太早了吧，还有二十分钟才到正点。”

王彦笑着起身寒暄：“今天路上格外顺，连一个红灯都没碰到，没事，姐，你们先忙你们的，我们在这儿梳理一下会上需要用的东西。”

秦雪兰招呼道：“正好你们赶上，走走走，跟我去抽奖，我们张总说了，今天见者有份，就看你们有没有手气了。”

“呦。”王彦看了一下叶阳，跃跃欲试道，“那我们今天就要蹭一下张总的福气了。”

说着招呼叶阳，一块跟着过去了。

宣传部的人都在大会议室，抽奖箱被行政抱在怀里，他们部门的人正在挨个儿抽奖。

抽一个开一个，抽一个开一个。

除了前台说的那些大奖，还有充电宝、保温杯等之类的小东西。

叶阳进去后，见张虔不在，稍微松了口气。

组织抽奖的还有张虔的秘书，见他们进来，笑着招呼：“快，最大的奖还在里头，看你们谁有运气，如果都抽不到，那就是我和乐华的了。”

王彦抽完，在大家期待的目光中打开了字条，然后笑了。

围观的人立刻骚动起来，纷纷探头来问。

王彦捏着字条，艰难读道：“玫瑰一束……”

大家哄堂大笑。

叶阳不常参加抽奖活动，因为不相信运气。不知道是不是攒了点人品的缘故，她中奖概率很大，叶阳也知道这个，所以去抽奖时，心里还有点激动。虽然用不惯苹果系统，但若中了，可以换掉啊。只是等她打开字条，发现上面的确写着苹果笔记本一部之后，反而愣住了。

她在愣怔中产生了一种做白日梦的奇异感，于是闭了一下眼，睁开眼再次确认，的确是。

她在无法置信的惊讶中，读了出来。

周围顿时发出了一片惊叹和艳羡之声。

张虔的秘书将电脑包提出来递给她，笑着对秦雪兰道：“你抽一个 iPad，她抽一个笔记本，你们这组的这手气简直绝了，我有预感，‘我去往’一定比《叶限》还要爆。”

秦雪兰哈哈大笑起来：“宝贝儿，借你吉言，将来成了，请你吃饭。”

周围立刻起了一片嘘声。

秦雪兰发觉失言，又笑着改口道：“只要成了，大家都有功劳，都请都请。”

一群人正在闹秦雪兰，会议室的门开了，众人纷纷回头，看到是张虔，立刻齐刷刷地喊张总。

张虔脸上难得带出一点笑意，看着众人手中的礼物，问：“都有了吗？”

“有！”众人齐答，又道，“谢谢张总！”

张虔往众人手中扫，目光从叶阳身上掠过，只稍微停顿了一下，又去看其他人，问：“怎么没看到笔记本，谁拿了？”

王彦一听这话，立刻将叶阳推了出来。

叶阳提了提手中的电脑包，微笑道：“人生头一次中这么大的奖，谢谢张总。”顿了顿，补充道，“张总生日快乐。”

张虔的目光移到她脸上，看了一眼，礼貌地点了点头，算是接下了祝福，之后若无其事地去看其他人，让他们继续，关上门就走了。

开完会后，王彦他们准备撤，秦雪兰却走了过来，问道：“接下来有安排吗？没安排的话，张总说一块吃个饭。”

王彦一直想跟张虔吃饭，苦于没机会，如今幸福来得突然，他十分激动。毕竟平时开会，大家都是公事公办的模样，很多话没机会说，吃饭时候能放松些。如果有机会，王彦想在张虔跟前争取一下，下次合作的机会。

吃饭的地方，在时代楼下的火锅店。

张虔和游越，加上秦雪兰的项目组，以及王彦和叶阳，大概十个人。

吃饭时，游越就坐在张虔左手边。

工作场合，叶阳不觉得游越对张虔有什么，这私下一吃饭，她立马察觉出来了。

自从坐下来之后，游越的视线由始至终没离开过张虔。眼中的盈盈水光，无不在表明，她对眼前这男人的崇拜。而且张虔一抬手，她就知道他要什么，会亲自递到他手中，从不假手于人，非常体贴，体贴到像是一种占领，这个男人是我的，谁也不准觊觎。

叶阳觉得有点不舒服，老忍不住去看她和张虔的互动，有时候看到她过于体贴，叶阳还想冷笑。

当叶阳察觉到自己的不舒服之后，很诧异。

她趁着去上洗手间的时间反思了一下自己，为何会感觉不舒服？她对程柠都没这种心理，为什么会对游越有这种心理？

她分析了一会儿，终于弄明白了，可能因为程柠是正牌女友，而游越明知道人有女朋友，还这么不避嫌……她是嫉恶如仇，顿时就释然了……

叶阳回去时，张虔、王彦和秦雪兰已经不见了，叶阳问“人呢”，边上的人说可能去外边抽烟了。

没过一会儿，王彦发微信给她，叫她出去一下。

这块是写字楼群，十几栋商务楼连在一起，底层全是商家，各种西餐厅、中餐厅、快餐店、便利店等。

晚上时候，人来人往，十分热闹。

写字楼前面有广场，有喷泉，有绿化带。

绿化带将马路与成群的写字楼隔开，里头种满花草树木，还修了羊肠甬道，置着长椅。

叶阳从餐厅出去，瞧见昏暗的绿化带中有三星明火，就走了过去。

快走近时，她逐渐看清了，的确是仨人在那儿抽烟。

仨人看着她一路走过去。

王彦和秦雪兰还没说话，张虔先说了，声音有一点低哑，低哑中带着漫不经心，像随口一问：“吃好了吗？”

叶阳微微有些诧异，觉得这话过于亲切了，但见王彦和秦雪兰都理所当然的样子，又觉得自己太敏感了，就笑道：“没别的爱好，就爱吃火锅，都吃撑了，正要站起来消消食呢。”

王彦跟着笑了：“张总说《名利场》也让我们试一试呢。”

叶阳又吃惊了。

《名利场》是陈宗洛继《红拂夜奔》之后的现实题材作品，六大主演，全明星阵容，可谓星光熠熠。虽然六月才刚刚开机，也没有宣传，但这个阵容就已经引起关注，算是大饼了。叶阳着实没想到，这块大饼会落在他们身上。

叶阳把目光从王彦身上移到张虔身上。

张虔正好抽完了最后一口烟，往旁边走了两步，将烟蒂揿灭，随手扔在垃圾桶里，回来时淡淡道："九月中比稿，抽空先想想方案吧。"

叶阳觉得这话像是对自己说的，就笑道："张总抬爱，我们一定会尽全力。"

秦雪兰往边上喷出一口烟雾，不知道是不是夜色笼罩的缘故，竟叫人觉得她沉了下来。她道："叶阳是真不错，踏实认真脾气还好，我很少碰到这样叫人放心的小姑娘了。"

叶阳不知道这是不是真心话，但在双方领导面前这样给面子，也够了，她笑："我还年轻，也没多少经验，全靠兰姐指点，这仨月比过去三年学到的东西都多。"

秦雪兰那股豪放劲儿又出来了一点："这仨月的确辛苦你们了，等项目结束后，让你们老板多发点奖金，好好休息一阵子，他如果不发，你告诉我，我找他说去。"

王彦道："一直都发着呢，短了我的工资，也不敢短他们的奖金，否则他们不把我吃了？"

叶阳的目光虽一直在秦雪兰和王彦身上，但她知道，张虔正在暗里看她。那感觉让她想起自己在起航宴喝多后，在大厅沙发椅上睡着，醒来后被他看着的感觉。

叶阳笑道："王总要是不发奖金，谁这么给他卖命？"

这时秦雪兰的手机响了，她低头一看，笑道："两位总，曹总找我，八成是路演的事，我接个电话，你们先聊。"

秦雪兰走后，王彦跟张虔又聊了几句"我去往"映后营销的事儿，也说来了电话，就借此走开了。

一时之间，只剩下叶阳和张虔两个人。

空气沉默下来。

28　你也不差我这一份礼物

气氛略微有些尴尬。

叶阳想找点工作上的事说一说，可他属于决策层，两人平时也没对接，完全说不上话。但就这么一直尴尬地站着，始终也不是个事……叶阳斟酌良久，还是道："张总，没别的事，那我先进去了。"

张虔"嗯"了一声，道："我等你。"

叶阳颔首告辞，等意识到不对劲之后，步子就扎在了地上，但又疑心是自己听错了，试探道："张总刚才说什么？"

张虔道："不回家吗？"

叶阳顿了一下，道："张总太体贴了，多谢张总美意，不过这四周交通便利，我自己坐车回去就成，不麻烦张总了。"

张虔直直地看着她，语气不许拒绝且带有胁迫性："叶阳，回去拿东西吧，我等你。"

轻飘飘却不容易拒绝的话。

张虔多半时候还是讲理的，允许别人反抗，虽然反抗可能没用，但会给人反抗的机会。今天这种不许拒绝的态度，让叶阳不安。她想强硬一点推拒，但又想到上次他在天桥上的建议，人在屋檐下不得不低头，跟他对着干，对她一点好处都没有。

叶阳上了车后，没有说话。

他也没有说话。

车过涂白寺桥的时候，叶阳道："您就把我放在前面天桥下边就成。"

车却未停下，而是继续向前开了过去。

叶阳提醒道："过了……"

张虔一直开过三百米左右，遇到了红灯，拐进了边上的小道，将车停在了路边。

等车停下来时，叶阳发现是熟悉的地方，提着的一口气又松了下来。

这条小道尽头，原本是一个菜市场。清早时分，菜市场里的商贩，会把摊子搬到马路两边，大声叫卖。叶阳不想去超市买菜时，会专门走十几分钟到这里来，为了买到新鲜的菜，周末就不能睡懒觉了。只是不知道何故，这个菜市场突然就被封了，叶阳就再也没找到另外一个菜市场，后来就养成了在超市买菜的习惯。

张虔解开了安全带。

叶阳跟着解开了安全带。

张虔看向了她。

叶阳察觉到他的目光后，也看了过去。

两人对视，没有人说话。

叶阳败下阵来，扭头看着前方问：“怎么了？”

他伸手将她的脸转过来，唇跟着凑了过去。

叶阳一把摁住他的肩头，但并未用力，摁住他的肩膀，只是一个拒绝的象征性动作，他仍然停了下来。

叶阳心跳如雷，声音却平缓：“你现在也这样吗？仗着自己有点社会地位，即便有女朋友，也跟女助理暧昧，和前女友纠缠，跟实习生调情，你现在真是这种人吗？”

“你就当我是吧。”张虔握紧她的脸颊，张嘴去咬她的嘴唇。

叶阳微微一偏，还是躲开了。

他咬了一个空。

叶阳的下巴顺着滑到了他肩上，眼睛顺着车窗看出去，能看到对面商铺的灯牌闪烁着橘色的灯光，她茫然道：“张虔，别这样。”

张虔的额头落在她肩上，声音就在她耳畔：“叶阳，你不知道今天是什么日子吗？要继续这么扫兴吗？”

叶阳抿了抿嘴唇：“你有女朋友。”

张虔轻轻亲了一下她的肩，低声道：“这事跟她没关系。”

叶阳摇摇头：“张虔，不要把我拖到你那些见不得人的关系里去。”

张虔顿了一下，把额头从她肩上拿起来，声音变得冷淡：“这就是你送给我的生日礼物？”

叶阳也笑：“你也不差我这一份礼物。”

她打开车门，下去了。

她走到路口，站在斑马线前等绿灯，绿灯迟迟不来，就拐到不远处的超市买东西去了。

超市很大，东西齐全，相对应地，人也很多，她推了一个小车，走走停停，买了许多东西。

出来时，提了两大购物袋。

购物总是叫人有快感和满足感。

进了小区，快走到自己住的那栋楼旁时，遇到了楼上的老太太。

老太太见到她提着那么多东西，就“呦”了一声，道：“姑娘，可好久没看见你了，还以为你搬走了。”

老太太每次见叶阳都是这一句，哪怕前一天，她们才电梯里偶遇过。次数多了，叶阳就习惯了。她放下袋子，一边甩手，一边道：“是啊，最近工作忙，也很久没碰见您了，您吃了吗？”

“吃了，带它出来遛遛。”老太太看了眼脚边的小京巴，又道，“才下班吗？”

叶阳笑道：“最近工作有点忙，加了一会儿班，回来得有点晚。”

老太太道：“真辛苦，快上去吧。”

回到住的地方，她发现里头静悄悄的，就知道李小白还没回来。

叶阳进了厨房，将需要保鲜和冷冻的东西放进冰箱，又将剩余的东西提回了房间，放在置物架上，换了衣服下楼去跑步，跑了半个小时，出了一身的汗，又去冲了澡，这才觉得舒服了许多。

出来后，她边擦头发边看抽奖得来的笔记本，越看心情越复杂。

她人生中第一份大奖，没想到跟张虔有关，真是烫手。

她宁愿抽一束玫瑰花。

晚上躺在床上翻来覆去，就是睡不着，起来开了瓶酒，也没心思品，一口气灌下去，人有微醺的感觉了，这才渐渐地睡了。

第二天到了公司后，王彦把她叫到办公室，明里暗里说了许多话。

中心思想只有一个——张虔对她有意思，要她好好利用这个机会，并且还暗许了很多好处，比如升职。

高级经理再往上升，是公司合伙人。

项目经理可以拿工资干活儿，合伙人就得为公司的长远发展考虑。

王彦要她抓住这个机会，从张虔那儿拿到好一点的项目。让方圆借着时代的东风，把名声打出去。

等公司有了名气，其他好项目自然会接踵而来。公司盈利了，她也能分红。

王彦知道她清高，可能很不屑耍这种手段，把话说得很圆，说清高不是不可以，但要恰到好处。

该骄矜时骄矜，该放下身段时，一定要放下身段。

叶阳表现得十分上道，说自己一定努力。

因为她知道，这时候她身上老实的品质在老板眼里已经不值钱了。

老板需要她灵活善变。

她不能表现得像痴呆一样。

至于怎么放下身段？叶阳觉得到时候再说吧。

小放可以，大放不行。

因为身段这东西，一旦放下去了，很难再拿起来。

29　你先试探一下

“我去往”的首映礼阵仗比较大，张虔亲自上阵帮秦雪兰指挥部署。

叶阳在现场见到他，仍客客气气的，像什么都没发生过一样。

他更是惜字如金的领导做派，滴水不漏。

姜凯的前女友俞凡到现场后，直接进了专属休息室。

俞凡咖位比姜凯高，甚至可以这么说，“我去往”所有主创加起来恐怕都没有她一个人有牌面。而且她真是友情站台，不像陆子宽，是拿了出场费，权衡了利弊之后才来的。

出品方领导很敬重她，听说她到了，纷纷到休息室去打招呼。

只有姜凯这个当事人始终没去打招呼。

不过因为这个，叶阳对姜凯产生了一点好感。

至少他没完全把俞凡当作一个可以帮自己博关注的女明星去捧她，而是有平等的尊重。

尊重自己，尊重她，尊重过往。

或许这也是俞凡在百忙之中抽空给前男友站台的原因之一。

想对比，蓝臻和陆子宽这对圆滑世故得多。

纵然他们分手时，撕得轰轰烈烈，大有老死不相往来的架势，可如今为了各自利益，还是笑嘻嘻地握手言和，像曾经的伤害从来没有发生过一样。

俞凡和陆子宽在首映礼的舞台上待了不到十分钟，却成了首映礼最大的亮点。

下午时候，“姜凯俞凡”这个热搜词条直接爆了。

“蓝臻陆子宽”紧随其后。

热搜前五十名，“我去往”占了六七条，直接带起了电影热度。

次日通稿一发，大 V 一用，热度又来一轮。

之后户外硬广全部露出，异业合作纷纷上线，各种 App 开屏……

广告无处不在，呈铺天盖地之态。

叶阳觉得宣发做到这种程度，这电影怎么都赔不了，只是赚多赚少的问题罢了。

上映当天凌晨，叶阳忙完自己工作，背着包，带上电脑和手机，冲到了去连云港的高铁上。

有些朋友的婚礼可以缺席，有些朋友的婚礼缺席了，会遗憾终生。

不仅她会遗憾，对方也会遗憾。

不能因为工作把所有的朋友都忘记。

叶阳平时很少请假，这次请假，王彦也理解，只提醒她随时看手机，并且电脑不离手。万一有他和吴晴处理不了的事情，还得她来。

叶阳七夕当天早上六点多到连云港。

她打车去朋友家，朋友刚从婚纱店做好造型回来。

新房里满目的红，红得像是要溢出来；天花板上垂下巨大的水晶风铃；床头有气囊拼成的“与子偕老”的誓言；地上摆满了红气球，几乎无处下脚……

很俗气的布置，但俗得让人特别有幸福感。

快中午时，新郎那边的人到了新娘家里，被堵在门外回答问题。

新郎在众人的起哄下，眩晕得连新娘的星座都回答不上来。

新娘子很不开心。

新郎为自己辩解时，声音都是颤抖的，还带着轻微的破音。

职场上大家都戴着厚厚的面具，假装大方，假装亲切，假装真诚，放眼望过去，精致又冷漠。

这样真情流露的时刻太少见了，叶阳觉得动人。

叶阳担任着伴娘的任务，跟着新郎新娘上了婚车。

三排座的婚车，新郎新娘坐中间，叶阳坐在后面。

叶阳一边工作一边听俩人说话。

新娘一直在跟新郎抱怨，抱怨兄嫂的刻薄，婚礼的烦琐和她的崩溃。

叶阳这位朋友的处境跟《红楼梦》里的史湘云有点像。

母亲前几年去世，父亲不管事，她住在兄嫂家，结婚这天因为一点小事跟哥哥产生争执，被哥哥当众训斥，布置新房时，嫂子怕把墙面弄脏了，一直给她脸色看……

新郎不善言辞，但很贴心，他的新娘抱怨时，他就一直在边上听着，觉得她钻牛角尖了，才去开解她。

两人的喁喁私语听来有种轻柔绵长的韵味。

叶阳曾以为找一个懂自己的人，比找爱自己的人重要，现在又觉得找一个爱自己的，比找一个懂自己的人重要。因为懂你的人，会跟你一起拧巴。而爱你的人，会在你拧巴时，给你拥抱，这就够了。

朋友的捧花没有扔，而是直接交给了叶阳，介绍她时，说是“一个很重要的朋友”。

叶阳不知道自己对朋友来说到底为何重要。在叶阳印象中，自己从未主动联系过朋友。两人的友谊，全靠朋友主动。朋友还坚持每年给她过生日，有时叶阳自己都忘记了，朋友还记得。从这个角度来说，叶阳觉得自己有点渣。但叶阳又想，如果她没意义，朋友肯定不会这么对她。她没必要纠结那么多，只要知道自己对朋友来说是特别的，那就够了。

这一天，叶阳只在朋友行婚礼仪式时，把电脑和手机都撂下，纯粹地享受了一下朋友的幸福。

等仪式进行完，她连饭都没吃，就赶着回市内，坐高铁回 B 市去了。

叶阳回到 B 市，已经晚上八点多了。

当日票房加上预售，已经破亿了。

叶阳没坐地铁，直接从车站打车到公司。

叶阳组里的人都在加班，王彦和吴晴也都在，见到她风尘仆仆地回来，就笑道：“你今晚可以睡个好觉了。”

叶阳把背包放下来，拿了杯子去接水，一边接一边问：“时代那边怎么样？他们对这成绩还满意吗？”

王彦语声轻松：“这样的小成本电影，首日能有一点三的票房，不错了。如果周六周日给力点，首周三日破四不成问题。这样一来，总票房怎么都能有个六七亿，虽没达到最高预期，但也让他们有的赚，不错了。”

电影四亿票房才能回本，如果首周末就能达到四亿，那接下来的，都是赚。

叶阳虽盼望十八亿，但内心也知道那是在天时地利人和的情况下才会出现的奇迹。

诚如王彦所说，六七亿对一部爱情电影来说，不错了。

叶阳仰头饮了大半杯水，饮完打了一个饱嗝，长长松了口气。

这一口气中包含了她这几个月所面对的各种压力。

在前男友面前窘态百出；因叶未匀的犹豫而产生的不舒服；被秦雪兰无理训斥……如今借着“我去往”票房上的成功，她终于嘘出了这口浊气。

海阔天空，风轻云淡。

工作真的很容易让人有成就感和满足感。

叶阳笑：“我昨晚走时还想，要是票房不好，我就待在连云港不回来了。”

王彦笑骂：“瞧你这点出息。”

叶阳委屈道：“本来就是嘛，要是票房不好，秦雪兰压力大了，她不得折磨死我。”

王彦意味深长道：“她现在可不敢了。”

叶阳意会到了王彦话里的意思，本以为自己会抵触和反感这事，但不知为何心里竟然漫上来一点异样感觉。她知道这样不对，随即将这种感觉抛弃，转移了话题。

不过“我去往”让所有人都吃惊了。

通常来说，电影首周三日票房会是上映期间的峰值，之后会一路下降，直到下线。只有个别电影会在次周实现逆袭，这就是俗称的黑马。

“我去往”有黑马趋势，出现在次周周一。

工作日当天，竟然有五千万的票房。

而且之后四天，一直保持在这个水平。

到次周周六日，“我去往”双日票房突破了四亿，比首周三日票房还高。

叶阳看着节节攀升的票房数字，每天都觉得自己在做梦。

中间去时代开会，发现这对时代来说，也是意外之喜。他们立刻就调高了宣发费用，要拉长战线，争取更多的票房。

那群本来只在一二线票仓城市跑路演的主创，立刻下沉到三四线去跑，以调动三线及其以下城市的观影热潮。

叶阳在这边全神贯注忙“我去往”时，王彦让郭胜男和林天一带着人弄好了《名利场》的竞标方案。

弄好后，王彦私下悄悄将方案发给了叶阳，让叶阳发给张虔过一遍，让他给拿拿主意，看看行不行。

叶阳知道让张虔过一下比较保险，营销毕竟只是宣发链条上的一段，乙方的地位决定了乙方无法拥有全局观。而张虔是甲方，是把控大方向的人，方案有没有方向上的问题，他过一遍就能得出结论。

《名利场》又是这么重量级的项目，去比稿的公司一定非常多。方圆虽占了一个“我去往”成功的优势，可若方案不过关，依然会被弃之不用。

乙方只是执行方，对电影宣发起不了决定性作用，起决定作用的是决策方甲方。

换而言之，“我去往”成功了，方圆有功劳，但也没那么大的功劳。

时代是不是继续用他们，就是一句话的事情。

但让张虔看方案给点指导，这属于作弊行为，叶阳实在拉不下这个脸。

叶阳回复王彦，暗示她跟张虔的关系没到这种程度，她这样贸然去请教，他会不会反感？万一觉得方圆投机取巧，剥了去比稿的机会，不是因小失大吗？

王彦回道：“你傻啊，当然不能直接扔给他，你先试探一下，如果他不反感，就让他看一眼。如果他反感了，那也不强求。”

叶阳听他这么说，放下心来了。

她才不会去试探张虔，等过两天直接跟王彦说，张虔反感就好了。

叶阳才刚这么想完，王彦又发了一大段语音过来。

还是之前那些车轱辘话。

他说像张虔这号人，见过的人多了，能叫他多看一眼的不多，她要抓住这个机会。这并不是单单为公司，也为她自己。又说好感就是清晨荷叶上的露水，如果不珍惜，太阳一出来就什么都没了，她一定要珍惜。

这些道理，不用王彦教，叶阳也懂。

如果张虔不是前男友，而只是甲方领导，那她会试着在自己能承受的范围内与之周旋。

但这人是张虔，所以她不考虑。

如果她现在对张虔还有什么意义，也多半是她甩了他，并且从没后悔过。如果她送上门去，张虔估计会一边鄙夷，一边远离。

张虔这个位置，明里暗里送上门的人应该不少，当她泯然众人时，她就没什么意义了。

只是等叶阳真那么回复王彦后，王彦的态度就冷淡了下去。

叶阳不知道王彦是以冷漠来向她施压，还是发觉她在张虔跟前说不上话，没必要捧着了。

总之，那种态度非常让人难受。

叶阳想，反正“我去往”也成了，实在待不下去，就跳槽好了。

30　此消彼长

王彦并未因为叶阳在张虔那儿的“失败”而就此死心。

大导演，全明星阵容，《名利场》这项目实在太诱人。

他决定亲自去。

开完“我去往”映后第二阶段的营销会议后，他追上正准备离开会议的张虔，笑道：“张总，快到吃饭的点儿了，有没有时间一块到楼下吃个饭，有个事想请教一下。”

张虔说中午约了其他人，让他直接说事。

王彦一看没时间迂回，就委婉地说《名利场》的方案弄好了，不知道他有没有时间看看，指点一下。

张虔瞥了一眼桌边正在收拾东西的叶阳，道：“我对你们是放心的，比稿的时候一块看吧。”

张虔走后，王彦回头去看。

叶阳收拾好东西，正从座位上出来。

他叹了口气。

上次这位张总过生日，他借机提了一嘴《名利场》，本来没抱多大希望，纯粹是争取一下，没想到张总却将方圆夸了一顿，言辞之间很欣赏方圆，有再合作的意思，而且还单独提了叶阳，看得出很欣赏叶阳，且大有把《名利场》交给她带的意思。所以方案完成后，王彦才让叶阳把方案发给他过，没想到他又摆出一副公事公办的样子。

是叶阳得罪他了，还是他本来就打算公事公办？

不过不管如何，现在看来，他对叶阳依然很关注。

这项目多半还是要靠叶阳出力。

想通这点后，王彦之前对叶阳的那点不满就渐渐消散了，对她的态度又亲热了起来。

叶阳早已习惯。

无论到哪里都是这样，你有用时，是老板的亲妹妹亲闺女；没用时，就是块木头，可以随时丢弃。

叶阳也不去纠结，她目前只想把“我去往”带好，毕竟方圆不是护身符，她带过的项目才是。

九月初，周嘉鱼过生日，正赶到周末，叶阳没那么忙了，就应邀去参加她的生日派对。

说是派对，其实就是几个朋友一块聚聚。

周嘉鱼和任家安都是热情洋溢的主儿，喜欢热闹。

但凡重大节日，总要呼朋唤友。

周嘉鱼生日的头一天晚上，叶阳收到了周嘉鱼的微信，叫她打扮漂亮点。

基于上次乔迁宴的前车之鉴，叶阳感觉她又要出幺蛾子，忙问：“你又干什么？”

周嘉鱼叹了口气：“一个客户，谈事的时候，无意间从我这儿看到了你的照片，非常惊艳，想认识一下你，还问你明天来不来。如果你来，他也要来。他是我客户，我不好拒绝，就提前跟你说一声。你不用有太大压力，觉得合得来就聊，合不来不搭理就得了。”

叶阳：“你也太坑了，我是你的交际花吗？”

周嘉鱼很不见外：“宝贝儿，你就当帮我一个忙嘛，下次你有什么需要，我也帮你啊。再说了，他是我的客户，也可能成为你的客户，你就当出来拓展人脉了。”

她这么一说，叶阳觉得也有道理，就应下了。

周六那天，叶阳上午要处理工作，出门晚了点，等到周嘉鱼家里时，已经十一点多了。

她敲了门，没想到出来开门的竟是叶未匀。

叶阳脸上闪过一丝尴尬。

上次分手时，她把家底和盘托出，却没换来回应。

虽然知道吓跑人的概率挺大，有心理准备，但真把人吓跑了，她多少还是觉得不舒服。

而且她明明问过周嘉鱼，周嘉鱼说叶未匀不来的，不知道为何又出现在了这里。

叶阳尴尬地跟他打了招呼，但并没有试图掩饰自己的尴尬。

她得让叶未匀知道，她现在要跟他保持距离。

之前那点小暧昧就是浮云，散就散了，现在大家只是朋友。

叶未匀没多说什么，微笑着请她进去。

客厅里挂满彩带，桌上摆着生日蛋糕，周嘉鱼和任家安都在厨房，几个朋友在客厅帮忙择菜。

周嘉鱼和任家安的这些朋友，叶阳或多或少都见过，只是没记住名字。

叶阳扫了一圈，想找一找周嘉鱼说的那个客户，却并未看见什么新面孔。

周嘉鱼从厨房出来，“哎哟”一声，夸她今天给面儿，太漂亮了，然后挨着给她介绍客厅里的朋友。

介绍完朋友后，周嘉鱼又给她介绍叶未匀，笑道：“跟你提过的，我们公司那位客户，叶未匀。”

叶阳惊讶了。

周嘉鱼又对叶未匀道：“你一直想见的那位朋友，叶阳。”

叶未匀伸出手来，认真并且正式地介绍自己：“叶未匀，树叶的叶，未来的未，均匀的匀。”

叶阳一头雾水，但配合着伸出了手，道：“叶阳，树叶的叶，太阳的阳。”

叶未匀笑着与她寒暄：“真人比照片上漂亮多了。”

周嘉鱼往叶阳脸上瞟了一眼，笑：“叶阳不上相，先见照片后见人的人，都这么说。”

叶未匀道：“早就想认识，奈何前一段时间一直在忙，今天终于见到了，幸会。”

叶阳见他一本正经的样子，似笑非笑道：“我们之前不认识吗？我怎么感觉好像在哪见过？”

叶未匀仍然笑："我也有这种感觉，想来是缘分。"

叶阳"嗯"了一声："那你们长得还真像。"

叶未匀含笑道："晚上有时间吗？我这儿有两张音乐会的门票，一块去听听？"

叶阳摇头："我晚上还要加班，可能抽不出时间来了，多谢美意。"

叶未匀微微一愣，随即道："那就改日吧。"

跟他寒暄完，叶阳把周嘉鱼拉走，低声问："怎么回事？叶未匀什么时候成你的客户了？"

周嘉鱼掩嘴小声道："他之前推过我的介绍，很后悔，想让我再居中介绍一下，重新开始。"

叶阳愣了。

愣完，琢磨了一下，她觉得重新认识这个创意是挺友好，可他考虑的时间未免太久。

是她的主动给他造成了错觉，觉得他考虑多久，她都无所谓甚至还会接受，乃至感恩戴德？

那他错了。

她的主动全建立在她对他有好感的基础上，而不是建立在他有房有户口的基础上。但她对他的好感，已经在他一次又一次的犹豫中消耗完了。

好感没了，她不会看在他的房和户口的分儿上，跟他继续周旋。

吃过饭后，叶阳没在周嘉鱼家里多待，就告辞了。

叶未匀起身跟着一同告辞，说送她回去。

叶阳婉言拒绝，说不麻烦了，而后匆匆出门。

电梯太慢，她没耐心等，走了楼梯。

因为穿帆布鞋，下楼梯非常快。

叶未匀没追上。

出了楼洞，叶阳走得越发快了。

叶未匀本想叫她，但又觉得在小区里追人喊人，实在不好看，就没喊。

叶阳对这小区不熟，就胡乱走了一通。

不过没走多远，就被叶未匀追上了。

叶未匀扯住她的胳膊，迫使她停了下来。

叶阳甩开了他的手，拒绝跟他有身体接触。

叶未匀没见过她生气，也没见过她有大的情绪波动，说是包容性高也好，说过于隐忍也罢，都给他一种很好接近，但很难亲近的感觉，今天这么一生气，倒是生动起来。

叶未匀认真道：“你生气了？”

叶阳直接道：“听不懂你在说什么。”

叶未匀解释道：“我没考虑那么久，只是当时大家都忙，觉得时机不好，就想等不忙了再说。”

叶阳仍然道：“听不懂。”

叶未匀认真道：“我之前不了解你，所以不敢轻举妄动。”

叶阳蹙起了眉：“现在你就了解吗？”

叶未匀诚恳地摇头：“现在也不了解，但想试着了解一下。”

叶阳做凶狠状：“我现在不想让你了解了。”说着转身就要走。

叶未匀赶紧拉住，姿态稍微低了点，近乎恳求：“一块去听音乐会吧，票早就买好了，等到这一天多不容易。”

叶阳还是不去。

叶未匀耐着性子解释了一堆来哄她。

她这一生气，他这一哄，两人的位置好像忽然调换了。

以前是他占上风，现在是她占上风。

两人的关系好像因此也进了一步。

听完音乐会已是晚上九点多，叶未匀开车将她送回家。

这次没走南门，南门外是商业街，不好停车，而是绕去了小区北门。

北门外的这条街相对安静些，车在路边停下。

叶阳站在副驾驶车门旁与他告别。

黑暗中，叶未匀觉得那股若有似无的椰香，越发揪人了。以前不觉得忍下冲动是很难的事情，现在没了思想包袱和顾虑，这种冲动就压不下去了。而且他觉得关系的确有必要再进一步了，就将她拉过来，低下了头。

叶阳头一偏，与他拉开距离，笑道：“做人要保持一贯性，既然之前那么谨慎，现在继续谨慎吧。”

她转身走了。

回到家里，叶阳换了衣服去冲澡，脑子在热气腾腾的水雾中才有空回想今天发生的一切。

仔细想，其实没什么特别的事情，可确实又有跌宕之感。

她和叶未匀之间的关系，很有点“山重水复疑无路，柳暗花明又一村”的意思。

但她没有想象中那般欣喜和满足。

不知道是她对叶未匀的好感，已在他犹豫不决中快消耗完了；还是她本来就只是想找一个还不错的人，一块抵御寂寞。

临睡时，叶阳见叶未匀于一个小时前发了一条朋友圈，配图是个大椰子，却没有文案。

叶阳闻了闻自己身上，她才刚抹了身体乳，这会儿闻起来的确像个大椰子。

她心里竟然也生出了一丝淡淡的甜蜜。

只是看到下面的点赞中有张虔后，她就甜蜜不起来了。

然而更不甜蜜的事情还有。

很快，王彦从时代那边得到消息，《名利场》这项目，方圆的比稿资格被取消了。

31 失去的到底是什么

王彦问时代那边跟他对接《名利场》的负责人是怎么回事。

顾景明道：“我们公司从不同时给一个公司俩项目，你们手里如今有‘我去往’，《名利场》就先不让你们上了。不过没关系，‘我去往’成绩这么好，咱们肯定还有合作机会。”

王彦没被说服。

“我去往”已经上完了，而《名利场》才开始拍，要上映估计得是明年年中的事情了，怎么会有冲突？更何况，不能同时给一个公司俩项目，张虔事先难道不知道吗？肯定有其他原因。

王彦再问，对方就打太极。

郭胜楠和林天一得知这消息后，在公司骂了一整天娘。

王彦把叶阳叫到办公室，压着火气，问：“你是不是得罪张虔了？”

叶阳摇头：“我私下没跟他见过，也没聊过，怎么可能得罪他？”

"那 TM 到底是怎么回事！"王彦被弄得有些暴躁，"凡事都有原因，怎么可能无缘无故就不让去比了！"

叶阳有些被吓到，立刻觉得有件事不能再瞒，现在必须得说出来了，就道："王总，我跟张虔以前认识。"

王彦眉头蹙起："什么叫以前认识？"

叶阳平静道："大学时谈过。"

王彦的眉头松了下来。

叶阳继续道："不过时间不长，就半年而已，分了之后，再没见过，今年三月去时代比稿，才知道他在那里。'我去往'的项目期，除了那次改方案，私下没有任何联系。之前没说，不是故意隐瞒，而是怕咱们公司跟着招闲话。本来靠实力拿来的项目，到时候被人说是走关系。于他，于我们公司的名誉都无益。"

王彦恍然大悟。怪不得，怪不得！他就说张虔和叶阳之间怪怪的。说认识，他们没交集；说不认识，俩人之间那种气氛又着实很奇特。

王彦试探道："你提的分手？"

叶阳没吭声。

王彦从转椅中站起来，来回踱步，隐隐有些激动，因为他觉得找到事情的关键了，《名利场》还有希望，他道："我就说他对你挺关注的，原来是这么回事。"又问，"为什么分手？"

叶阳平静道："性格不合。"

"只是性格不合？"王彦将信将疑。

叶阳点点头："只是性格不合。"

"那不应该啊！"王彦纳闷，"如果只是性格不合，这么长时间，早该忘了，哪有闲心来为难咱们？"

叶阳道："所以我觉得应该跟我没关系。"

"我还是觉得跟你有关。"王彦沉吟了一会儿，"要不，你约他出来吃个饭，问问？如果真没有回旋余地那就算了。如果有，还是争取一下比较好，毕竟方案都做好了。"

叶阳没吭声。

王彦温声解释道："如果是咱们实力不行，那我认，可如果是因为私人关系丢了《名利场》这样的项目，那未免有些可惜。"

叶阳没再推拒绝："如果是因为私人关系，别说您，我都替公司可惜，我会尽力的。"

王彦见她如此痛快，油然生出一种欣慰之感，像瞧见朽木突然开窍了。他走到她身边，拍了拍她的肩膀，语重心长道："圈子就这么大，抬头不见低头见，尤其他还是甲方，这段关系要是维护好了，对你以后的发展有好处。"

叶阳垂眼看着他桌上的翡翠山水摆件，平静道："多谢王总提点。"

王彦温声提醒道："我知道你最近忙，但《名利场》九月中就要比稿，你可得抓紧点。"

叶阳道："我今晚就约他。"

叶阳晚上回到家里，翻箱倒柜地找出一个铁盒子。

那原本是一个巧克力的盒子。

张虔送给她的。

十八颗巧克力，她和室友们分着吃。

吃了巧克力，还觉得盒子好看，扔了太可惜，就留下来装小物品。

盒子里边是一些旧物，学生证、饭卡、大头贴、校徽等。

还有一个小福袋。

她将福袋扯开，从里边摸出两枚戒指。

小一款是扭纹镶钻戒指，细碎的钻石密密麻麻随着扭纹镶了半圈。

张虔说是从地摊上买的，她就信了。

戴了许久之后，有一天陈蜜玩笑道："现在的地摊货这么牛吗？戴了这么久，还这么亮。"

她那时才开始留心。

后来有次逛街时，看到珠宝店，她就进去鉴定了一下，才发现是真的。

她在室友们的艳羡目光中倒是也产生了一点甜蜜。

这人真好。

因为怕她有负担，所以把摆在珠宝店里的东西说成地摊货。

他不委屈，她都替戒指觉得委屈。

寻常他送贵一点的东西，她都会觉得是负担，只有这枚戒指，她没觉得是负担。

戒指毕竟有特殊意义，贵重一点也无妨。

时隔九年，叶阳将戒指重新戴到手上，发现有些紧。

她将戒指上的红线拆了，这下戴起来就合适了。

她又拿起另外一枚戒指。

相比女款的镶钻戒指，男款的银圈就简单朴素多了。

叶阳把着那两枚戒指，想了许久，拿起手机，给张虔打电话。

第一次打是八点多，没人接。

第二次打是九点，还是没人接。

第三次打是十点，有人接了，却没人说话。

手机两端是深重的沉默。

叶阳抿了抿唇角，低声道："有时间吗？咱们一块吃个饭吧。"

良久，手机那端那边传来极轻的一声笑，带点略微的嘲讽："叶阳，到现在，你还把我当成召之即来挥之即去的人，是吗？"

他挂了电话。

叶阳又给他发了条微信，道："明天晚上我在你们公司附近的 Kelsey 等你。"

次日，叶阳下班后，打车到时代附近的 Kelsey Coffee 去。

这个点，店里人还挺多。

叶阳点了一杯美式，要了一块抹茶蛋糕，端着去找座位时，正好窗边的一对男女起身离开，她坐了过去。

上学那会儿，她虽在咖啡店兼职，却并不怎么喝咖啡，尤其对加了两袋糖，依然苦得要命的美式敬而远之。不过张虔很喜欢这个，她想了解他，也尝试着喝了几次。每次喝时，她都会暗暗琢磨张虔在喝这苦东西时到底在想什么。只是那东西实在太苦，爱情的力量再伟大，也没能让她学会品尝美式的苦。还是毕了业，工作后，偶然间又喝了一次，她才发现没有想象中那么苦，竟然也渐渐地喝了起来。

叶阳从八点多一直等到十一点，也没等到张虔来。

叶阳从店里出来，看到底层商铺基本都关门了，只有几个二十四小时全天营业的便利店还亮着灯。

叶阳走进绿化带，顺着弯曲的甬道出去。

绿化带外边是鸣沙桥，桥下有公交站，这么晚了，叫车不安全，她打算直接拦出租车。

城市的出租车到底安全性还是高一点。

草木带着露水的味道，沁人心脾。

她出去的那条甬道边上有长凳，她远远瞧见长凳上有人坐着，似乎正在抽烟。

她暗暗叹息，白日里大家你来我往，看着个个花团锦簇，一到晚上，全现了原形，个个孤独得要命。

她大学刚毕业时，也遇到过类似的情况。

在深夜的街头，一个女孩子蹲在路灯下抽烟，走近了发现，她妆容艳丽，夹烟的手指，指甲盖红得发亮。

叶阳第一次意识到其实大家都一样。

这么一想，她就觉得好像也不是那么孤独了。

叶阳走过抽烟的那人后，觉得有点不对劲，想停下来确认，又怕认错，因为抽烟的是个男人。

这深更半夜，万一带来什么不必要的麻烦，那就不安全了。

不过好奇心终究战胜了害怕的心理，她走回去，试着叫了一句："张虔？"

人抬眼看了她一下，低头继续抽自己的烟。

叶阳逐渐确定了，的确是张虔，一颗心落了下去。

她在长椅的另一端坐下。

绿化带外边的马路上有疾驰而过的车，声音呼啸像一阵短促的风。

张虔连抽好几口，而后起身，走到不远处的垃圾桶那儿，将烟揿灭，扔进垃圾桶里，声音略微有些哑，道："走吧。"

叶阳有些诧异，站起来跟上去，问："去哪？"

他转身来看她，奇道："难道你想在这儿做？"

"做什么？"叶阳没反应过来，等问出来之后，忽然意识到了，人僵在了那里。

张虔蹙眉问："怎么，你来找我不是为《名利场》？"

叶阳攥住了拳头。

张虔从她的反应察觉到了她的答案，就道："如果不是为这个，那就回去吧，其他的，我们没必要谈。"

他干净利落地结束了对话。

"张虔。"叶阳脱口喊出了他的名字。

他的步子顿住了。

叶阳察觉到自己失言，缓了一下，平心静气道："大家都是成年人，还是公私分明点吧。"

张虔没回头，只道："成年人不讲究公私分明，而讲究你情我愿，你不愿意，可以不用来。既然来了，就应该痛快点。"

叶阳耐心道："你一定要这么说话吗？这么说话，很舒服，是吗？"

张虔没搭理她，只道："你还有时间。"他起步又走。

叶阳抿了一下嘴唇，静静道："我时常想，三十岁的你，到底是什么样子。"

张虔又停了下来。

叶阳道："想象中，三十岁的你，会接连不断地交女朋友，什么空姐、模特、女秘书、实习生。她们或爱你的外表，或爱你的教养，或爱你的家世，或爱你的事业，就是没人爱你的内心，因为你也不爱她们。你会在不同的女人身边醒来，醒来后依然觉得空虚，你会再找更多的女人来填满空虚，周而复始。直到有一天，你累了，你会找个家世相当的女人来结婚。你不爱你的妻子，你的妻子也不爱你，不过是搭伙过日子。婚后偶尔出去猎艳，但分寸会拿捏得很好，你的妻子无话可说也不想说。你就这么庸庸不堪地过了好多年，等到年老时，看着自己鲜活的小孙子，回想人生，发现它与你最初的设想竟然背道而驰，丝毫没有任何可取之处，你油然觉得自己白活了这一场。"

张虔霍地转过身来。

叶阳从兜里摸出那枚戒指，放在边上垃圾桶的顶上，道："刚重逢的时候，看到你和想象中完全不一样，还有点失望，现在发现梦想成真了，真好。"

叶阳与他擦肩而过。

他忽然道："本来是为了你。"

叶阳的步子扎在了那里。

他看着远处，甬道在三步之外弯了一下，两侧扶苏花木掩住尽头马路上的风景，只从枝叶的间隙看见一点霓虹。他眼底漆黑，声音平静，像在说别人的事情："二十来岁的时候，看到我女朋友那么辛苦和忙碌，常会反思自己的人生是否太过安逸和顺遂，产生了想为某人奋斗的想法，第一次迫切地想要成功。希望自己拥有一切，让她能坚持自己所坚持的，不必向生活低头。只可惜，她不懂得珍惜，将它弃之如敝屣。"

叶阳一动未动。

张虔微侧身看她。

纤细窈窕的都市丽人在夜色中有精致迷人的风情。

他抬手用指背轻触她的脸颊，她有个稍微躲的动作，他也就放下了，声音仍旧平静："叶阳，直到现在你也不知道，你经由自己的手，失去的到底是什么。不后悔？但愿你是真的不后悔，而不是知道后悔没有用，才假装不后悔。"

他走了，并未拿走那枚戒指。

32 他摔门而去

叶阳在原地待了一会儿，觉得自己的来意还没表达完，不能让他这么走，就抓起戒指追了上去。

张虔的步子很大，走得又快，不过几步，就迈出甬道，踏上了人行道。

叶阳一路小跑着追他，边追边喊他的名字。

张虔像没听到一样，径直走自己的路。

叶阳接连又喊了几声，他忽然停了下来。

叶阳没收住步子，一脑袋栽在了他背上。

她这么撞过去，他纹丝未动，叶阳觉得像撞到了一座山上。

她捂着额头，同他拉开距离。

他转过身来。

白日川流不息的鸣沙桥，现在空空荡荡，马路上几乎没什么车，也没什么人，只有红绿灯在跳转，一切都静悄悄的。

两人相距很近，叶阳也看不清楚他的脸。不过她觉得正好，看不清楚，有些话或许更容易说出来。只是声音比以往更加温和，毕竟九年了，当年的难堪，现在已经是浮云，如今说出来，不是质问，不是求答案，只是想说出来而已，她问："为什么傅晚卓说我没你们本地姑娘爽朗大方时，你会不吭声？为什么他说我自尊心太强，全身都是刺，不能碰，一碰就要闹，你会不吭声？"

张虔平静道："叶阳，别偷换概念，他是在说你吗？"

叶阳张了张嘴，没说出话来。

她原以为张虔会不记得这事，毕竟傅晚卓和他只是闲聊时说了一句，恰巧被她听了去。

只是无心之话常常更有杀伤力，有心可以当作阴谋，无心反映的是人潜意识的认同。

她看着黑暗中那双闪烁的眼睛，问：“你早就知道，是不是？”

张虔轻轻一哂：“九年了，你觉得我连个原因都猜不出来吗？”

叶阳低声笑了，他张虔是什么人，自然能猜出来，她道：“他是在说他女朋友，可他不是问你了吗？他为什么问你？因为你女朋友跟他女朋友一样。你为什么会沉默？因为你觉得他说得对。你觉得我也是他口中自尊心强，不够大方，无趣死板还清高的小镇姑娘，是不是？”

张虔冷笑：“这是理由吗？我当初没问你吗？我一遍又一遍地强调，无论是什么原因，都让你说出来。你来来回回就一句，你觉得没意思。叶阳，你知道，当我发现可能是这句话导致我们分手之后的感受吗？我觉得荒唐，觉得不值得，觉得没必要。这是什么不可调和的矛盾，你就要分手？但很快，我就意识到根本不是那句话的原因，是你的原因，你从来没想过跟我交流，只是一味地逃避，一直都这样。”

他说完这些话，转身就走。

“后悔过。”叶阳道。

他的动作便停了下来。

叶阳看着他的背影：“分手后，虽然知道继续下去没意义，可控制不住，想过无数次，只要你打电话，给我一个台阶，我就不管什么将来了，面目全非也好，相互憎恨也罢，想试着走下去。我等了一个多月，没等到你的电话，反而等到了你和梁箴的复合。我看到你们亲昵的样子后，觉得自己像被雷劈了一样。我一直认为你对我是认真的，我以为就算我们不复合，你怎么着也得一年过不来，没想到两个月就重新开始了。我猛然间发现自己什么都不算，这发现太令人难受，像发现自己相信的某种东西一直不存在，像信仰倒塌。这种打击比跟你分手还让我难受，我花了很长的时间，才从这种打击中回过神来。张虔，分手是我轻率，但并不是什么误会。如果当时不分手，早晚有一天，你会亲口把那些话甩到我脸上。我为避免这样的难堪，抢先了一步。因为选择的方式不够温柔，自己也付出了惨痛的代价。”顿了一下，“如果我真的有伤害到你，你大人有大量，原谅我的年少无知吧，但凡我没那么喜欢你，没那么迫切地想让你记住，可能也不会用那样极端的方式。”

他没说话。

叶阳如释重负，语气都跟着轻快起来：“我原以为我们重逢时，你会认不出我来，但最近越来越觉得自己对你来说还是有一点特别的，这就够了，因为你对我来说，也特别。特别到等我白发苍苍，牙齿掉光，也会记得你。你是我人生中的意外，只是这个意外出现的时候，我用尽全力，也没能抓住，你也没有多做停留，但我们都没有错，对吧。”

张虔仍旧没说话。

叶阳也没想他给什么反应，只道：“至于《名利场》……如果方圆真的不够格，不必给我这个前女友面子。”

叶阳转身，顺着人行道往前去，五十米左右的地方就有公交站台。

这个点了，站台还有人在等车。

她在广告牌与广告牌连接处的座位上坐下，觉得一切都静了下来。

没有喧嚣，却有种喧嚣过后的宁静。

她侧头往远处看，看不清楚张虔是否还在那里。

她有点想抽烟，这才意识到那枚戒指还在自己手中，叹了口气，先塞到包里去了，又摸出了烟盒和打火机。

抽完一支烟，她站起来走到路边打了车，回到住处，没开灯，瘫在床上缓了一会儿，去冲了个澡。

洗完回来照例抿了几口酒，躺下去睡觉。

原以为什么事都解决了，能安心睡个好觉，却做了许多梦。

梦里杂乱无章，飞沙走石。

一会儿梦到她在 Kelsey 做兼职；一会儿又梦到张虔过生日，她在众人的起哄中唱歌；还梦到她和张虔第一次做爱，听到他说想结婚；又梦到他们分手，还是在她的宿舍；还有职场，她在张虔面前出糗了，周围有哄堂大笑；也梦到了程柠，她扇了自己一耳刮子。

醒来后，浑身汗湿，她像得了一场大病似的。

叶阳打开灯，缓了一会儿，看到桌角香炉，从香盒中拿了一盘香，点燃搁进香炉中，又开了一点窗透气。

躺下去继续睡，可到底没了睡意，她怎么都睡不着。

光着脚到阳台去。

阳台和主卧连着，不算公共空间，她就在阳台上养了一些花花草草，花开时候，房间里会有一点花香。

九月，那两盆茉莉开了白色小花，凑近闻，香气幽幽。

叶阳在花香中，渐渐静下来，脑子里想的却还是她刚才做的那些没头没尾的梦。

虽然是梦，却真实得令人心惊，好像一切都发生在昨天。

关于在生日做爱，在次日分手，其实是阴谋。

但本来不是阴谋，只是水到渠成的一件事。

只是听到傅晚卓的话，又发现了张虔的沉默，知道分手即将来临，那事就变成了一种阴谋。

想让他快乐，想让他满足，然后再狠狠扇他一巴掌。

恨她也没关系。

相对于不痛不痒的结束，她宁愿他恨她，那样至少能记住她。

她不要做一个将来重逢，他连名字都想不起来的前女友。

现在想想，她当时真勇气可嘉。

那晚其实也不只有做爱这一件事，还有一个绵长的拥抱。

发生在他们进酒店房间之后，还没开灯之前。

他从背后抱住她，抱了很久。

平时总是找不到这样私人的地方，可以安心地拥抱。

也隐约听到他说想结婚，但她一直以为是错觉。

那是后半夜了，大概三四点的样子。

她躺在客厅的沙发上，枕在他腿上睡觉，他有一搭没一搭地捋着她的头发。

她觉得舒服，渐渐睡去，在半梦半醒间听到一句很轻的喟叹，“好想结婚”。

房间里非常静，她听得格外清晰，人一下子就醒了，爬起来看他。

他被她吓着了，问“怎么了”。

她仔细看他的脸，看了一会儿，觉得他不大像是会说出想结婚话来的人。

这张脸能给人的想象空间很大，但绝不会有结婚两个字。她以为是自己做梦了，但还是忍不住问了，问他刚才是不是说话了。

他笑了，却没有回答，只是将她抱到腿上，扯开睡衣带子，一边揉一边问，她想听什么。

她很快被他揉得全身发软，没一点力气，就贴到了他身上去，也忘了再问。

叶阳现在回想，如果当时她接着问，会不会从他嘴里问出想结婚的话来？如果当时她知道他已经考虑过未来，是否还会那么毫不犹豫地跟他分手？

她从酒店离开时，天将亮未亮，一切都灰蒙蒙的。

她顺着马路走了一会儿，在路边看到卖豆浆油条的小店儿，进去吃了一点。

她一边吃，一边告诉自己，什么都结束了。

张虔下午找到了 X 大的女生宿舍时，叶阳正在洗手间洗衣服。

X 大的宿舍是两室一厅一卫的格局，东西寝室，中间客厅，洗手间的门正对着房间的门。

因为是暑期，寝室除了叶阳，没有其他人。

张虔推门进来时，门与洗手间的窗形成对流，进来了一阵风。

叶阳对他的到来恍若未闻，只埋头洗衣服。

长发湿漉漉地垂在两肩，挡住了脸颊。

张虔走过去，将滑下肩头的头发悉数撩起来，别在肩后。

八月正热，她上身只穿了黑色的小吊带，肩头全是密布的吻痕。

张虔凑到她耳旁，低声笑："怎么了？对昨晚不满意，你今天给我发分手短信？"

叶阳停下手中动作，拧开水龙头，冲了冲手上的肥皂沫，又洗了一把脸，关上水龙头，看向他时，一脸平静："张虔，我没开玩笑，我是认真的，我们分手吧。"

张虔的脸色微微有些变了。

叶阳别开眼，看向他身后："高中的时候，忙着学习，几乎没时间考虑其他。大学本来也没想谈，但是发现身边的人都在谈，看多了难免羡慕，就也想试一试，现在谈恋爱该做的事情都做完了，发现也没想象中的那么有意思。"

张虔脸色铁青道："你再说一遍。"

叶阳毫不含糊，道："我们分手吧。"

张虔加重语气，近乎威胁："你再说一遍。"

叶阳仍然道："我说我们分手。"

张虔的火被这接连的几句话拱得老高，眼看要爆粗口，但目光在她脸上转悠了两圈，又把那些话压了下去，耐心道："叶阳，有事说事，别把分手挂嘴上。"

叶阳回去继续洗衣服："我要说的已经说完了。"

张虔一把将她扯了过来。

水池下面原本有高出地面的两寸台子，她本来是站在台子上的，被他一把扯下来时，没维持住平衡，崴了一下，人直接撞到了他怀里。张虔兜住她，她只得紧紧揪住他肩上的衣服，神色有那么一瞬间的可怜。张虔本来要发火，看她那样儿，火气瞬间又灭下去，尽量克制道："叶阳，你不是不讲理的人，你告诉我，到底怎么回事？咱们就事论事，你要再这样，我就较真了。"

叶阳平静到近乎冷漠："张虔，别这样，咱们不是说好了吗？都痛快点。"

张虔忽然松开了她，声音比她还冷："无论因为什么，你这几句话都过了，我再问你最后一次，如果不说，只要我出了这个门，你再说什么，我都不会听了，你想好了。"

叶阳将手上的戒指摘下来，拉起他的手，放进他掌心："没别的原因，就是觉得谈恋爱没意思，不想浪费时间。"

一切都静了下来，像某件事尘埃落定，无可更改。

须臾，张虔褪掉自己手上的戒指，连同她还给他的那枚，一同扔进了垃圾桶里，嘲讽道："这么久了，我竟然不知道你是如此开放的人。"又疑惑，"既然你是这种想法，为什么不早说？早说，我就不用浪费时间培养什么感情了，直接按一夜情处理，谁玩不起？"

他摔门而去。

33 走下去就知道了

张虔从公司回到家中，家里静悄悄的，他在玄关换了鞋，却没开灯，在客厅坐着抽了几支烟，起身走进了书房。

打开书房的灯，他走到书架前，手指抚过一排书脊，停在最里侧的那本书上。

书脊上印着书的名字。

一句顶一万句。

他将书抽出来，大拇指和四指上下捏着书口，稍微一用力，书页呼啦啦地走过。走到一半时，他让它停了下来，从书里取出一张一寸照片。

当年分手后，他删了短信，删了聊天记录，删了QQ好友，删了手机号，扔了她送的所有东西，连这本书都不是她原来送的那本，只留了这一张照片。

留下来也不是为了怀念，而是为了铭记。

过了那个劲儿之后，他才开始后悔，觉得扔东西这行为实在幼稚，但已经晚了，因此照片就成了他那次恋爱唯一的证明。

张虔很喜欢这张照片。

虽是证件照，不苟言笑，但仔细看，能看出来照这张照片时，她在生气，有一点点委屈，因此像个欠扁的小狗。

谈恋爱那年的五月，她回老家去，带回了很多以前的旧物，他看到高考准考证上的这张照片，觉得她的神气很有意思，就揭了下来。

她回老家，是因为弟弟不上学了，要出去打工。

她很有做姐姐的责任感，电话里劝不了，一定要亲自跑回去劝。他本来想跟她一块回去的，正好看看她的家乡，她死活都没让他去。

那是谈恋爱之后，第一次离别。

他送她去火车站坐车，一直送到月台上。

以前也不是没送过人，火车站、汽车站、机场都送过，没有哪一次这么难舍难分。

在月台上抱了很久，直到火车要开了，她才匆匆上车。

她没在家里多待，很快就回来了，加上来回的路程，四天左右的样子，不过对他来说，有点漫长。因为开始谈之后，还没这么长时间没见过。他到火车站去接她，她背着包，风尘仆仆，一下子就到了他怀里。

他忽然就觉得自己又活了过来。

领着她去吃饭的时候，她还从包里掏出一个丑丑的瓜，有长颈子和圆滚滚的身子。

她说是自家院子里种的南瓜，送给他。

他诧异坏了。

还真没人送过他这种礼物。

她说让他带回去煲南瓜粥，或者做南瓜饼之类的，反正让他一定吃了。

他捏着那个瓜脖问，“这个瓜有什么特殊含义吗”。

她说，吃了它，就权当他去过她的家乡了。

他一愣，看着她没所谓的脸，心里漫上了一股异样的感觉。

他说不出来那种感觉，只觉得好像又爱她了一点。

其实到现在，他也弄不明白，那次恋爱，谈到自己快要化掉的程度，到底是因为自身，还是因为她。

因为他后来，再也没有过这样的经历了。

也曾跟友人讨论过这个话题，友人说，大约是因为她出现在他人生中的黄金时代，触发了他积攒了二十年的，对爱情的所有想象和全部热情。至于后来再也没有过，则跟“人不可能两次踏入同一条河流一样”，是个哲学问题。

他觉得友人的话有几分道理。

懂得这个道理时，她在他这里的存在感已经非常低了，无缘无故，基本不会想起。

如果想起，基本都是碰到了与之有关的话题或者人。

比如有一年，他去上海出差，在西餐厅吃饭时，遇到过一个跟她长得有点像的人。他盯着人看了很久，以至于同行的人觉得他对人姑娘有意思，还替他要了联系方式，不过他从未联系过人家。

比如还有一次，他接到一个诈骗电话，声音很像她，他跟人周旋了许久。虽然知道可能性很小，他却非常想确定一下。那姑娘的骗术真差劲，被他绕了几句，就把名字告诉了他。发现不是她之后，他倒没有很失望，就是觉得这事还挺有意思的。

还有一年，公司招了一批实习生进来，有个笑起来很像她，他也会多关注一下。小姑娘大约察觉到了什么，很积极主动地找机会与他相处，他却没什么兴致。只是在电梯里偶然碰到时，他仍会忍不住逗一下，就想看她笑的那一瞬间。

也仅此而已。

毕竟再特别的人，当成为过去式之后，就没什么意义了。

也想象过重逢，觉得自己会波澜不惊。

等真重逢了，发现真人带来的冲击感还是比想象要强烈，像话剧和电影的区别，同样的内容，经屏幕传达，和真人直接表达，给人的感受是完全不同的。只是最初的震动过去后，也就没什么了，像一粒石子投入水中，很快恢复了平静。

后来见到的次数多了，才逐渐生出了好奇。

好奇眼前这人和回忆里的那个人，到底有什么区别。

而不舒服的感觉是渐渐产生的。

因为她对他的忽视。

他很少受到这种待遇。

不是说他已经自恋到觉得全天下的女人都应该关注他，只是觉得她作为一个乙方，他又是前男友的情况下，她不应该这样无动于衷。

说是曾经被糟践过的自尊重新出来作祟了也好，说是男人的征服心理作祟也好，总之她那种态度，让他有了那么一点不舒服。

本来这点不舒服也没什么，毕竟生活不能事事如意，他不舒服和不甘心的事情多着呢，没必要放大这个。只是有一天突然对她发了脾气后，他自己都惊讶。

他已经忘记上次在工作之外对人发脾气是什么时候的事情了，尤其对女人。

他才觉得忽视并不是解决历史遗留的最佳办法。

只是到底走到哪一步才算彻底解决了这个问题，他并不知道。

但这不重要，走下去就知道了。

次日中午，张虔和顾景明吃饭时，跟他聊了一下《名利场》比稿的事情。

下午，王彦就收到顾景明的微信。

顾景明卖了王彦一个人情，说在他的争取和游说下，他们张总觉得“我去往”和《名利场》的确构不成冲突，加上“我去往”合作又很愉快，还是决定让他们来试一下。

王彦得知这个消息后，立马把叶阳叫了过去。

叶阳的心情十分复杂，但这种复杂的心理持续的时间不久，因为王彦的姿态下去了，她的分量上去了。

王彦再度跟她提起了公司合伙人的事情。

说实话，在上一次王彦提起之前，叶阳压根没想过这事。

公司合伙人要为公司的发展考虑，要到处找项目，拉客户。一旦成了公司合伙人，很多个人坚持都要让位于公司的整体利益。就拿前段时间，王彦让她私下找张虔看《名利场》的方案，她只是项目经理的话，不找就不找，自己也不觉得有什么，毕竟不在其位不谋其政。但如果她是公司合伙人，为了那点个人尊严，死活都不去，那她自己都会觉得自己矫情，也会觉得公司要她这个合伙人没任何意义。

叶阳对成为合伙人一直不积极，怕自己被这个身份绑架，从而去做很多自己不愿意做的事情。

但上次王彦提了后，她又有点心动，觉得应该再逼自己一把，走出舒适区试一试。

只是心动归心动，她一想到自己要觍着脸向张虔示好，就受不了。

不过自从昨晚跟张虔谈开之后，今天王彦再提起这事，她就觉得那事也没那么难以忍受了。

可能之前她一直想做张虔的白月光，现在觉得做一粒饭黏子也无所谓。

不过想归想，她并不打算再找张虔要《名利场》，毕竟这项目太受瞩目，各个大公司都盯着呢，她就是现女友，张虔都未必买面子，更何况前女友。

她觉得王彦也是知道的，拿合伙人鼓励她，只不过是想争取多一点的可能性罢了。

叶阳还是假意应下，并充分表达了自己会努力的意愿。

王彦又道："现在距离比稿还有点时间，方案呢，还得继续完善，你那边没那么忙了，也抽空参加策划会吧，比稿的时候，也跟着去。"

叶阳是很想跟《名利场》，只是这项目，她压根没参与，即便现在插进来，也没多少精力分给它，主要还得靠郭胜楠和林天一来弄，然后比稿时候，她跟去，多少有点有争功的嫌疑。再说确实跟"我去往"是有一点冲突，她觉得还是不去地好。她道："虽然'我去往'到月中就不忙了，但毕竟还没结项，我跟着去，会不会给时代造成一种咱们公司除了我，就没别人的错觉？"

王彦却不这么认为，但也没强迫，只道："去不去另说，先跟着一块弄方案吧，毕竟你跟他们打过交道，对他们的风格应该有了解，知己知彼嘛。"

老板既然都这么说，叶阳不好再说什么，应了下来。

从王彦办公室出来后，叶阳回到工位上，看到有微信消息，打开来看，是叶未匀，问她在干吗。

叶阳跟他聊了几句。

叶未匀问她晚上有时间吗，一块吃饭，叶阳以工作忙为由，推了。

还是再缓一缓吧。

34 做人贵在有自知之明

比稿那天，王彦带着叶阳、林天一和郭胜楠仨人去时代。

因为“我去往”的成功，方圆传媒的座位这次被安排得很靠前，就跟《叶限》的营销公司无限传媒坐在第二排。

而第一排是时代的领导和其他资方领导。

比稿正式开始后，无限传媒第一个上台。

听完人家的方案，别说王彦，就连叶阳、郭胜楠和林天一都感觉出差距来了。

做过大项目的公司，格局是高。

但缺点也明显。

太过大而化之，方案上这些唬人的创意，能不能落地执行，有待商榷。

王彦对无限的方案做了判定之后，迅速放弃了之前谈格局的策略方向，因为吹得再天花乱坠，格局也比不过。

他打算改讲具体创意和细节，跟无限打一下差异化。

王彦在台上快讲完时，林天一附到叶阳耳旁，轻声道：“我刚数了一下，无限那边讲方案时，前头的几个领导相互交谈了两次，王总刚才上去时，他们交谈了一次，这证明咱们的方案还是有亮点的。”又低笑，“期待后面几个公司的方案，连一个亮点都没有。”

结果他们发现，除了有一个公司，领导们全程面无表情外，其他公司或多或少都有点头或交谈。根据这个压根就判断不出领导们到底更倾向哪家公司。

比稿会结束后，领导起身离开，《名利场》的负责人顾景明站起来照例给大家道辛苦，请大家先回去，如果有合作意向，日后会反馈给大家。

王彦拉住顾景明，私下跟他打听。

顾景明没多说，只让他们回去等消息。

王彦心中一沉。

基于《海市蜃楼》和“我去往”的比稿经验来谈，王彦觉得顾景明这么回复自己，《名利场》多半是没希望。但鉴于他的仨项目经理都在边上，他不好表现出来，就雀跃着相信，带着仨人离开了。

电梯口有很多人在等电梯，叶阳想起上午秦雪兰嘱咐自己比稿完事后找她一趟，就让王彦他们先走了。

秦雪兰问她《名利场》比稿的事情如何，叶阳简单地把情况跟她说了一下。

秦雪兰知道他们希望不大，假意安抚了一番，说《名利场》是明年的重头项目，公司比较看重，也比较谨慎，不会轻易给出去的，让他们耐心等。

叶阳看着秦雪兰桌上的一摞请柬，问最近是要办什么活动吗。

秦雪兰笑了，拿了一张请柬递给她："还能有什么活动？'我去往'的庆功会，叫你过来也是因为这事，你把请柬一块带回去，我就不发快递了，你们公司是去六个人吧？"

叶阳说"是"。

秦雪兰给她数了六张请柬。

"我去往"的庆功酒会在两日后，安排在时代公司边上的温庭公馆。

对于这种场合，叶阳能不早到，绝不早到。

工作上她可以跟人侃侃而谈，脱离了工作，私下真没那么多话可谈。

她让组里的几个小姑娘先行一步，等时间差不多了，才下楼去打车。

庆功会除了邀请了电影相关的宣发团队和投资方，还邀请了很多时代的战略合作伙伴，阵仗大了点，就用了温庭公馆最大的一个宴会厅。

宴会厅的布置很复古，加上水晶大吊灯，呈现出来的是昏金暗玉的调子，看起来很高级。

庆功类酒会，多半介于正式和非正式之间，穿衣非常需要技巧——穿得太正式，显得煞有介事；穿得不正式，显得不尊重。叶阳早上选衣服时纠结了许久，最终在里边穿了一条稍微正式点的黑裙，又在外头罩了一件薄外套。

如果大家穿得正式，她就脱外套；如果大家穿得没那么正式，她就不脱。

叶阳进去大略一扫，见大部分人都挺正式，就把外套脱了，搭在臂弯。

庆功酒会前半场，有各种领导上台讲话。从创业艰难，到市场变化，到感谢观众，最后过渡到不忘初心，方得始终等，很是令人动容。

酒会后半场，大家吃得差不多了，开始端着酒杯到处走。

张虔和曹行代表他们影业的常总出来敬酒。

曹行是职场中典型的势利眼做派，敬前面的自家领导和其他资方领导时，近乎卑躬屈膝；敬后面的这几桌乙方时，他的态度趾高气扬。

曹行骨子里还多少有点不尊重女性。

海报公司的老总是个女的，他觉得人好欺负，一直拿话逼她喝酒。

张虔见对方不能喝，就提议让海报公司的一个小男生替她喝。

曹行话锋一转，对准了张虔，说他真怜香惜玉，他代喝。

曹行对跟自己平级的张虔有敌意。

因为常总的偏爱，也因为张虔总在类似的事情上多管闲事。

但不满归不满，曹行并不敢怎么样他。

因为张虔有背景。

父母虽不是政商要人，但是文艺界名人，他们常总提起张虔的父母，都言必称老师，有一份尊敬在。

生来什么都有的天之骄子，得来的一切都不费功夫，这对一步一步爬上去的曹行来说，显然很刺眼。

只是这些东西平时不能流露出来，只有借着醉意，为难一下。

曹行每次在小事上为难到张虔，心里都会爽一点。

张虔对曹行的不满心知肚明，也不想得罪曹行，毕竟以后还要共事，对他没好处，只是他的教养不允许他看到类似的事情无动于衷，但他也不想因为这样的小事闹得太难看，就接过杯子，替人喝了。

海报公司的女老板很感激，张虔颔首表示接受了，然后推着曹行往下接着走。

王彦看到他俩要过来，早早地端着酒杯站了起来。

桌上其他人，也端着杯子，纷纷站起来。

张虔和曹行仍是象征性地抿了一口酒，但方圆桌上的人，都自动一口气干了。

干了第一杯之后，曹行夸了一圈在座的女孩子。说她们年龄虽然都不大，但工作能力强，巾帼不让须眉，没有她们的努力，这项目不可能有这么好的成绩，他要单独敬一下这些女战士。

大家只好斟酒，又陪了一杯。

这还没结束，曹行端着杯子又到叶阳身边，单独夸她这个主负责人。

叶阳单独又陪了一杯酒，干了之后，杯口朝下，让他检验。

曹行对王彦竖起了大拇指："强将手下无弱兵，厉害。"

王彦瞧了一眼张虔，见张虔面无表情，只是看着叶阳，就笑："哪里是我们厉害，是两位领导指导有方，我们这些女孩子都获益匪浅，以后还得拜托张总曹总多给机会，让她们有机会成长才是。"

曹行的手顺着搭在了叶阳的腰上。

叶阳身体一僵。

在场的人，几乎都意识到了他这个动作，可没一个人吭声。

曹行握了一把，发现弧度比想象中还要妙，心中顿时涌上一股冲动，但他很快松开了，笑道："机会都是留给有准备的人的，没准备的人，给再多机会也是浪费。"

叶阳不动声色地从曹行身边走开，绕到张虔身边，伸手从桌上拿了酒瓶，给自己斟了酒，举杯笑道："多谢曹总提点，我们一定会做足准备，迎接机会和挑战。不过机会可遇不可求，真没有，也不能强求，强求得来，又咽不下去，怕是会把我们自己噎死，做人贵在有自知之明。"顿了顿，真诚地看向他，"您说呢，曹总？"

王彦脸色微变。

曹行嘴角下沉，脸上仍是笑，看向王彦："王总，你们的姑娘真厉害，说什么都是一套一套的，有此干将，夫复何求。"

张虔若无其事地将叶阳手中的杯子取走，又伸手拿了酒瓶往里添了一点，道："可不是嘛，我也大吃一惊，她以前可不这样。"

曹行一时没能理解这话，皱眉看向了张虔。

王彦却是理解了张虔的意图，十分惊讶地配合："张总跟我们叶阳以前认识？"

"怎么，她没说？"张虔放下酒瓶看向王彦，笑着看向王彦。

曹行不确定道："这话说得怎么好像你跟人谈过似的？"

张虔举杯一口吞下那杯酒，放下杯子，赞叹道："还是曹总耳聪目明。"

桌上的人，除了王彦，其他人都愣了，包括当事人叶阳。

35 一块出去走走？

曹行一听发现还真是，内心翻江倒海，大笑起来："我说呢，原来是这么回事，行啊，嘴够严，一直瞒到现在。"

张虔仿佛并不把这事放在心上："八九年没见了，想着过去的事就让它过去得了，要不是曹总今天提起，我怕是都想不起这茬来。"

曹行尴尬地哈哈大笑："原来是小时候的事儿，我说怎么没听你提起过。"

张虔伸手拿酒瓶，王彦抢先一步，给他倒酒，张虔对王彦道："曹总没做发行前，做过一阵营销，很有心得，'我去往'也是他提议用你们。如果没有曹总，估计不会有今天这样的好结果。你们可要好好敬一下曹总，请曹总以后多多提点。"

曹行见他不是很在意刚才的事情，尴尬解了大半，就陪大家喝了这杯，俩人一块到下一桌去了。

他们走后，叶阳微微松了口气。

好在张虔后面的八九年缓解了一下前女友这个身份所带来的尴尬，不然以现在男高女低的位置，所有人都会认为她被张虔甩了，张虔看不上她，她的形象会很可怜凄凉。如今张虔将恋情上溯到久远的学生时代，时间感就有了，很多事会没必要细究，不容易叫人想太多。

方圆桌上的其他人一时之间不知道说什么，你看我，我看你，全在用眼神交流。

王青萍说要去洗手间，问叶阳去不去，这才打破了沉默。

叶阳拿了外套，跟她一块去，快到洗手间时，撞上了刚从里头出来的叶未匀。

在周嘉鱼的生日派对分别后，叶阳没再见过他，中间他几次约吃饭，也都被叶阳拒绝了。渐渐地，他们连聊天都没有了。

不过此刻再见，竟然也不觉得尴尬。

叶阳微笑着与他打招呼。

叶未匀颔首回应。

双方擦肩而过。

叶未匀忽然又停下来，喊道："叶阳。"

叶阳回头看他。

叶未匀看了一眼王青萍。

王青萍心下了然，就先行去了洗手间。

叶未匀微笑道："挺久没见，要不抽空找个地方聊聊？"见叶阳似有拒绝的意思，补充道，"我觉得咱俩都挺被动，要是没这种偶遇，可能不会再联系，但既然碰见了，还是机会，你说呢？"

这几句话对叶阳来说，有种意外的真诚。

比上次他在周嘉鱼的生日派对上说的那些话还要真诚和坦诚。

叶阳从洗手间出来后，让王青萍先回去，自己则跟叶未匀出了酒店，到外头去。

温庭公馆离时代大厦只有几栋楼的距离，前面仍是绿化带。

俩人进去拣了条长凳坐下。

风一吹，叶阳觉得酒劲上来了一点，脑子有点晕，思想却很清醒。

她还在想酒桌上发生的事情。

现在想一想，真后怕，怎么敢那么说话？不过又觉得，再给她一次机会，她还会那么说。

职场诚然有很多需要忍耐的事情，别的事情都可以忍耐，唯独性骚扰这样的事情不能忍耐，因为忍耐一旦开始，会没完没。你越忍耐，对方越觉得你软弱可欺，越得寸进尺，直到突破你的最后防线。

面对这种事，就应该一开始把路堵死，不给自己妥协的机会，也不会给别人机会。

这么一想，叶阳就释然了。

叶阳想完自己事儿，去看叶未匀，只见他从椅子上起来，在她脚边蹲下，仰头看她，问："虽然我知道你在一定程度上已经拒绝我了，若是别人这样，我也会止步。不过，因为是你，因为怕是误会，所以想明明白白地再问一下。"

叶阳没反应过来他要说什么，但点了点头。

叶未匀问："你拒绝我，是因为张总，还是因为我之前的犹豫？如果是前者，那我就明白了。如果是后者，我想再为自己解释一下。"

对面写字楼群灯火辉煌，灯光透过绿化带中的枝枝蔓蔓走进来，把浓郁的夜色照得稀薄，叶阳能隐约看到他的脸，白净又斯文。不知道为什么，叶阳会觉得这张脸很娇。不是说他皮肉娇嫩，而是觉得他应该没吃过苦。但很奇怪，张虔应该更没吃过苦，但不会给人这种感觉。叶阳稀奇道："我做了什么，让你认为我是因为他犹豫？"

叶未匀分外坦诚："不是你做了什么，是他做了什么，同性之间的了解，有时候还挺准的，我觉得他还喜欢你。他那样的人，如果喜欢谁，应该没有追不到手的。"

"哪样的人？"叶阳皱眉。

叶未匀直接道："出身好，长得好，教养好，能力也足。"

这样的认知倒跟她一致，她点了点头："以前我就知道这些，但还是跟他分手了，分手是因为对他没有任何期待。以前没有，现在也没有。至于他要如何，说实在的，我也管不着。"

叶未匀微松了口气，坐回长椅上，将手臂搭在椅背上，远看像半拥着她："结束后，我送你回家？"

叶阳缓慢地眨了一下眼睛："这就完了，你刚才不是说了两个问题吗？"

叶未匀显出了一点无赖气质："你肯认真解释第一个问题，那就代表我还有机会。第二个问题，得慢慢来，否则空口无凭，你又不会信。"

叶阳心里漫上被人耍弄的恼意："你骗我。"

叶未匀往她身边移了一点，另外一只手扶着她的肩头，去吻她。

叶阳匆匆一偏，还是躲开了，只不过这次正躲进他颈里。

叶未匀搁在椅背上的手滑下来，拥住了她。

他身上有一点酒气，也有一点香水的味道，是那种木质香调，像她平时在房间里燃的檀香。

叶阳微微挣了一下，他没有放开，她也没有再挣。

叶未匀感受到这股顺从后，笑了："我喜欢你喝点酒的样子，比较容易亲近。平日里，又隐忍又冷静，我看着你的脸，很多话都说不出来。或者很多话，我觉得说出来，你会觉得没必要。"

叶阳不着痕迹地从他怀里出来，不以为意道："以前也有人这么说我，说我爱装老练。"

叶未匀低下去的声音有认真的意味："十一加上年假，我有半个月的休息时间，想出国散散心。你有安排吗？没安排的话，一块儿？"

人言情侣结婚前，一定要一起旅一次游，因为旅游是麻烦的、疲劳的，是一个叫人本相毕露的过程。

对于他们这种还没成为情侣的男女来说，应该是一个快速了解的过程。

叶阳一时没答上来。

叶未匀又道："如果你有别的安排，那就当我没问过。"

叶阳正要回答，这时候手机振了，她低头一看，是王彦。

她接了电话。

王彦问她在哪儿，喊她回去社交，毕竟她是"我去往"的负责人，今天是绝佳的刷脸机会。

挂了电话，叶阳玩笑道：“我还没跟异性单独出去旅行过，你让我考虑一下。”

叶未匀也没紧逼，只道：“我等你。”

叶阳扬了扬手机：“老板找，我得回去了，你回吗？”

两人回宴会厅时，路过休息区。

休息区摆了几套沙发，还有桌椅，一侧的柜墙上，摆满陶瓷摆件。

休息区中间有一整套沙发，沙发上围着坐了几个抽烟谈事情的人。

叶未匀和叶阳瞧见张虔也在，正思考要不要打招呼，就见张虔抬眼看了过来。

两人果断停了下来。

张虔看到他俩，眉间微蹙，很快又松开，坐正了身体，唇畔含着薄笑，道：“正找你们呢。”

俩人有些诧异。

张虔与坐自己对面的中年男人道：“韩总不是想知道我们用的哪家营销公司吗？您身后那位小姑娘就是‘我去往’项目的负责人。”

韩总回头看了一眼，笑了：“呦，这么斯文的小姑娘，我还以为是个泼辣悍将呢。”

叶阳朝他颔首示意。

张虔欠身将手中的烟揿灭，对叶阳道：“去把你们王总叫过来，韩总最近有项目要宣，正愁没合适的公司用。”

韩总那边的确有待宣项目，一个香港导演的喜剧片，算个不大不小的项目。该电影之前有营销公司，但还没正式进入密集宣传期，双方就已经撕了几轮，时间长了，火药味越发重，双方的情绪都很重，韩总觉得沟通成本太高了，很耽误事，正准备换掉。

韩总跟王彦聊了几句，要了他的名片，说让负责的宣传经理联系他。

聊完这事后，几位一块起身回宴会厅。

叶阳跟着王彦起身相送，等前头的一行人走远，王彦喊叶阳坐下来，跟她聊其他事。

两人在外侧的沙发椅上坐下，王彦瞧见边上的双人沙发上落了一件黑色西装外套。

那是张虔坐过的位置。

王彦和叶阳谈完后，让她把衣服给张虔送过去。

叶阳没在宴会厅找到张虔，打电话给他。

张虔此时已经在外头了，让她送下去。

温庭公馆前面是喷泉广场，半圆形的小广场呈螺旋式上升，几十股水柱洋洋洒洒，于四周形成了水雾。

张虔和人站在绿化带的甬道中抽烟，甬道直通喷泉广场，他们抬眼就能看到。

叶阳走近时，那人转身掐灭了烟，跟张虔说了两句，就离开了。

叶阳把衣服递给张虔。

张虔淡漠地看了她一眼，没接，而是走到不远处的长椅那儿，坐了下去，旁若无人地抽自己的烟。

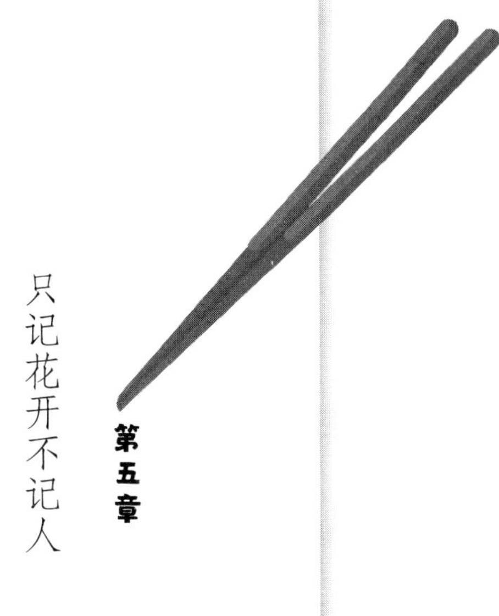

第五章 只记花开不记人

36　你就当我没有好了

叶阳没有干等，而是走过去，将衣服搭在椅背上：“如果没别的事情，那我就先回了。”

张虔在她弯腰放衣服时，往一旁走了走，在垃圾桶顶上揿灭了烟，轻声问：“手帕是不是在你那儿？”

叶阳不知道他怎么突然想起了这个，还是点了点头。

张虔认真看着她，语气虽不严厉，但像是质问：“用完了，为什么不还？”

叶阳没回答上来。

想过还，但要么是忘了带，要么是带了，没找到合适的机会，最后竟然也搁下了。

张虔又道：“别人送的，不好送你，把它还给我吧。”

叶阳涨红了脸：“那你什么时候方便？我给你送过去。”

张虔波澜无惊道：“现在吧，我还要回去交差。”

叶阳十分难堪，立刻道：“我现在回去拿。”

“那倒不必。”张虔又道，“我要回了，打车吧，正好顺路，你拿下来就成。”

叶阳陷在难堪里不可自拔，也没多想，回宴会厅拿了东西，就跟他一块儿到路边去打车。

车到涂白寺后，俩人一块下车，进了小区。

叶阳住的那栋楼旁有个梯形花圃，花圃边上种了几棵梧桐，树影里有大理石砌成的长凳。

叶阳让他稍坐一会儿，她上去拿。

张虔扯了扯衬衫领口，说酒喝多了，口渴，让她下楼时带杯水。

他这么说，叶阳只好请他上去。

没有到了楼下，人说渴，还不让上去的道理。

到了单元门前，叶阳正往包里摸门禁卡，还没刷呢，门忽然开了接着一条京巴蹿了出来。

张虔走到一旁，替人开门。

老太太出来后，道了一句“多谢”，随后闻到酒味，微微皱起了眉。

叶阳笑着上前跟她打招呼。

老太太“呦”了一声：“姑娘，是你啊，可好久没看见你了。”

叶阳道：“可不，也好久没看见您了，您吃了吗？”

老太太说吃了，又借着门下的灯光将另外一侧的张虔打量了一番，中肯道：“小伙子长得挺精神，就是生活习气不好，又是烟又是酒的，得改。”

叶阳笑了：“应酬多，难免。”

老太太的责怪中有种长辈的关怀：“都是借口，什么难免？只要有心，你们就是仗着年轻不注意罢了。”

叶阳赔笑：“您说得是，我们以后一定注意。”

老太太这才慢慢地下了台阶，找自己的京巴去了。

叶阳一边往里进，一边道：“她一个人住，子女都不在身边，挺孤单的，所以看到年轻人，会格外热络。”

张虔“嗯”了一声。

到了四层，叶阳给李小白打了个电话，以防她有什么不便。

李小白说她在外头，还没回去。

叶阳这才开了门，让张虔到客厅坐下，先去厨房给他倒了杯温水，然后回自己房间找帕子。

两室一厅的房子，叶阳住主卧，空间比较大，东西也不少，但条理性好，收拾得很整洁，并不显乱，找东西很容易。

手帕在衣柜转角的盒子里。

拿到帕子后，叶阳转身往外走，却看到张虔正站在门口打量她的房间。

叶阳见他的目光最后落在了门边的吉他上，极快地走出去想拦住，可惜慢了一步，他已经弯腰拿起了吉他。

叶阳走过去把帕子递给他，他却没接，而是伸手拨了一下吉他弦。

清灵的音符，如同大珠小珠落玉盘。

张虔抱着吉他，自顾自地在沙发椅上坐下，摆好姿势，试着弹了几下。

刚开始只是乱弹，后来渐渐找到了感觉。

叶阳听了出来。

是那首《Aurora Borealis》。

只是弹得很磕巴。

不知道是没弹过吉他，还是没弹过这首曲子。

每当他磕巴，停下来想音符时，就会皱眉，皱眉时，会有一点孩子气。

叶阳看到那点东西出现在他眉宇间，竟然看怔了。

一首曲子，没有弹完。

他起身将吉他搁回了原地。

叶阳把手帕递给他，他还不接，只是看着她。

叶阳这次看了回去。

职场是他的地盘，她要做小伏低，而这里是她的地盘，她没必要再怕他吧。

不过十几秒钟，她败下阵来。

张虔的目光有种刀山火海里淬炼过的锋利，看人的时候，似乎可以将人扒光，什么秘密都逃不过他的法眼。你要是跟他较劲，他能用眼睛把你生吞活剥了。叶阳避开道："这小区比较大，初来乍到，容易迷路，我送你出去吧。"

张虔没理她："我之前给你弹了那么多曲子，今天还我一首吧？"说着又在沙发椅上坐了下来。

叶阳不想让他在这儿多留，就道："只是买来玩的，还不会弹。"

张虔重复道："我想听，叶阳。"

这话里带了一点命令式的任性，叶阳拒绝的话就说不出口了。

叶阳拿起了吉他，在床尾坐下来。

不知道为什么，她有一点紧张，紧张到手心出了汗。

叶阳往裙子上抹了一把。

思来想去，她觉得自己学的曲子，好像都不太适合弹给他听，因为听起来好像在期待什么，就弹了一首《Five Hundred Miles》。

《醉乡民谣》的主题曲，科恩兄弟的电影。

叶阳认识这哥儿俩，是因为张虔是这哥儿俩的影迷。

那时候张虔是眼高于顶的艺术院校的学生，张口新浪潮，闭口新现实主义，将商业电影视为垃圾，想做的是不受资本控制的独立电影。

这哥儿俩是他的偶像。

而如今的张虔却成为商业链条上的一环。

诚然，作为电影公司的年轻高管，他已经很成功了。

但他也与自己的理想背道而驰了。

一首曲子，三分多钟，叶阳专心弹的时候，断了好几次。

但张虔靠在那里，一声不吭，听完了。

曲子最后一个音符落下，俩人都没说话。

叶阳将吉他搁在旁边，起身准备送客。

她刚站起来，他忽然起身过来，推着她，将她摁倒在了床上。

他跪在她身体两侧，双手撑在肩膀两侧，居高临下地看着她。

叶阳也看着他。

浓眉修目，轮廓分明，这么看更帅。这个人只要在眼前，什么都不做，就是诱惑。

对视不过两秒，他忽然俯下身去。

叶阳微微一偏，还是躲开了。

他的唇落在了她颈里，身体的重量随之而来。

男人的身体坚硬灼热，对比着她的，像一块水豆腐，他虽没怎么压，她却几乎要碎了。

叶阳别着脑袋，小声提醒道："张虔，你有女朋友，别这样。"

张虔的唇印在她耳郭里，哄道："不是说我是你的意外吗？九年前没抓住，现在送到你眼前，还不抓，是吗？"

叶阳摇摇头："你有女朋友。"

张虔顿了一下，道："你就当我没有好了。"

叶阳将他的脑袋从颈里捧出来，看着他，神色有一点哀恳："有就是有，没有就是没有，什么叫当作你没有？"

她脸上出现这种神色是很动人的，只要稍微卖弄一下，会有大把男人受不了。可她偏不，仿佛要跟造物主作对似的，就是要将它赐予的礼物踩在脚下，于是可怜中冒出倔强，那一点死不悔改，常常让人想一把掐死她。

她脸上的哀恳越来越多，像一种示弱，只求他给个痛快："我虽然一直说你油腻不堪，可没真的那么认为。你这么自重的人，如果有女朋友，一定不会跟前女友纠缠不清，否则就不是背叛谁的问题，而是背叛自己的问题。你的教养和原则不允许你这样，对不对？我相信你会在分手当天就交新女友，但我不相信你会在没分手时，与别的女人不清不楚，对不对？"

房间里静了下来。

仿佛一根针掉下来，都能听到。

张虔忽然将她扯起来，将半开的门踢上，将她摁过去。

门咔嗒一声，严丝合缝地关上了。

他整个人压过去，声音在耳畔："叶阳，我知道你道过歉了，一般来说，只要对方真心道歉，我不会再计较。我原以为听完你的道歉就是结束了，但事实不是。只是这事也不能完全怪我，要怪就怪你自己。分手就分手，为什么什么都不说，为什么要用那么恶毒的借口？你知道一个男人从女朋友口中听到跟他谈恋爱没意思，是什么感受吗？你不仅糟践了我的尊严，还糟践了我的爱情。你以为九年后轻飘飘说一句年少无知，一切就能抹平吗？十八岁已经够判刑了。但我现在厌倦跟你纠缠这事，既然你以前喜欢痛快，想必现在也喜欢，那我们今晚就彻底结束好了。"

叶阳被挤压在门板上，有种受辱的不甘，下意识地挣了两下，发现身后这人像一堵墙，一动不动，就放弃了。与此同时，她觉得他说得有道理，不管怎么说，人家在谈恋爱期间，没犯任何错。而她分手的方式，无论出于什么理由，的确不地道，她是该为自己的年少轻狂买单。她老老实实地趴在那里，虽然心里有数，但还是问："你有女朋友吗？"

他的声音带了一点理性的残酷："叶阳，不要问这种问题，有没有都跟你没关系。"

叶阳很快就不问了，因为没必要了。

李小白手里提着打包的馄饨出了电梯，随后摁密码。

叶阳在迷蒙中意识到她回来了，手摸索到门把手下面的旋钮，扭了一下，反锁住门。

李小白将馄饨放在饭厅的桌上，走到主卧门口敲了敲门，道："亲爱的，今天发现了一家特别好吃的馄饨，你不是爱吃吗？给你打包带了一碗，放饭厅桌上了。”

叶阳咬着嘴唇极力忍耐，但又觉得李小白在等自己的回应，就试着开口，却连话都说不完整，因为有人在用蛮力，不知道是想试探她的耐力到底有多好，还是希望她失控。

她断断续续地道了一句谢，说等会儿去吃。

李小白没听清楚她说什么，大声道：“什么？亲爱的，你大声点，我没听到。”

叶阳这次连断断续续的话都说不出来了。

李小白没有再听到回应，在门口等了十几秒，就走开了，但并未回自己房间，而是在客厅和厨房穿梭。

叶阳用手肘撑着门板，额头抵在手肘上，死死咬住嘴唇。

他们都能听到李小白来回走动的脚步声。

李小白脚步声特别重，听起来会觉得这姑娘特有力气，说不定还是个练家子。

他们两个都没出声，但在这阵脚步声中，他们产生了一种禁忌的刺激感。

叶阳迷离中，想起他二十一岁生日那晚。

浴室里热气腾腾。

水蒸气将洗漱台前的镜子熏得模糊。

但她能从模糊的镜中看到他们两个。

她的白和他的麦色形成鲜明对比，有种视觉上的刺激。

37　只记花开不记人

当时的青涩是真青涩，但温柔也是真温柔。

她只要一皱眉，他就会很紧张，生怕她有什么不舒服。

哪里像现在，非要反着来，故意让她不舒服。

叶阳想叫他的名字，想回头看他，想和他接吻，可她也知道，他并不需要这些温情的东西。

完事后，张虔扶着她歇息。

叶阳有些虚脱，膝盖一软，他一把捞住，将她重新抵回门板上。

她面颊湿透，眼神迷离，样子又纯又欲，声音带着受了打压却无法还手的委屈和苦闷：“舒服了？”

张虔一只手抚着她的腰，一只手握住她的脸颊，低头吻她。

春风化雨似的一个吻，极尽温柔，只是没什么感情，像只是对自己刚才的粗暴感到抱歉，因此而产生的安抚性质的吻。

客厅响起李小白的声音，像害怕惊动他们，但又怕他们听不见，于是响亮中又带了一点心虚：“亲爱的，刚一个朋友打电话过来说生病了，让我去陪陪她，今晚可能不回来，你自己一个人小心。”

一串脚步声过后，大门砰的一声，带着震颤关上了。

张虔停下来，摸了摸她的脸颊，温存道：“我去洗洗。”

洗手间就在主卧旁，卧室的门开着，叶阳能听到水流声。她坐在床尾发了一会儿呆，将裙子整理好，找出家居T恤和大短裤，又拿了卸妆洗脸的东西。

张虔没多久就从洗手间出来了。

等张虔出来后，叶阳没跟他说话，直接进去了。

洗漱台前的镜子是模糊的，叶阳伸手抹出一块干净镜面，看着镜子里的自己，一点点地卸妆。

卸完妆，洗干净了脸，她撑着洗漱台，看着池子里的水一点点流掉，心里泛上一点说不定道不明的痛楚。她直起身子，去洗澡。

热水冲刷下，刚才那股迷乱的情绪渐渐消失了。她有些为先前那一时的懦弱和情迷后悔，但与此同时又松了一口气。

她不欠他什么了，以后再对着他，应该不会心虚了。

叶阳出来后，见饭厅的灯亮着，有些疑惑，走过去看。

张虔正坐在饭桌前吃李小白给她买的馄饨。

看到她顶着凌乱的湿发出现，放下勺子，眯着眼睛打量起来。

平时他们见面，大多是在正式场合，他看到的前女友，是个真正的都市丽人，妆容精致，一丝不苟，翩跹袅娜。但这样的都市丽人，甚至比她更美更优秀的，他见太多，说实在的，没什么新鲜感。如今这没有任何修饰的样子，倒更令他有新鲜感。

叶阳奇道：“你怎么还没走？”

张虔又拿起勺子，波澜不惊道：“饿了。”

叶阳“哦”了一声，回了自己的卧室。

卧室有点不对劲。

叶阳站在床尾盯着床头上方的置物架看了一会儿，扑哧乐了。

一米五的单人床上方钉着同宽的实木置物架，架子上摆了四个大小不一，嵌着电影海报的方形画框，还在边上摆了一盆绿植。她当初为了将这四个画框摆出美感，试了十几种方式，但哪一种都不满意，最后烦躁了，就随便摆了一下。大约看顺眼了，她偶尔还沾沾自喜，觉得自己品位不俗。现在被张虔稍微移动了几处位置，更有错落有致的美感了。

叶阳笑了一半，觉得不对劲，收住不笑，一时也不知道要做什么，就走到电脑桌前，打开电脑，找到下载的《老友记》，随便点了一集来看。

年轻时候，喜欢看悲剧，从巨大的震颤中，汲取力量。

这两年越来越喜欢看温暖平和的东西，常常会被无关紧要的小事所感动。

片头曲还没结束，张虔推门进来了。

叶阳没回头去看，直到他在椅子旁停下，她这才扭头。

张虔瞧见桌上放了口香糖，从盒子里抠了一粒扔进口里，然后又将她抱起来，自己坐到椅子上，将她放在腿上。

叶阳想从他腿上下来，他握住她的腰，没让她动。

叶阳只好搂着他的脖子，稳住自己。

他是个很健壮的男人，但不是有大块肌肉的猛男，而是全身上下都是精肉，穿衣显瘦，脱衣有肉，看着赏心悦目，搂着叫人很有安全感。

当然要狠的话，也叫人害怕。

他身上有干净的肥皂味。

成熟男性的荷尔蒙和肥皂味混合在一起，很难不叫人想入非非。但一看到那张面无表情的脸，这种想入非非，会打消一半。

叶阳心有杂念地和他看完了一集二十分钟的《老友记》。

一集结束后，叶阳像如蒙大赦般从他腿上下来。

张虔拿了自己的外套和手机，对她道：“不是说要送我吗？走吧。”

叶阳也没换衣服，只取了一件外套穿上。

单元门东西两侧种了几棵粉紫的重瓣木槿，如今正是花期，木槿开得又大又靓，小风一吹，花影摇曳，十分有趣。叶阳下了台阶，和张虔一同从木槿花旁走过时，停了下来。她借着月光，以一种选美的认真态度，来来回回地打量这几棵木槿，最后在边上的那棵木槿花旁停下来，伸手从头顶折了一枝花，转身别到他衬衫的口袋中，笑道："只记花开不记人，送你吧，别嫌弃。"

张虔低眼看胸前的木槿花。

过去她有许多这样的时刻，老实人的浪漫，总是来得很突然，他常觉得新奇。后来，隔着时光回忆，才觉得它情深义重。

他将花从口袋中取出来，低头闻了闻，还是有点香气的，他又去看她。

叶阳道："走吧。"

俩人走到马路边，她原想给他打个出租车，他却临时起意，说想坐公交。

叶阳问了地址，查了路线，领他往天桥下的公交站去。

这个点了，公交站台还有一堆等车的人。

他们或站或坐或蹲，就是不说话，像沉默的雕塑似的。

这是上班族劳累一天之后的常态，谁也不想搭理。

叶阳借着马路上来来往往的车灯，看了一下站牌，发现这侧是反向的车。张虔要坐的车，在对面。

叶阳觉得送到这里已经尽到礼数，再送就超越礼貌，成依依不舍了。

她回过身来，指着对面，道："这边不是，应该在那边，你直接过天桥就成了。"

张虔顿了一下，看着她："送人送一半，这是谁教你的礼数？"

叶阳抿了一下嘴唇："自学成才。"

张虔直接道："自学容易误入歧途，走吧。"

叶阳道："……"

叶阳和他一同走上天桥。

在桥上能完整地看到地标性建筑繁星塔。

别具一格的设计，让它在繁华的中央商务区也有鹤立鸡群之感。

晚上尤其迷人。

叶阳扬起脸来。

一切都结束了。

再见他们就真是路人了。

如释重负，也怅然若失。

只是不知道哪种情绪更多。

但愿是如释重负更多。

叶阳胡乱想着，一直走了很远，等回过神来，才发现张虔不见了，忙回身去找。

借着城市的灯光，她看到桥心的护栏旁有个人立着。

叶阳以前走路就老爱走神。

张虔一遇到这种情况，就会自动停下来，随她走，看她到底什么时候能结束走神，发现把人落下了。

叶阳不止一次地说，如果遇到这种情况，请他打断她。但张虔从来没打断过她，除非她在过马路时走神。

张虔说他要借此判断她走神的程度。

只是以前她将他落下，等她回头找他时，他就会跑过来。这次她停下来去找他，他站着没动。她只好走了回去，在他跟前停下，明知故问道："怎么不走了？"

张虔伸手将她扯过去，捧住她的脸，不由分说地吻了上去。

她下意识地抓住了他的手腕，而后迫不及待地搂住了他的脖子。

他的舌头长驱直入，扫过她的口腔，像一阵狂风暴雨，她压根就跟不上他的节奏。

他揽住她的腰，让她严丝合缝地贴着自己，另外一只手毫无顾忌地伸到她的衣服里，拿捏力道地揉。

叶阳心里发虚，身上发软，受不了似的和他分开了嘴唇，他揽在她腰上的手用力一摁，又将她摁了回来，顺着颈线一路吻下去。叶阳意乱情迷中察觉到有人上桥来，知道要停下来了，可又不舍得停下来，几乎要急哭了："张虔……"

张虔忽然松开她，弯腰捡起掉在地上的外套，头也不回地走了。

快到叶阳抱着他的动作还没落下去。

叶阳扶着栏杆呆立了一会儿，而后抹了一把脸，像什么事都没发生过似的，将手绕到背后，将内衣带子扣上，往与他相反的方向而去。

进了小区，叶阳想起李小白来，拿出手机给她发微信，问她在哪儿。

李小白说在男朋友家。

叶阳稍微放心了一点，道了一句谢。

李小白道：“谢什么谢？礼尚往来。”

叶阳玩笑道：“我说的是馄饨。”

李小白打了一串“哈哈哈哈”过来：“那不客气。”

张虔走到公交车站台。

这个站台比对面的要大，等车的人也多，广告牌与广告牌连接处所设的座位却没有人坐，他走了过去。

不知道为什么，他忽然觉得有点累。不知道是她让人累，还是他原本就很累，只是到了她身边，他才放松下来，察觉到了自己的累。

他低眼看着胸前的木槿，木槿已经被压扁了。

他将木槿取出来，用手将压扁的花捏圆。

花瓣簌簌掉了几片，仍然好看。

有种被凌虐之后的美。

他捏在指尖把玩。

公交车进站，他上车时，想起那声欲言又止的“张虔”，有一瞬间的犹豫，但还是上了公交车。

38　他不是

叶阳回到家里，去饭厅收拾桌子。

一碗馄饨，被吃得干干净净，连汤都没剩下。

估计宴会上只顾陪酒了，压根没顾得上吃东西。

其实，她也没吃多少东西。

她倒不是顾不上，而是吃不习惯，宁愿吃路边麻辣烫。

叶阳将桌子收拾干净后，去洗手间刷牙洗脸。

关了灯，躺下来，她却发现自己并没有睡意。

脑子里像过电影似的，回忆起他们接吻和做爱的细节。

越让自己不要想，就越想得厉害。

她爬起来想找点酒喝，发现家里没酒了，于是穿上外套，到小区里二十四小时营业的便利店去买。回来后，喝酒的兴致却没了，只觉得饿。

她走到厨房，看到冰箱里存着很早之前买的馄饨，拿出来，下了半袋。

吃了点馄饨，喝了点酒，她才渐渐平静下来。

不知道是不是今天发生的这一切太刺激的缘故，她竟然做了春梦。

梦里她和张虔在床上缠绵。

他掐着她的腰，问她到底有没有意思。

她则搂着他的脖子低泣，问他为什么那么快就跟梁箴复合了。

还梦到他跟程柠压根就没分手，她在火锅店又碰到他俩，他俩过来跟她打招呼……

叶阳清醒后，觉得自己要魔怔，次日早早起来，收拾了东西去爬山。

山上的红叶还没红，一点儿看头都没有，但她在山上转悠了一整天，还买了许多纪念品。

回到家里，连房间的门都不想开，她直接瘫在了客厅沙发上。

李小白从次卧出来，看了看她的背包，笑道："你干吗去了，累成这样？"

叶阳有气无力道："爬山。"

李小白走到饮水机旁，拿一次性杯子给她接水，边接边问："跟你男朋友一块儿？"

李小白这话问得很自然，但带了一点调侃的暧昧。

叶阳想到昨晚，喉咙一紧，坐起来，从李小白手中接过杯子，一口气喝了，这才道："我自己。"

李小白笑："你男朋友怎么不陪你一块儿？"

叶阳很想说张虔不是她男友，但又觉得这事一句两句解释不清，就用一句"他没空"带过了。

李小白想起什么来，回了自己房间，出来时，手里多了一块表，递给叶阳："在洗手间发现的，是你男朋友的吧？"

叶阳接过来看，发现真是，她抬眼看李小白："你在哪儿看到的？"

李小白对着洗手间的方位扬了扬下巴："在水台下面的抽屉里。"又笑，"二十几万的表，叶阳，你男朋友干什么的，这么不差钱？"

叶阳顿了一下，道："爱表人士。"

李小白笑："真是烧钱的爱好。"

叶阳低眼去看手里的这块男士腕表。她有些疑惑，这种日常需要用的东西丢了，他一整天都没发现吗？

周一上班时，王彦把叶阳叫到办公室，亲自给她倒了杯自己磨的咖啡。

叶阳受宠若惊，随后发现王彦连跟她说话的口吻都变成了商量的语气：“韩总那边是冲着‘我去往’找上的咱们，本来让你上他们会更放心，但今天上午时代那边也来了消息，说《名利场》要二轮比稿，让咱们这边再细化一下方案。既然能进二轮，那说明还有希望，我想让吴晴带着你再弄一下《名利场》的方案，我带着胜楠和天一去接触韩总那边，你觉得怎么样？”

叶阳着实没想到《名利场》还有二轮比稿，而方圆还有机会，但她知道《名利场》突然又给了她，多半是借了张虔的光。

叶阳犹豫道：“这项目本来是胜楠和天一在跟，我突然接手，他们会不会不舒服？”

王彦宽慰道：“以前你写方案拿下来的项目，也不是没给他们做过。项目也是选人的，有些你能带，有些你不能带。有些他们能带，有些他们带不了。《名利场》于情于理都是你比较合适。再说，韩总那边的项目如果拿下来了，也是公司的重点项目，先让他们俩试一试吧，总不能一口气吃成个胖子。”

叶阳没再说什么，只道：“多谢王总。”

王彦鼓励道：“《名利场》拿下来你就做，这一连俩项目，辛苦是辛苦了点，但历练人。等明年项目结束时，就练得差不多了，该考虑给你升职了。到时候你跟吴晴一块帮我管理项目部吧。至于公司合伙人，你业绩突出，大家有目共睹，其他合伙人想必也不会不同意你加入，这个好说。”

叶阳心情十分复杂。

把郭胜楠和林天一换下来，让她上，显然是看重她和张虔的私人关系。

许给她那么好的前景，是希望她拼尽全力。

虽然以前王彦也施压过，但当时《名利场》不是她的项目，她可以敷衍，可以拖着，失败或成功跟她关系不大。可如今这项目是她的了，她再不上心，就说不过去了。而且方圆还进了二轮，也就是说，方圆确确实实有被考虑。

在大家水平没有差很多的情况下，私人关系就显出重要性了。她不投机取巧，自然有别人投机取巧。可难道真要她厚着脸皮去找张虔吗？就算她真豁出去不要脸了，以尊严换前途，那也得有用。要是豁出去却拿不到，那才惨。但如果想单纯地靠方案胜出，那这方案得多惊艳才行？

叶阳下班后，收到叶未匀的微信，问她考虑好了没。

叶阳问他打算去哪儿，叶未匀问她想去哪儿。

叶阳想了想，道："我比较想去俄罗斯。"

叶未匀问："怎么想去这个地方？"

叶阳道："坐火车去莫斯科，听说沿途的风景很漂亮，想一路看过去。"

叶未匀发了一张火车班次的截图给她。去莫斯科，只有两趟车，他道："漂亮是漂亮，但过去就需要六天。"

叶阳发了一个酷酷的表情："平时不敢想，不过这次赶上国庆，加上年假，有半个月的时间，要是想把调休一块用了，二十天也没问题。"

叶未匀问："确定吗？确定的话，咱们先办签证，其他的再慢慢商量。"

叶阳没回答，而是问："你呢，你原本是打算去哪儿？"

叶未匀道："原本想如果你没时间，我就报个团，去英国转一圈。"

叶阳发了一个大笑表情："我只是想出去放松一下，不怎么挑地方，看你呀。"

叶未匀道："那这次我们先去英国？之前一直在做攻略，去那儿的话，我给你当导游。"

她略微思考了一下，道："我没问题。"

情感上，她有点不想去；但理智上，她觉得应该再给自己一个机会。如果她这么没耐心，再好的人，都会被错过。而且现在大家都在喊结婚要远离凤凰男凤凰女，叶未匀这种生于都市长于都市的土著，却没有以偏概全，就目前的表现来说，还算难得。

叶阳在他的指导下，开始填写申签表格，才刚填完，叶阳的手机就响了。

张虔的微信电话。

叶阳猜他是来找表的。

她接了电话一问，果然是，问他什么时候来拿。

他说，二十分钟后。

为防止自己听不到门禁响铃，叶阳特地将主卧的门敞开了。

十几分钟后，叶阳听到大门外响起了摁密码键的嘀嘀声，知道是李小白回来了。

李小白似乎带了人，两人进来时，还在说话。

经验告诉叶阳，多半是李小白的男朋友。

李小白走到房间门口，见她正对着电脑啪啪啪打字，就敲了敲门，笑：“亲爱的，你看我把谁给你带上来了？”

叶阳扭脸去看，看见张虔正站在门口看她。

她愣住了。

李小白笑：“楼下遇见的，一直没敢打招呼，进了电梯，瞧见他摁了四层，才猜出来是找你的，你说巧不巧？”

叶阳把目光从张虔身上转移到李小白身上：“你今天回来得可够晚。”

李小白道：“同事过生日，请我们去 KTV 唱歌，闹得有点晚。”瞥了一眼高大挺拔的张虔，调侃道，“你男朋友可够帅的，有艳福啊，阳阳。”

叶阳的脸一下红了。

李小白见她似有扭捏之意，又去瞄张虔。

张虔也不说话，只是看着她。

空气缓慢流动，李小白渐渐感受到了初恋小男女之间才会有的羞涩气氛，顿感自己是灯泡，马上找了个借口，遁了。

李小白走后，叶阳起身走到衣柜的转角格子那儿，从藤盒里摸出他的腕表，回身时，看见张虔走到了她的电脑桌前。

叶阳把表递给他。

他伸手将屏幕往后摁了一下，目不转睛地看着，手却准确无误地接了表，一边往腕上戴，一边道：“新媒体。”

叶阳乍一下没听懂，问：“什么？”

张虔言简意赅道：“把新媒体好好搞一下。”

这句话的字面意思叶阳听懂了，但深层意思，叶阳觉得自己还没完全意会到，她看着张虔。

张虔不再说话了，只是低眼戴自己的表。

叶阳放在桌上的手机突然振了起来。

张虔下意识瞥了一眼，看到屏幕上那个名字，又低下了眼。

叶阳忙拿起来看。

张虔戴好表后，抬眼看她，淡淡道：“叶未匀是像我的人吗？”

叶阳不知道他想说什么。

张虔又道：“不是作为你的甲方提醒你，而是作为跟你交往过的人提醒你，他不是。”

说完这句话，他大步迈出房间，不过几秒钟的时间，叶阳听到大门关上了。

39 普通朋友避什么嫌？

叶阳坐回椅子上，看了看屏幕上的《名利场》方案，又仔细品味张虔的那两句关于新媒体的话，不太懂自己的猜测是否正确，所以次日到了公司，见到王彦，就把张虔的这两句话跟他说了。

王彦觉得张虔要么在说时代比较看重新媒体这块，让他们在这块多下功夫；要么在说他们上次的方案，新媒体这块有所欠缺，需要加强。

无论哪种意图，新媒体都是重点。

次周，王彦、吴晴和叶阳带着方案去时代。

这次一共就俩公司。

另外一个是《叶限》的营销公司无限传媒。

因为就俩公司，也没正式比，大家就在会议室看了一下方案。

无限的方案细化后，比之前让人惊喜，王彦和叶阳越看心里越没谱，很是忐忑。不过这忐忑没持续很久，两天后，顾景明就联系了王彦。

顾景明告诉王彦，领导觉得方圆对全案的把控不如无限稳妥，但在新媒体这块灵活多变，优势比较大，想把新媒体交给他们，让他们节后出一份新媒体的营销方案和报价，如果没问题，就可以签合同了。

顾景明这么说，王彦立刻明白张虔之前的用意了。

张虔知道以方圆的实力拿不下全案，但顾着跟叶阳的交情，又想给个机会，于是提醒他们好好发挥一下自己的优势，然后他就可以顺理成章地把新媒体抠出来给方圆。

公私兼顾，真是狡猾。

王彦把这事告诉叶阳后，发现她一点都不开心，很奇怪，问“怎么了”。

叶阳抿了一下嘴角，还是决定要说，她轻声道：“王总，我有个不切实际的请求。”

王彦被她搞得摸不着头脑：“你说。”

叶阳吸了一口气，道：“《名利场》如果拿下来了，我希望您把它交给其他人来做。”

“为什么？”王彦不解地看着她，随即想到什么，“怕别人说你和张总的闲话？”

叶阳不怕闲话，而怕张虔。以前张虔有女友，她不觉得有什么。现在他没有女友，而且对过往又有点意难平……她怕自己受他迷惑，想入非非。而思想这东西，又不那么容易被控制。想控制，只有一种方法，时间和距离。至于会不会因此丢失升职的机会，本来升职机会就是因为他的意外出现而出现，因他失去也没什么。毕竟不是靠自己能力得到的东西，本来也不牢靠。登高跌重，不如踏踏实实，一步步上去。她摇头：“您是知道的，我不怕闲言碎语，但我怕给张总带来什么不必要的不便。”

王彦试探道：“你们复合了？”

叶阳笑了：“王总，您想哪儿去了？就是普通朋友。”

王彦奇了：“普通朋友避什么嫌？”

叶阳叹了口气，佯装坦白：“您什么都知道，还误会我们要复合，那其他人只会更误会。之前他就不愿意让人知道我们两个的关系，后来在庆功宴上说出来，也是为我解围。前些日子，又指导了咱们《名利场》的方案，人家已经仁至义尽了，我也得有点眼色。保持距离，留点余地，以后再有什么事找人，人还能念念旧情。要是一下把人对前女友的风度全消耗完了，以后再有什么事求人，人估计都不会理我了，您说呢。”

王彦沉吟道：“你说的有道理，男人嘛，尤其成功的男人，对待自己爱过的人，总会有点怜香惜玉之心，但也得适可而止，不然容易叫人反感。这样，这次让胜楠带《名利场》。你跟天一带《八仙过海》，反正韩总那边一直想你带，现在把你给他们，他们估计会对这次合作更有信心。”

叶阳点头：“我听王总安排。”

王彦接着把郭胜楠也叫了进来。

他没跟郭胜楠说叶阳不愿带《名利场》是要避嫌，只说叶阳前一段忙“我去往”累着了，身体出了点问题。《名利场》虽不是全案，但强度大，她怕身体吃不消，决定把这个机会让出来。

郭胜楠十分意外地看了一眼叶阳。

叶阳笑着解释：“耳鸣仨月了，最近越来越厉害，连睡觉都成问题，吃药也无济于事，去了两家医院查，都说是压力太大，让我好好休息。实在怕自己中途掉链子，耽误事儿，才跟王总申请。你要是接，别怪我没提醒，这个甲方难伺候，保不齐你带下来，跟我一样。”她又对王彦道：“不过胜楠身体素质一向好，别说一个《名利场》，十个《名利场》估计也没什么问题。”

郭胜楠一顿，随即笑：“阳阳是咱们公司抗压能力最强的人，她都不行，估计我更不行。但王总既然愿意给机会，我也愿意试一下，看看他们到底有多难伺候。”她又看向叶阳：“这是你留下的摊子，我要是遇到困难了，你可得帮我，毕竟你跟他们合作过，肯定比我知道怎么应付他们。”

叶阳笑：“你挑我不忙的时候，我义不容辞。”

王彦跟着道：“那就先这么定了，但目前俩项目都没签合同，不宜折腾，先把合同签下来再说。你们也不要跟其他人说，可以私下先熟悉着，省得交接的时候，手忙脚乱。”

两人点了点头。

从王彦办公室出来后没多久，叶阳收到了郭胜楠的信息，问她今晚有没有空，请她吃饭。

叶阳有意借机加深彼此的了解，缓和一下俩人关系，毕竟抬头不见低头见。鉴于她和郭胜楠都不大会调节气氛，就带上了林天一。

吃完饭后，仨人又去了 KTV。

叶阳心情十分好，几杯酒下肚，人没那么端着，歇斯底里地唱了好几首，唱得林天一目瞪口呆，连连说她疯了，淑女形象荡然无存。

从 KTV 出来，等公交时，叶阳接到了自己母亲的电话。

叶母说老家那边有人给她介绍对象，人在江阴，家里不算穷，大家都觉得是好媒茬，想让她见一见。

叶阳说她暂时没回老家发展的意思，而男方肯定也不会北上，没必要见。

叶母见她又这样，有点生气，嗓门大起来，问她到底想干吗，已经二十八了，连男朋友都没有，那结婚得等到猴年马月去？

叶阳不想跟父母掰扯这问题，因为她父母把她没有男朋友的原因，全归结在她眼光太高上。

他们觉得自己女儿上了一个大学，把心上野了，这个也看不上那个也看不上。他们总觉得她想在 B 市找个有钱人，让她差不多就得了，别太挑了。

叶阳不知道跟他们说了多少遍，她压根没想过找有钱人，就算有钱人送上门，她也不会要。但只要她一天没男朋友，她父母就一直这么觉得。他们总是告诉叶阳，不要觉得自己上了大学就了不起，现在遍地大学生。他们总会说，认命吧，这就是命。

要是旁人这么说，叶阳不会有任何反应，可家人也这么说，叶阳会很崩溃。虽然她知道那是父母的生存经验所致，他们劳碌大半辈子也没有改变命运，他们觉得命运不可改。他们希望自己的女儿听从命运的安排，不要瞎折腾。结婚生孩子，大家不都这么过的吗？为什么到她这儿就这么难？

叶阳说她没折腾，也没有挑，但俩人过日子，总得能说上话吧，她总不能随便从街上拉一个人。

叶阳这么说，她母亲又把话题绕回了原点，唠唠叨叨说她眼光太高，但自身条件又跟不上，结果就高不成低不就，卡在了那里，难道要卡到四五十再结婚吗？

叶阳被气到，在公交站台就跟自己母亲吵起来了，关于她到底跟别人差在了哪里，要认命。她母亲说，差在出身，出身不能改，如果能改，自己也想她出生在一个有钱的家庭，但这事不能改，所以才叫她认命。

叶阳直接把电话挂了。

挂了电话，见站台等公交的人都在看她，她才发现自己失态了。

上了公交车，车上人不多，后排半个车厢都是空的，灯没有开，她坐在黑暗里，看着窗外忽明忽暗的夜景从眼前流过，无力之感充斥全身。

每当她刚攒到一点元气，父母就会替她打碎。

告诉她，不要有幻想，人的万般努力，在命运面前不值一提。

叶阳回到家，看着自己整理了一半的行李箱，发起了呆。

有时候真想回老家去，拿着自己攒到的钱，随便开一个什么小店儿，找个跟自己差不多的人，结婚生孩子。谁也不用嫌弃谁，谁也不必看不起谁，谁也不用抱怨谁拖累了谁。

年轻时候，抱着功成名就的梦想，想着即便要死，也要死在B市，绝对不回家。现在她越来越觉得，自己早晚是要回去的，因为这地方不属于她。

没关系，再熬两年，多攒点钱，攒到她可以在江阴给自己买一套房子时就回去。

人有了自己的房，就有了底气，无论发生什么，总不会露宿街头。否则无论是住父母家，还是结婚住老公家，都是寄人篱下，吵架都不敢大声吵。

这么一想，忽然又通了，也不那么丧了，她在床上躺了一会儿，继续收拾自己的行李。

读万卷书，不如行万里路，世面还是要见的。

之后几天，她有空就做攻略。

半个月的旅途，什么都有可能发生，她不能完全靠叶未匀。

如果她和叶未匀相互了解顺利，并借此日渐亲密，甚至确定了关系，那皆大欢喜。如果俩人中途发生什么不愉快，一拍两散，她自己也能继续。

叶阳对这次英国之行，做了种种设想，自信发生什么意外，她都能稳住。但她很快就知道，假设的逻辑在生活的逻辑面前，不堪一击。

她和叶未匀在机场候机时，看到了常萱。

她一个人。

常萱听说他们去伦敦，很惊讶，说她也是。

40　你不喜欢他

叶未匀很奇怪："你一个人吗？"

常萱一脸无奈："本来跟朋友一块去的，但她临时有事爽约了，我又不想浪费这么长的假期，只能孤身上路了。"

叶阳赞道："真酷，我一个人只敢在国内晃悠，国外想都不敢想。"

常萱笑道："我这也是没办法，不然谁愿意一个人出远门？"又暧昧地看向俩人，"真是千想万想，没想到会碰到你们俩，怎么，恋爱吗？"

叶未匀没吭声。

叶阳笑着解释："结伴，结伴出游。"

常萱的眼睛亮了起来："那太好了，你们介意多一个伙伴吗？"又烦闷道，"一想到这么多天要一个人住酒店，一个人跑景点，就觉得没劲儿。"

叶阳只是随口一答，没想到她顺着就上来了，随即把事情都推给了叶未匀："我们这次的行程是他是安排的，你问他。"

常萱亲热地抱住她的手臂，将头歪在她肩上："未匀是我们公司公认的最会替人着想的人，他肯定不忍心女同事落单。”

叶未匀含糊道：“我们的行程定得比较慢，怕你觉得无趣。”

常萱这才放开叶阳，将散在鬓边的头发别在耳后，像完全没有察觉到他话里拒绝的意思，仍笑盈盈的：“我六号就得往回飞，满打满算，也只有二三四五这四天时间，所以不打算远走，只想在伦敦周边逛一逛，你们在伦敦停几天？”

叶未匀顿了一下，道：“我们半个月都在伦敦……”

常萱哈哈大笑起来：“你们俩可真绝。”

叶阳也笑：“想了解一座城市，还是得慢慢转，囫囵吞枣也没什么意思。”

常萱振奋道：“好了，这下我终于有着落了，踏实了！感谢苍天，让我遇到了救星，那你们俩就先忍耐一下，等我走了再进行浪漫的双人游，成吗？”

话说到这个份儿上了，也没什么成不成了。

常萱在上飞机前，退了自己订的酒店，打算和叶阳挤一间。

叶阳虽不习惯和人同住，但一想到她可以分担住宿费，就觉得还能接受。毕竟出国游，交通和住宿这两项是最烧钱的，能省一点是一点。而且，她对常萱并不反感，相反可能还有那么一丁点儿好感。

常萱对周嘉鱼来说是绿茶婊，但对她来说，是个勇敢的姑娘。

叶阳对常萱是否爱抢人风头，是否有意与众多男性周旋没什么兴趣，只对她对叶未匀的单方面付出有兴趣。

她一点也不掩饰对叶未匀的好感，不觉得喜欢人是羞耻的事情，她在叶未匀没有任何回应的情况下，仍然坚持喜欢他，这对叶阳来说太难能可贵。学生时代，这样的痴心戏码，并不稀奇。可随着年纪越来越大，叶阳越来越少见到这样的痴心。说是大家懂得自我保护也好，说是学会了权衡利弊也罢，总之大多数人在付出之前会计较成本。能得到回报，才投资；看不到回报，不投资。比如她的追求者林天一，最初跟常萱一模一样，但发现她没有回应后，扭脸交了新女友，当然很正常，但对比的话，就能发现出常萱的可贵来。

叶阳不晓得常萱对叶未匀的感情到底有多深，是因为得不到所以才深，还是纯粹就是喜欢。她只是觉得如果这次偶遇不是巧合而是人为，那就更有意思。

叶阳很快发现，这姑娘的确有意思。

在接下来的伦敦行程中，常萱几乎寸步不离地跟着她，不让她跟叶未匀有任何单独相处的机会。

常萱对叶未匀的独占欲很强，奇怪的是，她又不做过分的举止向叶未匀表达爱意，且还有意与叶未匀保持着一种很安全的距离。这种方式很折磨人，全世界都知道她喜欢叶未匀，可叶未匀无法确定她喜欢他，所以也无法拒绝她。

叶未匀好几次想跟叶阳解释一下常萱的存在，可发现无法解释，因为人家没有出格之处。如果解释，反倒显得他此地无银三百两。于是仨人在这种不明不白的奇怪关系中度过了好几天。

倒不是不舒服，因为常萱很会接眼，也会调节气氛，只要有她在，基本不会出现冷场。而一旦她不在了，叶阳和叶未匀之间出现的大段沉默，会稍稍地让俩人尴尬。

以前叶阳和叶未匀的相处中，也伴随着大段沉默，但俩人不觉得有什么。而常萱的存在，一下子让他俩意识到了这种沉默。

常萱回国前最后一个晚上，他们在外头的一家餐厅吃饭，给她践行。

那顿饭，常萱喝了很多酒，回酒店的路上，摇摇晃晃地唱了一路歌。

回到酒店后，叶阳将她扶到床上躺好，自己去洗漱，出来后，见她正坐在床上，抱着膝盖哭。

叶阳过去问她怎么了，不问还好，一问她直接扑到叶阳怀里失声痛哭起来。

叶阳没再接着问，由着她哭。

常萱平静下来后，一边用纸巾擦眼泪一边笑："离别的情绪一下子上来，没收住，阳阳姐不要说出去。"

叶阳给她倒了一杯水："难免。"

常萱接过水杯，抿了一口，道了一声谢，声音还带着厚重的鼻音："阳阳姐，你知道吗？我在嘉鱼家第一见你，就知道你是特别的，你不会像其他人一样，粗暴地将人标签化。这几天相处下来，发现果然是那样。我一直很想跟你做朋友，但嘉鱼不喜欢我，而你又是她朋友，我怕你夹在中间为难，就没联系你，没想到这次会碰上。我很少在别人面前哭，这是第二次，现在想一想，你和他，都是让我特别放心的人。"

叶阳笑了："他，谁？"

常萱拿手指隔壁："那时候我刚到公司，因为工作上的失误，被老大骂了，恰巧被他看到，他开解了我一句。本来也不觉得有什么，但察觉到有人关心后，委屈立刻就压不住了，哗一下就哭了，把他也吓了一跳。"

叶阳“嗯”了一声，原来他们之间是这么开始的。

常萱又道：“那天后，就觉得这人跟之前不一样了，总是忍不住亲近，可他当时有女朋友，自己就也没把这种感觉放大，渐渐地就淡了，还以为自己不在意了。可后来有一天，知道他跟女朋友分手了，那种想亲近的感觉一下子又回来了。但当时他刚分手，自己也不敢太冒失，就一直等着，谁知道半路杀出个你。你知道吗？你跟他前女友特别像，这让我很心慌。”

“是吗？”叶阳虽然知道她别有用意，但饶有兴味，“哪里像？”

常萱道：“性格像，都是那种一点都不肯输，宁为玉碎不为瓦全的人。”

叶阳愣了。

常萱道：“记得有一天，他俩在公司附近的一家餐厅吃饭，我和同事恰好也在。吃到一半，他俩忽然吵了起来，她女朋友一气之下，将钱包摔在了地上，要他捡起来。未匀不捡，让她自己捡，她也不捡。后来未匀起身要走，他女朋友说，他要是走了，以后不用再见了，但未匀还是走了。未匀走后，她女朋友也走了，但没捡钱包，还是我跟同事将钱包捡起来，第二天给了未匀。”

叶阳“嗯”了一声：“真硬气。”

常萱却不再说话，只是看着她。

叶阳摸了摸自己的脸，看着她：“怎么了，我脸上有东西？”

常萱道：“你不喜欢他。”

叶阳又愣住了。

常萱道：“我知道这几天你都在观察我，你在观察我的同时，我也在观察你。哪怕你有一点儿喜欢他，也不会完全不介意我的存在，也不会听到我说喜欢他而无动于衷，更不会在我提到他前女友时，一点好奇都没有。既然你不喜欢他，我就不明白了，为何跟他出来？你现在是相亲模式，只看人品和家世，情愫有没有都没关系？”

叶阳没回答她。

常萱肯定道：“你不是装作不在意，而是真的不在意。”说着掀开被子，下了床，对着镜子收拾了一下自己，又从行李箱里摸出一个长方形的墨色盒子，敲开了隔壁叶未匀房间的门。

叶未匀借着房间里灯光看见她眼睛红红的，像哭过一样，有些吃惊，问：“怎么了？”

常萱看着他，声音还略微有些沙哑："有几句话想跟你说，我能进去吗？"

叶未匀将门打开了一点，让她进来，而后又关上了门，看着她："你说，怎么了？"

常萱却欲言又止。

叶未匀道："萱萱，我们是同事，如果你有什么需要帮忙，请尽管开口，能帮的，我——"

"我喜欢你。"常萱轻声道。

叶未匀一愣。

常萱长长地吸了口气："或许是第一眼就喜欢上了，或许是许多眼之后的累积，总之就是喜欢。喜欢你推眼镜时，总要皱一下眉；喜欢你写字不用圆珠笔，只用钢笔；喜欢你生气时脱口而出的脏话；喜欢你无可奈何时的那种妥协表情……你有女朋友时，我不敢喜欢，怕给你带来负担，你没女朋友时，我才敢喜欢你。现在你又准备交女朋友，却好像一点不打算考虑我，这对我来说，实在是个打击，我觉得好累，真的好累，不想继续了，所以千方百计地在机场偶遇你们，想借这次旅行做个了结。现在一切都结束了，我只是想告诉你，我喜欢你，非常非常喜欢你。每天晚上睡觉前，都期待第二天早上一睁眼发现自己不喜欢你了，可醒来还是喜欢。我不明白，那么多喜欢我的人，为什么我偏偏要喜欢一个不喜欢自己的人，但喜欢一个不喜欢自己的人不是错，只是傻而已。我已经努力过了，将来回头想，也不会后悔。"说着将手中的钢笔盒子递给他，轻笑道，"偶然间看到的，觉得非常适合你，送你留个纪念。希望我们在公司见面时，不会觉得尴尬。"

41　明明只是想你了

常萱送完钢笔，欲言又止地看了他两眼，终究没再说，打开门出去了。

回房间见叶阳已经睡下，她跟着睡了。

次日，叶未匀将常萱送出酒店，给她叫了的士，回去后跟叶阳商量接下来的行程，叶阳说有点累，不想出门，让他一个人去。

叶未匀没有勉强，一个人出去了。

下午，他回来，发现叶阳不在酒店，发微信问她在哪儿。

叶阳在酒店边上的公园。

她坐在梧桐树下的长凳上看着叶未匀顺着弯弯曲曲的小道过来。

叶未匀将手中的咖啡递给她，道：“美式，我没记错吧？”

叶阳笑：“没错，谢谢。”看向他另外一只手提着的尤克里里，奇道，“刚买的？”

叶未匀在她身边坐下，拨了一下，音色活泼，他道：“路过一家乐器店，进去看了看，一时手痒没忍住，就买了一把。”

叶阳打开咖啡，抿了一口，笑：“你会弹吗？”

叶未匀道：“不多，会一点。”

叶阳笑：“这么诗情画意的地方，就差点音乐了，赶紧来吧。”

曲子的旋律很清新，也很动人，让人想起遥远的模糊的过去，一群干净漂亮的小男孩小女孩在田间小路上笑着跑远的画面。

等他停下后，叶阳笑：“这是什么？”

叶未匀道：“《儿时》。”

叶阳称赞道：“真好听。”

叶未匀将尤克里里递给她：“试一试？”

尤克里里被称为四弦吉他，和吉他有相似之处但又不完全相同，叶阳摸索着试弹，断断续续的，但能听出点意思，叶未匀有些惊喜：“可以啊。”

叶阳笑：“你能给我找一下《See You Again》的谱子吗？我看能不能弹？”

叶未匀笑了：“看这阵仗，好专业。”

叶阳笑道：“我之前学过一点吉他，懂个皮毛。”

头顶的梧桐飘下落叶来，转转悠悠地落在脚边，叶未匀举着手机，看她垂眼弄弦，神色温柔认真。

他忽然道：“我最后悔的事就是那天晚上你在我车上睡醒后，没有吻你。”

叶阳只是笑，并未说话。

叶未匀又道：“这么说可能有点自作多情，但那个点，我确实感受到了你在等我，但我在那一瞬间犹豫了。现在想想，如果我没犹豫，说不定一切从那个时候就开始了。”

叶阳这下不得不停下来，仍然笑得温柔：“想让你不犹豫，其实只有一个办法，我重新投一次胎，变成你们本地姑娘。”

叶未匀看着她。

叶阳轻叹："这是你所有犹豫的根源，我知道你在尽力让自己不介意，但还是介意。"

叶未匀默了片刻，道："我最近一直在琢磨这事，到底是哪里出了差错？后来觉得是我们把顺序弄反了。我们在没有正式开始前，就先放大了现实问题，以至于让现实问题阻挡了开始的可能性。如果是先有了感情基础，再来谈现实问题，或许这问题不会变得这么重要。"

叶阳只道："我之前因为类似的问题与人分手过。如果再来一次，结果还不好，我怕会对爱情彻底失望，不再抱有任何幻想。大约是本能地自我保护，不说好这个问题，我会不想开始。其实我在公交站台跟你和盘托出，而你没有立刻给回复，我就知道你介意了。但又一直说服自己是个成年人，不要太理想化，没有谁听完这一大堆，会完全不介意，要是连考虑的时间都不给人，那这辈子就跟自己过吧。又加上家里人一直觉得我眼光太高，找不到好的，我憋着股气，想着你斯斯文文，还挺有牌面，又是本地人，带回去的话，能出口气。所以后来你说你不介意，我虽然没有完全相信，但还是决心试一试。昨天常萱跟我说她喜欢你，还说我不喜欢你，因为我没有表现出嫉妒。我一开始觉得她说得对，但仔细想，又觉得她说得不对。女生不会对自己喜欢的人身边出现的每一个异性都怀有敌对心理，只会对威胁感极强的某个人产生敌对心理。我没表现出嫉妒，是觉得我们之间发展不下去跟其他人没关系，而是自身的问题。这问题是你在努力不介意我的家庭，我在努力不介意你的介意，结果越努力越适得其反。但我觉得这不是谁有问题，也不是谁该迁就谁的问题，只是不合适，不能勉强。"

良久，叶未匀将目光从远处收回来，道："我还是认为，如果最开始我们没有先谈现实问题，而是先谈感情，兴许会有好结果。我有预感，如果那样，我们可能会结婚。不过现在这样也没什么不好，前面慢一点，迈过这个坎后，后面就会快，一样的。"

叶阳听到这样坚决的话，手上的动作微微一滞，抬眼看向他。

叶未匀一手扶着她的肩，一手拎起她的下巴，隔着一把尤克里里，吻了上去。

吻罢，叶未匀仍扶着她的肩，微微有些诧异："你这次没躲。"

叶阳不自在地扭脸看湖："慢了一步，没躲开。"

叶未匀几乎凑到她脸上："那我们现在开始吗？"

叶阳回眼看他，奇道："为什么你老是在我要放弃的时候，说这种话？"

叶未匀笑了："因为只有这时候你才会破釜沉舟说真话，平时太骄矜了。"

叶阳道："……"

叶未匀又道："你没发现吗？在犹豫和放弃之间，我们之间存在的问题已经渐渐说开了，这不是一个坏事，你说呢？"

叶阳坚持道："说开只是说开，可问题并未解决。"

叶未匀道："我不介意，这问题就解决了呀。"微微顿了一下，"我要真那么看重出身，完全可以跟父母安排的相亲对象结婚，但我没有，那说明我最看重的不是那个。对我来说，人品、情愫和家世，三选二。人品和情愫差点，才会着重看家世。如果人品和情愫都满格，家世就会变得无所谓。我信得过你的为人，我们之间也有情愫，都纠扯了这么长时间，难道你不想试一下？"

叶阳没吭声。

他催促道："如果这次旅行还不能确定关系，回去后，大家又会拖下去，那就真没可能了。"

叶阳低眼想了一会儿，道："那有个问题我得问一下你。"

叶未匀道："你问。"

叶阳认真道："你谈恋爱是为什么？是享受恋爱过程、冲着结婚过日子，还是顺其自然，如果感情到了，会考虑婚姻？"又补充道，"我提前说家庭问题，不是代表着一定要结婚，只是不想有所隐瞒，不想水到渠成时，俩人因为这个问题闹掰。我可以接受因性格不合分手，可以接受感情变淡分手，甚至可以接受移情别恋分手，就是不能接受单纯地因为门户不对而分手。出身不好不是我的错，我也无法改变，我能做的只是把事情讲清楚。如果别人介意，那就算了；如果不介意，我会好好珍惜他。"

叶未匀点点头："虽然家里人催得紧，不过这事急不来，我也是觉得水到渠成最好。"停顿住，略微好奇地看着她，"不过，我很好奇，你说的这个好好珍惜，是怎么好法？"

叶阳顿了一下，道："只是说着顺嘴，就顺口一说……"

叶未匀："……"

从公园回去的路上，叶未匀顺势握住了她的手。

她已经忘记上次到底是谁这么认真地握她的手了。

她扬起脸来，看向别处。

以前想过，要是真找到了男朋友，她一定要在他肩膀上大哭一场。

事到临头，她却发现自己压根哭不出来。

俩人从公园回去后，到酒店顶层的露天餐厅吃饭。

回到房间后，叶未匀教她弹尤克里里。

叶阳学了一个多小时，磕磕巴巴，终于能完整地将《See You Again》弹下来了。

叶未匀给她录了一小段，还发了朋友圈，只是叶阳不想露脸，所以他将她的脸卡出了视频。

这是叶未匀第一次在朋友圈发叶阳相关的东西，周嘉鱼认出来后，忙给叶阳打电话过来确认。

叶阳点头后，周嘉鱼送了一句“我去”给她：“宝贝儿，我终于等到这一天了！你们什么时候回来？我已经迫不及待要见叶未匀，要当着绿茶婊的面，好好问问他和你的事情。一想到绿茶婊狰狞的脸，我爽得现在就想上班！”

叶阳道：“……”

此后几日，叶阳和叶未匀就在伦敦周边的小镇瞎溜达。

这些田园牧歌式的乡村，比繁华的伦敦更让人喜欢。

而在这期间，她和叶未匀的关系迅速升温，俩人拉扯好几个月，都没这几天了解的多。

当叶未匀说他只谈过两个女朋友，并且一个谈了三年，一个谈了五年之后，叶阳惊坏了。她所认识的稍微周正点的三十岁左右的单身青年，谈恋爱的次数，几乎没有下三次的，最少的也三次。像叶未匀这种优质男青年的选手，三十岁才谈了两个，简直是稀缺动物。

不过他虽然只谈了俩，但俩加起来谈了八年，时间倒不短。

他说前两次谈，其实没这么犹豫，只是第二次分手后，忽然有点厌倦了，会觉得爱情在开始时都是甜蜜，而结束时都是苦涩。再来一次，其实没必要。他是抱着要成功的态度发展第三次恋情的，相对谨慎，因为如果第三次还不成功，他觉得自己可能会放弃谈恋爱，直接结婚。

叶阳倒是也有点同样的感觉。

她以前不相信人一辈子只有一次深入骨髓的爱情。她觉得若只有一次，那只能说明没遇到更好的。可如今她不得不承认，不是遇不到更好，而是某一次太过用力，将热情消耗完后，之后遇见其他人，或多或少有些有心无力。

他俩说这些话时，正在酒店的咖啡厅里。

晚上他们总是会过来坐一会儿，来的时候都带书。不过现在不会出现看书的情况，可能因为什么事情都说开了，加上关系也确定了，可以随意聊很多之前不想聊的话题。聊得差不多了，俩人就一块下去，各自回房间。

叶阳去洗漱时，叶未匀又来敲门。

她含着牙刷出去开门，问怎么了。

叶未匀见她如此，笑着让她先洗漱，他等会儿跟她说。

叶阳让他进来等。

叶未匀进去后，看见叶阳放在桌上的手机屏幕亮了，他伸手去拿，准备给洗手间的叶阳递过去，却看到手机屏幕上显示着一个名字。

张虔。

他脑子里瞬间滑过许多念头。

他知道多半是私人电话，因为工作上她和张虔并没多大交集，但他还是替她接通了电话，道："喂，张总。"

对方顿了一下，道："叶阳，我知道你在生气，你生气是应该的，那晚我确实太粗暴了，但不是生你的气，而是生自己的气，气自己总忍不住想和你亲近。你还好吗？"

42　张虔，有句话我一直想跟你说

叶阳洗完脸出来后，见叶未匀坐在床边发呆，手中还握着她的手机，笑问："怎么了？你要说什么？"

叶未匀抬眼去看她。

他之前的诸多犹豫中，如果她的家庭让他担忧未来承担不起故而犹豫，那张虔就是另外一个犹豫因素。

他对张虔这位同龄人是有诸多好感的，有风度、有教养、有能力，又没有上位者颐指气使的恶习，优秀得让同性也生不出嫉妒，加上出众外貌，到哪儿都是人群焦点。

他不愿意和这样一个人做情敌，因为输赢太明显，也太难堪。

三十而立，求稳不求变。

是她两次开诚布公的解释，让他相信了她和张虔之间是真的什么都没有。就算有，也是张虔单方面的一厢情愿。

但怎么可能？

就不谈爱情这种虚无缥缈的东西，单拿张虔本身的条件来说，对于一无所有的北漂来说，是多么大的诱惑。如果她抓住自己，只是为了在这座城市留下来并且能够稍微活得体面一点，那抓住张虔，她可以拥有更多的体面。

抓住他，她还得跟他一起奋斗；抓住张虔，她就不用奋斗了。

一个人到底应该有多坚韧的心志，面对巨大的生存压力，去拒绝一种优渥的生活？

只是张虔虽然优越，但变数太大。他没张虔那么优越，变数也小。

叶阳见他不说话，上前道："怎么了？"

叶未匀死死地看着她："庆功宴上，我说结束后送你回去，但你提前走了，你同事说你遇到了急事，要回去处理，什么事？"

叶阳心中一沉，再次看向握在他手中的自己的手机，声音却出奇地平静："谁打电话过来了？"

叶未匀只问："那天晚上你跟张虔在一起？"

叶阳也没直接回答，而是道："之前我们两个东一下西一下，动辄十几天一个月不联系，连暧昧都算不上，在那期间，我见任何人做任何事，与我们现在的关系都没有冲突。"

叶未匀松开手，将她的手机放在床上，站起来往外走。

叶阳闭了闭眼，虽然知道已经无可挽回，但还是试了一下："之前重要吗？重要的难道不是确立关系之后的事情？"

叶未匀微微扬起下巴："叶阳，你要是像往常一样，坚定地说没有，我就相信你，哪怕不全信，也会装糊涂。但你直接承认，要我怎么办？"

叶阳顿了一下，道："你不舒服我可以理解，但你不能因此指责我，这事我没有对不起任何人的地方。"

叶未匀笑了，微微有些自嘲："对，你没有。"

他走了。

叶阳捂着额头在床边坐了一会儿，房间里很静，她有些眩晕。过了一会儿，她拿起手机，盯着自己和张虔的微信聊天窗口看，那里有个几十秒的语音通话记录。

她给他打了回去。

电话很快接通了，只是没有人说话。

叶阳抿了一下嘴唇，好声道：“张虔，有句话我一直想跟你说。”

张虔“嗯”了一声，闲闲道：“洗耳恭听。”

叶阳深呼一口气，隔着手机与手机之间的千山万水，用最温柔的语调，说了此生最平静的一句脏话：“Fuck You。”

她看话剧偶遇他，他送她回家，她想跟他说开，他说回去吧，那时候她就想把这句话甩在他脸上了。此后很多次，她都想把这句话甩到他脸上，但鉴于他们的工作关系，她忍下来了。现在工作关系没了，感情上她也没亏欠，她终于可以说了。

挂了电话，叶阳出去关好房门，去洗澡。

洗完澡出来，叶阳给周嘉鱼发微信，告诉她，自己和叶未匀分手了，让她别瞎嘚瑟了，小心被打脸。

周嘉鱼一脸蒙，赶紧打电话过来，听她说完事情经过，人已经惊得说不出话来。

挂了电话，周嘉鱼开始发愁了，因为她已经在常萱面前耀武扬威好几天了……如今只能寄希望于叶未匀不会透露出他和叶阳已分手这事……

第二天早上，叶阳到酒店前台去打听，前台说叶未匀已经退房了，不过给她留了一张便笺。她接过来看，叶未匀说要去苏格兰看同学，不能与她同行了，让她自己保重。

叶阳拿出手机给他发微信，让他把旅费算好了发过来，她给他转过去。

他回了一个“嗯”。

叶阳祝他一路顺风。

他回了一个“B 市见”。

与叶未匀分开后，叶阳在伦敦又待了一天，觉得这段旅途进行到此，实在有些索然无味，就退了酒店，去了机场。

长假已过，返京的机票倒不难买。

二十几个小时后，叶阳回到了 B 市。飞机落地那一刻，她生出了一种奇怪的安稳感。

回到小区，叶阳没有直接上楼，而是到小区里那个卖烤冷面的便利车去买烤冷面。

在外头十几天，最痛苦的，莫过于吃不好。

西餐偶尔吃一顿挺好，连着吃，简直要命。

她买了两份烤冷面，一个酸甜口，一个酸辣口，提溜着上了楼，在客厅狼吞虎咽地把冷面吃光。

吃完两份烤冷面，她油然觉得自己活了过来，满足地仰躺在沙发上，觉得在英国发生的所有事情，已恍如隔世。

吃完歇好之后，叶阳开始整理行李。

该丢洗衣机的丢洗衣机，该送去干洗店的送去干洗店，该手洗的手洗。

弄完这一切，她下了楼，到小区里一个美容店，做了一下全身按摩。

疼得要命，也爽得要命。

女技师说越疼越堵，她全身上下堵得很厉害，让她以后勤来按按。

叶阳很有消费欲，没让女技师多说，就办了一张会员卡，办完卡后，还在店里做了手指甲和脚趾甲美甲。

做完后，她从店里出去，天已经黑了下来，又拐到美发店，去做了头发。

仨小时后，她顶着泡面头出来。

回到住的地方，李小白已经回来了，见到她的新发型，诧异死了。

叶阳笑问："换个发型换个心情，怎么样？好看吗？"

李小白将她来来回回看了几遍，笑："好看倒是好看，就是跟之前的感觉太不一样，怪怪的。"

叶阳"哈哈"道："好看就行，至于怪，多看几天，看顺眼就行了。"

然后回到房间，倒头就睡，一觉睡到了天亮。

第二天醒来已经快中午了，全身皮疼，可是疼里生出快感。痛快并存。

年假还未休完，叶阳不想提前去上班，就慢腾腾地下楼去超市买了一些食材，回来之后给自己做了一顿丰盛午餐。

吃好喝足，收拾完厨房已经下午了，也没事干，她就赤着脚在家里走来走去，后来想起这次旅行拍的照片还没整理，就打开了电脑。

叶阳从八百多张照片中筛筛选选，整理后发现竟然还有三百多张。

她登上 QQ，打开 QQ 空间，建了一个新相册把照片上传。

现在 QQ 空间对她唯一的用处就是存照片。

传完照片后，她躺在床上发呆，想着下午的时间怎么打发，看到床头置物架上的电影海报，想到今年国庆节新上的电影都没看，就打开手机买了电影票。

看完电影又到商场里的书店去看书，才刚点了咖啡在消费区坐下，她就收到了前不久那位在七夕结婚的中学朋友的微信消息。

叶阳更新相册，有条系统状态，刚巧被这朋友刷到。

朋友点进她的新相册看，看完顺着点开其他相册。

在其他相册中，朋友看到了一条奇怪的留言，就截图发给了她，问："这谁呀？"

叶阳点开截图看。

截图的背景照是她的一张背影照。

是张虔给她拍的。

夏天的晚上，他俩一块去吃大排档，她穿一条雪纺长裙，头发刚洗了，还没干，凌乱地披着。她估计又在走神，张虔在她身后喊她，她下意识地回头，张虔把她回头这个瞬间拍了下来。

回头的瞬间，是一脸的茫然。

街道昏暗，虽有路灯，但也显得整张照片有点脏，是那种粗糙的质感。

但张虔很喜欢。

他说这张照片有点地下电影的感觉，这种粗糙带着一种未经雕琢的朴素生命力，很有意思，他要收藏。

一张脏脏的照片被他这么一形容，叶阳顿时觉得它有了格调，就把它传到了 QQ 空间里。

截图的下半部分，是展开的以半透明的黑为底色的评论区。评论区只有一条评论："叶阳，我想你了，我们能重新开始吗？"

叶阳看了一下日期，她十九岁生日那天。

叶阳点开 QQ 空间，找到相册，那张照片下面，果然有那样一条评论。

评论者的昵称是"北极光"，她顺着点开"北极光"的 QQ 空间，显示拒绝陌生人访问。

叶阳瞪着眼睛看那张照片和那条评论，看了很久。

第六章 要不然我们重新开始吧

43　要不然我们重新开始吧

叶阳上班后和郭胜楠开始搞《名利场》的新媒体方案。

之前的全案营销已经把新媒体的大框架拉出来，这次只是把新媒体摘出来，丰富细节。

一周后，方案彻底好了，她俩跟着王彦一块去了时代。

《名利场》是时代明年的重点项目，虽然主负责人是顾景明，但张虔只要在公司，无论大会小会都会参与。

郭胜楠在台上阐述新媒体方案时，叶阳一直在看张虔。

无论当时张虔是否已经跟梁箴分手，让他说出那样卑微的话，都很难。

或许当时他真的很喜欢她，喜欢到半年后还在想，还愿意放下自尊来求和。

张虔有些奇怪，因为重逢后，她一直都是躲避状态，这种近乎主动式的探究还是第一次出现。

张虔和她对峙几秒钟，见她没后退的意思，就先移开了目光。

他让开了之后，叶阳仍旧没收目光。

张虔又看了回去。

叶阳这才收了目光，若无其事地去看台上的郭胜楠。

郭胜楠从台上下来后，王彦询问张虔和顾景明对方案的看法和意见。

张虔简单地说了自己的看法和建议，顾景明让他们抽时间再完善一下，不过不急，先把合同签了。签完合同就可以交接相关素材，有素材支撑，做出来的方案不会虚。

散会时，王彦叫住顾景明，把郭胜楠介绍给他，说叶阳身体出了点问题，恐怕不能胜任《名利场》的宣传工作，以后就由胜楠来负责跟时代对接了。

顾景明下意识地看了一眼叶阳。

他知道眼前这位姑娘是他们张总的前女友。

虽然张总把全案掰碎了分给两个公司，的确能降低风险，不至于某个公司不靠谱，就能影响大局；虽然方圆在新媒体上的确有其长处，但顾景明仍然认为方圆拿走《名利场》的新媒体是有人情部分在。

对于方圆这样的小公司，拿走《名利场》得利是其次，主要是得名。这项目名气可以帮助他们公司提高业内关注度，这样名利双收的事，顾景明以为肯定是张总给自己前女友的活儿，没想到这就换人了。

顾景明玩笑道："怎么了，哪儿不舒服？别是带'我去往'累着了吧？要真这样，去找雪兰，让她给你们报销医药费。"

叶阳笑："您开玩笑了，是我自己的身体素质不好，前几天查出了点小毛病，怕耽误事。"又推荐郭胜楠道，"我这同事比我厉害，以前连轴转三十六个小时都不带眨眼，好多项目结束时，客户都想把她挖走，是我们公司的镇山之宝，把《名利场》交给她，您就放心吧。"

郭胜楠见状赶紧接住话谦虚了几句，又开始抬叶阳。

几个人正说着，那厢张虔和游越起身准备离开会议室，出门前，他想起什么，回身叫了一声叶阳，让她完事后去他办公室一趟。

其他人下意识地瞟了一眼叶阳。

他这样毫不避讳，让人觉得是公事，但众人的目光落到叶阳身上时，她的脸还是发起烫来，她点了点头。

顾景明和王彦装模作样地跟她聊了两句，就让她过去了。

叶阳进到总监办公室后，随手关上了门。

张虔正在看一份合同，头也不抬，只让她坐。

张虔桌上摆着两摞文件，一摞是合同，一摞是请款单，都是需要他过目和签字的。

合同是经由项目负责人和法务签过字层层交上来的，他没必要看太细，看主要部分就好，因此看得非常快，看完就签字。

办公室里很静，能听到笔唰唰划纸张的声音。

看完一份又接着拿了另外一份，他好像忘了她的存在。

叶阳几次想先开口问，既然分手半年后还在想她，为何不到俩月就跟梁箴又在一起了？他如此热衷于在前女友之间切换？但斟酌再三，终究觉得时过境迁，现在还纠结这问题太蠢，就没问。

她想，即便她当时看到了那条留言，也不会回复他，而且还会彻底失望。她那时候太纯情，没办法接受他这样无缝切换。

大概过了十分钟，张虔抬眼看了手腕上的表，道："你可以走了。"

叶阳微微诧异："你不是说有事？"

张虔停笔抬眼看她："我看你好像有话说，原来没有，没有的话，那就走吧。"

叶阳听他这么说，站起来转身往外走，还没走两步，只听啪的一声，笔被重重拍在了桌子上。

叶阳停下了步子。

张虔从办公桌后面站起来，走到窗边，将百叶窗一手拉下去，走回她跟前。

人是有点生气，但脸上没什么变化，他抬手触她脸颊，叶阳微微偏了一下身子，和他错开。

张虔毫不介意，只问："英国好玩吗？"

一提到这个，叶阳还是有点生气，她冷冷道："不好玩。"

张虔笑了，看上去没什么所谓："可我看你们玩得挺尽兴。"

叶阳蹙眉看着他："我不明白你为什么要跟他说那些？"

张虔明知故问道："我说哪些了？"

叶阳加重语气道："那些有的没的。"

张虔继续明知故问："哪些有的没的？"

叶阳却不吭声了，因为她并不知道他具体跟叶未匀说了什么，只知道是关于什么的话。而且她也没理由要求张虔不说，毕竟做都做了，还怕他说吗？

张虔侧头，透过玻璃墙看外头的风景，B市最美的秋天，天高云阔。他目光平静，声音平静："叶阳，我本来想，既然你什么都知道，还要试，说不定是真喜欢他，我觉得挺好，多经历点不是坏事，那我祝福你，但他非要让我不舒服，说实在我也没必要那么大度。"

叶阳觉得可笑，质问道："接个电话就叫你不舒服了？"

张虔把目光从外头移回她身上："你怎么知道我说的不舒服是指接电话？"

叶阳被问住了。

张虔又把目光调回外头看风景：“他敢擅自接别人的电话，就要有能力承受对方说的每一个字，他不接，难道我会特意打电话跟他说吗？我没那么闲。”

叶阳被噎住了，于是换了话题：“那你原本要说什么？”

张虔也不知道自己想说什么，只是看到叶未匀发的朋友圈，心里很不舒服，他淡淡道：“没什么，就是想听听你的声音。”

叶阳一愣。

办公室一片安静。

外头有人敲门，叶阳下意识地转过身去，背对着门口。

张虔回身道：“进来。”

是宣传部的另外一个项目负责人。他们的项目有个合同要得比较急，奈何公司一套流程走下来得半个多月，合同下不来，乙方不敢展开工作，希望这边先走邮件确认，让对方放心投入使用，然后再慢慢补合同。

张虔跟他说了几句，就让对方去准备确认邮件了。

那人离开后，办公室又静了下来。

张虔回身看她：“没事的话，走吧。”

叶阳回身走了，手握住门把手时，又停了下来，回身看着他的背影，道：“张虔，要不然我们重新开始吧。”

张虔身形微顿。

叶阳认真道：“我不想分析你对我到底是出自不甘心还是遗憾了，也不想分析自己到底是因为什么，就囫囵吞枣地认为我们两个对彼此都有兴趣。如果你的兴趣已经大到可以重新开始了，那我们就重新开始吧。”

张虔立着没动。

叶阳又道：“我本想就算真要重新开始，这事也得等你来说，我怕自己提出来，你会觉得我对你召之即来挥之即去。我从来没有过，对于你，无论以前还是现在，我都紧张得不知道怎么做才是对的，所以每走一步都艰难，怕走错。可我对别人从不这样犹豫，不知道怎么回事，就在你面前，我好像都不是我了。但我想，这事的妙处兴许就在于开发自己不曾认识的那个自己，让自己更加了解自己。或许复合的激情很快就会过去，我们会觉得索然无味，然后再分手，但也没关系，怎么都是结局了。总比悬而未决，一直纠结强。”

办公室一片安静。

张虔却在这片安静中，忽然松了口气。

直到这一刻，他才发现，他做了那么多事情，等待的不是道歉，不是做爱，而是这句话。

“我们重新开始吧。”

分手由她提出来，重新开始也得由她提，如果她不提，他知道自己永远不会说这句话。

张虔回身看她。

OL 套裙把人裹得纤细袅娜，她站在高跟鞋上，姿态挺拔，亭亭玉立。

他走过去，抬手将她的发丝拂开，发丝下藏着白皙清透的一张脸。

他低头吻了下去。

叶阳搂住了他。

大约是因为确定了关系，那种不知明日的紧迫感就没了，俩人亲得很细，也很慢，还有点炫技和比赛的意思，看谁技高一筹，而谁又会率先稳不住。

叶阳在情感上总归有点笨拙，这种事情上也是，很快被他亲得有点上火，她停下来，把耳朵贴在他胸前，竖起耳朵去听他的心跳。

人可以控制表情，可以控制行为，但无法控制思想和心跳，她认真去听。然而她也心跳如雷，就有些辨不清楚那重击着耳膜的心跳声到底是谁的。她闭了闭眼，道：“我前几天刚看到。”

“什么？”张虔的声音有些缥缈。

叶阳提醒道：“我十九岁生日那天，你在 QQ 空间里给我留的言。”

张虔却蹙起眉头：“我有吗？”

叶阳道：“你说想我了，想重新开始。”

张虔仍拧着眉头：“是我吗？”

叶阳没吭声。

张虔又松开了眉头，声音仍有些缥缈：“不知道，可能喝多了，胡言乱语吧。”

叶阳点点头：“我猜也是，你清醒时怎么可能说这种话。不过这样最好，不然我会耿耿于怀，因为如果你认真的话，说不定我会忘记理智，不顾一切地飞扑过去。现在知道你不是认真的，就不用耿耿于怀了。”

44 四目相对，和她接吻

张虔点点头："没有现在，过去才重要，有现在，过去就只是过去了。"

叶阳把脸往深处又埋了埋："我不带《名利场》了，去带韩总他们那个项目，在你们公司，脑门上就只剩下张虔前女友这一个头衔了。工作是工作，感情是感情，还是简单点好。"

张虔仍旧点点头，说："随你。"

叶阳想起什么来，从他怀里出来，似笑非笑道："你之前说'什么都是为了我'那句话是假的吧？你压根不是那种人，你那么说，只是想看我后悔，我要是后悔了，你的自尊心就能得到满足了，是不是？"

张虔的目光流连在她脸上。这一头鬈发，脸庞两边有一点碎鬈刘海儿，他用手指拨开，又微微后倾，拉开距离看，还是觉得怪。不过怪得新奇，像一个新人一样，过去的痕迹一点没了。他不知道是喜欢还是不喜欢，又将她扯过去，掐住腰，低头吻她。

俩人同时又都不算计了，吻得很缠绵。

不过为防止过火，叶阳没跟他多纠缠，很快就从他办公室出去了。

之后几天，叶阳没联系他。

还是不大习惯他们又在一起了，像做梦似的。

吃饭看电影，也不想找他，找他还要等他时间，还要注意形象，不如自己一个人去。

叶阳想，这是单身太久的后遗症。

张虔也没有联系她。

叶阳没把这事告诉任何人。

万一他俩激情复合几天，马上索然无味，就尴尬了，能稳住的话再说。

周五下班回家，叶阳收到父亲发来的微信。

她父亲说他和她母亲准备搬家，需要用点钱，让她准备一下，他什么时候要，她就得打过去。

叶阳的父母在上海的某个地铁口卖包子，每个月挣得其实比叶阳还多，但他们前几年全款给叶宽在江阴买了房，把存款全花了，还借了点债，所以挣的钱都用来还债了。他们只留了一点生活费，遇到突发情况，就会找叶阳。

叶阳的母亲曾希望叶阳拿点钱还债，叶阳没答应，她觉得这钱应该由叶宽来拿，那房子毕竟是他的。她不可能把自己的钱全填到他的房子里去。叶母说，那将来她结婚，家里不会出一分钱，叶阳答应了。但叶阳的父母始终觉得女孩不需要给自己留太多钱，反正彩礼将来男方要给，房车男方要出，她留那么多钱干吗。叶阳说，她不要男方的彩礼，她母亲就会很认真撑她一句："那我们养你到这么大是白养的吗？"

叶阳无法改变父母的思想，只能改变自己。

以前过年她都会给他们打一笔钱，无论他们是否需要。

自从她父亲开始找她借钱后，她过年就不给了。

父亲借钱，她不会不给，但他不还，叶阳也不要。

之外，除生老病死这样的大事，家里的事她一概不管。

叶阳给自己父亲回了一句她尽量。

关于亲情淡漠这件事，并非叶阳一人有所感悟。

叶宽有次问她："姐，你不觉得咱们家压根就不像一个家吗？"

叶宽已经是这个家庭中得到最多的人了，可仍然觉得他们这个家不像一个家。

没有任何感情基础，全凭那一点血缘关系在运转。

物质贫瘠无法离散一个家庭，情感上的缺失让人不知道从哪里下手弥补。

走到这个地步，也无所谓补不补了，就这么过下去吧。

世上没有哪一种感情是真正完整的。

次周周二，张虔因"我去往"海外发行的事情，出国了一趟，返程时给叶阳发了微信，让她到机场来接他。

叶阳回复了一句"好"。

周五下午，叶阳去慈鸣韩总那边开《八仙过海》的策划会。

开完会本来是可以去机场接张虔的，结果这会多拖了一个多小时不说，慈鸣那边的项目统筹还拉她一块吃饭。

叶阳只好发微信跟他说，不能去机场接他了。

张虔下了飞机，收到信息，回了一个"嗯"。

结束工作饭局，叶阳回到家里，换了舒适的衣服，一时也无事可做，躺在床上发呆，忽然觉得自己还是有点想见他的。虽然他们之间没有很多话要说，但想起上次抱着看《老友记》，就觉得无话可说也不错。

但她很快就甩掉了这种情绪。

她换了运动装去楼下跑步。

她慢跑了半个小时，又走了十几分钟，这才上楼。

卧室里关着灯，她推开门，见电脑桌前坐了一个人，吓了一跳。

借着屏幕的光，认出了那轮廓，她随即松了口气。

张虔回头看了她一眼，又去盯电脑屏幕。

叶阳本想问“你怎么来了”，但又觉得多余，他自然是想来才来的。

她没开灯，因为开灯会破坏看电影的气氛，就借着客厅映进主卧的光找到了家居服，道：“我去冲一下，你先看着。”

张虔头也不回地“嗯”了一声。

叶阳冲完澡回来，仍没开灯，而是走过去看他在看什么。

她桌面上有个专门用来放电影资源的文件夹，几百部电影，按照导演齐齐码好。

张虔看的是科恩兄弟的《老无所依》。

叶阳想到了他的理想，心情一时复杂，想问问他和盛超为什么掰了，可又害怕触到什么不该触的。

盛超跟张虔同级，是电影学院导演系的学生。

如果傅晚卓和张虔是生活上的朋友，那盛超属于张虔理想上志同道合的朋友。

俩人的电影理念很相似，非常说得来。

叶阳跟张虔谈恋爱时，很排斥见傅晚卓，因为从张虔为数不多的提及中，知道傅晚卓是党同伐异的主儿，他不会像张虔一样欣赏她的沉默寡言。但叶阳不排斥盛超，同样是从张虔的提及中得到的判断，他应该跟张虔是一路人，对身份、对地位都没偏见。

她和张虔恋爱没多久，就和盛超见上了，在路边的麻辣烫摊上。

叶阳对盛超有俩印象，一个是不好意思，一个是说话磕巴。

张虔说是思想太快，表达跟不上的缘故。

他俩一导演，一制片。一个找投资，一个搞创作。

她和张虔分手时，他俩正在筹拍毕业作品。

分手后的某一年，叶阳不知因何故想起这茬，凭着记忆搜索了他们的电影，发现的确拍出来了，七十多分钟的长故事片，还获得了当年B市大学生电影节的最佳影片。

处女作能得到这样的成绩很不容易，拿奖的意义不只在于奖金，而是能帮助他们得到业内关注。叶阳寻着这片子又点开了盛超的百科，发现他们之后还合作拍了另外一部片子。

这片子虽然也没上院线，但拿了很多国际类奖项。

这是国内青年导演很通用的一条出路。

鲜为人知时拍片送出去评奖，用奖项博关注度，用奖金收回成本。积累了一定的知名度后，能找到更多投资，有钱做宣发了，就上院线。

叶阳当时觉得，照这个趋势发展下去，张虔他们很快就能得到国内大电影制片公司的关注，因为那几年国内挺多扶持青年导演的计划。

盛超第三部电影就上了院线，叶阳还专门去电影院看了。

只不过盛超那电影的风格跟他之前的风格完全不一样。怎么说？技术肯定比之前成熟，但加了很多哗众取宠的商业元素，三俗段子一个接一个，票房倒是不错，但就电影本身来说，的确模糊了他原本的风格，泯然众人了。

叶阳扫遍片头和片尾的署名，没再看到张虔的名字。

她当时就有了不好的预感。

电影得到的投资多，资方要求也就越多，因为资方不是傻子，不会平白无故给你出钱搞艺术。已成名的大导演还经常在资方的压力下改剧本加植入，就更别说青年导演。叶阳想，盛超这片子弄成这样，多半有资方的功劳。

张虔想做独立电影的初衷，就是为了不让电影受资本携裹。但做独立电影很难，得创作者足够坚定和自信，坚定到但凡想动剧本的投资一概不要，自信到自己不妥协，将来也会成功。而那电影没有张虔的署名，叶阳只能理解为盛超妥协了，而张虔不愿意妥协，所以离开了。

叶阳把手搭在他肩上，跟着看了几眼，问："盛超呢，你们怎么分开了？"

张虔抬手摸到了从他肩上垂下来的手，指骨柔细，他摩挲道："理念不合。"

叶阳勾着头问他："是因为商业化吗？"

张虔没吭声。

叶阳又问："他要，还是你要？"

张虔反问道："你说呢？"

叶阳叹息："看他后来的电影，感觉妥协了挺多。"

张虔没再说话。

叶阳也没再说话。

良久，张虔侧身抬眼看她。

叶阳低下眼来，和他四目相对。

不过几秒钟，张虔将她拉到身前，让她岔坐在他腿上，和她接吻。

电影的声音是外放，正演到杀人魔来到西部牛仔所在的房间门前。

深夜的旅馆很静，叶阳的卧室也静，俩人安静地接吻，忽然电影中毫无预兆的砰砰两声枪响，把电影外正投入的俩人吓了一跳。

叶阳没来得及和他分开嘴唇就笑了，她有些不好意思，正要抽离，他却摁住她的后脑，不由分说地又吻了上来。

45 她脑子里有个疯狂念头

吻罢，她把脸埋在了他颈间。

他身体微微有些发烫，她吻了一下他的颈儿，他身上还有干净的肥皂味。

张虔抚着她的腰，去看电影。

牛仔在杀人魔的枪口下逃过一劫，在街道上奔跑。有出租车开过来，他才刚上车，枪声又至。一颗枪子打在出租车司机的脑袋上，牛仔不得不把住方向盘，在枪林弹雨中，开着车后退。

他忽然道："有点饿了，你这能做饭吗？"

叶阳伏在他肩头没动，只问："你想吃什么？"

他问："都有什么？"

叶阳将下巴支在他肩头，想了一会儿，道："面条、馄饨、饺子。"顿了顿，"还可以做西红柿鸡蛋疙瘩汤。"

张虔随意道："那就疙瘩汤吧。"

叶阳闷声道："正好，我也很久没有做了。"又问，"你有什么忌口吗？香菜吃吗？"

张虔低下去的声音中带点温软的意味："你说呢？"

叶阳搂着他的脖子摇头："我记得你以前是吃的，不知道现在吃不吃？"

张虔追问道："你还记得什么？"

叶阳道："还记得你不吃胡萝卜和虾。"

张虔轻笑："记得还挺多。"

叶阳问完却不想动，而是搂着他又坐了好一会儿。

在这一会儿中，她的脑子停转了，她什么都没想，只是觉得有点累，只是想靠在那儿休息一下。

张虔伸手敲了一下暂停键，抚着她的腰，将电脑合起来。

房间彻底静下来。

良久，叶阳准备离开，下去做饭，他却又摁住她的腰，不让她动，声音轻软："再坐一会儿。"

叶阳被这句话击中，心里软成了一片，过了一会儿，轻声问："那你和盛超之后就没再联系了吗？"

张虔想了想，道："他找过我，说想继续合作，我没答应他。人大心大，大家又都算在各自领域有点小成就的人，不会再轻易为对方改变什么，合作的话，最终也会不欢而散，不如各做各的，如果有需要，帮帮忙就是。"

叶阳把脸换了一个方向，嘴唇碰到他的皮肤，忽然很想咬，她酝酿了一会儿，还是大着胆子，凑上去咬了一口。

张虔微皱了一下眉，却连声音都没发出来，因为她咬这一口很轻，像挠痒痒似的。

她咬完又伸手擦了擦口水，自顾自地笑："疼吗？"

他摇摇头，疼倒是不疼，就是有些痒。牙齿像羽毛似的拂过心头，让他痒得厉害。

她从他身上下去。

叶阳进了厨房，系上围裙，从冰箱里拿出西红柿洗了，将它切成丁放在碗里，又拿了玻璃盆，放了一些面粉，调好温水，一边往面粉里浇水，一边用手抓着。

半湿半干，抓成面疙瘩。

没过一会儿，张虔跟着到了厨房，就站在一旁看。

他对她做饭的手艺还是有期待的。

以前谈恋爱时，她说她很会做饭，不会弄鸡鸭鱼那些复杂的，但家常菜做得非常好。听说她有这门手艺后，他一直很想吃她做的饭。她送他南瓜时，他还想她亲手做给他吃，只是她不愿意跟他回家去操作，他一直也没吃上。

叶阳被他看得多少有些不自在，抬眼问他看什么，他说没什么，仍旧继续看她。

在他长久的注视下，她的脸颊发起热来，鼻尖也冒出了汗。她想压下去，可越想越适得其反。她在逐渐升腾起的燥热中，产生了一点眩晕感，在眩晕中产生了做梦感。

自从和张虔重逢，她经常有在做梦的感觉。她会觉得她所经历的重逢，只是潜藏在她内心深处的不甘心跑出来造的一场梦。事实是，九年前，她和他在寝室分手，是他们最后一次见面。而她在电影学院看到梁箴搂着他，是她此生最后一次看见他。

张虔走过去，用手抬起她的下巴。

叶阳本能要躲，他却捏住了，她没能躲开。

她略微觉得难堪，本想捏住他的手腕，将他的手从下巴上拿掉，可她手上黏满面泥，根本没办法用，她正要说话，他忽然吻了上去。

叶阳怕面泥沾在他衣服上，洗不掉，不敢乱动，只能一直举着。结果他好像喜欢她无法回应的劲儿，手隔着围裙摸进T恤里，把里头的衣服给摘掉，将她抵回冰箱上，一边吻一边揉。

叶阳被揉了两下，人彻底软了，若没他抵着，整个人会掉在地上，化成一摊水。

她脑子里有个疯狂念头，做吧，反正没有明日，她还没见过分开将近十年的恋人复合能走到最后的。她只见过激情复合，而后迅速分手的恋人。做吧，厨房和饭厅是套间，两道门之外才是客厅，长客厅尽头才是李小白的卧室，三道门隔着，李小白应该什么都听不到。听到也没关系，像她们这样的社畜，什么阵仗没见过。她以前住隔板房时，墙壁像纸一样薄，隔壁那对情侣，夜夜缠绵，完全当她是个死人。她就去买了一副耳机，睡觉时，听歌入眠，以免半夜被“叫”醒。

她低声叫他的名字，可热水在锅中沸腾，声音越来越响，盖住了她的声音。

她担心水会被烧干，又想起自己添的水不少，应该没这么快干掉。

水雾越来越重，空气潮湿，俩人像被从水里捞出来似的，浑身湿漉漉的。

她几次忍不住动手，都被他牢牢制住。

折腾一番，稍事歇息，她整理好衣服，继续做饭。他也像没事人一样，仍靠在那里看她做饭。

锅里的水只剩下锅底一口，真危险，她赶紧关了火。

手上全是面泥，她洗了好久，又重新抓了一些面粉，去做面疙瘩。只是身上发软，始终没什么力气，心跳很久才渐渐恢复正常。

弄好面疙瘩后，叶阳从冰箱里拿出葱姜蒜，洗完之后开始切，见他站着没事干，就让他拿几个鸡蛋打在碗里。

张虔开了冰箱，见冰箱满满当当，鸡蛋、西红柿、茄子、香菜、豆腐等，很有过日子的样子。

他又想起他家里的冰箱，除了饮品，几乎没什么东西。

他磕完鸡蛋，拿筷子搅拌，搅完没事了，她又让他去择香菜，洗香菜。

他弄完香菜，她那边已经开了另外一口锅，爆炒西红柿丁。

味道一出来，俩人立刻都觉得饿了。

疙瘩汤是北方的食物，但她做得很熟练。

张虔想起她十六岁就到了他的家乡，在这儿一待十几年，感觉还挺奇妙。

坐在饭厅吃饭时，俩人都没说话。

李小白去洗手间，路过饭厅，见他俩吃饭，打了一声招呼，问做了什么。叶阳说疙瘩汤，做得多，问她要不要吃。

李小白摸摸鼓起来的肚子，说今晚吃多了，现在还没消化完，不吃了。

吃完后，叶阳收拾了一下餐桌，回厨房去洗碗。

她洗碗的时候，他仍靠在门边看。

看了一会儿，他走到她身后，手从背后探入衣内。

里头空空荡荡，很方便行事，他探进去有目的性地揉了几下，她就倒在了他怀里。

她回过头来，他低头吻她，到了她唇畔却又停了下来，低笑："突然又不想吻你，只想抱着你。"

她把脸贴在他温暖的颈边，笑了："我也是。"

两人就这么靠着待了一会儿，他忽然问："明天有空吗？一块出去玩吧，我也挺久没出去了。"

她小声问："去哪儿？"

他想了一会儿，道："也没什么特别想去的地方，就随便逛逛吧，比如动物园、科技馆什么的，感觉很久没去过了。"

46　我当时太喜欢你

次日早上，张虔到了她家，俩人吃了早饭，收拾一番，就下楼去了。

张虔要去取车，叶阳说开车还要到处找车位，太麻烦，不如地铁来得方便。

俩人徒步去地铁站。

重逢后，第一次以情侣的身份走上大街，那感觉还挺怪。

路上，叶阳好几次忍不住去看他。

张虔被她看得莫名其妙，问干什么。

她笑："没什么，就是觉得不太真实，像做梦。"

张虔听她这么说，就停了下来。

叶阳问怎么了。

张虔把手伸了出来。

她没明白意思，继续问："怎么了？"

他的手向上抓了抓，示意她将手放上来。

意识到他要牵手，叶阳突然不好意思起来，她四下看了看，这才小心翼翼地把手放了上去。

张虔一把握紧，询问道："这样真实吗？"

那是一种力量感，被握住后，有种被抓牢的感觉，好像他不放，她就挣不脱似的。她有些踏实，安心道："真实了。"

张虔换了个姿势握好，结果没走几步路，俩人交握的手心里就有汗了。

汗越来越多，黏黏腻腻，分不清来自谁。

叶阳疑心是自己的，她想抽出来擦一擦，但又有些不好意思，一直快到地铁口了，才轻声提醒："好了，你可以放开我了。"

他甫一松开，叶阳松了一口气，也顾不上讲究了，直接往外套上抹了一把。

周末的地铁人挺多，俩人上去后没找到座位，就站在了另外一边的车门旁。

没过一会儿，叶阳瞥见有人拿手机在拍张虔，忍不住笑了。

张虔见她嘴角翘得老高，问她笑什么。

她抬起眼皮看他，还是忍不住想笑，把脸埋在他胸前，低声道："后面有人在拍你。"

他搂住她，语气波澜不惊，像习以为常："这有什么可笑的？"

叶阳觉得他这语气特欠揍，不服气道："被拍有什么了不起？我还被搭讪过呢。"

他轻轻笑了："是吗？"

叶阳正准备讲一讲自己在地铁上被搭讪的经历，结果手机振了，她打开微信一看，是她爸发来的消息，说需要用钱了，让她把钱转过去。她将钱转过去后，忽然有些沮丧，不想说话，就将脸抵在了他胸前，安静靠着。

张虔发觉了她的异常，问："是谁？"

叶阳本不想跟他扯鸡毛蒜皮的家事，但又觉得这是交流的好机会，还是硬着头皮说了："我爸和我妈准备搬家，找我借点钱。"

张虔没怎么听懂，问："搬哪儿去？"

叶阳道："他们在上海，原本租的房子到期了，想换另外一个地方。"

他松开了眉头，认真询问道："你们的关系现在还那样吗？"

叶阳微微叹气："比之前还差，毕竟之前他们是父母，我是小孩子，他们对我拥有绝对的掌控权，现在我大了，没那么听话了，矛盾就更多了。"

他又想起什么，问："你弟弟呢？他现在如何了？"

提起这个弟弟，叶阳还是生气，她闷闷道："他在老家混吃等死。"

张虔没吭声。

叶阳又觉得自己的语气太过沉闷，定了定神，平和道："从不上学到现在，差不多快十年了，干过的工作不计其数，可没攒下一点钱，现在还天天借钱吃饭。之前我看小区里理发店或者水果店里的那些男孩，都十几岁的样子，年纪也很小，感觉是从老家辍学过来的，我觉得这样的工作轻松，打电话想让他来，他也不来。跟他提了一百次他的未来，他都不当回事，那就随他去了。"

良久，张虔抚上她的后脑，这样她整个人都被他抱在了怀里，他的声音不似平时冷肃："人各有命，你尽力了，问心无愧就成。"

这个动作做起来有种保护的姿态，叶阳感觉安全，也觉得心酸。她以前就特喜欢这样被他抱着，因为没有人这么抱过她，她的戒心忽然低了许多，以往那些被刻意忽略的委屈，也渐渐从心底最深处浮了上来。她压住自己的哽咽，小声道："分手的事儿，我一点没冤枉你，傅晚卓之所以问你，就是因为你在跟我谈恋爱，他在寻求你的认同，你沉默，是你觉得他说的有道理。因为你一直在生气，生气我不跟你去旅行，生气我不让你跟我一块回老家，生气我在钱上跟你分得太清楚。你虽然理解我那么做的原因，可还是生气，你又觉得自己不该生气，就一直憋着。所以傅晚卓那么说了之后，你才会沉默。你觉得我自尊心强，觉得我固执，觉得我难相处，是不是？"

良久，他道："我当时太喜欢你了，所以才会那么生气，我要是没那么喜欢你，也不会生气。"

轻得似梦的一句话。

叶阳把脸从他怀里拿出来，眼圈红红的："那梁箴呢？梁箴是怎么回事？你不是说你和她什么事都没有吗？"

她这副样子，一下把他拉回九年前，好像她还是那个又娇又冷的叶阳，但他只看了一眼，就把目光转移到了旁边。车门上半透明的黑玻璃窗上映出她的影子，她仰头看他，等他的答案。可有些事情，是没办法解释的，只能让它过去。他道："叶阳，我们不是说好了吗？过去的都过去了。"

叶阳清醒过来，眼神聚焦，她把目光从他身上调走，去看车厢里的其他人。

有人在好奇地盯他们。

忽然后悔问出这个问题。

决定重新开始时，她没打算追究这个问题，诚如他所言，过去是过去了，可因为他刚才说了好话，她便以为这个问题跟上个问题一样可解，现在好了，她又把自己逼到了绝境，进退两难，尴尬异常。

地铁进站，一侧的车门开启，人流拥挤着下车，她跟着下去。张虔见状一把握住了她的胳膊，这小小争执，引起了车厢里更多人的注意。他低声道："叶阳，我们才刚开始，别因为这种事情吵。"

叶阳挪开他的手，下了车。

车门慢慢地闭合，列车开走。

叶阳见他真的没有跟下来，心里忽然空了一块似的难受起来。

张虔揉了揉太阳穴，拿出手机想打电话，却又不知道打通了说什么，想想还是算了。

他靠在那里，看着黑玻璃上自己的影子，忽然意识到自己这种情绪很陌生。他和程柠从不吵架，他用不着哄她。工作中偶然出现心烦意乱的时候，也不会像现在这样进退两难甚至束手无策。他渐渐静下来，等车门再开启时，就随着人流下了车，到对面坐了回去。

她下车那一站是个清静小站，站里设了不锈钢的连排座椅，排椅背对背靠着，总共十张，她正坐在那里玩手机。

张虔松了口气。

以前那场恋爱谈得太甜蜜，没吵过架，第一次吵架就是分手，他其实对她没什么经验。

他站在不远处看她。

叶阳不用抬头也知道他回来了，假装没看见，一直玩自己的手机。

良久，张虔慢慢走过来，在她身边的空椅子上坐下。

叶阳将手机关了，站起来要走，他拽住手腕，问："到哪儿去？"

叶阳甩开他的手，头也不回地上去了。

出了地铁站，她顺着人行道走，走了一段路后，觉得张虔好像没跟上，就回头悄悄看了一眼。

张虔的确没跟上，而是停在不远处看她，不过她一回头，他就立刻追上来，将她扯住了。

他似乎想说点什么，可又什么都没说出来。

有行人路过，看了好几眼这吵架的小情侣。

叶阳垂眼和他僵持了一会儿，道："算了，你说得对，过去就是过去了，我们的确不该因为这种事生气，你当我没问过吧。"

张虔将她重新拉到自己怀里，她能听到他稳健的心跳声。

秋天有风，带着最后的树叶相拂时的哗啦啦轻响。

她有些恍惚，觉得方才过去的只是一瞬间，又觉得是好多年。

俩人到了动物园，在动物园逛了一个上午。其间，多次试着交流，可还是没办法像之前那样毫无芥蒂，就觉得有必要分开一下，于是连饭都没吃，直接打车回去了。

张虔将她送到楼上，她在门口与他道别，将要关门时，他忽然把门撑开，看着门里的她，道："叶阳，我爱你，但我看你好像不知道这事。不知道是我的问题，还是你的问题，只是如果你也爱我，这次我们都有点耐心吧。"

47 你要是没办法相信我

叶阳被这句"我爱你"打了个措手不及。

她原以为张虔这辈子都不会跟她说这句话了，如今却被毫无征兆地说了出来，这多少叫人觉得疑惑，她诚恳道："我真的感受不到，只感觉你有点不甘心。"

张虔纠正道："不甘心的确有，但不至于把我支配到这种程度。我要是这么容易受不甘心支配，不差你这一个，早就被支配得团团转了。"

这话好像是有点道理，而且听着还有点表白的意思，叶阳多少觉得舒服了。但想到今天培养感情的行程全被这一个不理智的问题给毁了，多少有些可惜，她问："你饿吗？想吃什么？我请你。"

张虔见她不别扭了，语气也松快了点："外头人太多，不想出去，在家吃吧，我看冰箱里挺多东西的。"

叶阳去厨房看，发现里头东西其实不多，说要去超市买，俩人就一块下去了。

买了菜，张虔给她打下手，俩人做了一顿午饭。

吃饭时，叶阳拿了酒来喝。

李小白不在，家里就他们两个人，自在很多。

一顿饭吃下来，喝了两瓶酒。

张虔一路拼到总监的位置，其间需要应付各种大小饭局，酒量早就养开了，想醉一下，得多喝几杯。

叶阳不大行，两杯就微醺了。

收拾完厨房后，俩人在房间里接吻。

不知道是吵架还是酒精的缘故，俩人略微有些激动，吻得很痴缠，最后倒在床上，相互搂着睡了。

叶阳在傍晚醒来，发现自己在人怀里，缓了许久才适应。

房间的窗帘拉着，所以很暗，但窗户开着，能听到楼下小孩嬉闹的声音。

她忽然觉得很感动。

擦了擦眼泪，她又躺着享受了一会儿，实在憋不住了，就小心翼翼地从他怀里爬出去洗手间。

李小白还没回来，客厅里静悄悄的。

上完洗手间，她拿了杯子，到饮水机旁兑了半杯温水喝，又拿了一次性杯子兑了温水送到卧室去。

张虔的手机在电脑桌上，叶阳瞧见屏幕亮了，走过去看。

微信电话的昵称是“著名表演艺术家程大美女”。

她起初没反应过来，还觉得好笑，这名字真够长的，等反应过来那是谁之后，呆立当场。

程柠。

她难以置信似的拿起了张虔的手机确认。

的确没看错，是程大美女。

目光移上一寸，看那头像。

端庄又娇俏的半身照，雪白饱满，笑意盈盈。

叶阳心惊肉跳起来，像发现了什么不得了的事情。

微信电话却停了。

她想起张虔那句“你就当我没有吧”。

当初张虔不正面回答她有没有分手，她还以为张虔是故意折磨她，现在想来，还有可能是他和程柠压根没分手。

不，她很快又否认了自己的猜测。

不会的，张虔跟梁箴复合，是他们分手之后的事情，道德上没任何问题。

而脚踩两只船，就涉及道德了。

张虔没这么无耻。

可如果他和程柠已经分手，程柠为何会给他打电话？

还有备注“著名表演艺术家程大美女”，如此俏皮可爱富有浪漫气息，明显就是女友待遇。

叶阳握着张虔的手机，走出卧室，拉开饭厅的推拉门，把他的手机摆在餐桌上。

她坐在那里，死死盯着。

程大美女的电话很快又打过来。

在那短短的十几秒中，接还是不接这两个念头在叶阳脑子里来回转换了数千遍。理智知道不该接，叶未匀的前车之鉴就在几天前，她有疑问应该去问张虔，不应该擅自接他私人电话。可她问张虔，张虔会告诉她吗？或者张虔的解释她会相信吗？她不会信。当年听到傅晚卓的话，她不是没想过要问他为何沉默。可答案她能猜到。张虔多半会解释，以他的口才，她一定会被说服。可之后呢？她仍然会怀疑。这怀疑基于她和张虔之间的确存在着巨大差异。只是此前大家凭着爱意将那些差异掩盖住。而热恋期一旦过去，他们冷静下来，此前被掩盖的差异将再也掩盖不住，她能看到他们的未来。陈蜜和她男友的结局，就是她和张虔的结局。

没有人有错，就是不合适，就是累。

她站在十八岁的路口，用尽平生所有经验，调动所有智慧，也替他们想不到第二个结局。灰姑娘跟王子的故事之所以美好，完全是因为它在最美好的时候停了下来，如果接着往下写，可能也是一地鸡毛。她问还是不问，都改变不了她和张虔的结局。区别只是问了之后，她能替爱情续一阵命而已，可它终究免不了一死。

现在她觉得自己又站在了那个十字路口。她相信自己的判断，还是相信张虔的解释？

她相信自己的判断。

心跳剧烈，声响震动耳膜，叶阳稳住自己的手，屏住呼吸，接了程柠的电话。

电话那端传来程柠的声音，话剧演员的腔调，温柔的嗓音："虔，我那枚龙舌兰的胸针不见了，应该是昨天去你家时掉在那儿了，不是在书房，就是在卧室，你帮我找找在不在，找到了跟我说一声。"

叶阳只听开头那浑然天成的称谓，就魂飞魄散了。听到"昨晚""卧室""书房"这三关键词，脑子已炸成一片空白，她下意识地把电话挂了。

是啊，怎么可能她一出现，张虔就会分手。她真有如此魅力，当初分手后，张虔就不可能一次没去找她，也不能不到俩月就跟梁箴复合。重逢后，他步步紧逼，兴许只是想跟前女友打几炮，怀念一下青春。结果她猪油糊了心，以为他想重新开始。

张虔醒来时，主卧是暗的。他摸了摸身边，没摸到人，躺回去，缓了一会儿，脑子逐渐清醒。

他下了床，赤脚走出主卧。

客厅黑漆漆的，他低声叫了一声“叶阳”。

叶阳在饭厅“嗯”了一声。

张虔循着声音走到饭厅门外。

饭厅有大的落地窗，可以看到梧桐越过楼层，继续向上。生命力如此顽强，晚秋十月，叶子还没凋零一半，在暮色里影影绰绰，像面动态的屏风。透过树影看到对面那栋楼的灯火，一半暗着，一半已经亮了起来。

他站在饭厅推拉门那儿看了许久。

她看着窗外，一动不动，像石化了一样。

张虔走进去，从背后伸手过去摸她脸颊，顺便问：“想什么，这么投入？”

她躲了一下。

张虔的手顿在半空中，随即放了下去，慢慢绕到她对面的椅子那儿坐下，问：“怎么了？”

叶阳把目光从窗外调到他脸上，隔着一张餐桌看他：“你没跟她分手，是不是？”

张虔一愣。

叶阳感受到了他的愣怔，心一下子凉了，她肯定道：“你们真的没有分手。”

这问题如同梁箴的问题一样，都是张虔极力回避的，他不想向她承认自己的感情生活有受她影响。他不想让她知道，她对他来说到底有多重要。他觉得她一旦知道她对他来说很重要，就不会把他当回事。就像当年似的，他给她的太满了，导致她毫不在意，可以随随便便说分手，说完分手明明后悔了，也不去挽回，而是等着他来挽回。等不到他了，她才想起来挽回。他着实把她惯得不轻。只是早上他已经回避了一个，这个不能回避了。他抬手揉了揉太阳穴，道：“分了。”

叶阳冷笑：“分了你给她备那么长的注，分了她到你家去，分了她进你书房，进你卧室？你跟前女友的交情都这么好吗？分了手，都可以随便去你家？”

张虔的脸色一下变得难看起来：“你什么意思？”

叶阳咬住了嘴唇。

“说啊！”张虔猛然道，“什么叫随便？你觉得我随便，跟我谈恋爱，受委屈了，是吗？”

“难道不是吗？”叶阳破罐子破摔道，“你跟梁箴分手后，跟我在一起。跟我分手后，又去找梁箴。如今和别人在一起，又来找我。”

张虔死死地盯着她。

叶阳别开目光不看他。

良久，张虔拿起桌上的手机，打开微信来看。

程柠的头像被顶到最上面，他点开来看，看完缓了一下，解释道：“她的护照找不到了，问是不是在我那儿，我在国外，她又着急用，我就让她自己进去找，至于什么备注，那是以前的事，分了之后，没有联系，忘了改。”

叶阳心灰意冷道：“偏偏你没改备注，偏偏你出差，偏偏她要找护照，进了书房不算，还要去卧室找，胸针都掉了，这么多巧合，你自己信吗？”

饭厅又沉默了下来。

好一会儿，张虔道：“叶阳，你要是没办法相信我，不用勉强。”

他走出饭厅，打开门，出去了。

进了电梯，张虔意识到自己没穿鞋，但如今这情况，也不想再回去，就赤脚进了电梯。

出了门洞，走在冰凉的地砖上，凉意透过脚心漫上来，他看见楼旁梧桐树下的石凳，走进去坐下来，给程柠打了个电话。

电话接通后，程柠在手机那端笑：“刚才怎么回事？怎么不说话？”

张虔语气平静：“没事，怎么了？”

程柠道：“昨天不是去你家找护照嘛，回来发现胸针不见了，我在车里找了一圈没找到，估计多半掉在你家了，你帮我找找，那是件老古董，丢了还挺可惜的。”

张虔点点头，问：“你昨天都去什么地方找了？”

程柠道：“我在你卧室没找到护照，就去了书房，要掉可能就掉在这俩地方了。”

张虔又道：“我现在在外面，着急吗？不着急的话，回头给你找。”

程柠笑：“不着急，你留意一下就成，找到了叫个快递给我送过来。”

张虔道：“好。”

挂了电话，张虔随手将她的备注改回了“程柠”。

48 你信他吗?

叶阳在饭厅又坐一会儿，人渐渐冷静下来，觉得他的话也不是完全没有可信度，只是她好像没办法像以前一样完全相信他。不知道是此前的伤害太惨烈，留下了后遗症，还是她在成长的过程中逐渐丧失了信任别人的能力。

她起身去洗手间洗漱，洗漱完，早早上床睡觉，打算睡醒了再说。但她没成功，后半夜好不容易睡着，又梦见张虔打电话过来，惊醒了好几次，拿起手机来看，发现什么都没有。

她爬起来到厨房去做饭。

李小白起夜，见餐厅的灯亮着，以为是忘了关，拉开推开门，却见她正坐在餐桌旁包饺子，吓了一大跳："妈呀，吓死我了，你干什么？"

叶阳看了她一眼，叹息："睡不着。"

李小白定了定神，声音有些含混："跟男朋友吵架了？"

叶阳微微有些吃惊："你怎么知道？"

李小白笑了："我昨天回来时看见他在咱们楼下抽烟，还光着脚，觉得很奇怪，跟他打招呼，问他是不是跟你吵架了，他没吭声。我上来后本想问你，但看你好像睡了，也没打扰你，就找了双拖鞋给他拿下去，但他已经走了。"

叶阳心头突地跳了一下，问："你什么时候回来的？"

李小白想了想，道："九点多，快十点吧。"

叶阳没吭声。

李小白埋怨道："你也是，吵架归吵架，连鞋都不让人穿，那么大的帅哥，你倒忍心他光脚坐在那儿，要我，我可不忍心。"

叶阳没吭声。

李小白去洗手间，回来后，站在推拉门旁看了一会了，又道："你打算就这么一直包啊？"

叶阳道："回去也睡不着，还不如找点事情做。"

李小白也没睡意了，进去拉了一把椅子坐下，问："昨天早上不好好的吗，怎么吵起来了？"

叶阳拿了一张饺子皮，又用勺子挖了一勺馅儿，韭菜鸡蛋火腿馅儿，绿的绿，红的红，黄的黄，颜色分明。她填在皮中，漫不经心道："他跟前女友还有联系。"

"啊？"李小白坐直身体，随即又笑，"那他是活该，不给穿鞋都便宜他，最好连衣服也不给穿，直接裸奔。"

叶阳默了一下，道："我们上大学时谈过一阵，分了之后就没联系了，今年三月，去他们公司竞标才又碰见，但当时他有女朋友，就也没怎么着，后来他跟我说他分手了，我们才又试着开始了。"

李小白试探道："然后你发现他其实没分手？"

叶阳不知道他到底分没分，只道："昨天他前女友打电话过来，我接了，她说她的胸针掉他家里了，不是卧室就是书房，让他给找找。他解释说，分手时，前女友的护照忘了收拾走，他刚好在出差，就让前女友自己去找，然后前女友掉了胸针在家里。"

李小白笑了："还挺戏剧。"

叶阳停下包饺子的动作，认真看着她："如果是你，你相信这样的解释吗？"

李小白沉吟道："得分情况。要是平时这人很靠谱，我一直相信他，出了这样的事儿，我信人不信事。如果平时他就花里胡哨让人没安全感，那我肯定不信。说白了，这种事，压根不是前女友的问题，是你信不信他的问题。你要信他，假话也是真话。你要不信他，真话也是假的。你信他吗？"

叶阳想了一会儿，摇摇头："不知道"

李小白心里却是明白的："不知道就是不信。"

叶阳没说话了。

次日，她去了边紫那儿。

边紫住在荔枝桥的一个小四合院里，俩人躺在西厢的躺椅上聊了一整天。

边紫最近过得也不怎么样，原因在于她想谈恋爱。

边紫以前是嫌弃谈恋爱的，觉得要约会，要等待，要迁就，还要忍受期待落空的失落，好麻烦。只是单身太久，走上街头，会羡慕那些黏糊的小情侣。

她和傅晚卓初次约完后，感觉良好，之后有一搭没一搭地聊了好些日子，傅晚卓很会哄女人开心，她渐渐地陷入了恋爱的错觉中。后来发现傅晚卓在和她约的同时，还跟别人有约，她就放弃了与他谈恋爱的念头。但仍然想谈恋爱，目前正在寻找对象，问叶阳有没有合适人选，给她介绍一个。

叶阳想到了林天一。

她觉得林天一的热情可以给足边紫恋爱的感觉。

叶阳把情况跟她一说，边紫果然很感兴趣，要她找个机会介绍俩人认识。

结果边紫和林天一认识不到一周，就确定关系了。

速度之快，让叶阳目瞪口呆。

俩人天天在叶阳跟前秀恩爱。

叶阳陷入了一种甜腻腻的气氛中。

人渐渐平和起来，失眠的次数越来越少，也很少再喝酒了。

有一天晚上，叶阳正跟边紫聊天，边紫忽然收到了很久没联系的傅晚卓的消息。

傅晚卓问她要叶阳的联系方式。

边紫问叶阳，要不要给他。

叶阳虽然不知道傅晚卓要她的联系方式做什么，但还是让边紫给了他。

不是因为傅晚卓，她不会碰到张虔；不是因为傅晚卓，她也不会跟张虔分手。

成也傅晚卓，败也傅晚卓，她想知道他要做什么。

这事在叶阳心头挂了两天，但她没等到傅晚卓那边有什么动静，就将其搁在了脑后。

十一月初，“我去往”彻底结项，叶阳将厚达一千多页的项目结案书和尾款发票一同寄给了秦雪兰。

秦雪兰收到后，安排了打款。

方圆的财务收到尾款后，知会了一下叶阳，叶阳长松了一口气。

松完这口气，叶阳进入了整个项目最让人幸福的环节，等项目奖金。

到发工资那天，叶阳先进了一笔工资，随后又进来一笔项目奖金。

之后她这个组，组员相继都收到了项目奖金，包括实习生。

叶阳看着那笔奖金，油然觉得这半年来的一切都值得。

她随后在组内的群里发了一个大红包，并且说请大家吃饭。

群里一片沸腾，叽叽喳喳聊了半个小时，才把地方定下来。

地方定下来后，叶阳本想问吴晴和王彦有没有时间一块儿去，手机里又进来关于一笔钱的进账提示消息。

她看清金额后，顿时心惊肉跳起来，第一时间怀疑财务打错了，但想到什么，又稳住了自己。

项目经理导入项目有项目提成，项目提成是项目净利润乘以百分之八，她心算一下，察觉到这可能是“我去往”的项目提成。但“我去往”并不是她导入的，这个提成怎么到她这儿了？

她还是去财务那儿确认了一下。

财务说没打错，这的确是“我去往”的项目提成。

叶阳从财务室出来后，去了王彦办公室。

王彦意味深长地道了一句，他不会亏待任何对公司有贡献的人，让她好好干。还说《名利场》也算她导进来的，结项之后，给她提成。

叶阳从王彦办公室出来后，看着手机里的银行进账的消息提示，呆了很久。

她当然知道王彦此番是因为什么，因为张虔。

当初周嘉鱼要她和张虔搞好关系，从他手中拿项目时，她还没有什么深刻体会，现在钱打到卡里了，她忽然就有体会了。

《名利场》虽然只有新媒体部分，但项目金额并不比“我去往”的全案低，等于她还可以再拿到一笔相似金额的项目提成。

这俩项目的提成加起来，她在江阴买房的首付就有了，而且是地段不错的三居首付。倘若她对地段要求低点，可以买半套小两居。

她摸爬滚打七年，都没攒下这么多钱。

而张虔抬抬手，就可以让她吃饱喝足甚至买房。

叶阳受到了巨大冲击。

晚上吃了饭，又去 KTV 唱歌，回到家里后，她的心情还未平复。

这不是小财。

她想了千万条理由说服自己心安理得。

她一没偷而没抢也没厚着脸皮求谁，老板愿意给，她应该心安理得。

可没办法心安理得，这二十万，的确是借张虔的影响力拿到的。

吃人嘴软，拿人手短，她不想在他面前气短，尤其在关系陷入僵局的时候。

她正坐立难安时，接到了一个电话。

一个陌生的本地号。

她原本以为是什么推销电话，就直接挂了。

对方不死心，又打过来。

她就接了电话。

对方问："叶阳吗？"

叶阳觉得这开场白不太像推销电话，好奇道："我是，您是？"

对方道："我是梁箴。"

叶阳愣住了。

梁箴问："还记得我是谁吗？"

叶阳反应过来后，嘴角浮出苦笑，她怎么能不记得？她记忆深刻，痛彻心扉。

梁箴笑："前些天有事拜托晚卓，跟他聊了一会儿，他提到了你，我才知道你跟张虔重逢了，就拜托他找了你的联系方式，什么时候方便，咱们约出来喝杯咖啡？"

挂了梁箴电话，叶阳陷入了迷茫中。

她猜不到梁箴约她做什么，毕竟俩人正儿八经的见面只有一次，且几乎没有说过话。

她跟梁箴第一次见，是在张虔的生日会上。

但在那之前有从张虔口中听说过她。

张虔说他跟梁箴谈恋爱是朋友起哄，他俩顺水推舟。其实，他俩对对方都没啥感觉，而且分完后，梁箴火速交了新男友，因此俩人才能继续做朋友。

叶阳问他梁箴长得漂亮吗。

他说不好看，跟她完全没办法比。

其实他在开玩笑，但她当真了，以为梁箴平平无奇。

见到真人后，她发现自己的想象有误。

梁箴扎高马尾，黑油油的长发全部梳上去，五官很大，组合起来，有种明晃晃的艳丽。

梁箴丝毫不掩饰对她的不满。

她一说话，梁箴就要冷哼。

她不说话，梁箴就斜眼瞟她。

她觉得梁箴对她有敌意，多少有些不舒服。

去 KTV 的路上，张虔见她情绪不佳，悄悄跟她说，梁箴平时不这样，今天不知道抽什么风，早知道不叫梁箴来了，让她别放在心上。

她并没被安抚到，只是不想让自己显得小气，就装作没事。

到 KTV 后，张虔让朋友和同学先上去，之后将她拉到 KTV 前面的树下，问她为何还是心不在焉。

叶阳觉得自己再装下去，他估计会更多心，就老实问他人家明明长得那么漂亮，他干吗说人平平无奇。

张虔很诧异，说漂亮吗，又说，男人和女人的眼光可能不一样。梁箴倒是不丑，但他可一点看不出来漂亮。

她虽然知道他在逗她，不过还是高兴了起来。

张虔见她高兴，四下一瞥，瞧见无人看这边，就过来吻她。

吻罢在她耳边低声说，他以后会跟梁箴保持距离的，问她好不好。

她不想承认这话正中下怀，就没吭声。

他一直问她好不好。

她被问得没办法了，只好承认了。

他问她，怎么谢他。

于是俩人又偷偷摸摸地吻了一会儿，这才上去。

张虔此前曾如此否定过他和梁箴。所以后来，她如何也想不通，他为何会跟梁箴复合。

49 我会比她对你好一百倍

到了约定那日，叶阳打车到了咖啡馆。

她差点没认出眼前这个留着齐肩鬈发散发着时尚知性气息的年轻女人是她记忆中酷爽的梁箴。

不过梁箴的性子倒没怎么变，还是直接干脆，她笑道："叙旧的话我就不说了，咱们本来也没什么旧可叙，我就直接说来意了。"

叶阳点点头："洗耳恭听。"

梁箴问："我听晚卓说，你和张虔已经见过了，你问张虔为何跟我复合，他就跟你急了？"

叶阳笑了，看着她："他是有点急。"

梁箴的笑中带点狡黠的意味："知道他为什么急吗？"

叶阳摇摇头。

咖啡馆的服务员过来送咖啡，梁箴端起杯子抿了一口，道：“因为他觉得对不起我。”

叶阳没怎么听懂，看着梁箴，用眼神询问。

梁箴道：“说实话，我跟张虔第一次谈，纯粹是图他长得好看。他呢，把我当哥们儿，大大咧咧，一点也不体贴，我很快就烦他了，俩人就分了。后来你们俩谈，他就变了样，我看他那狗腿样儿，心里很不舒服。你们分手后，他跟盛超自驾去云南，我一块儿去了。那时候你们分了有一段日子了吧，他还没缓过来。让他开车，车还翻了。我们仨在大理待了挺长一段时间，原本以为出来走走，他很快就会好，结果还是整天心不在焉。”

梁箴道：“你也知道，张虔这人平时太有自信，好像一切尽在掌控，所以失恋时，茫然和困惑出现在脸上，就有种反差，很动人。我当时鬼迷心窍，就跟他说要不然我们重新开始算了。现在回头想，他当时已经没别的办法了。失恋是颠覆人生价值观的时候，以往的所有人生经验都用不上，他再自信也茫然。我们复合后没多久，他就正常了，只是比着之前，多少有点沉默。后来问他关于你的问题，他也不回避，我以为他放下了。直到有天他喝多了，喊了一声你的名字，我才知道他压根就没忘，只是藏得比较好，可把我气坏了，愤怒之下，抽了他一耳光，将他骂得一文不值。后来我们就不怎么见了，学校偶尔碰见，他也总躲着我。”

叶阳心里轻轻“啊”了一声，原来是这样。她很快又诧异起来，她等待了如此久的解释，此刻听到答案，竟然如此平静。

平静到她只想知道后续，然后？

然后，桌上梁箴的手机振了起来。

叶阳下意识瞥了一眼。

微信电话，备注是“老公”。

叶阳心里又“啊”了一声，原来她已经结婚了。

梁箴说了句“稍等”。

她老公似乎在问她家里的什么东西放在哪儿了。

梁箴无奈又温柔，说放在哪里哪里，抬眼瞟见叶阳一直在看她，冲叶阳一笑。

叶阳想到她以前的冷笑，顿时觉得时间神奇。

虽然早知道时间是把雕刻刀，但亲眼见证一个人的改变，那感觉还是不一样的。

梁箴挂了电话，见她似乎有些惊讶，解释道："我结婚比较早，读完研没多久就结了。结婚时候，邀请张虔来参加，他没来，只是让晚卓代送了一个红包。金额大得吓人，我惊讶坏了，后来隐约觉得他是内疚。其实，当时大家都小，年轻气盛，又是你情我愿，也谈不上谁对不起谁，他怎么还愧疚上了？就觉得蛮搞笑的。"

梁箴笑："张虔这人吧，其实挺有原则的。不像我们学校某些男生，有一点资本，尾巴都要翘到天上去，恨不得一次交八个女朋友，还大言不惭说是解放天性。我一直想找机会跟他聊聊以前，但又怕他难堪，就放弃了。晚卓说，他跟我分手后，一直没有再谈。我也没弄明白是因为我，还是因为你，还是因为我们两个，我反正多少有些愧疚，觉得不该打击他。直到前两年，听说他交了新女友，我这才微微松了口气。但前几天晚卓说，你俩在咖啡馆，因为我吵了起来，我就觉得这事好像还没过去，所以找你出来聊聊。"

末了，梁箴道："你替我跟他说一句，他要只是过不了自己那关，那就还好。要是觉得对不起我，大可不必，我可不用谁对不起我。另外再帮我告诉他，让他快点结婚，我要把红包还给他，不然那红包压在我心头，总觉得欠他，不爽。"

梁箴走出咖啡馆，用手在脑门上搭了一个凉棚，抬头看天。

天阴沉沉的，乌云压着，像是要下雨。

她想起那一天也是阴天。

吉普车开在大理笔直的公路上，两边是一望无际的田野。

高原上几乎看不到天，全是云。云垂下来，仿佛站上车顶，就可以摘下来一片。

风从窗口灌进来，带着风雨欲来的沉闷和田野的清新。

张虔闭眼靠在那里，眉头微微皱着，脸上的神气，似是不耐烦，更似被什么困住了。

音响里在放一首歌。

她问前面开车的盛超，是什么。

盛超回答是《The World Is Gray》。

这世界是灰色的。

张虔的世界也是灰色的。

她侧头看张虔，他的鼻梁高，眉骨也高，五官很立体，严肃时比笑起来更有魅力。

爱意从心底渐起，她心跳大作，于是凑到他耳边，叫了他的名字。

他睁开眼睛来看她，她在他睁眼的那一刻凑上去吻他。

张虔皱眉看她，脸上的神气依然很困惑。

她伏在他膝头，道："张虔，我们两个重新开始吧，我会比她对你好一百倍。"

他没吭声，半晌，手抚上了她的发。

此刻梁箴站在咖啡馆门口回忆往事，只觉得年轻就是好，可以肆无忌惮地做无意义的事情，只为抓住一种虚无缥缈的感觉。

她一辈子都会记得大理的那条笔直公路，低垂白云，以及田野的清香。

当然还有那首《世界是灰色的》。

梁箴走后，叶阳也走出了咖啡馆。

她走到路边，站在人行道上，前后左右看了一圈，没有瞧见公交站台，就随便选了一个方向。

以往她想张虔这九年到底在进行着什么样的人生，想来想去，也想象不出来，只是笼统觉得，那是一段漂亮的人生。事业节节上升，爱情在他眼前排着长队，就算理想失意，也无伤大雅。他永远不会局促，不会失意，永远体面。

她怕这样的人，因为找不到软肋。

分手时，她年纪虽小，但他的年纪好像没比她大多少，俩人在心智上是一样的。她自认为是他的软肋，用尽全力希望伤他一下，但后来发现他毫发无损，她就觉得这人不可撼动。现在发现，原来他的人生和自己的想象是完全背离的。她好像理解了当初盛超评价张虔："看着长了一张进步青年的脸，其实骨子里挺老派的一个人。"

她当时不置可否。

"老派"这两个字对她来说，浪漫又隽永，是日光、车马、邮件都很慢，一辈子只爱一个人。它含有某种等待的意味。等待不是故步自封，不是画地为牢，它是一种巨大的深情。她知道张虔认真，他会认真对待自己热爱的人和事，但不会停下来等待任何人。现在蓦然回首，她觉得自己的自以为多可笑。

回到家中，叶阳找出装旧物的铁盒子，从里头拿出那两枚戒指。

无论她有再多正当分手理由，恋爱是两个人的事情，她不该一言不发就分手。

十八岁的她把怯懦和回避当远见，多年来虽有后悔的瞬间，但大多时候是沾沾自喜的，认定就算真说了，也不会改变什么。现在想，为什么她从来没有想过她和张虔会在日益渐增的感情相互了解，并且相亲相爱？如果她当年勇敢些，张虔现在是否已经是她的丈夫，她孩子的爹？

叶阳叫了一个快递，把其中一枚戒指装进快递袋中，递给了张虔。

但一周过去了，张虔那边没有任何动静。

叶阳却没像之前那般紧张了。

九年都过去了，这一周又算什么？

而且她要准备《八仙过海》的发布会，事情太多，也没时间多想。

50　抬手给了他一巴掌

《八仙过海》的发布会定在上海，叶阳和林天一要提前两天过去。

临行前一天的晚上，叶阳忙到十一点多，刚关了灯躺下，手机振了。她以为是工作电话，有些不耐烦，拿起手机看，却是张虔。

她躺回枕头上，接了电话。

张虔的声音隔着话筒传过来，有一点低沉的温柔："睡了吗？"

叶阳用手盖住眼睛，闷声道："没睡。"

张虔叹息道："下来吧，我在你们家楼下。"

叶阳有些哽咽："不下。"

他耐心道："家里不是有其他人吗？下来吧，外面方便些。"

叶阳这才挂了电话，拿了一件外套，下楼去了。

楼前的几棵木槿早已谢尽，只剩下光秃秃的枝丫，月光糖霜似的落在上面，像幅枯枝的水墨画似的。张虔站在树前，正在观赏，听到楼门开的声音，就把目光调了过去。

叶阳走下台阶。

她向他走了过来。

张虔微垂了眼去瞧她，她也看着他。

几秒钟后，叶阳问："《名利场》的发布会成功吗？"

张虔点点头，语气仍旧温和："没出什么乱子。"

叶阳笑了："有点后悔把《名利场》给出去了，我还是陈导和杞姐的粉丝呢，要是不给出去，这次就能见到他们，说不定还能合影，要个签名什么的。"

张虔停了一下，道："不知道你还喜欢陈导，我这只有苏杞的签名。"说着从风衣的大口袋里掏出了一张签名照。

叶阳愣愣地接过照片，借着月光一看，发现还真是苏杞的签名照。

没想到这么多年了，他还记得。

叶阳心里暖暖的，她轻声道了一句谢。

张虔又从口袋里摸出一枚戒指，递到她眼前："这是什么意思？"

叶阳抿了一下嘴唇，道："道歉的意思。"

张虔怔了一下，问："道什么歉？"

叶阳诚恳道："不该不相信你。"

张虔像看怪物似的看了她半天，这才笑道："你不用道歉，程柠的事，是我自己的疏忽，但我们的确在七月就分手了，那天她也的确只是回去找护照。"

叶阳摇摇头："我说的不是这事，这件事的确是你不对，我说的是另外一件事，我不该在没跟你交流的情况下草率提出分手。"

张虔又意外了，随即笑："真不容易，有生之年，我竟然还能听到你这么诚恳的道歉。"

叶阳道："你尽情嘲讽吧，的确是我的错。"

张虔见她的确是老实挨批的样子，又笑了："你不用说对不起，如果你没做对什么，那我也没做对什么。我没有真的怪过你，只是有点迁怒的情绪。九年前我就知道经由自己的手失去了什么，而九年后，你说的却是不后悔。重要的是，我能感受到你是真不后悔，而不是假装不后悔。即便最后有一句对不起，也仅仅是对分手方式不够温和感觉愧疚，潜台词是再给你一次机会，你还会那么做。你不后悔，让我很不舒服，以至于有些事情做得不择手段了。我自己也诧异，我竟然对自己爱过的人如此卑鄙，我原来还有这么多没被发现的黑暗面。你说你在我面前不是叶阳，我想我在你面前也不是张虔。"

叶阳轻声道："没有啊，在分手后，知道你和梁箴重新在一起前，我就后悔了。但你和梁箴复合后，我才觉得自己没有做错，我可能受到了打击，但又不愿意承认，就一直给自己洗脑，好像这样就可以掩饰自己的错误。把错误当成正确来对待。”

张虔点点头：“我当时真不知道你在等我，因为你说过，如果没感觉了，要痛快一点。我离开你们宿舍时，在你们宿舍楼下面坐了很久，但凡能找到一点可能性，就回去了，但我没有找到，所以走了。后来又觉得是你把话说绝了，如果想复合，也该是你先给这个台阶，我才能顺着下去，就一直等着，结果什么都没等到，就心灰意冷了。至于梁箴，我不想跟你解释，是的确没什么可解释的，因为无论怎么解释都像借口，好像在为自己开脱。我想既然已经发生了，就只能让它过去。”

叶阳没吭声。

张虔扬起下巴，看着她身后的夜色。小区里的路灯都设在楼后，因此楼前除了月色，什么光都没了，黑乎乎的一片。他眼底同夜色一样漆黑：“这些天我一直在想我们俩的关系，想我们还有没有必要继续下去。我们做学生时，年纪都小，人又没定性，人生中除了学业，就是爱情。爱情非常重要，为它改变，为它妥协，为它委屈，甘之如饴。可现在，我们都是成年人，不能说看尽世间百态，但能懂得的道理基本都懂得差不多了，已经很难再被别人说服，也很难再为别人改变。理想不能，爱情也不能。所以俩人在一起，爱不重要，最重要的是合适。而我们两个都太要强。程柠的事，其实是个小争执，我们却能半个多月不联系。我就觉得九年前存在的矛盾，现在仍然在，我们还是谁也不肯先低头。这样的相处对我们两个来说是一种消耗，实在太累了，不如就到此为止。”说到此处，将目光从远处调回来，看着她，询问，“你说呢？”

叶阳呆了一下，一腔柔情顿时化作乌有。她转身往回走，不过几步，上了台阶，走到门禁旁，开始摁密码。

她平时不常用门禁卡，因为还要从包里翻找，宁愿摁密码。九位数的密码，平时不过脑子，只要手挨着键盘就能摁出来，现在脑子一乱，手也跟着乱，怎么都想不起那一串熟悉的数字。她哗哗嗯了几遍，楼门解锁的提示女声怎么都不吭声，她索性放弃，人又下去了，见他还在，抬手给了他一巴掌。

他纹丝未动。

叶阳见他不动，气更大了，换了左手又去打。

她以前哪里舍得打他，她觉得这是个小王子，白月光似的，不敢磕了碰了，但现在她只想打烂他的脸。

张虔一把抓住她的手腕，叶阳挣了一下没挣脱，眼泪反而出来了，这会又被他制住，恼羞成怒，不管三七二十一，胡乱地捶了起来。

张虔招架不住，最后只得往怀里摁。

她在他怀里又挣扎几番，发现完全挣不开，人没了力气，忽然哭了起来。

十一点多，小区里还有送外卖的。外卖小哥迷了路，好不容易看到俩人，一路小跑着过来问，结果见俩人这阵仗也不敢问，越过他们往前去。这小区的楼号藏得隐蔽，很不容易找，外卖小哥在叶阳所在的这栋楼前来回看了几遍也没找到，最后还是回来，此刻已经听不到哭声，他看着张虔，悄声问："您好，这是七十三号楼吗？"

张虔点了点头。

外卖小哥松了口气，往三单元去了。

叶阳猛地将他推开，上了台阶，站在门禁锁前摁密码。这次她能记起密码了。她正摁着，一只手过来盖住了数字键。叶阳抬手打了他一下。他另外一只手上来握住她的手臂，将她反摁到门禁上抵住，不由分说地吻了上去。

他身上有一点汗意，汗意中有肥皂的清香，像柠檬又像马鞭草的味道，叶阳在他的重吻之下，几乎要哼出声来，他将她抱得更紧了。

楼门前的声控灯暗下去，一切都静下去。

他贴着她的唇角。低声道："我今天说的每一句话都发自真心，如果你觉得没必要耗，那就到此为止。如果你觉得不对，可以反驳，可以说服我。感情是两个人的事，不能总是我推你，你才动，我不推，你就不动甚至还要往后退。"

叶阳渐渐冷静下来，也隐约懂了他今天这一出的用意，她忽然道："我们同居吧。"

张虔一动未动。

她轻声道："我们两个都挺忙，一周见一两次这种恋爱方式已经不适合我们了。万一再有点龃龉，十天半个月不联系，耗着耗着就什么都没了。同居能将大事化小，也能将小事放大，有好有坏，但对目前的我们俩来说，应该好处多于坏处。一锤子买卖，行不行，也就这一下了。你想结束单身生活吗？"

51 失去的激情和热情

半晌，张虔把额头抵在她肩上，低声道："在你们这个小区找房子吧，我喜欢这里。"

叶阳眨了一下眼睛，把他的脸从肩上捞起来，问："你说真的？"

他又将她揉到怀里，"嗯"了一声。

叶阳只觉得那个"嗯"字是从胸腔里发出的，沉闷而有力，带出一点共鸣的震动，她伸手悄悄抚过他的心口，而后亲了一下，道："可是这离你们公司挺远的。"

张虔有轻度眩晕，像醉酒一样，他另外一只手撑住墙壁："行还是不行几个月就能看出来，住不了太久。"

叶阳心头一跳，直觉这句话有别样含义，但又觉得不适合深挖，和他拉开一点距离。月光落在台阶上，但他背着光，她看不清他的脸。静夜无声，她不敢大声说话，怕破坏氛围，轻声问："你自己没房吗，要租房住？"

张虔将手从她腰上抽出来，搭在她肩上，声音仍旧低低的："我那房子离时代挺远，离你们公司更远，住这儿至少离你们公司近点。"

"是吗？"叶阳歪头思索，"你不是住九棵槐吗，怎么会远？"

张虔一动不动地看着她："你想住我那儿？"

叶阳觉得这话奇怪："你不想？"

张虔愣了几秒，忽然笑了，声音有点哑："你想就成。"

叶阳被他笑得莫名其妙："你笑什么？"

张虔抬脚敲了一下她身后的墙面，声控灯又亮起来，叶阳下意识往他怀里钻，他一把把她薅出去，摁回墙上，仔细地打量她。

叶阳只好硬着头皮和他对视，但慢慢地，慢慢地，脸就红了。

她在灯光里想自己素面朝天的脸，虽然不至于动人，应该也不会太差。但在他这种审视的目光中，她始终不自在，就别开眼睛，没话找话道："你刚才笑什么？"

他却摇摇头："没什么，就是奇怪，我原以为你会觉得住在我那里，会不舒服，想住外头。"

叶阳起初没听懂，渐渐就明白了，忽然就笑了。

他还把她当成以前那个固执又倔强，浑身都是刺的小姑娘呢。

她解释道："以前小，不懂得变通，现在马上就二十八了，还要那样，未免显得矫情。不过一步到位多少有些猛，咱们可能也不习惯，还是得适应。你家有多余的房间吗？给我腾一间，我给你交房租就是了。"补充道，"太贵了我可住不起，五千左右能接受。"

张虔的手指擦着她的脸颊滑入发中，将她鬓边的头发悉数顺到耳后，让她的五官都露出来。她要低头，他用手掌强硬托起下巴，声音低得恰到好处，好像把这个夜晚也染醉，有种微醺感："你们老板给你开多少工资，一个月拿五千块出来租房？"

叶阳握住他的手，将手从下巴上牵下来，笑道："我对其他的要求都很低，但对居住环境要求比较高，不然累了一天，回到家看着几平方米的小屋，乱糟糟的，都没地方下脚，会丧得没力气奋斗。"

张虔表示赞同，所以有时候，他会有一些不大理解，像她这样在这座城市一无所有的人，碰到他，就算不为他的爱情，为了他能带来的安稳生活，也该扑上来。就算不扑上，也该在他有所暗示时，主动一点。他常常会想，她到底是有什么样的底气，站在那里一动不动？原想她这些年一定没吃过什么苦，毕竟漂亮是一种稀缺资源，到哪里都会受优待，但现在觉得她应该也吃了挺多苦。吃了苦，还不懂妥协，要么是苦没吃够，要么是骨头太硬。

她看着他，眼睛渐渐亮起来，嘴却抿住了。

张虔见她欲言又止，问："怎么了？"

她认真打量他："我怎么觉得你好像老了很多。"

张虔愣了愣，笑："不是我老了，是我们太久没见。九年太漫长，跨度几乎相当于我们人生的三分之一了。"

他们都从肆意走向了成熟。

成熟是稳重，可到底没有肆意明亮。

而她经历过他的明亮，这种感觉就越发明显。

她心中酸酸甜甜，又问："那你觉得我老了吗？"

他低眼正要仔细瞅，声控灯忽又灭了，他便笑了："我想是没有吧。"

他这一笑，有点可爱的意思，叶阳的心脏忽然怦怦跳起来。

她果然最爱他明亮的时候。

她把脸重新埋回他怀里："同居的事情，你真的想好了？这是改变生活方式的大事，你要认真考虑。"

张虔揽住她的腰，像在回复今晚吃什么这样简单的问题："我是无所谓的，你要是后悔了，还来得及。"

叶阳虽然事先想过，但话一出口，还是有些恐惧，然而也得逼自己一把，她不能总是逃避，要学着与人建立亲密关系。张虔是最让她有安全感的人，如果他都不行，其他人会更难。

她摇摇头："我也无所谓。"

临近午夜，小区里的安保结队出来巡逻，隔着老远的距离就能听到对讲机里的喊声。他们每巡过一栋楼，就会冲对讲机喊："XX栋，无异常。"普通话不是很标准，带着浓浓口音。以前叶阳失眠时，常站在窗前听他们喊来喊去，然后根据他们的口音辨认他们是哪里的人。有时还会听到家乡的口音，会备感亲切。

安保的声音越来越近，叶阳恋恋不舍地打断这片安宁，问："你不回去吗？他们过来看到我们站在这儿，还以为在撬锁，准备入楼盗窃。"

张虔却并未放开，而是问："你什么时候搬？"

叶阳想了想，道："明天要去上海出差，忙完发布会估计会闲两天，我找房东谈谈退租的事情，如果没问题，就可以了。"

张虔这才松开她，吻了一下她的额头："回来的时候给我发个信息，我去接你。"

叶阳却没说话，只是看着他。

眼神暧昧，欲言又止。

张虔配合着闭上了眼睛，甚至还俯了身。

叶阳见他如此知情识趣，笑了，伸手摁住他的肩膀，在他额上长长吻了一下，道："今晚只有一次，来点仪式感，希望多年以后，我们会怀念它。"

一点狡黠，一点诗意，像是他记忆里的小恋人。

文学系的姑娘，脑子里存着很多情诗，不说就不说，一说就要化掉你。不过情诗再高明，都不如她那句无论将来他老了还是秃了发福了还是有啤酒肚了，她都会爱他，她永远爱他让他印象深刻。

后来，他遇到过很多向他示爱的人，外貌、家世、教养、事业，都构成她们爱他的原因，但再也没有一个像她那样刨除一切外在因素，纯粹地爱他。

程柠喜欢他，也无非这几项。当然了，还有更重要的一项，开明。他不过问她和前男友的事，也不介意她和前男友一块儿工作。同样地，程柠也不会因为他身边无关紧要的女人而生气，不会因为他工作忙，陪不了她而闹脾气。这是他们相处的共识，所以融洽，但永远生不出更深层次的感情。

那种带着强烈占有欲的，水乳交融的，泥沙俱下的感情。

不过他们也不想要那样的感情，因为很累。所以渐渐地，就忘记了很多情感，渐渐地，人就迟钝了。

三十而立，他面对生活，没有激情，没有热情。

像一潭死水。

而他对她是有期待的。

说是戛然而止的恋爱未能让他完全了解她所以对她有期待也好，还是重逢之后，对她产生了新期待也罢，总之他对她有期待。

他想从她身上得到的，不止爱情，还想从她身上找到自己消失已久的，对生活的热情和激情。

张虔回到家里，换了拖鞋，到客房去。

黑白灰的客房，里头冷冷清清，想到她房间里的那些东西，先用脑子给她摆了一下，空间是够用的，不过床头差一个置物架。

换了家居服，坐在客厅，拿出手机，划拉了半天，最后挑中了一套白色置物架，下了单。

放下手机，吞下一杯酒，他仰靠在沙发上。

关于同居，九年前就有这想法，想跟她一块儿生活，原以为谈得再久一点，可以试着进行，只是没想到。

张虔喝了一会酒，想到别的什么，拿起了手机。

前几天，盛超给他发来了微信。

两年前，盛超打算脱离华清影业成立自己的公司，但盛超的本职工作是搞创作，对商业运作一概不懂，也不想分太多精力在这上面。找别人合作又不放心，就想到了他。

当时他刚进时代，还没稳住，也确实对俩人的合作不抱期待，就没有回应。前几天，盛超又来联系，说合作的意愿还在，问他考虑不考虑。

张虔这次有点松动。

待在时代，稳是稳，但未来一眼可以望到。

三十岁正是人生盛年，他没必要过早地让自己进入死水一样的生活。

他给盛超回了微信，问他什么时候有空，出来聊一聊。

盛超和他老婆一块儿来的。

盛超的老婆也是电影学院的，文学系，做编剧。

盛超五部作品，三部出自他老婆之手。

当初张虔和盛超分开时，他老婆充当中间人，来回协调，只是当时大家年轻气盛，互不妥协，最终分道扬镳了。

仨人在咖啡馆一直聊到打烊。

从咖啡馆出来后，盛超的老婆笑着对他道："我让盛超找你，他还不情愿，怕被拒绝，说太没面子。我觉得大家是一路走过来的朋友，被拒绝也不丢人，原本只是试一试，没想到你就松口了，你得跟我们说说这是为什么，让我们心里有个底，也好放心。"

张虔笑："以前也不是不考虑，是怕重蹈覆辙，理智过了头。现在想想，结果再坏，也不会坏到哪里去，人还是应该有点冒险精神的。"

盛超的老婆笑："你看《旁观者》了吗？"

张虔点点头。

盛超的老婆问："如何？"

张虔略略一顿："艺术性和商业性兼具，我觉得是超儿目前作品中最成熟最完整的一部。"

盛超叹了一声："最好的作品，票房却是最差的。刚开始以为观众不吃这种，后来看你们的'我去往'竟然能卖十几个亿，就觉得影片的宣发有很大问题。但宣发是制片方的事情，我们压根没说话的权利，虽说亏钱也是亏他们的，但片子是超儿的心血，这样的结果，叫人意难平。想单干也是想把所有权力抓到自己手上，成立了新公司，制片和宣发交到你手上，我们俩就能放心弄电影了。咱们最初不就是为这个吗？只是那时大家一文不名，没资本，现在可以了，你就别犹豫了。"

张虔笑道："你们夫妻俩早就盘算好了，我可是今天下午才知道这事，开公司又不是吃饭喝水，考虑一下也要被指责成犹豫，讲不讲道理？"

盛超的老婆也笑："这不是怕你不答应吗？"

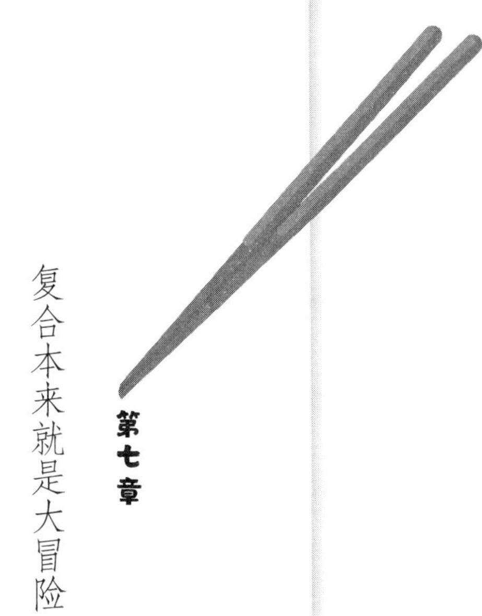

第七章

复合本来就是大冒险

52 复合本来就是大冒险

叶阳在上海忙完《八仙过海》的发布会，赶晚上的飞机回去。

回去前，她挤出了点时间去看爸妈。

她到上海后，一直没抽出空去看他们。

叶阳父母的包子铺距离地铁口有五十米左右。

那是一条路的拐角，拐角两侧有七八家铺子，有水果铺，有烟酒铺，还有卖麻辣烫的，以及煎饼铺。

铺子很小，不过十平方米。

因为没有窗，虽是白日，铺子里也晦暗不明。

铺子早上卖包子，中午和晚上还卖凉皮、凉面、酸辣粉。

叶阳以前到上海出差，也会过来看他们，时间充裕的话，还会跟着卖一会儿包子。

她其实挺喜欢干体力活儿的。

在B市觉得待不下去的时候，她想过收拾铺盖，到上海帮父母卖包子，终究觉得不像话，还是作罢了。

铺子里摆了两张折叠桌，偶尔会遇到一两个在店里吃饭的人，但大多数人是带走。

父母很辛苦，叶阳知道，每次来看他们，都有点不忍心。多次打电话给叶宽，让他过来帮忙。他一个青壮劳动力，不求能成为包子铺的主力，但是抬抬手减轻一下二老的负担应该没什么问题。

叶宽说站一天太没意思，不来。

叶阳每次都想抽他嘴巴。

但凡父母的奋斗里有半分为她，她会心疼死，可他们不是为了她，所以很多时候，她不让自己太心软，只尽到做女儿的义务就罢了。

叶阳来之前没跟父母说，父母乍一见她过来，还是欢喜的。

欢喜又局促，好像她是个远道而来的客人，而非女儿。

双方的寒暄也很客套。

父母问她工作怎么样，她问爸妈生意怎么样，然后就没话聊了。

气氛多少有些尴尬，叶阳说饿了，让父母给她拌一碗凉皮吃。

等她坐下来吃凉皮时，她母亲蒋志莲也在对面坐下，看着她吃了一会儿，才渐渐找到话说。

蒋志莲说准备过年的时候，给叶宽定亲，问她觉得怎么样。

叶宽二十出头时，蒋志莲就想给他定。

蒋志莲的想法是，结了婚，有了家，叶宽兴许能上进一些。

但叶宽不愿意，叶阳也不愿意。

叶阳是觉得人没有上进心，结了婚也不会突然就上进了，到时候再生了孩子，叶宽还当甩手掌柜，那压力全都在父母身上。而且她确实觉得二十岁的叶宽太小，什么都不懂，建议让叶宽大两岁再说。如今四年过去了，叶宽还是老样子，叶阳就看开了。人生百态，不是所有人的人生都是向上的，有些人一辈子都在原地打转，但那也是一种人生，随他去吧。

蒋志莲见她无意见，又提到了她的事情。

叶阳不想因为这事跟母亲闹不愉快，只听了开头，就截住了她，说自己有对象，正在处。

蒋志莲忙问对象是哪里人，多大了，家里怎么样。

叶阳说 B 市人，三十岁，家里不知道怎么样。

蒋志莲怕她糊弄，要看照片，叶阳就找了张虔的照片出来给他们瞧。

蒋志莲和丈夫拿着手机来回看了几圈，发现照片里的人比他们想象中的好太多，一时之间都没说出话来。

叶阳埋头吃自己的凉皮。

蒋志莲一直认为自己女儿心高，找对象要找好看的，还要找有钱的，如今一看照片，发现的确长得挺有牌面，有种坐实猜测的感觉。她欲言又止道：“过日子不能图人长得好看，好看不能当饭吃。像你爸似的，就长了一张脸，没一点脑子，做这个不成，做那个不成，一把年纪，只能让我跟这儿起早贪黑卖包子。”

叶阳看了她一眼，道：“我没图人好看，恰巧长得好看罢了，难道我还能嫌弃吗？”

蒋志莲明显不相信，谆谆教育道：“长得好的人身上是非多，你爸够老实了，不还是出事？没那个金刚钻别揽瓷器活儿，将来受苦的是你自己。”

叶阳父亲年轻时的确犯过错，类似出轨。

对方是个年轻漂亮的，看上叶阳父亲长得好，性格敦厚，撺掇叶阳的父亲离婚，跟她结婚。

叶阳的父亲当时的确产生了离婚念头，只是当时已经有叶阳和叶宽，加上家里的人死活不同意，这婚才没有离成。虽没离成，这事却成了蒋志莲的一块心病。

蒋志莲对女婿的标准，是对着丈夫相反的方向去的。

不要好看的，好看的都是草包，并且是非还多。

叶阳只道：“八字还没一撇呢，想太多了没用，顺其自然吧。”

蒋志莲见她不当回事，有些受不了：“你又不是刚毕业，快三十的人了，上点心吧，不能结婚，就别瞎谈了，浪费时间。”

叶阳觉得她又要开火，把筷子扣在塑料盒上，抽了一张纸擦了擦嘴，道：“妈，我晚上还要赶飞机，不能久待，走了。”

“欸，欸，先别走。”蒋志莲见她要走，立刻问，“今年过年回家吗？”

叶阳摇摇头：“有个项目过年的时候要上，估计回不去。”

蒋志莲没再跟她打哑谜，开门见山道：“你弟弟结婚，咱们家又得出去一笔钱，我跟你爸这几年挣的全还债了，手头的钱不多，你手里有吗？有的话，借我们点，等缓过来这阵，我们再还你。”

叶阳的脸立刻冷了下去：“他结婚，难道自己一分钱不用掏吗？没钱别结，拖累一家人。”

蒋志莲喜欢叶宽多过叶阳，是不争的事实。因为叶宽会说话，不管能不能做到，先吹了牛再说，哄得蒋志莲非常高兴。而叶阳说话前一定会考虑自己做得到做不到，做不到绝不吭声，所以即便叶宽没出息，蒋志莲也觉得他比叶阳强。见叶阳这么说自己儿子，蒋志莲立刻维护道：“看你这话说得，难道让他打一辈子光棍？结了婚，我跟你爸就了了一桩心事，之后他过得怎么样，我们就不管了。”

叶阳不相信自己母亲这番话，但也不想揭穿她，只道：“你们要多少？”

蒋志莲知道有希望，语气硬起来：“这不是个小事，需要用钱的地方太多，你能给多少？”

叶阳一听，知道她的胃口是往大了去的，就道：“我每个月工资就那么点，B市物价又高，压根没攒下钱。家里困难我知道，但我也困难。顶多把给他准备的份子钱预支给你们用，其他的，我没有。”

蒋志莲听她语气如此硬，火儿一下蹿上来：“你工作七八年，就只有万八千块钱？不想借就不借，别说没钱。我和你爸就是累死，也不找你借。”

叶阳的火也蹿了上来：“工资就那么点，本来就存不下钱，存钱全靠年终奖。可我的年终奖都贴给你和我爸了，你们还想怎么样？还有，我再说一遍，如果是你和我爸要用钱，多少我都给，但别想从我手里给叶宽抠出一分钱，我没有。你们愿意为他受累是你们的事，我没这义务。”

蒋志莲气得浑身发抖，指着她的鼻子道：“别净说好听的，现在就是我跟你爸要用钱，你怎么不给？”

叶阳觉得自己的言行有些过激，缓了一下：“我说的是你们吃不了饭，没地方睡，生病了，但凡是这几项，我一定给。如果是叶宽买房结婚，我不管。”

蒋志莲冲她嚷道：“你们是姐弟，你帮他，他帮你，有必要分这么清楚吗？”

叶阳尽量平静：“妈，我不指望他帮我，我就指望他顾好自己，别拖累你们就行了。”

蒋志莲的火稍微降了一点，半是哄，半是威胁：“把我和你爸累坏了，将来还是你们姐弟俩的事儿，不如现在多帮你弟弟一点，我和你爸身体好，是你们俩的福气。”

叶阳道：“之前不是说要我拿仨月的工资给他随份子吗？给他随五万还不够？也别说他会给我随回来，他能给我一千，我就烧高香了。”

蒋志莲原以为她说一万，没想到是五万，没再说话。

叶阳去机场时，想给张虔拍一个航班信息，但想了想，又作罢了，只在下飞机后，跟他说，人已经落地，让他不用来接了。

叶阳回到公司，才收到回复，只有一个字：“好。”

回到家，洗了澡，到厨房下了点饺子，坐在饭厅吃饭时，想起自己的家事，又想到张虔，她真觉得这俩世界风马牛不相及。她呆愣了一会儿，给他发了条微信："想你。"

过了一会儿，他回了一条："吻你。"

叶阳看着平平无奇的这俩字，想到他平时吻她的感觉，心里涌上一股暖流，好像他真的在吻她。

她放下手机，继续吃自己的饺子。

次日下班后，叶阳给房东打了一个电话，跟他聊退租的事情。

租房合同签了一年，押一付三，房东说可以退多交的房租，但不能退押金。

这事的确是自己违约，她无话可说。

决定搬之前，叶阳约边紫出来吃饭。

这位姐姐目前正处于热恋中，脸上带着慈母一般的笑，吃饭过程中不断看手机，还动不动就跟叶阳讲林天一又干了什么可爱的事情。

叶阳原以为边紫这么边缘的人，应该喜欢深沉点的，教父似的人物，没想到这么痴迷于正派单纯的林天一。

她问边紫喜欢林天一什么。

边紫就跟她讲，有次她和林天一坐地铁，林天一跟几个农民工侃了一路的事情。

寻常来说，有点涵养的人都不会表现出对农民工的嫌弃，但在地铁上看见，还是会躲开，更别说跟他们交谈，但林天一完全不介意这个。

边紫觉得林天一赤子之心，甚是可爱。

叶阳理解了。

林天一的热情的确有种一视同仁感，不因身份地位的不同而有所改变，这点来说，非常难得。这至少能说明一点，人不势利。

说完林天一，叶阳跟边紫说自己要和张虔同居的事情。原想边紫给自己打打气，结果边紫直接泼了一盆冷水下来。

她道："同居对所有恋人都是挑战，抬头不见低头见，没有想象空间，没有紧张感，其间伴随着柴米油盐，激情会消失得很快。而你俩又刚复合，没一点感情基础，九年前的感情更像空中楼阁，如果新的建立不起来，我担心结果不尽如人意。"补充道，"当然了，不是让你悲观，但得有心理准备，复合就是大冒险。"

叶阳叹了口气："你还是打电话叫天一过来吧，我现在需要一个乐观主义者给我信心。"

边紫也笑了："那你想我给你个建议吗？"

叶阳两眼放光："你说。"

边紫道："先别做爱。"

叶阳愣了。

边紫喝了一口啤酒，慢慢解释："同居最开始是有新鲜感的，少点亲密接触可以将新鲜感保持得久一点，在这个时间里抓紧时间培养新感情，感情到位再做，不然激情没了，只能一拍两散。"又补充道，"我看他像有感情经历的人，应该懂，除非他只想要激情，不考虑后果。"

回去的路上，叶阳一直在琢磨边紫的那几句话，越琢磨越觉得有道理，甚至都有些后悔当初那么随便跟他做了。但当初她真没想到会走到同居这一步，只想速战速决而已。

进了小区，拐到住的那栋楼前，上了门洞前的台阶，正要摁密码，她外套里的手机振了起来。

她拿出来看，见是张虔，接了电话。

张虔言简意赅道："转身。"

叶阳在转身的过程中想到他可能过来了，心脏忽然突突跳起来，目光下意识地去寻，隐约瞧见楼前绿化带的观景亭里站着一个人。那人举着手机正在打电话，屏幕透出一点亮，像星光似的。她还没来得及确认，那人的声音就透过听筒传到她耳中："看见了吗？"

叶阳挂了电话，穿过走道，走向观景亭。

观景亭下三层宽台阶，他站在第二阶上，叶阳一走近，就闻到了烟味。

她吸了吸鼻子，问："你怎么来了？"

张虔没答，而是问："真是忘了吗？"

叶阳被这句没头没脑的话问住了，反应了好一会儿才意识到他是在问她从上海回来没让他来接这事，就笑了，挽住他的胳膊道："我们出去走一走吧，我还挺喜欢这里的。"

她不想说，张虔也没再追问，而是捏住她的胳膊，将她从左边拽到右边，让她重新挽上来。

叶阳挽住问：“等多久了？怎么不打电话？万一我十点多才回来，你岂不是还要再等一个多小时？”

张虔淡淡道：“那也没办法。”

叶阳笑：“我还以为像你这样事业有成的年轻男人，谈恋爱会跟工作一样，只讲究效率，不讲究浪漫，没想到这么有耐心。”

张虔直接道：“那是你对事业有成的年轻男人有偏见。”

叶阳也笑：“这不是让你给纠正过来了吗？”

张虔默了一下，又问：“退租的事谈好了吗？什么时候搬？”

“谈好了。”叶阳又问，“你最近有出差安排吗？”

张虔想了想：“下周三周四去趟香港。”

叶阳点点头：“那我就周三搬。”

张虔奇怪地看着她：“为什么？”

叶阳解释道：“不想你帮我搬，也不想你看着我一点点搬进去，想趁你不在的时候悄悄搬进去，等你回来的时候，发现家里多了一个人，肯定会很惊喜。”

张虔颇为费解地看着她：“想法是好的，但你想给我惊喜，是不是不应该告诉我这个计划？”

叶阳笑了：“我倒想彻底给你一个惊喜，但我没你们家地址，也没你们家的密码，也不知道你的行程，完全办不到。不过就算效果差点，也比你帮我搬，或者看着我搬进去效果要好得多。”

其实她的话音落地，已经产生效果了，因为张虔不由自主地就开始想，她在他家里进进出出的样子，甚至开始隐隐期待下周四的到来。他从香港回来，打开家门，看到这样一幅画。

已是深夜，客厅没开灯，电视显示器是唯一的光源，隐隐约约照出客厅的轮廓，而她窝在沙发里，像只猫一样，无声无息。

53 有想我吗?

周二，叶阳买的纸箱子到了。

下班后，她开始收拾东西。

东西虽然多，但都是小件，还算轻松。

李小白过来帮她将装好的纸箱子挪到客厅。

两人看着那些箱子，一时之间，有些伤感。

到底一块儿住了快一年。

叶阳回到卧室，把东西拿出来递给李小白："要走了，送你个小礼物，不过我对这些东西没研究，就记得你提过，希望没送错。"

李小白拆开一看，是她最喜欢的一款香水，忙过去抱叶阳："亲爱的，你太贴心了，这还是我从女人手中收到的第一瓶香水，我一定好好用。"

大约要分开了，平时不好意思表达的谢意，这会儿都能说了，叶阳回抱了一下，笑道："是我要多谢你，不仅给买馄饨，还给当人生导师。"

李小白放开她，嗔道："这话就言重了，相互帮忙而已，什么谢不谢的，你还给做早饭了。"说罢，忽然感伤起来，"不知道下个室友什么样儿，希望是像你一样安静的人，要是碰到不安生的，估计少不了拌嘴，想想就头大。"

叶阳安抚道："肯定会来一个比我更好的，天天打扫屋子，天天做饭，到时候你就有口福了。"

"但愿吧。"李小白又看着她感慨，"我谈了四个，都没发展到同居这一步，没想到你一步到位了。你们要是结婚，一定给我发请柬，让我去感受一下。我觉得我现在已经感受不到爱情了，只觉得大家都在搭伙儿过日子。如果我身边有谁真正遇到爱情了，我还能说服自己只是倒霉，没有遇见而已，而不是那东西压根不存在。"

叶阳笑："真不真谁知道，但愿是真的。"

李小白叹气："十月天，光着脚坐在楼下等了那么久，谁要是这么等我，我估计要感动死。可惜过了二十五岁，就再也没遇到能等这么久的人了，人哪，年纪越大越没耐心，别说别人，我自己都是这样。"

叶阳道："没有吧，我觉得你挺有耐心的。"

李小白"嗐"了一声："无所谓了，爱谁谁吧。"

跟李小白说完话，叶阳回到自己卧室，东西都收拾得差不多了，她无事可做，就坐在床上发呆。

原以为自己不离开 B 市，就不会离开这个小区，没想到这一天这么快就来临了。

她拿了钥匙，下楼溜达，夜已经深了，小区里连跑步的人都没有，她在长凳上坐了许久。

次日十点多，搬家公司进了小区，叶阳盯着他们把东西一件一件地搬下去。

临走时，她把卧室钥匙从钥匙扣上摘下来，搁在桌上。

李小白上班去了，家里没其他人，她关上大门时，看了最后一眼。

她到 B 市后，除了学校宿舍，住的时间最长的一个地方。

三年多了。

如果她和张虔分手，一定还会回来住。

不一定是这间房，但一定还是这个小区。

但愿不会有那么一天。

摁了电梯下行键，电梯从楼上下来，门一开，发现里头是楼上的老太太。

老太太拉着布袋小拉车，看样子是要买菜，见她抱着纸箱子进来，亲切地打招呼："上班去？"

叶阳微笑道："没，今天搬家，请假了，您这是买菜去？"

老太太十分惊讶："搬哪儿去？"

叶阳温柔道："去九棵槐那边住一阵。"

"呦。"老太太一脸惋惜，"那还挺远的。"

叶阳解释道："也不远，坐地铁一个小时就过来了。"

正说着电梯门开了，叶阳先一步出去，给她开楼门。

老太太道了谢，叶阳跟着出去，上了搬家公司的车，跟车走了。

四十多分钟后，搬家车进了张虔所在的小区，停在二十六号楼前。

叶阳先一步上到六层去开门。

简约的黑白灰装修风格，流畅的几何线条，跟她想象中相差无几。

一尘不染，整洁有序。

叶阳走进去找自己的房间，三室两厅的房子，每间房的门上都挂了一个卡哇伊的门牌，是房子里为数不多的鲜艳色彩。

门牌上的空白处用黑色签字笔注明房间用途。

"主卧""书房""衣帽间""洗手间"，还有一间是"欢迎叶女士入住"。

叶阳笑了，一时好奇，顺手将牌子翻过去看背面，背面写着"某事业有成的年轻男人留"。

她笑得更甜了。

在这样的甜蜜中，她对涂白寺和散漫自在的单身生活的最后一点留念也消失得无影无踪了。

她将门推开，让搬家公司把东西放在这个房间。

周四晚上十一点多，张虔的航班在机场落地，跟同行同事分手后，打车回了家。

客厅有一点光，他小心翼翼地把包放下，怕惊动了谁似的，都没有穿鞋，赤脚就走进客厅。

客厅里的光来自装在墙上的氛围灯。

氛围灯的灯光浅，只有一点，隐约照出客厅轮廓，灰色沙发上躺着一个人，毛毯松松盖到腋下，昏暗中看着像牛油果的颜色。

他俯身细看，明明知道是谁，非要亲自确认一下。

这么居高临下一看，倏然发现她的脸真小，还没他的手掌大。

她的眼睛闭着，嘴巴微微噘着，特别有小女孩的神气。

张虔想起以前来。

她总爱发呆，发呆时，脸是空白的，嘴巴却噘着，像对一切都不满意。

问她发呆时在想什么，她自己也不知道，还否认自己有噘嘴。后来，拍照给她看，她看完自己都笑了，说好傻。他却觉得那种无意识的流露很有意思，她有很多这种瞬间，总让人产生保护欲。

张虔轻手轻脚地把外套脱了，搁在沙发转角的扶臂上。

他已经忘记在已逝去的岁月中，有没有真心期待过这种时刻的发生。

想必是没有的。

他一直觉得任何感情，无论如何美好，如何刻骨铭心，一旦成为过去，就没有了价值。

过去永远不会比当下更值得人珍惜。

只是走着走着，逐渐发现人生并非一条直线，而是一个圈，兜兜转转，他走回了原点。

他到长沙发前，将毛毯掀开扔掉，俯下身去吻她。

叶阳还未完全清醒，衣服就被剥光。

那只手热烈又潮湿，在她身上近乎肆虐般地揉搓。

嘴唇也毫不留情，所过之处，寸草不生。

她在半梦半醒间陷入了汹涌黏腻的欲望中。

混沌中，她想到了边紫说的新鲜感，然而也很快抛弃了它。

过去她就因为不知道会到来还是不会到来的预判断送了爱情，这次她要心无旁骛，好好享受他。

他挺进来，以一种蛮横强硬，不许拒绝的姿态。

叶阳死死咬住嘴唇，然而很快在他的动作中败下阵来，迷蒙中又觉得自己的表情一定很难看，便试图用手盖住脸来掩饰，却被他一把压住手腕。而后她被拎到洗手间，摁在洗漱台上。叶阳不敢看镜子，他就攥住她的下巴，逼她正视。她大汗淋漓，喘息不止，几乎撑不住。人又被他用水一冲，直接弄到床上，来势汹汹，没有商量的余地。

叶阳醒来时，天还黑着。

房间里只亮了一盏台灯，灯光清淡无力，她略略抬了一下眼皮，瞧见张虔就坐在沙发椅上，正在看她。

她有些被吓着，而后迅速镇定了下来。

他依然在看她。

窗外有淅沥雨声，不知道什么时候开始下的，这样的夜晚，听起来格外有情调。

她听了一会儿雨声，瞧见睡衣就在床边，拿到被子里穿好，起身下了床。

他指间有半支烟，叶阳伸手将烟从他手中取走，坐在他大腿上和他接吻。

张虔扶住了她的腰。

吻罢，叶阳将脸埋在了他颈边。

半支烟很快燃尽，灼到手指，她松了手，烟蒂掉在地上，她没有管，把空着的那只手搭在他肩上，轻声问："出差顺利吗？"

张虔"嗯"了一声："还行，没出什么岔子。"

叶阳吻了一下他的颈儿，轻声道："有想我吗？"

张虔道："想了。"

她又问："怎么想的？"

张虔道："想你在干什么？"

她离开他，定定地看着他："我在干什么？"

张虔也看着她："你也在想我。"

叶阳笑了，凑上去亲了一下他的嘴唇，道："这个没法反驳。"

他顺势咬上来，与此同时，手滑入 T 恤中。

叶阳有些气短，无力地倒在他身上。

他一边揉捏，一边道："前些天盛超又来找我，说想一块儿开公司，他拍片，我做制片和宣发，一人一半的股权，你觉得怎么样？"

叶阳一把摁住他的手，歇了片刻，还是有些晕，于是抵在他肩上，小声道："我喜欢你做自己想做的事情。"

他却笑了："也没什么想做不想做，毕竟本质都一样，不会有大区别，区别只是选择给别人打工，还是自己做老板。"

叶阳"嗯"了一声，轻声问："那你在犹豫什么？"

他沉默了半分钟左右的样子，缓缓道："开公司不是一蹴而就的事儿，操心的事也多，忙起来就没完没了，做不大不甘心，做大了事更多，辛苦倒是无所谓，但怕自己太忙，无法分心照顾家庭。别等我四十好几，功成名就，老婆孩子却怨声载道。"

叶阳没吭声。

他又道："我没精力照顾家庭，你也不会甘心做家庭主妇，矛盾就来了。我在琢磨，未来的十年中，事业和家庭在我的人生中哪个权重比较高。"

54　早知道就对你好点了

B 市十一月很少下雨，不知道今晚怎么下了，像特意为他们下的，她觉得浪漫，就不太想考虑太现实的东西，轻笑道："我已经很久没谈过恋爱了，现在才刚恋爱，你就扔这么大的问题过来，太为难我了，我这会儿没办法理智思考，如果你问我的看法，我只想你做自己想做并且认为值得去做的事情。至于家庭与事业的冲突，我觉得还很遥远，等那一天真到来了再说吧，好吗？"害怕不够有说服力似的，补充道，"过去我就因为太看重结果，忘记了当下，才导致了悲剧，这次不想考虑那么多。"

她的声音轻轻的，细细的，伴着窗外的雨声，一字一句地钻到他耳中，再渗入心里，像长了尖利细齿似的，一点点在里头啃噬，啃得他整个人都软了，又软又痒，一点力气没有。他说不出来是好受还是不好受，抬手揉了一下心口，道："以前不该想的时候你要瞎想，现在该想了，你又不想了。"

其实，不可能不想，只是她想要的家庭生活，是夫妻在日常相处中共同维护起来，而不是十天半个月都见不到丈夫的丧偶式婚姻。如果那样，她宁愿不进入婚姻。但她没办法说出这些东西，因为不希望张虔因为这些而改变自己的方向或者有太大压力。同时她也知道自己不会为任何人改变或者勉强自己，哪怕是因为爱情。顺其自然吧，他创他的业，她谈她的恋爱，当有一天，俩人的节奏彻底合不上了，就会分开。

叶阳直起身体，将用手臂圈住他的脖颈："你是在怪我吗？"

她最漂亮的就是眼睛和眼角的泪痣，这两项是这张脸的惊艳所在，张虔微不可闻地叹口气："不是怪你，我怪盛超，我也才刚恋爱，他就过来捣乱，再晚一年半载的，等进入了厌倦期不成吗？"

叶阳笑了，过去啄了一下他的鼻尖："你明天早上想吃什么？我起来给你做。"

张虔却没回答，而是换了话题，问："很久是多久？"

叶阳没反应过来，问："什么？"

张虔直接道："刚才说很久没谈恋爱，是多久？"

叶阳愣了一下，笑道："挺久了。"

张虔却笑了，她的脸忽然红了，从他腿上下来，道："好困，我先睡了，你慢慢琢磨吧，我明天还要上班呢。"

她钻进被子里，伸手将床头的灯关了，房间陷入了黑暗中。

张虔坐着没有动。

好一会儿，叶阳听到他走出房间，隐约听到哗啦啦的流水声，似乎是去冲澡了。

叶阳一口气睡到早上九点多，起来后，看了看时间，发现已经迟太多，就不着急了。

微信里有张虔发的微信，说上午约了人谈事情，先去公司了。

简单的一句话，让她生出了一点很陌生的幸福感，切实觉得，这个人现在是她男朋友。

她拿出手机，找出企业微信，填了半天的调休假，然后去冲澡。

冲完澡出来，她瞧见客厅的桌上摆着一份合同，拿起来看。

是自己放到他房间的租房合同。

合同上甲方信息原本是空白的，这会儿已经填好了。

她便笑了，将合同收好，去厨房做了一点简单的早餐，吃了之后，去了公司。

到公司后，找林天一说《八仙过海》下下周发预告片的事情，她却发现林天一的脸色很差，也没了往日那种问一句说一大堆的热情，只嗯嗯啊啊地敷衍了事。

叶阳回到工位上，问王青萍，林天一挨批了吗，今天情绪这么不对劲。

王青萍说他一来就这样，今天爆几次粗口了。

叶阳发微信给边紫，问俩人是不是吵架了。

边紫回，她跟林天一分手了。

叶阳惊了，问怎么回事。

边紫说，昨晚俩人相互交代情史，林天一无法接受她之前约过，俩人吵了一架，就分手了。

叶阳更诧异了："不可能吧？天一观念挺开放的，平时聊天，说到相关话题，话里话外那意思也是自己虽然不约，但理解并支持别人约的想法和权利，他还觉得这是文化多元的体现。"

边紫道："支持理解别人，但发生在自己身上，他无法接受，不过挺好的，反正感情也没多深，分就分了。"

她既这么说，叶阳也无话可说。

下午，张虔问她什么时候下班，他来接她。

俩人的公司离得有一段距离，叶阳觉得麻烦，说不用了。

张虔没再坚持，而是发给了她一个地址，让她下班后直接过去。

西城的一个主题酒吧。

叶阳到了之后，给张虔发微信，他从里头出来接她。

这酒吧是张虔大学室友徐瞻开的。

徐瞻出身导演系，毕业后，给人做过MV导演，写过剧本，甚至还当过龙套演员。浑浑噩噩好几年，他终于发现自己能力有限，且吃不了苦，就放弃了导演事业，筹钱开了酒吧，张虔是股东之一。

叶阳立刻乐了，紧抱住他的胳膊笑："早知道你不仅有房有车还有酒吧，我就对你好点了。”

张虔觉得这话从她嘴里说出来很新鲜，似笑非笑道：“是吗？你打算怎么对我好？”

叶阳本是顺嘴一说，没想到他还真问了起来，一时语塞。

张虔见她被问住了，一副“早知如此”的样子。

酒吧开了暖气，走到门口时，张虔替她将外套脱了，交给迎门酒保。里头地方倒不大，但很有情调，里边有皮卡沙发座和木制桌椅，四面墙上挂着大幅的电影海报。这个点，人还不多，乐队也没有演出，音响里流淌出暧昧慵懒的爵士乐。

徐瞻和傅晚卓一见张虔接人回来了，赶紧把烟掐了，站了起来，隔着老远就打招呼：“大美女，可把你盼来了，真不容易。”

叶阳朝俩人脸上一扫，微笑颔首示意。

徐瞻对张虔道：“她这一笑，我一下就想起第一次在你的生日会上见到她，也是只笑不语，这么多年，一点没变。”

叶阳瞥了一眼张虔。

暧昧灯光下，堪可入画的脸漾出一点笑意：“你什么眼神？哪有人九年不变的，那不成妖精了。”

傅晚卓跟着又把叶阳打量了两三遍，笑道：“以前拘谨，一说话就脸红，现在知性大方，跟之前判若两人，我第一次在美术馆碰见，差点没认出来。”他说完像是反应过来，对叶阳道：“我在咖啡馆第一次见你们俩，就有预感，你们肯定要复合，果不其然，我这第六感，简直绝了，应该买彩票去。”

说话间，几个人坐了下来。

张虔道：“还第六感，你是女人吗？”

“还说我是女人，那你们别复合。”傅晚卓笑，“而且如果不是我，你俩压根就不会认识，我怎么也算半个媒人，但至今没一个人谢我，不像话。如今又复合，不容易啊，你们是不是该找个机会正式感谢一下？”

张虔整个人放松下来，那种家世优渥，养尊处优的劲儿出来了一点：“你知道我们俩是因为你认识的，但不知道我们俩也是因为你分的，功过相抵，我不让你正式赔罪就算便宜你了，还卖什么乖？”

傅晚卓刚端了杯子要喝酒，听到他这么一说，便立刻放下了，饶有兴味道："这我还真不知道。"他看向叶阳："怎么？你当年是暗恋我，所以才跟他分手的吗？"

叶阳玩笑道："我又不瞎。"

傅晚卓佯装拉下脸去："怎么说话呢？追我的人可比追张虔的人多。"

叶阳玩笑道："那是因为张虔看着难追，大家敬而远之。"

傅晚卓被她噎了一下，看向张虔："虔，你女朋友对我有敌意，你不管管？"

张虔手中圈着酒杯，无聊地晃着："我们俩分手，你是导火索，这是积怨，没拿酒泼你已经很善良了，现在这程度，你受着吧，我也没办法。"

徐瞻弯腰在烟灰缸上敲了敲烟，笑："我都好奇了，这跟晚卓有什么关系？"

张虔正要开口，叶阳抿嘴一笑，温柔道："其实也没什么，就晚卓跟自己女朋友分手了，心情不好，跟张虔吐槽了两句，恰好被我听到了，我以为是在说我，就跟他分手了。"

傅晚卓很吃惊："我说什么了？我怎么不记得？"

"好像是说外地姑娘不如你们本地姑娘爽朗大方，清高无趣，带着浓浓的小民意识之类的。"叶阳轻飘飘道。

清高、无趣、小民意识，这三个词曾精准无比地刺中了她的自尊心。之所以能刺中，是因为她知道自己身上的确有这些东西，那是出身所带来的局限性。读书可以打破局限性，但不能完全摆脱，至少十八岁的她，还不能完全摆脱。但她原以为张虔跟她在一起，是欣赏她某些与之对应的优秀品质，所以当她发现张虔开始不欣赏甚至可能嫌弃，只是因为有教养才没有表现出来时，才会像被人踩了尾巴似的恼羞成怒。不过她得感谢傅晚卓的评价，那是她第一次深刻意识到阶级差异。不单单是物质上的差异，更多的是物质带来的精神上的差异。她在和张虔分手后，读书、旅行、看电影、看话剧、学吉他……开阔视野，培养情趣，努力不让自己成为偏狭的无趣之人，全拜傅晚卓的所赐，她得感谢傅晚卓。

傅晚卓经过提醒，仍想不起他到底什么时候在哪里说过这样的话，他甚至想不起他是跟哪个女朋友分手才说出了这样一番话。但他不惊讶，因为直到现在他也有这种看法，只是场面上不能再这么说。他玩笑道："是吗？我还说过这样的话，那可太没品了。"又看向叶阳，玩笑的责怪中带点较真的意思，"那你也不能因为这个跟张虔分手，我是我，他是他，你这迁怒毫无理由，不刚好证实自己就是小气？”

叶阳道：“我只是气不过他不维护我，没想到他当真了，那我也当真了，分就分，想着谁离了谁不能过。还是太小了，不懂得珍惜，总以为能遇到更好的。”

张虔侧头去看她。

叶阳眉目如画的脸上有浅浅的笑容，笑中藏着对往事不可追的失落和怅然，可能还有那么一点释然。

徐瞻颇为感慨：“当时的确小，很多事不明就里，稀里糊涂，错过就错过了，没想到你俩还能重新在一起，真不容易。这像不像你们那电影，叫什么来着，《我正去往你的所在》？生活就是艺术。”

张虔淡淡一笑，没有说话。

仨人顺着闲扯了一会儿大学往事。

往事如果真的过去，回忆起来，只剩下美好。

即便遗憾，也是美好的遗憾。

叶阳有些庆幸，庆幸她和张虔都对往事存了一点不甘心，没有完全释然。也庆幸，她和张虔对当下都不满意。如果两个人当中，有一个是对生活很满意的，那么重再多次逢，也不会有重新开始的欲望。

八点多后，酒吧里的人渐渐多了，徐瞻起来去忙了。

张虔去洗手间的间隙，座位上只剩下叶阳和傅晚卓，俩人扯几句话，他忽然说起边紫来。

叶阳说最近一直在联系，偶尔也会出来吃饭。

傅晚卓又问边紫最近在做什么。

叶阳拿不准有没有必要告诉傅晚卓边紫和林天一谈恋爱但又分手的事情，于是出去给边紫打了一个电话。

边紫说她之所以对傅晚卓有期待是因为想谈恋爱，不是看中了这个人。现在恋爱已经谈完了，发现还是那样，甜蜜是真甜蜜，但其间伴随的失落与失望也真实。她不想要这甜蜜，也不想那失望。

叶阳懂了她的意思，回去告诉傅晚卓，边紫正在谈恋爱，但没告诉他分手的事情。

傅晚卓略略有些遗憾，但深究，又觉得那遗憾很浅，只是像他比较欣赏的某个炮友，突然从良了。

张虔回来后，跟傅晚卓又聊了一会儿，傅晚卓说先走了。

乐队到点开始表演，叶阳靠在张虔怀里静静地听。胸膛起伏，他的呼吸中有点烟味和酒味，那种成熟男性的气息如此强烈。她忍不住吻了一下他的脖子，然而今晚实在动情了，一开始就停不下来，连着多吻了几下。

张虔被她弄得发痒，上身微微偏离，低眼看她。

她也仰脸看他。

他之前一直觉得她的鬈发怪，怪到明明只有头发变了，他却有种她整了容的错觉。现在他奇异地发现，她这鬈发还挺有风情。或许不是鬈发有风情，是鬈发配着眼神，有了风情。他把声音压得很低，虽像提醒，但似乎也含着某种不可言说的暗示："这可是公众场合。"

55　宝贝儿

叶阳本就心痒难耐，被他这么一撩拨，喉咙发紧："那我们快回去吧。"

张虔原以为她是恶作剧，见她这副样子，喉咙跟着紧起来："真回去？"

叶阳拽住他的领口，将他拉低一点，轻轻地碰了一下他的嘴唇，声音带点克制的哑意："我还没吃饭，但不想在外面吃，我们回去做饭。"

张虔心神一晃，忘记了什么走与不走的事情，低头吻住了她，没过一会儿，轻声道："我喝酒了，不能开车，你有驾照吗？"

叶阳晕头转向地看着他的脸，因为离得太近，而显得大极了。她忘记了回答问题，顺从自己的本能，拽住他的衬衫领口，将他拉下来。

张虔欲拒还迎半推半就，最后被她弄得有些激动，捉住她的手，喘息道："前面有酒店，我们到那儿去？"

她眼含春水："远吗？"

张虔咬了一口她的鼻尖，声音沙哑："不远，就几步路。"

叶阳还想亲，他似乎也不舍，俩人的目光胶着了一会儿，还是咬牙站了起来。

外头有些冷，风一吹，那股子冲动就散了一些，不过等他抓住她的手，分开她的手指，和她十指紧扣时，那点心痒便又回来了。她喜欢他的手，温暖倒还是其次，她喜欢那种不由分说的力量，让人觉得安稳。好像被这个手一握，她立刻就在这座城市落地生根了一样。

两人相视一笑，不知道为什么，有些羞赧。

张虔扣紧她的手，要带着她走，却被她扯住。

他佯装若无其事地停下来，顺带不慌不忙地摸了摸她的头发，问：“怎么了？”

这一片都是商铺，人来人往，进进出出，热闹非凡。他俩站在霓虹灯的光影里，是这座城市里最普通不过的一对情侣，她喜欢这样的普通。她迎着他的目光歪头看了他好一会儿，踮起脚尖，吻了一下他的脸颊。

张虔摸了一下她亲过的地方，奇道：“干什么？”

叶阳抿嘴一笑：“以前看别人在公众场合黏黏糊糊，一边觉得俗气，一边又暗生羡慕，现在也想体会一把秀恩爱的感觉。”

张虔紧跟着问：“感觉怎么样？”

叶阳偏头回忆那一瞬，摇了摇头：“看别人秀恩爱，感觉很幸福；自己秀，倒没感觉了。”

“是吗？”张虔蹙起了眉头，这答案显然不能让他满意。

叶阳试图解释道：“可能别人的恩爱是无意识行为，所以幸福，我这太刻意了，就没……”

张虔低头吻上了她的额头。

叶阳剩下的话没有再说出来。

张虔的嘴唇离开她的额头，低眼看她：“现在有感觉了吗？”

突然来一下，还是心动的，叶阳却死不承认：“没什么大感觉。”

“是吗？”张虔双手捧住她的脸，不由分说地吻上了她的嘴唇，反复厮磨她，磨得她不能自已，让她忘记了时间和地点，枉顾各种异样目光，紧紧地搂住了。

过了好一会儿，张虔才松开她，本想问她现在有感觉吗，却发现她哭了，有些被吓到，轻声问：“怎么了？”

叶阳随手将眼泪擦掉，把脸埋在他怀里。

不远处的天桥口有歌手挎着吉他在唱民谣，设备齐全，还配备音响和话筒，吉他声配着嘹亮的歌声，传得很远：

青春的岁月，我们身不由己。

只因这胸中，燃烧的梦想。

青春的岁月，放浪的生涯。

就任这时光，奔腾如流水。

体会这狂野，体会孤独。

体会这欢乐，爱恨离别。

这是我的完美生活，也是你的完美生活。

我多想看到你，那依旧灿烂的笑容。

再一次释放自己胸中那灿烂的感情。

……

叶阳小声问："这是什么歌？"

张虔道："好像是许巍的歌，听旋律像《完美生活》？"

"《完美生活》？"叶阳笑着离开他，"这歌名取得真美。"

张虔抬手理了理她的头发，害怕再把她弄哭了似的，轻声问："过去看看？"

俩人走过去，《完美生活》刚唱完，歌手停下来休息。路边还有另外一对情侣，扫了歌手胳膊上的二维码打赏了一百块钱，歌手们精神抖擞，立刻唱了另外一首歌。

叶阳将头靠在他肩头，张虔看了她一眼，将胳膊抽出来，将她搂到了怀里。

一曲唱完，对面那对情侣拍手称道。

叶阳仰头看他，问："你不表示一下吗？"

张虔便笑了："不用你说，我也是要表示的。"说着拿了手机扫了二维码。

歌手的手机有收到打赏的提示音，经过音响扩大，歌手的注意力立刻从那对情侣转移到了他们俩身上。

叶阳一听数，乐了，问："一百九十九有什么寓意？"

"那倒没有。"张虔笑，"但总觉得比两百好听点。"

这倒是，两百虽比一百九十九多了一块，但显得冷冰冰的，一百九十九是有温度的。张虔可爱的地方，在小事上也不敷衍人。

歌手一迭声表示感谢，问他们有没有想听的歌儿。

张虔请他们随意。

歌手歇了一会儿，正要重新开始，张虔忽然又问能不能借一下他们的吉他。

歌手眼中一亮，问他也会吗，张虔说以前学过，一时手痒。

歌手将背带从脖子上取下来，把吉他交给他。

张虔试弹了几下，本想直接弹的，犹豫了一番，还是把嘴凑到了话筒旁，但是没看当事人，只道：“送给我女朋友，叶阳。”

旁边那对情侣和俩歌手立刻吹起了口哨。

叶阳第一次听他这么称呼自己，眼圈一红。

原以为会是那首《Aurora Borealis》，谁知却是一段陌生的调子，但很动听，像一段温柔的人生。

等他放下吉他，和歌手告别，出来后，叶阳问他是什么，他卖关子说他不知道。

叶阳一直问他，他就是不说，她便被勾得有些心痒难耐。等代驾来了，俩人上了车，叶阳夺过他的手机，打开音乐App，找到他的歌单，一首一首地放。但他歌单里的歌太多，找得她心焦。张虔见她急了，就把手机从她夺回来，吻了上去。

次日早上，叶阳在他的卧室醒来。

窗帘已被拉开，只留了白色的窗纱挡着光。

窗户也开了一条缝隙，一点风进来，吹动纱窗，室内明暗斑驳。

叶阳刚一睁开眼睛，张虔就吻住了她，而后将脸颊埋在她颈里，气息沉重。

她察觉出他有些不对劲，轻声问：“怎么了？”

他缓了好一会儿，才轻声道：“刚才做了一个梦，梦见我开车去什么地方，经过一个十字路口，遇到了红灯，车在路口停下来。我忽然看见你从眼前的斑马线经过，人有些恍惚，不知道我们是在交往，还是已经分开好多年了。我想下车叫住你，问问你，却发现车门怎么都打不开，只能眼睁睁地看着你经过我，然后消失在人海中。我急出了一身汗，然后就醒了。醒来发现你就在我身边，才知道自己不是在做梦，而是真的。”

叶阳抬手捂住眼睛。

张虔把她的手从眼睛上拿开，看着她，认真道：“我们结婚吧。”

叶阳怔怔地看着他：“你前几天才刚说算了，现在又要结婚。”

张虔趴在她颈里沉默了一会儿，道：“我们因为程柠吵翻后，我在你们楼下等了两个多小时，我想你打电话或者追下来，但你没有。走了后，你一直也没联系我，我就很失望，觉得复合不是重新开始而是重蹈覆辙，就想着算了。结果发现，没决定分手时，倒没有那么想你，做了这个决定后，就开始整天想，想你在做什么，想你在想什么，想你吃了什么饭，想你睡了没，想得连工作的心思都没有。然后有一天晚上，我去超市买东西，在农产品区看到一对夫妻，四十多岁的样子，妻子在挑东西，丈夫说家里有，别买了。妻子却对他的话充耳不闻，丈夫生了气，连名带姓地喊她的名字，她仍充耳不闻，自顾自地选东西。我看着他们，忽然就想到了你。我想和你过这样的日子。我们会为了柴米油盐这样的琐事吵架，会有摩擦，最后甚至听不进去彼此的话。生活其实就是日复一日地重复，在重复里不停地做选择题。大到要不要创业，什么时候生孩子，如何平衡家庭和事业；小到今年去哪里旅行，晚上是订外卖还是自己做饭吃。说有趣也有趣，说无趣也无趣。我能想象和你过这样的日子，却无法想象和别人过这样的日子。”

叶阳的眼泪涌出来，顺着眼角滑落在枕上。

他把脸从她颈中拿出来，躺回枕头上，仰头看着天花板，声音平静：“找你之前，我去上海盯《名利场》的发布会，想到你父母也在上海，就去看了看他们，但没告诉他们我是谁，只是买了一碗凉皮吃。”

叶阳将手从眼睛上拿下来，俯在他身上，惊讶道：“你怎么知道他们在哪儿？”

张虔抬手给她擦眼泪，边擦边道：“我拿你的微信昵称搜了一下微博，找到了一个同名的，就点进去看了一下。”

叶阳呆了。

张虔将她反压回去，俯身到她耳旁，小声道：“我只看了最近的一条，就知道是你。”

叶阳想到什么，忽然脸红了。

他低声问：“宝贝儿，知道自己发了什么吗？”

当然知道。

最近那条是他生日那天发的，七个字，两个标点。

生日快乐，宝贝儿。

56 抵抗逐渐庸俗化的生活

周末，张虔带叶阳回家看自己爸妈。

车出了城，拐入云月庄园，叶阳才意识到他们家有别墅。别墅区植被覆盖率高，到处都是树林和湖泊。张虔打了一圈方向盘，拐入一条车道，见她惊讶，半是认真半是玩笑：“怎么，我以前没跟你炫耀过？”

叶阳茫然地看着外头景色：“你以前说，你只是个普通的本地人。”

不过张虔特喜欢她在物质方面的迟钝劲。说是钝，其实也是纯。他点点头：“的确是普通人，不然为什么给别人打工？”

叶阳没再说话，因为她定义的普通人和他定义的普通人显然不是一个概念。但笼统来说，的确都是普通人，毕竟这城市卧虎藏龙，什么人扔进来都是普通人。

张虔看她不说话，又道：“看着挺像那么回事，其实也就那么回事，毕竟是郊区，房价没城里高，而且里边租户也很多，一家老小住一块儿，主要是方便。”

叶阳察觉到他话里的体贴，笑了：“我以前来过这里。”

“是吗？”张虔问，“什么时候？”

她点点头：“刚毕业那会儿，在九州实习，有个导演住这里，我们来这边开会。”

张虔问：“哪个导演？”

叶阳摇摇头：“一个小导演，现在已经查无此人，估计你不认识。别墅据说是他老婆的，他老婆是个富二代。”

车开进庄园深处，路过一条狭长湖泊，张虔瞥见熟人，将车停了下来，说是常总，叫她一块儿下去打招呼。

叶阳有些诧异，随即想到周嘉鱼说他是常总弄到时代的，原来他们住同一个地方，怪不得。

跟常总打完招呼，车又往前开了一段就到了。张虔停了车，下去给她开车门，见她一脸愣怔，问：“紧张？”

叶阳回过神来，笑了笑：“真有点。”

张虔解释道：“我们家全靠祖辈有先见之明，在房不值钱的时候屯了点，我爸妈东凑西奏，又屯了点，才不至于缺房住。他们没什么了不起，就是眼光稍微好点的文艺工作者，不吃人。”又道，“我比他们厉害，他们还是靠父母才能住上小别墅，我们不用靠他们给，四十岁时就可以住上。”

叶阳忍不住笑了，把额头抵在他肩上，声音轻甜：“你什么时候学会吹牛了？”

张虔唇畔浮出一点笑意，不似平时严肃：“不吹牛，买不起，还租不起吗？”

叶阳亲了一下他的肩：“我不喜欢租房住，我觉得你现在那房子挺好的。”

张虔顺从道：“那就不租，我也喜欢住城里。”

叶阳跟他拉开距离，偏头瞅他：“你怎么这么好？”

张虔笑：“这话你问早了，等会儿进去请教陈女士和张院长好了，也算为以后攒点经验。”

叶阳被他这语气和神态还有话里的暗示撩得心神荡漾，娇俏道：“我不问，要问你问。”

张虔笑了：“我就是模板，还问什么，照着自己教就成了。”

说着上了台阶，摁了门铃。

门开了，张虔见到是保姆，叫了声“刘姐”。

俩人在门口换了拖鞋，张虔看到自己母亲和外祖父都在阳台，就把礼物放在客厅，领她去了阳台。

张虔的外祖父前些日子摔了一跤，跌断了腿，还在恢复期，张虔的母亲正在陪他在阳台晒太阳。

叶阳在张虔的介绍下，叫了一声“伯母”。

张虔母亲的目光停在了她脸上。

一种锐利的打量目光。

叶阳和她对视不过两秒，转移了目光。

张虔的外祖父颤颤巍巍地伸出手来，张虔握住他的手，在轮椅前蹲了下去。

张虔的祖父没摔前，脑子就有些糊涂，眼睛也不好使，摔了后更糊涂，张虔叫他姥爷，他却不知道这是谁。

张虔嗓音低柔：“姥爷，我是西洲，您怎么就把我忘了？”

张虔外祖父浑浊的双眼中透出一丝亮来，他摸着张虔的手，紧张道：“西洲，你怎么回来了？还忙吗？你妈说你这两年忙得很，常常晚上两三点才回家，人都累瘦了一圈。”

老人的手又枯又松，张虔不敢用力握，怕给握摔了，他略微提高了点声音：

“以前忙，现在好多了。”

张虔的外祖父满意地点了点头，又语重心长道：“再忙也要注意身体，别等老了，落一身病，像我一样，坐不了，躺不下，后悔也晚了。”

张虔乖顺道：“我会注意的，您也要放宽心，赶紧养好腿，外孙子打算结婚，还等您主持婚礼。”

张虔的母亲有些吃惊，又去看叶阳。

然而不过两句话的工夫，张虔的外祖父已经又把这个外孙子忘了，问张虔是谁。

张虔的母亲握住他的另外一只手，耐心道：“爸，他是您外孙子西洲。南风知我意，吹梦到西洲，这小名还是您取的，您怎么又不认识了？”

张虔的外祖父叹息道：“看我这脑子，人老了，不中用了，西洲最近不是挺忙的吗？怎么有空回来了？”

张虔母亲微不可闻地叹了口气，对儿子道：“以前还没忘这么快，现在是转脸就忘，你有空就多回来看看，别让他把你彻底忘了。”说着从凳上起身，把自己儿子叫到了客厅。

张虔母亲这一起身，叶阳觉得她那种舞蹈演员的气质便出来了，四肢柔软，舒展得像兰花一样，而且很轻盈，走路几乎没声音。

没过一会儿，叶阳透过推拉门，瞧见他们母子俩上了二楼，几分钟后，张虔下来，把叶阳叫走了，一块去二楼书房。

去二楼的楼梯墙上挂了很多相框，叶阳注意到后，步子就慢了下来。

大合照、旅游照、演出照、生日照、单人照……张虔见她感兴趣就给她简单介绍了一下照片背后的故事。他这一解释，基本上算是把整个家庭背景介绍了一下。叶阳这才知道他爸妈都是国家一级演员，爸爸现在还是B市蓝桥艺术剧院的院长。

叶阳以前模糊地想象过他的家庭，因为不知道太多具体信息，所以想象忽高忽低，没什么冲击感。如今虽然见过一些世面，并且做好了心理准备，但一想到这是自己男朋友家，她仍觉得不可思议。不过羡慕很浅。她原以为自己会艳羡，像她十八岁时那样，她对张虔的向往，一部分是对他家庭的向往，甚至在某些瞬间产生过隐秘妒意，他拥有她想要的一切。可真到他家，她发现，面对自己曾经向往过无数次的家庭，她非常平和。她想，如果给她一个机会，要和他张虔交换人生，她愿意吗？她不愿意。虽然她对自己的家庭有诸多不满意，对自己也不满意，但如果要她变成别人，她不愿意。她无法想象从小生活在张虔这样的家庭里的叶阳是什么样子的，但无论什么样，都不如现在的叶阳。

说到底，她对现在很满意，她只想在现有基础上变得更好，而不想彻底改变自己。

张虔的父母也如张虔所说，非常开明，不干涉儿子婚姻自由，只是本着了解的目的，问了她几个问题。比如哪里人，家庭情况，父母职业，未来的打算等。在听到她父母在上海卖包子后，张虔的父亲还回忆起了他年轻时为演一个类似的角色，专门找了一家铺子去体验的经历。他说比想象中辛苦太多，他很敬畏那些体力劳动者。

“辛苦”俩字从张虔父亲口中出来，不是高高在上的体恤，不是隔着玻璃式的客套，而是一种平实的敬畏。那是一个艺术探索者对体力劳动者的敬畏。他父亲身上有一种平等感，好像在说探索艺术和探索生活没有高下之分，只要认真，都值得尊重。

而且看得出，张虔父母的感情很好，虽没发生什么特别的事情，但那种无意的眼神的交会，让叶阳觉得他们感情特别好。张虔的爸爸直到现在看他妈妈都是一种看小孩的眼神，既新奇又宠溺，好像妻子是一本书，他不读到最后一句，就永远好奇。

这样的眼神，叶阳通常只有在热恋的情侣身上才能看到，没想到有一天能在结婚三十多年的夫妻身上看到。

张虔说，别人家都是孩子排首位，父母的爱情，要靠边站。他们家完全反过来，父母的爱情排在首位，他要靠边站。还言之凿凿说孩子是夫妻的附属品，不能越过夫妻关系排在第一位，本末倒置，家庭关系容易出问题。以前他觉得父母自私，现在觉得他们有先见之明。父母为孩子牺牲越多，控制欲越强，将来对孩子的生活会干涉得越多。父母现在不干涉他，也是因为从没把他当作家庭的重心有关。他结不结婚，生不生孩子，父母都无所谓，他们有自己的生活。

叶阳听罢便笑了：“都说孩子将来做了父母会像自己的爸妈，爸妈怎么对他的，他将来就会怎么对孩子。你爸妈这么酷，你将来也一定很酷。”又道，“不知道我能不能像你一样酷，我特别怕会成为自己父母那样的人，无意识地给孩子带来许多伤害。”

张虔也笑："照你这逻辑，你应该不会像自己爸妈，毕竟没怎么相处过，你应该像爷爷奶奶。"

叶阳一愣，觉得有道理，竟然松了一口气，道："这么说，我就放心了，我们这一家里，我最喜欢爷爷，也最希望自己像他。"

她爷爷是那种典型的大家族家长，刚毅、木讷、正直。在那个年代，家境更不好，但养了四个子女，不能说功成名就，但都算正派孝顺。之后大儿子和二儿子离家奋斗，爷爷又亲手带大了一个孙女和三个孙子，是整个大家族的向心凝聚力。

女孩的择偶观都受父亲影响，但叶阳受祖父影响比较多。没遇到张虔之前，她欣赏的男生都是这一类的。至于张虔，虽然优秀，但不在她的选择范围内。只不过她实在没有抵挡住他风花雪月的手段，冒了一次险，才对这类人有了改观，进而整个择偶观都跟着改了。但对于她对自己的期待，还是希望像爷爷。

俩人见过张虔父母后，趁着都没那么忙，又一块去上海见叶阳的家人。

江阴离上海不远，叶阳的父亲把自己爹妈也接到了上海，叶宽跟着一块儿到了。

张虔订了饭店包间，叶阳和他一块儿在电梯口等人。

接到叶宽的电话，说快到时，叶阳忽然很紧张，手心里一直在冒汗。

张虔摸出手帕给她，笑她见他家人都没怎么紧张，怎么见自己家人这么紧张。叶阳一边擦手心里的汗，一边想，是啊，怎么会这么紧张？因为说到底，恨归恨，疏离归疏离，她内心深处还是在乎他们的，家庭是一个人的来处，她希望得到他们的认同。

叶阳的爸妈一看张虔那种派头，都有点拘谨，不大敢说话，怕露怯。倒是叶宽自来熟，笑嘻嘻地上来叫"姐夫"，叶阳给拦住了，让他叫"哥"。张虔说"没关系，早晚的事情"。

叶宽虽不务正业，但会说话，且没那么多顾忌，饭桌上的气氛主要靠他来调节。他和叶阳一来一往，气氛渐渐就好了。叶阳的父母这才敢问张虔的家庭情况，发现比预想中好太多，说话就更小心了。本来照这个氛围进行下去，这顿饭虽然有些尴尬，但尚算圆满，但叶阳的爸爸几杯酒下肚，酒意上头，话开始密起来，且越说越大声，最后连长辈的身份都不顾了，一直拉着张虔喝酒。

张虔也不好推，就陪他喝了几杯。

叶成梁酒品不好，蒋志莲怕他喝多了丢人现眼，不让喝。

叶成梁觉得妻子不给他面子，很不耐烦，大声让她滚。

蒋志莲被气得满脸通红，但碍于张虔在场，不想吵，就忍住了。

叶成梁转身又拉住张虔开始喝酒，边喝边夸叶阳，说她考上大学，给他争脸了，他们老叶家，孙子辈一共八个孩子，除了还没考学的三个小的，就她一个人上了；又说，她从来没让他操过心，不像叶宽，他把心操碎了，也照样不成器。结果后来说着说着，夸就变成了数落。叶成梁说她过年一直不回家，让她回来，她就找一堆借口；平时连电话也不打，发微信给她，她也爱搭不理。叶成梁问张虔，她是不是嫌弃他们，觉得他们丢人，他拍着桌子，高声说，再觉得他们丢人，她也得知道，没有他，就没有她，子不嫌母丑，他是她爸，他一辈子就是她爸……

叶阳知道叶成梁这话是说给自己听的，但她没什么反应，只是看着自己父亲。

叶成梁看了一眼她，却没停下来。他觉得憋屈，他起早贪黑养活一个家，临了临了，养了两个白眼狼……现在找人诉个苦都要看儿女脸色吗?

叶阳起身去了洗手间。

张虔这下也顾不上叶成梁了，起身跟着出去了。

张虔离开后，蒋志莲揪住丈夫的领子，啪的一巴掌呼到了他脸上，问他发什么酒疯。平时就算了，今天什么场合，一把年纪，一点事不懂。打了一巴掌不解气，蒋志莲还准备再打。叶宽赶紧拦下，说算了，回家再说。

叶阳的爷爷奶奶已司空见惯，连劝都不想劝，只道：“行了，有事回去说，别给孩子丢人。”

蒋志莲指着自己丈夫：“等会你给我闭嘴，再说一句话，我回去跟你没完。”见自己丈夫一脸醉意，似乎没听进去她的话，她恼羞成怒，趁叶宽不注意，上去又给了他一巴掌。

叶阳从洗手间出来，见张虔在门口，问：“你怎么出来了？”

张虔往她脸上仔细瞅：“哭了？”

叶阳笑了一下：“哭什么？比这难听的话，我又不是没听过，就是让你见笑了，这摆不上台面的家事，还要让你看见。”

张虔笑道：“家家有本难念的经，这不算什么。”

结果等俩人回去，发现蒋志莲和叶成梁已经动起手来。主要是蒋志莲，一边打一边骂，问叶成梁长不长记性，还喝不喝了。叶成梁不知道是不是喝多了不知道疼还是被打皮了，都不带躲的。而叶宽抄着手在边上看戏。两位老人坐在边上，两脸无可奈何。

叶宽一见叶阳和张虔回来了，赶紧叫了一声“妈”。

蒋志莲瞥见他俩后，停了手。

饭桌上的气氛又尴尬起来。过了一会儿，叶阳的爷爷倒是慢慢开口了，问他们准备什么时候结婚。张虔说打算先领证，至于婚礼，什么时候办，怎么办，还没确定，下次让他父母一块儿过来，两家人一块儿商量下。叶阳的爷爷看着叶阳的父母说，平时也没这样过，今天估计是太高兴，让他别见怪，夫妻过日子，总有磕碰的时候，张虔说看得出来。

叶阳叫了车，送一行人回酒店。

车到了饭店门口，张虔和叶阳送他们下去。

蒋志莲把叶阳拉到一旁，从包里掏出户口本：“你爸来之前说好不喝酒的，但估计是太高兴，忍不住，你别怪他。我跟你爸在家算了算，你结婚没什么可给你的，等你们办婚礼的时候，送你们辆车，再多就没有了。”

叶阳愣住了：“不是说我没嫁妆吗？”

蒋志莲道：“之前手里没富余，现在算了算，还能给你凑点。”

叶阳心中五味杂陈，没说出话来。

蒋志莲又瞥了一眼张虔：“前一阵他好像到我们那儿买过凉皮，还跟你爸聊了一些有的没的。不过戴着帽子，我们也认不太真。他跟你说过这事吗？”

叶阳点点头：“说过，他出差，顺便看看你们。”

“不嫌弃咱们家就行。”蒋志莲道，“我知道你说结婚不要彩礼，但这事得看对方的家庭条件，人家没钱就少要，有钱就多要点，这是很正常的事情，又不是我们一家人要，你别跟人说不要，该要的一定……”

叶阳立刻截住：“我不要嫁妆，你们也别想彩礼，反正你们从小到大也没管过我，结婚这事就别操太多心了，我自己会看着办的。”

蒋志莲还想说什么，叶阳道：“妈，话说到这儿，甭管你们真给还是装装样子，我就领你和我爸一个人情，再说多，这人情就没了。现在要是因为彩礼的事情闹难堪了，甚至闹崩了，对我没什么好处，对叶宽也没什么好处，你可想好，是要钱，还是要人。”

蒋志莲被她噎了一下，想发作，但瞥见张虔人模人样的，的确像个靠山，没再多说什么。

张虔和她站在饭店门口，看着车离开。

叶阳回头问："叶宽是不是加你微信了？"

张虔点点头。

叶阳道："如果他找你借钱，不要给他，我知道你不在乎，但别给，他已经被宠坏了，再多一个你，会更坏的。"

张虔将她搂过来，亲了一下额头："你放心，他不会的。"

叶阳认真看着他："有没有吓到你？"

张虔笑："我看起来这么不禁吓吗？"

叶阳也笑："多的是色厉内荏的人，谁知道呢。"

"那我肯定不是。"张虔又道，"不过你妈下手真狠，没打到我身上，我都觉得疼。"

叶阳叹气："她心里有恨吧，一直恨我爸爸懦弱不争气。她其实是很聪明的，也能吃苦，只是没上过学，连名字都不会写，离了人寸步难行，否则早跟我爸离婚了。加上我爸年轻时又对不起她，她就更恨，打我爸时，下手特别重，我有时都会被她吓到，不过她也有对他好的时候，两人时好时坏吧，反正大半辈子都这么过来了。"

张虔点点头："每对夫妻都有自己的相处模式。"

叶阳趴在他怀里："你放心，我以后肯定不会打你，我不爱动手。"

张虔笑道："相对冷战，我还是更希望你动手。"

叶阳也笑："那我可不舍得。"

回到B市后，叶阳先去冲了一下澡，又回房间收拾东西，想到户口本，就拿了出来看。原以为走向领证的过程中，一定会出现什么阻碍，拖延一下时间，让她和张虔有足够长的时间想明白到底要不要，没想到一路走来，十分顺利，什么都没有。

如今只剩下临门这一脚，她心神不宁起来。

她始终觉得张虔爱的根本不是她，他爱的是九年前的她或者是九年前的他自己。因为现在的张虔没有过去那种鲜活又纯粹的心境了，无法像过去那样毫无保留地爱人，但又不甘心像其他人一样凑合过日子。刚好她出现了，带着他最纯粹的过去，带着他最热烈的浪漫，没有变丑，没有变老，没有变坏，可能让他想起了过去他曾经怎样生动过。他选择她，不是非她不可，而是在以一种大冒险的形式来抵抗逐渐庸俗化的生活。

张虔洗完澡，擦着头发出来，瞧见她正坐在床边发呆，走过去把户口本从她手中取过来翻看。翻完见她仍在发呆，他用手指抬起她的下巴，问："想什么？"

叶阳抱住他，将脸埋在他小腹间，他身上有她熟悉的味道，她把自己埋得很深，声音传出来，多少有些闷："晚上想吃什么饭。"

张虔抚着她的后脑，问："不想什么时候领证？"

叶阳仰脸看他："你想过吗？"

他低眼时有种温柔的错觉，还有种深情的错觉，但说出的话很凌厉："我喜欢速战速决。"

叶阳问："速到什么时候？"

张虔道："就这两天吧。"

叶阳紧盯他："不觉得太快吗？"

张虔平视前方，缓缓道："做事情不能太瞻前顾后，否则什么都做不成。先结婚吧，结了婚，再一件件解决。不结婚，你一直抱着合则来不合则去的心态，我又抱着不想勉强你的心态，这样一来，事情永远解决不了。结了婚，会有压力，这是好事，人无压力，会永远懒惰。"

叶阳又问："如果有些事情结婚后也解决不了呢？"

张虔道："但有些事情不结婚它永远不会发生，婚前所有的预案都是纸上谈兵，没有任何意义。"

叶阳扶着他站起来，手顺着他的手臂一路上滑，最后圈住他的脖子，低声道："那咱们起码得先把经济上分割清楚了，做个婚前财产公证吧，万一出点什么意外，离婚会很麻烦。"

张虔有些意外："你要做财产公证？"

叶阳笑道："我没多少东西，就一点存款，而且存款里的一半还是我们老板误认为'我去往'是因为你的关系拿下来给我的提成，本来打算给你买块表的。虽然不多，但还是公证一下吧。你是你的，我是我的，明明白白，真离婚的话，咱们谁也不占谁的便宜。"

张虔一动不动地看着她。

叶阳被他看得心里直发毛，解释道：“跟感情的深浅无关，主要是为了公平，你不用担心……”

“补办吧。”张虔低声道。

57　张总的爱情无价

当天晚上，两人在网上预约了领证时间。

明天约满了，他们预约了后天。

次日，下班后，两人一块去拍领证时所需要的证件照。

从照相馆出来，天已经黑了。

张虔问她饿不饿，想吃什么。

叶阳想去 X 大那边转转，两人重逢后，还没一块儿回去过。

X 大南门外有夜市，一到晚上，街两边的商家就把东西摆到店铺前的人行道上。吃穿住行，学生日常的必需品，就没有在这条街上买不到的，两人以前也经常到这边来吃饭。不过这条街跟当时已经有很大不同了，但那种属于学生的朴素热闹还在。

两人在夜市上吃了点东西，吃完东西，买了杯奶茶，进了学校，去了明德湖。

晚上还有许多情侣在这里谈恋爱。

今晚虽没有月亮，湖边垂柳也都枯了，但对于情侣来说，还是良辰美景。

只是有点冷。

张虔把自己的大衣脱下来给她。

叶阳拗不过，就把自己的外套脱了下来，穿上了他的大衣。

他的大衣很大，几乎垂到她脚踝，她走路有种会踩到的错觉，不得不提着。

晚自习的下课铃声响起，明德湖的另外一边有几栋教学楼，学生从教室出来，三三两两路过湖边。不知道是谁轻声喊道：“下雪了”。

叶阳抬头看天。

大约才刚开始，雪并不明显，只有零星的雪花。如果不注意，压根就发现不了，但的的确确是雪。

这个冬天的第一场雪。

有学生陆续发现，情侣们从角落中走了出来。

初雪对于学生来说，还是有特殊意义的，但对于张虔和叶阳这种皮糙肉厚的成年人来说，已经没什么所谓了。不过高兴还是高兴的，毕竟给这个夜晚增添了一点浪漫气息。

张虔扯着她走到湖边围栏旁，让她站好，然后指着自己大衣的口袋说：“里边装了一个东西，送给你的。”

叶阳没想到有礼物，有些惊喜。

口袋很深，她第一下没摸着，就多摸了几下，结果摸来摸去也没摸着。她有些慌，不会是刚才换衣服时掉了吧？她紧张问：“什么东西？”

张虔垂眼看她：“戒指。”

叶阳心头猛地一蹦。

这时候送戒指，多半是求婚戒指了。

她赶紧又掏右边口袋，口袋里有烟，有打火机，还有手机，就是没戒指盒。

她急了：“没有，你是不是记错了。”

张虔蹙起了眉头，他也俯身往口袋里掏，发现真没有，纳闷道：“怎么没有，我明明放里边了？”

叶阳提着身上沉重的大衣，就往刚才换衣服的地方跑去。

跑了几步，她又停了下来，因为张虔没跟过来。

她回头瞧，见人还立在湖边，她又走了回来，见他脸上似有笑意，二话不说，就往他身上摸。

他倒是自觉，展平双臂，随她摸。

叶阳连他的裤脚都摸了，仍旧没发现。她想起自己的大衣，从围栏上拿起来，把衣服翻了个底朝天。

还是没有。

她看着他，慢慢道：“你不会在骗我吧？”

他偏头瞧她：“我什么时候骗过你？”

叶阳道：“刚刚。”

张虔摇摇头：“刚刚可不是我骗你，是你自己想多了。”

叶阳将自己的外套重新放回围栏上，看着他眉宇间那点挑衅的神情，拧眉思考了好一会儿，双手再次插入了他大衣的兜里。

她慢慢地笑了出来。

她从口袋里摸出了一个盒子。

他耸了耸肩，做了一个无奈又俏皮的表情。

叶阳小心翼翼地打开了戒指盒。

钻石的光芒在夜色中也看得到，她有些吃惊：“这也太大了……吧？”

“是吗？”张虔听闻直接把戒指盒从她手中取走，“那我拿去换个小的。”

叶阳笑了，赶紧拿回来：“钻石有价，张总的爱情无价，不大，一点也不大。”说完打开继续欣赏，完了做嫌弃鄙夷状，“这算什么呀？鸽子蛋都无法表达张总的爱情，非得鹅蛋才行。”

张虔没搭理她，把戒指从盒子里取出来，拉过她的右手，就往无名指上套。

戒指上手那一刻，叶阳忽然握起自己的手指，他没套上。

张虔抬眼看着她。

她的神情很认真，非常认真：“你真的想好了？”

张虔看了她两秒，将她的手指撑开，把戒指套了上去。

叶阳把手收回来，调整了一下位置，不大不小刚刚好。

她看了一会儿，又抬眼去看他。

他将她拉近，低头去吻她。

他的吻，温柔又有力，中间她睁开眼睛去看。

他闭着眼，神情专注，十分享受。

她一边为他心动，一边觉得他遥远。但她不能多想这事，只能把这个归结于相处时间太短的缘故，慢慢就好了。

吻罢，叶阳靠在他怀里，深情款款道：“我会对你好的。”

他将她拉开一点，问：“怎么对我好？”

她继续深情款款：“陪你吃饭，陪你看电影，和你一块儿睡觉，跟你说所有心里话，不让你孤单寂寞。”

他一副理所当然的样子：“你是应该对我好点。”

叶阳本想抛砖引玉，让他说点心里话，如今却只得到这样一句话，她直接道：“你刚才算求婚吧，求婚不应该说点什么吗？”

张虔摇摇头：“不是求婚，就是送戒指而已。”

叶阳：“……”

叶阳第二天醒得早，她看了看时间，还不到六点，房间里黑漆漆的，但她身边已经没有人。

人逐渐清醒过来，她也没着急找人，缓了好一会儿，才起身下床。

又记起昨夜睡时，外面还在下雪，不知道怎么样了，她就走到了窗前，拉开了窗帘。

没想到还在下，而且还不小。

心里有些高兴，像得到了一个惊喜似的，她站着看了好一会儿，才出去。

客厅里没开灯，但阳台有光，她透过半透明的推拉门看到张虔手中握了喷水壶正在给花草洒水。

他另外一只手里还夹了根烟，时不时地抽一口。一支烟抽完，他将烟蒂掐灭在花盆中，在阳台上的藤椅中坐了下来。

她走了过去。

阳台花草多，什么都有——风信子、绣球、蝴蝶兰、海棠、水仙花、吊兰、绿萝、薄荷、文竹、芦荟，还有各种各样的多肉，角落里还搁着她种的一盆香菜和一盆菠菜。花草在半明半暗的清晨散发出植物的香气。

阳台还有一套藤制桌椅。桌上有酒瓶、有酒杯，她拿起酒瓶晃了晃，大半瓶酒已经没了，她笑道："大早上喝这么多？"

他将她从身后拉到身前，让她坐在自己身上，问："睡好了吗？"

她搂住他的脖子，趴在他肩上，声音还有点含混："不太好，做了许多乱七八糟的梦。"

他问："都梦见什么了？"

叶阳茫然道："梦见你爱上了其他人，我们要离婚。我打算把孩子给你养，想着你虽然不是一个好丈夫，但一定是个好父亲。结果你带着你的大肚子情人来找我，让我死了这条心。"

他低声笑了："这么喜欢狗血剧情？"

她察觉到那笑意，自己也高兴："俗，但是精彩。"

张虔抚了一下她的背，慢慢道："你放心，我不会在离婚之前爱上第三个人，更不会让她挺个大肚子来找你。"

她去看他，他也来看她。

她的手抚上他的脸颊，手指一路流连到他唇畔，欲语还休，无限缱绻在指间。

他张嘴咬了一下，她“哧”的一声，把手搭在了他肩上。

他抬手拿了杯子，喝了一口酒，托着她的背，低头将那口酒喂给她，而后接了一个吻。

这个吻，有些涩，但足以让她在这个飘雪的清晨醉去。

她喘了口气，搂紧他的脖子：“你确定吗，我们今天就领证？”

她软趴趴地搭在他身上，又香又暖，他产生了揉捏的欲望，声音都跟着温柔起来：“怕了？”

叶阳有点委屈：“但你真的没什么话跟我说吗？”

他觉得有些奇怪，看着她：“你想听什么？”

叶阳亲了一下他的额头，道：“想听你的心里话。”

他思索道：“我爱你？”

叶阳笑道：“你爱不爱我，自己不知道？”

张虔却没吭声。

叶阳的笑渐渐落下去：“你爱我吗？”

他这下倒反应过来了，点点头：“我爱你。”

叶阳却在“我爱你”中彻底明白了一件事。她早有预感的一件事，只是之前那些东西太含混，她表达不出来到底是什么，但就在刚才，她完整地意识到了。

她从他腿上下来，有种情理之中意料之外的茫然：“你不爱我。”

张虔没当回事，笑道：“你这算是婚前恐惧症？我还以为你心理素质好，不会呢。”

叶阳求助似的看着他：“那你为什么会愣了一下？”

张虔却没回答，而是道：“叶阳，如果这事让你压力太大，我们可以再缓缓。”

他越回避，她越想问，她坚持道：“你爱我吗？”

张虔点点头：“我爱你。”

半天，叶阳摇头：“你不爱我，你只是假装爱我。”

张虔的脸色渐渐沉了下去：“我有必要吗？”

叶阳扯了一下嘴角，笑容有点无奈：“因为你现在不会爱了，你又清楚不会爱的人有多悲哀，你不想自己变得悲哀，就假装自己会爱，你着急结婚，不过是害怕时间长了，你连自己都骗不了。”

张虔的脸色变得非常难看：“你是说我只需要一个结婚对象，对象是谁不重要？”

叶阳道：“难道不是吗？”

张虔道：“所以我不跟程柠结婚，跟你结婚，是吗？”

叶阳道：“因为你正儿八经地爱过我，你觉得爱上我比爱上她更容易，所以才选了我，但你没有爱上我，也不想跟我有什么深入交流。张虔，你现在不需要任何人。”

好一会儿，张虔道：“你说得对，我不爱，行了吗？”

叶阳愣了一下，转身往外走。

这答案有两层意思——一是她说得对，他无话可说；二是她说得不对，但他懒得跟她解释，其实是拒绝交流。无论哪个，对她来说都很致命。

张虔见她真要走，又道：“叶阳，这次我不会追出去的。”

叶阳身形微顿，还是走了出去。

张虔听到门关上的声音，无力地闭上了眼睛。

他坐下来缓了一会儿，一个人到厨房做早餐。

煎了两个鸡蛋，都煳了，最后也没吃，他直接倒在了垃圾桶里。

今天限号，他没开车，也不想打车，坐公交去公司。

部门的人见他脸色不佳，一个个大气不敢出。

晚上从公司返家前，他竟然还想她会不会已经回去了，毕竟早上她只裹了一件棉衣，穿着拖鞋就走了。

同居的好处就体现出来了，吵了架不会一下子就断了联系，怎么都会再见。

家里黑漆漆空荡荡的，连灯都没开。

失望的情绪蔓延上来。

他换了拖鞋，脱了大衣，扯开领带，在沙发上坐了下去。

还不到七点，天已经黑透了。

外面还在下雪，B 市很少下这么大的初雪。

客厅很安静，他坐在那里似乎能听到簌簌雪声。

这会儿人倒是很平和，觉得说句软话也没什么。

想跟她说，他知道他们这次走得有点快，可他觉得快点比原地踏步强，等领完证，两人都能安心，慢慢养一养感情就好了；想跟她说，他未来对家庭的计划。前两年先不要孩子，他们好好过一下二人世界，他想跟她多去几个陌生的国家……但他知道，如果她真回来，这些话他依然说不出来。好像多让她知道一点，就会暴露自己的内心，他有多需要她。但多可笑，爱情这玩意，没有的时候，觉得生活无趣。有了，又害怕它。或许是一朝被蛇咬，十年怕井绳，或许是年纪大了，只想支配情感，不想被情感支配。

他在客厅待了一会儿，摸黑到书房去。

书房静悄悄的，他掀开钢琴盖，坐下来胡乱弹了一首，越弹越觉得无趣，于是又合上了。

走到书架前，目光定在那本《一句顶一万句》上，他将它抽了出来。

他打开来看。

58 爱你的阳阳宝贝儿

书中的证件照还在，却不是原来那一张，他原以为自己看错，拿近了细看，才发现的确不是自己看错。

这好像是她的近照。

这张没有生气，而是笑着的，笑中带一点羞涩，很柔软的样子。

他捏着照片翻来覆去地看，怎么看，都觉得这不像一个快二十八岁的都市丽人。她永远有学生的气质，羞涩、朴素、安静。

跟证件照夹在一块的，还有两张折叠的信纸。

他展开来看，信中夹着一朵紫色小花，这会儿已经干了。

他拿起来闻，没什么味道。

他坐下来去看信。

亲爱的宝贝儿：

今天是我搬到你家的第一天，你不在。我收拾完，天已经黑了。暖气很足，家里很暖，暖中还夹杂了一点香气，那是我带来的。我给你带了很多花草，刚好你有大阳台，我就擅自做主，将它们摆到那里去了。

你家里跟我想象的差不多，艺术感与科技感并存。没来前，觉得自己还是挺与时俱进的时尚女青年，到了这里，觉得自己有一点“乡巴佬”，很多东西都不会用。比如你的电动窗帘，你会播放音乐的茶几，你的扫地机器人……你不会笑话我吧，我平时真的用不到这些，兴致勃勃地研究了很久。

之后我在你的厨房做了一碗面，有些兴奋，像小时候第一次做饭那样，既期待又紧张，好像用你的厨房做出来的饭菜会格外可口一样。做好后，我将面条端到饭厅去，把所有的灯都灭了。吃之前，我告诉自己，这是我在张虔家里吃的第一顿饭，我要记住这一刻的感觉，因为以后可能再也不会有这样的感觉了。

家里很安静，一点声音没有。我边吃面条边想我们分开的这九年，你是怎么样生活的。你起床，做饭，吃早餐，去上班，去出差，深夜回来，洗澡，喝酒，看电影，然后睡觉，做梦，再起床。周而复始。跟我一样的生活，但又没那么一样的生活。想这些事情时，有时候是你一个人，有时候是你和你女朋友两个人。不过我一点不嫉妒，因为她是过去时，我是现在时。甚至还有些庆幸，因为你不过三十岁，你的征途已经这么远了，这期间一定有很多我难以想象的辛苦。有人在身边嘘寒问暖，我想多少会好过点。

我以前在九州待过，虽然它也算知名度颇高的公司，可跟你们公司比，还是差远了。但里边非常乱，我咬牙坚持了一年多，最终还是选择远离它。也是那一段时间，我忽然理解你以前为什么会说我不聪明，坚持又太多，将来不会有多大的出息。原来，我真的不聪明，应付不来那样庞杂的人际关系。而有些坚持，在职场看起来是那么笨拙可笑。明白了第一句，也就容易懂你说的第二句。你说太聪明的人，不太容易善良和正直。工作中你喜欢聪明人，但生活中你喜欢没那么聪明的人。我原来以为你在找补，因为当时你说第一句话时，我很不开心，你也看出我不开心，所以补了第二句。与你分开后的第三年，我才意识到你很真诚地在夸我。

吃完面条，收拾好厨房，我闲着没事，去了你的书房。你竟然还有钢琴，我知道你会，但还没听你弹过，等感情好了，我打算让你教我。玩了一会儿钢琴，又玩吉他。玩了吉他，又去研究你书房里的世界地图。地图上被你画了很多圈，我觉得被圈住的可能是你去过的地方，于是各种羡慕嫉妒恨！环游世界也是我的梦想，但我快三十岁了，还没开始实践梦想，好悲催。

后来，我便发现了这本《一句顶一万句》，发现了里边的照片。

我拿起照片看。呵，人还挺漂亮。看她那么小的样子，我猜想她一定是你的初恋情人，就有点嫉妒。嫉妒下，就把她换成了我。真的，你别爱她了，她有什么好？因为担心自己没退路，对你一直有所保留。如果我现在能穿越回去，一定会在她想给你发信息连内容都编辑好了却最终又放弃时，劈手夺过来替她发出去；也会在她没接到你的电话辗转反侧的夜里，偷偷拿起她的手机给你打过去；会在你说想陪她一块回家的时候，替她答应你。你不知道，她上了火车就后悔了。你的家乡到她的家乡有十几个小时的车程，如果你跟她一块回去，路上她会好过很多，也就不会偷偷地哭了……

她有很多可爱的地方，但也真的有很多不好，但因为你已经失去她了，她的不好就变成了好。得不到的总是最好的，我担心纵然我比她好太多，也抵不过回忆。我很担心你爱的只是她，很担心你想从我身上找她。我是她，但又不是她。如果你只是爱她，一定会失望……好想问你，你到底爱的是什么，但我觉得你自己可能也说不清楚，所以就暂时不问了。反正你家我已经来了，总会看清你的。

不过，无论你现在爱的是谁，我都想告诉你，我爱你，非常非常爱你。只不过有时候觉得这些话说出来非常不酷，就不想说。我知道这种想法一点不酷，酷应该是爱的时候要大声说，不爱的时候也要大声说，但我做不到。我虽然努力让自己有自信，可还是缺乏自信。既然当面说不出口，那就只好写下来。原来也没想写这么长，但一开始写就停不下来，所以放任了一把。我怕过了今天这个时间，有很多话，我会不想跟你说，我要趁着自己想说的时候写下来。

我不知道这次相遇是不是我们最好的时机，也不知道我们会有什么样的结果，但我知道这次相遇非常难得，所以决定不浪费时间，直接跟你走入柴米油盐的现实生活。我原以为恐惧会多过期待，但到了这里后，我才发现，是期待多过恐惧。我想醒来就看到你的脸，想跟你一块儿做饭，想跟你一起窝在客厅看电影，想跟你一块儿下楼溜达……想做你的妻子，你孩子的母亲，想跟你一块儿变老。

我觉得我好像从来没想过这些事，但又会觉得我好像一直在想这些事。

你到底什么时候回来？好想你，但又有点怕你，你有想我吗？”

落款是“爱你的阳阳宝贝儿”。

时间是11月21日凌晨2点12分。

张虔放下信，想到她伏案写信和在他家里走来走去的样子，还挺心动。

他又重新看了一遍，这么长，却连一处涂改都没有，不知道誊写了几遍。

他将书塞回书架，拿着证件照和信出了书房，打电话给傅晚卓，要了边紫的联系方式。

此时边紫和叶阳正坐在四合院的西厢一边涮火锅一边赏雪，见有陌生号码打进来，以为是快递，就接了。

张虔自报家门，边紫下意识地看向了叶阳，比着口型道：“张虔。”

叶阳心尖猛地一紧。

张虔在那端问：“叶阳在吗？”

边紫指指手机，继续用口型给她传递讯息：“问你在不在？”

叶阳下意识地摇了摇头，但很快又点了点头，点完头又觉得自己没出息，又摇了摇头。

边紫见她如此纠结，就替她做了决定，把地址报给了张虔。

边紫挂了电话，一边拿筷子捞菜，一边道：“说半个小时到。”又问，“你不是说他不会出来找人吗？这不来得挺快的吗？”

叶阳虽然不知道他找过来要干吗，但有动静比石沉大海好。

她端起杯子，喝了口啤酒：“他自己说的，我哪儿知道。”

边紫又问：“那他要是来求和，你跟他回去吗？”

“求和？”叶阳失笑道，“你想什么呢？这种事从来没发生过。”

边紫纳闷了：“不是求和，干吗找到我这儿来？反正你的东西都在他那儿，他守株待兔就好了。”

叶阳叹了口气：“男人心，海底针，不懂。”

半个小时后，张虔到了四合院门前，摁了门铃。

边紫起身去开门。

四合院的门楼下站着一个穿黑色呢子大衣，围着同色羊毛围巾，手中还提着一盆水仙花的男人。

男人的目光在她身上略略一扫，礼貌一笑："这么晚了，打扰了。"

边紫往边上移了移，打趣道："张总言重了，请进。"

张虔将手中的水仙递给她，脸上仍挂着不失礼貌的微笑："叶阳养的水仙，我见开得好，就顺手带过来了一盆。"

边紫接过来，笑了："要是这样，我以后就巴不得你们吵架了。"

张虔一边掸身上的风雪一边问："她人呢？"

边紫往西厢的廊下努了努嘴。

俩人穿过院子，到了廊下。

张虔抬眼去看，她裹了一件棉衣，带上了兜帽，缩手缩脚地坐在那里，像个小老太太似的，知道他来了，也没抬眼看。

张虔的目光顺着她来到桌上，电磁炉已经关了，桌上有溅出来的汤汁，大碗小碟吃得七七八八，碗里的麻酱也见了底，一次性杯子里还有半杯啤酒。

又糙又惬意的生活。

他又去看她。

她仍然不看他。

别扭的一对情侣。

边紫见状赶紧道："你们先聊，我到屋里研究研究花去。"说着闪到了屋里去。

张虔把手伸到她眼前。

她没理他，站起来，摘掉兜帽，往边上的廊柱那里躲了躲。

张虔把伞支在桌边，走到她眼前，见她一直不看他，低声道："好了，别打扰人家了，我们回去吧。"

叶阳的眼圈红了，她顺着柱子转了半圈，到另外一边去："你是谁呀？我为什么要跟你回去？"

张虔跟到那侧："我是你未婚夫，这么快就不记得了？"

她愣了一下，越发想使小性了，伸手摘掉戒指，往他手中一放："现在不是了。"

他垂眼看了一下戒指，又去看她，她已经背过身去了。

张虔将戒指放进大衣口袋中，下了台阶。

院子地面与走廊地面有二十厘米的高度差，积雪已经很厚，脚踩上去有嘎吱声。张虔站在下面，视线基本与她持平，说话很方便，他拉过她的双手，微微叹气："好了，别生气了，我不该那么跟你说话，我想我是有点恼羞成怒了，因为我在你心中是那种形象。"

叶阳正委屈着，听到他这话，怀疑自己听错了，她诧异道："你说什么？"

他的表情认真且诚恳："对不起。"

叶阳继续诧异："你竟然会道歉？"

张虔一脸理所当然："我一向客观公正，是我的问题，就道歉。但如果不是我的问题……"表情不言而喻，不是他的问题，绝不委屈自己。他又道："不过你是不是也得跟我道歉？我这两年是失去了点热情和激情，但怎么也不至于就到了你说的那种程度吧？！"

叶阳笑了："没到吗？"

张虔认真道："我爸妈不催我结婚，也不催我生小孩，我自己也没什么传宗接代的观念，如果不是遇到了想一起过日子的人，为什么会放弃自由而走入婚姻？至于你问我爱的是过去还是现在，我觉得都有吧，毕竟你们是一个人，我没办法把你们割裂来看。如果我只是惦记过去，那我们重逢，我最想做的事情，是把你拉到我们第一次做的那个酒店，做完这事就彻底结束了。"

叶阳垂着眼睛没说话。

张虔凑到她眼前，又道："我拒绝盛超了。"

叶阳蓦地抬眼看他。

他又往前凑，怕别人听到，但又怕她听不到："这几年我太忙，人一忙，眼里就很难再看到其他东西，没自己的生活不说，家里的事情也很少参与。只不过之前仗着父母年轻，自己又没成家，没顾虑，拼一拼也无所谓。如今已经三十岁了，父母的身体虽然硬朗，但到底快六十了，而且我还打算结婚生小孩，自己的家庭也得分一部分精力。这时候去创业，会自顾不暇，总要稍微冷落一方，时机不合适。"

叶阳忍不住问："不会觉得可惜吗？"

他贴得很近，说话时，气息就拂在她唇珠上："对我来说，事业是用来辅助生活的，本末倒置未免有些得不偿失。”

叶阳没吭声。

张虔的黑眼睛这会儿很闪：“虽然没有很温柔，但我一直很认真，你知道吗？”

叶阳仍旧没吭声，但这个没吭声，像是默认，他也能感受到，于是道：“我们回去吧，你是吃饱喝足了，我可一整天都没吃东西了。”

叶阳抬眼看他：“为什么不吃？”

张虔瞪着她：“你说为什么？”

叶阳慢慢笑出来：“被气的？”

张虔道：“你还笑？”

叶阳抿住嘴唇不笑了，俩人同边紫告别，边紫将他们送出四合院。

胡同里没灯，黑漆漆的，张虔撑着伞，搂着她深一脚浅一脚地往外走。

边紫看着他们俩的背影，那种羡慕的情绪又漫上来一点，她叹了口气，回去了。

俩人钻进出租车中，张虔将钻戒从兜里摸出来，又给她戴上。

叶阳想起什么来，也从包里摸出一个黑色的小方盒递给他。

张虔打开一看，发现里头是枚戒指，他奇道：“什么时候买的？”

叶阳把戒指给他戴上，道：“前几天买的，本来想今天早上如果你还没改变结婚的想法，就把戒指给你，结果……”又道，“不过好事多磨。”

张虔将她揽到腿上，车窗外有漫天飞雪，他道：“我没这么随便。”

她没吭声。

他又道：“婚姻对我来说是很神圣的，我既然决定走进它，就不会出尔反尔。我羡慕我父母。他们一起生活了这么多年，每天还有说不完的话，总是在傍晚的时候出去溜达，天气好的时候，一块儿晒太阳，还每年坚持一块儿去旅行。年轻的时候，以为这样的生活很容易实现，但年纪越大，越知道这事可遇不可求。”

叶阳眼中也浮出一点憧憬：“我也羡慕他们。”

开出租车的师傅是本地人，张虔来时，俩人聊了一路，这会听到他说，忍不住道：“嗐，这有什么难？时间快得很。当初我跟我们家那口子结婚时，比你们还小，如今一眨眼二十多年过去了，孩子出国留学都没影儿了。家里就剩我跟我老伴俩人，整天也是喝茶遛弯，过日子嘛，不都这样。”

张虔笑了，没吭声。

出租车司机又道："你们这代人，就是选择太多，挑花眼了。我们那时候没的挑，还不是照样过日子？你们可倒好，人都是自己挑的，婚也是你们自己要离的。看看现在的离婚率，高得吓死个人。"

张虔随口附和："您说得是，我们这代人跟您那代人比，确实是缺乏耐心。"

出租车司机叹了口气："你们哪里是缺耐心，你们太自我了，一点委屈不肯受。芝麻大点事，就闹着要离婚。但婚姻本来就是一个不断妥协和包容的过程，没点这种心理准备，千万别结婚。"

张虔没有再搭腔，而是俯身亲了一下怀里姑娘的头发，小声道："有准备。"

59 My Life

这一晚，叶阳睡得格外安稳，好像是和他重逢后，最安稳的一个觉。

醒来后，她从床头柜上摸过手机，看了看时间，快七点了。

她躺回来，侧着身子看身边的男人。

他双眼紧闭，眉头微蹙。

为什么时常会觉得他老了？因为他现在很容易皱眉。常用脑和常思考的男人，容易皱眉头，不知道他在梦里思考什么？她伸手去抚他的眉头，才刚一动，人就醒了，见她睁着眼睛看他，把她往怀里搂了搂，含混道："几点了？"

她枕在他臂中，感受着他的气息。

他是温热，又是清爽的。

她没回答，只道："你昨晚说梦话了。"

他"嗯"了一声，还带点鼻音："什么梦话？"

叶阳道："好像什么我爱你之类的。"

张虔笑了，缓了一会儿，道："刚才做了一个梦。"

叶阳问："什么梦？"

张虔抬手蒙住额头，声音还有些含混："梦到自己过生日，不知道是什么时候的生日，也不知道怎么就睡着了，也不知道在什么地方，只知道一堆人睡得乱七八糟。我也趴在桌上睡着，还做梦了，梦里有人告诉我你要走了，他要我醒过来拦住你，不然我们只能九年后再见了。我被吓醒了，睁开眼发现你正路过我眼前，就穿着那条红裙子，头发散着，我一把把你抓住，你回头来看我，一脸的眼泪。我问你干吗去，你说你饿了，想吃东西。我说我也饿了，就跟你一块去了。出去之后，才知道我们刚才在酒店里。我问你为什么哭呢，你说你听见晚卓在说你坏话，想揍他一顿，但打不过他。我说别搭理他，他就是个混蛋。你就笑了，说好像是，然后我们就一块回你们学校了。回去的路上，你捡了许多槐花，你说要回家给我做槐花焖饭。”

叶阳的眼圈红了。

张虔又道：“我刚才想到，如果那天我比你醒得早，没让你一个人走回学校，而是跟你一块儿回去。回去的路上，你会不会就把那件事说出来？那件事也就不会成为改变人生的大事，而像梦里一样，只是一件风轻云淡的小事。”

她没吭声。

他低眼看她：“会吗？”

她点点头，眼泪跟着滑落鼻梁：“会。”

八月那个离开他的清晨，她坐在路边的小店吃早点，一边吃一边看手机。她手机里保存着他们从认识以来的所有短信，她看一条删一条，删到她回老家那段时间的短信，就再也删不下去了。大约当时分隔两地，距离加重了思念，他的短信由之前的简短一下子变得长了起来。她结了账，给他带了一份早餐，快到酒店时候，接到了一个电话。是她室友打来的，没什么特别内容，好像是问她什么东西在什么地方。但挂了电话，一阵风吹到她脸上，她回去质问他的勇气怎么就那么没了？她扔了早餐，掉了头，回学校去了。

那时候，她极度脆弱又极度坚定，风吹草动都能左右她的决定，如果他在她身边，兴许她不会钻牛角尖。

张虔将她从怀里往上捞了捞，压下去，恳切道：“阳阳，我们太不同，以前那点了解只是个基础，现在相处起来肯定会有矛盾，但我知道没有什么大矛盾，只是缺乏磨合。答应我，如果以后你对我有什么不满，一定要说出来。你不说，我就不知道，等我自己发现或者猜到，可能就晚了。”

她眼底有了湿意，嘴上却不让他：“奸诈，你别做让人家不满的事情，不更好？”

张虔道：“……我也不是完人。”

她恨恨道：“那万一我极度不满，不满到已经不想说了，也请张总一日三省己身，争取早日主动发现自己的问题，因为我也不是完人。”

张虔不知道是被撑得没话说，还是被她今天的表现给镇住了，一时没说出话来。

叶阳不满道：“怎么？发现我不是之前那个温顺的小可爱，后悔了？”

他忽然笑了，很惬意，很爽朗的笑，笑着笑着就把脸埋在了她肩上。

叶阳第一次听到他这么笑，虽然不知道为什么，但不管为了什么，他笑得她心花怒放，她轻快道：“这有什么可笑的？”

他止住笑，抬眼看她：“我喜欢你不温顺的样子，甚至任性一点也没关系。”

叶阳只觉得心像被什么浸泡了一样，都要漫出来了，她把着他的腰，将他反压回去，跪骑在他腰间，俯身用手撑在他身侧，低声道：“你是在暗示我，你喜欢狂野？”

他直直地看着她：“喜欢。”

那眼神好像在暗示她做点什么，又好像只是实话实说而已。不过叶阳被迷住了。她喜欢他无论做什么，哪怕算计人都有种坦荡劲儿。

叶阳脱掉自己的T恤，蒙到了他眼上。

张虔刚开始没有动，由她摆弄，后来实在受不了，扶着她坐了起来，低声道：“不是说从小干农活儿，力气大吗？”叶阳扒掉他的T恤，扶着他的肩，问：“我什么时候说的？”他猛地一用力，她受不住，便搂住了他，咬牙切齿道：“你说什么时候？”她死死咬住嘴唇，没吭声。他手上的力气更大了。她败下阵来，呜咽着说是他生日那晚。他问不是不记得吗，她说记得记得。他问她有意思，她说有，他说晚了。

俩人结结实实折腾了一个多小时，方才起来。

叶阳去冲澡的时候，张虔到厨房做早餐。

吐司切片、鸡蛋、熏肉、核桃仁和黑咖啡。

吃饭时，张虔瞧见她把求婚戒指换成了大学时他送的那枚，他把目光收回来，慢慢地晃着咖啡杯，道：“明天有个剧在云南开机，我要去一趟，下午的飞机。”

叶阳默了一下，点点头：“什么时候回来？”

张虔有点不想出这个差，因为还没走，他就开始想她了，他抬手揉了一下心口，道：“快的话，明天晚上，慢的话就后天。”

叶阳没再说话。

她不说话，张虔只觉得心里沉甸甸的，压得他有点喘不过气来，他抬手揉了揉心口，道："等会吃完饭去民政局吧，我们把证领了。"

叶阳抬眼看他："没有预约，怕是得排队，赶不上飞机怎么办？"

"工作日，人再多也排不了多久。"张虔道，"早领早完事，不然得一直挂念着它。"

叶阳点点头，说"行"。

俩人到了民政局，取了号，人不多，前面只有几对情侣的样子，他们坐在大厅正填资料，忽然听到有人喊："张总？"

叶阳下意识地去看。

她愣住了。

叶未匀。

然而看到他身边的姑娘，她又愣住了。

田心也愣住了。

俩人手中还拿着红本的结婚证，看样子已经办完了。

叶未匀和田心告辞后，张虔见她一脸感慨，问："怎么，可惜？"

叶阳抿嘴一笑："田心是他前女友。"

张虔没想到这个，有些诧异。

叶阳又道："原以为我们够快了，没想到有更快的。"

不过叶未匀和田心的快没风险。他们谈了五年，该了解的都已经了解，且分开时间也不长，复合后，相处几天领证完全没问题。不像他们，九年前只谈了半年，分开却长达九年。

她想，这算殊途同归吧。

俩人的证件和材料很齐全，也不需要照相，办理起来很快，半个小时后，俩人就从民政局出来了。

今天阳光很好，积雪在化，因此有些寒。

张虔要送她回公司，叶阳觉得太费事，不让他送。

而且主要她很想一个人消化一下这件事。

张虔吻了吻她的额头，说尽量明天就回来。

张虔开车走后，叶阳到附近的公交站台去坐车。

车进站，她上去，人不多，她在车窗边坐下，日光鼎盛，她靠在车窗上，却什么都没想。

她觉得有点累，而现在一切尘埃落定，她可以休息一下了。

手机在振，是周嘉鱼的电话。

周嘉鱼很震惊，全程都在说“我去”，说叶未匀跟前女友复合了，而且今天还领证了。

叶阳说她知道。

周嘉鱼很诧异，问她怎么知道。

叶阳说碰到他们了。

周嘉鱼更纳闷：“你在什么地方碰到的？”

叶阳说：“民政局。”

周嘉鱼问：“你去民政局干什么？”

叶阳说：“领证。”

周嘉鱼又被镇住了，说话声音都小起来，因为她隐约猜到了是谁，只是不敢确定：“跟谁？”

叶阳抬头看太阳，阳光刺眼，她微微眯起眼睛：“张虔。”

叶阳说出这个名字，周嘉鱼有种心惊肉跳的感觉，然后开始疯狂输出，好像比当事人还激动。

叶阳笑了：“我结婚，又不是你结婚，至于吗？”

周嘉鱼的声音有些颤：“我也不知道为什么，就莫名亢奋，像中彩票了一样。我特想表达一下我现在的心情，但我形容不出来。你懂吗？就是……就是……你知道大千世界无奇不有，但这种事就发生在自己身边时，那种震撼会超级强烈。”又道，“我都想让你摸我心跳了，我都麻了。”

叶阳笑：“你越说越夸张。”

“不夸张，一点不夸张。”周嘉鱼诚恳道，“我太久没遇到这种事了，而且一遇到还是两件。”又问，“你现在在哪儿，公司？”

叶阳道：“回公司的路上。”

周嘉鱼问：“张虔呢？”想了想，“不对，你老公呢？”

叶阳心里边流过一股奇怪的暖流，她柔声道：“他下午要出差，我让他先走了。”

周嘉鱼立刻道：“快发朋友圈，别人就不说了，时代那边和你们公司的人估计都得跟我一样的反应。”

叶阳笑了：“我不发。”

周嘉鱼奇了：“为什么？”

叶阳道：“我发了，他不发，他们公司的人岂不是以为是我巴着他？要发也是他发。”

“矫情。”周嘉鱼道，“我看看他发了没。”想起什么，颓丧道，“我好像没他微信……”

叶阳道：“……”

挂了电话，叶阳没看朋友圈，继续放空。

到了公司，刚开了电脑，登上电脑微信，她就收到了秦雪兰的消息。

秦雪兰发的是“新婚快乐”。

叶阳想着张虔可能到公司了，也可能发朋友圈了，她点开一看，果然。

文案很简洁，只有两个英文单词：“My Life.”

配图是被抹去关键信息的结婚证。

红底的双人证件照，男左女右，俩人笑的时候，都有一点羞涩，看起来很相爱。

叶阳回复了一句“谢谢”。

秦雪兰紧跟着又说了一堆，大概内容是她早有预感，叶阳和他们张总是绝配之类的。最后又说她晚上要到青叶湾这边开会，问叶阳有没有时间，一块吃个饭，她有件事要咨询。

叶阳多少知道秦雪兰的热络来自什么，不过对于她来说，那些都像上辈子的事情。虽然她不想再遇到秦雪兰这样的甲方，但本人对秦雪兰倒没心结，毕竟都是因为工作。项目结束了，一切就都结束了。

下午下了班，她应邀而去。

公司附近的一个西餐厅。

秦雪兰一直在给她描述，张虔发了朋友圈后，他们部门有多炸。

尤其知道她是之前合作公司的人，部门那些未婚的姑娘简直要疯。

秦雪兰说，他们公司有俩男神，一个是常总，一个就是他们张总。常总就不说了，孩子都上大学了，大家对他很尊敬。他们张总年轻又未婚，眼馋的人不要太多。

秦雪兰说，游越是红着眼圈从他们张总的办公室出来的。

秦雪兰说，虽然他们张总目不斜视，但还是建议她没事多去他们公司玩玩，以免那些年轻小姑娘把他们张总当未婚人士。他们张总以前的女朋友就隔三岔五地去一趟，很有效果。

叶阳笑了，心想这可不能比。程柠有范，那种大家闺秀的气质，一看就不是普通人，比不过程柠的人，自然会退避三舍。如果她有样学样，年轻姑娘们只会发现她跟她们一样，是个普通人，说不定还能激起她们的斗志。算了，这事还得靠张虔自觉。张虔没自觉，她再主动也没啥用。张虔有自觉，她去不去都一样。

末了，秦雪兰想起什么来，道："宝贝儿，我跟你打听一事。"

叶阳见她正经，有点好奇，问："什么？"

秦雪兰道："《海市蜃楼》比稿前，张总不知道你在方圆传媒，对不对？"

叶阳点点头："'我去往'之前，你们张总都不知道我在方圆。"

秦雪兰便放心地笑了："我就说嘛，李默不信，非跟我抬杠，说你和张总在《海市蜃楼》比稿前就有联系，还说张总就是知道你在方圆，才叫你们公司过来比稿。我说不可能，要真是这样，为何不把《海市蜃楼》给方圆。李默说但是公司把'我去往'给你们了。我说'我去往'是方圆凭实力拿下来的，毕竟开内部讨论会的时候，大家都认为你们公司给的方案比较符合'我去往'的宣传调性，并不是张总一个人拍板定的。他就问我，怎么解释《海市蜃楼》这么大体量的项目，张总却让他去接触方圆这样的小公司，我说是巧合。他不信，还非要跟我打赌。"

叶阳没听明白，问："李默是？"

秦雪兰笑了，道："我都忘了你不认识他，他是《海市蜃楼》的宣传负责人。"

叶阳还是没明白："《海市蜃楼》不是你们张总带的吗？"

秦雪兰点点头，道："那片子体量比较大，我们张总参与得多，不过主要负责人还是李默。他说他之前都没听说过你们公司，是跟张总吃饭时听到张总提了，所以他才让人去接触你们公司的。"

叶阳愣住了。

番外

番外一：余生漫长

张虔下了飞机，走出通道，不用怎么张望，就看到了某人。

她像顶着一头泡面，还穿着杧果色的棉衣，在接机的人群中很扎眼。

他向她走了过去。

她本想等他一出来，就扑到他怀里，结果发现他抱了一盆花，她要扑过去，他会没手接她，就放弃了这个想法。等他走近后，她侧着身体，轻轻滑进了他空着的那侧怀抱。他将拎着的行李扔在地上，单手搂住她，那儿的熟悉发香让他出差的疲劳一扫而空。他吻了一下她的发，劫后余生般感叹现世安稳："我就猜到你会来。"

她将他搂紧了一些："本来不想来的，但外面下雪了，出来看看雪，顺便接一下你。"

他笑了："你抱太紧，花要掉了。"

她赶紧松开他，把花接了过来。

花被一层透明的塑料纸扎着，粉白的一盆，她有些诧异："云南这个季节还有格桑花吗？"

张虔活动了一下发酸的胳膊，道："住的酒店大堂种了一些，我就让他们给我挖了一盆，原以为活不了，没想到还成。"

她听罢把目光从花上移到他脸上，瞅着他笑："张总出差还想着家里的老婆，真是好男人。"

张总咳了一声，弯腰去捡背包，但不甘心就这么被撩了一下，就道："刚开始，总还是要做做样子的。"

叶阳抬手打了他一下，瞪他：“你再说一句。”

他笑了，揽住她，往外走，问她这两天在家干什么。

她说没干什么，就看了一本书，研究了两道菜。

他“嗯”了一声：“我不在，你竟然还能看得下去？”

她笑了：“好吧，其实只看了十几页。”

他问：“是因为想我吗？”

她的脸颊就红了，小声道：“算是吧。”

到了站外，俩人站着等出租车，他将她揽到怀里，轻声道：“我也是。”

出租车来了，俩人坐进去，张虔将她揽到腿上，让她趴在那里。他很喜欢这样的亲密动作。车里的交通广播正在播报路况，说几环几环又堵了。广播播完路况，主播送了一首法语老歌给听众。

《玫瑰人生》的前奏响起来，这歌的确够老了。张虔顺着她的头发听了一会儿，突然道：“我们办婚礼的时候就用这首歌，好不好？”

她却摇了摇头。

他微微有些诧异，低眼看她：“不好？”

她还是摇头：“婚礼好烦琐，又没什么意义，不想办。”

他笑了：“我没你洒脱，还是想要一个仪式的，不过咱们不搞那么复杂，简单点，温馨点就成。”

她觉得他好像思考过他们婚礼的样子，就来了一点兴趣，问：“怎么简单？”

他抬起眼想：“我想最好是在森林里边，不摆太多花哨的装饰，一切都是原木和绿色，你穿着长长的婚纱，我穿着燕尾服，我们在蜜橘色的阳光和林叶的清香中交换戒指，并发誓永不相弃。台下有人喊‘亲一个’‘亲一个’，我们会在起哄声中接吻。”

她便笑了，捂住自己的脸，有点小害羞的样子：“我无法想象你穿燕尾服的样子。”

他被她这点情态撩坏了，将她扶起来，凑到她耳边，小声道：“帅，帅到无法用语言形容。”

她脸颊发烫，微微偏开一些：“臭不要脸。”

他纠正道：“这不叫不要脸，这叫帅而自知，人总该知道自己拥有的是什么。帅而不自知，那叫憨。两口子，有一个憨就够了。要是俩人都憨，那日子还怎么过？”

叶阳扭头看他：“你骂我？”

他不回答，往她唇上亲过去，她偏了一下头，他只吻到了头发。她提醒道：“小心被拍了，明天上头条，不雅视频疯传网络，你们时代的股票狂跌，你们常总把你撤了。”

他将手插入她蓬松的鬈发里，将头发悉数拨到肩后，露出她小巧的耳朵，他笑得没所谓：“我又不是偷情，谁能说我什么？”说着吻了一下她的耳尖。

她耳尖发烫，被他一碰，像挨到了冰块似的，整个人都抖了一下。她真是怕了他，下意识地往外躲，他却将她扯回来，摁到腿上，没再说话，也没有动作了。

回到家里，叶阳去给他煮馄饨，他去洗澡。等冲完出来，馄饨刚下锅里，他到厨房，见她拿了勺子正在推锅里的馄饨，伸手把灯灭了，走过去，从后面抚着她的腰开始亲她。

叶阳躲了几下，他把她扳过来，她用双肘抵着他的胸膛，轻声道：“我做饭呢，你干吗把灯关了？”

他环着她，低声道：“其实我吃过了。”

她仰头看着他：“那你又要我给你做？”

煤气灶里的火光映出她的眉眼，他看到那颗泪痣，抬手去摸：“不知道为什么，特别想使唤你。”

她道：“那我不管，反正我已经做了，你不饿也得吃。”

他的手顺着她的脸颊落在她肩上，将另外一只手臂也搭上去：“吃，当然吃，领证后老婆给做的第一顿饭，这么有纪念意义。”

不知道为什么，这简单的一句话，竟听得她心跳如擂，仿佛是什么了不得的誓言，她想吻他，但要是吻上去，这馄饨非得烂在锅里不成，所以她克制住了，低声道：“谁是你老婆？”

他理所当然：“谁跟我领证了，谁就是我老婆。”

她不情愿道：“不想做老婆，感觉做老婆就要做家务，生孩子，我只想做你女朋友，每天撒撒娇，发发脾气，还有人哄。”

他笑了：“那你这是骗婚，我要起诉你。”

她被他说愣了：“我哪里骗你？”

他理所当然道："你说你想当我妻子，当我孩子的母亲。"

她被噎了一下，有些心虚，低头抠手指："那只是一种表达方式，你不要咬文嚼字。"

他了然于心地"哦"了一声，道："花言巧语。"

她环住他的腰，亲了一下他的心口，仰脸看着他："不是花言巧语，你知道的。"

他抬手关了煤气灶，火灭了，厨房里彻底暗下去。他将她抱起来，她忙搂住他的脖子，他道："只说不做就是花言巧语。"说着抱着她往外走。

叶阳小声道："不是说这是婚后第一顿饭，有意义吗？"

他一边走一边道："没吃就不算第一顿，明天早上再吃，我觉得更有意义。"

她道："去我房间吧。"

他笑了一下："我也更喜欢你那儿。"说着转了方向。

门一打开，他便愣住了。

两盏小荔枝灯开着，灯光晕开，红窗花贴得到处都是，天花板上彩色气球倒挂下来，正中间垂下一道紫色大风铃，床上一套红色喜被，地上洒满花瓣。

这是一个新房。

她四肢紧紧巴着他，不知道是害羞，还是怕从他身上掉下来，小声道："好歹是个日子，我就稍微布置了一下。"

张虔将她放下来，她此刻也不敢看他，仍把脸埋在他胸前。他握着她的肩头，要把她从怀里拔出来，她搂着他不松手，他低声诱哄："阳阳，让我看看你。"

她仍旧不。

不过这由不得她，他稍微一用力，还是将她拔了出来。

她看了他一眼，见他目光异常，有些慌，忙扭脸看别的地方："你倒也不用心动成这个样子，我们做策划执行的，动手能力很强，这种小单的活儿，不在话下。"

他将她的脸扶正固定住，低声道："吻我。"

她没反应过来，他也没给她反应时间，又逼近一些："阳阳，吻我。"却并没等她来吻，而是直接吻住了她。

叶阳软在他臂弯里。他的吻带着吞噬的意味，像要把她吃了似的。她有些喘不过气来，迷糊地想，他要是真想吃了她，她一点活路都没有。老天保佑，但愿他不是真要吃了她。心跳剧烈，头晕目眩，等她稍微清醒些时，衣服已经被剥干净，人也被抵在了门上。他哑声问："阳阳，你会不会怪我，结婚……结婚这么大的事情，就这么匆匆定了？"

叶阳情动得厉害，一刻也不想同他分开，他说什么就是什么，她不住地吻他，边吻边道："只要是你，其他的都无所谓。"

他喉结滚动，一把将她抱起来，放到床上："阳阳，叫我。"她没反应过来。他吻了一下她的鼻尖："叫我，我喜欢你叫我的名字。"其实，她也喜欢叫他，但被这么赤裸裸地要求着，一种不可名状的羞耻感便涌了上来，她有些叫不出口。他没被满足，就一直逼她。她抿了抿嘴唇，试着叫了一声，声音沙哑，他说听不见。她清了清嗓子，大了点声音，他又说太敷衍，要欲语还休的那种……她骂他是个臭流氓，他便低头吻住她，吻得黏黏腻腻，简直要把她腻死。好一会儿，他才罢休，喘息道："那你就受着吧，谁让你摊上了。"

第二天是周末，没有闹钟，叶阳一直睡到十点多。卧室的窗帘遮得很严，房间里一片昏暗。她身上酸软，但心中酣畅，悠悠睁开眼睛，正对上另外一双眼睛，被吓了一跳，随即想到昨晚，脸立刻烧了起来，但还佯装镇定："干什么这么瞪人？吓死了。"说着转过了身，不看他。

她肩上有几处红痕，是他的杰作，他心中一荡，跟过去吻她，含混道："每天醒来看到你在我身边，我都会觉得特别神奇。"

她笑了："没事，等我们相互看个半年，就不会觉得这事神奇了。"

张虔没再言语，抬手去抚她的腰。

肋骨之下，盆骨之上，这里的弧度是世上最美的曲线。

她不耐痒，一把捉住了他的手，不让他乱动，他却不管不顾地压了上去。

醒来做爱的昏蒙感，更容易叫人情动。但她在这样汹涌的情动中，竟想到了程拧。张虔是否也会在这样的清晨把程拧吻醒，俩人耳鬓厮磨，缠绵做爱。她一想到这个，心中就一阵刺痛。好奇怪，以前觉得这些无所谓，或者说，那时候，她和张虔之前有更重要的事情需要解决。他和程拧那段过往，对她来说无足轻重。现在，所以事情都解决了。那些不重要的，就变得重要起来。但她知道，这件事没什么好问的，也没什么好说的，只是多少有些不舒服。

但张虔很快使她什么都想不了了。

俩人睡到下午三点多，饥肠辘辘，叶阳推他起来去做饭。外面还在下雪，飘飘洒洒，很有情调。张虔说不如先吃点馄饨垫一垫，等会出去看电影，然后去吃火锅。叶阳问他看什么电影，他说都行，这样的天，待在家里太浪费，他想跟她出去转转，看什么不重要。

他做饭时，叶阳靠在门边看，就像他以前老爱看她做饭一样。她觉得做饭的男人真性感，尤其是张虔这种长得跟厨房一点不搭边的男人，简直性感得没边。她走过去，从后面抱住他，他将她拉到怀里，一只手搂着她，一只手做饭。她靠在那里，有种船入港的安稳感。在这个兵荒马乱的世界，她终于找到了一块可以喘口气的栖息地。

吃过饭后，收拾了厨房，俩人去换衣服。他穿黑色呢子大衣，她穿米色。他里头是白衬衫打领带，她里头是黑衬衫带围脖。他五官深邃，没有表情时，略微有些严肃。她白皙灵丽，即使生气，也有一种温柔的调子。他们俩站在镜子前，活像一张海报似的。

叶阳越看越觉得赏心悦目，她想，外在上面，她可一点没亏他。

出了门，雪下得小了，他们拿了伞，但没有撑。电影院所在的商场离他们住的地方不远，俩人徒步过去。取了票，进场排队的时候，张虔遇到了熟人，便过去跟人打招呼。叶阳瞧他跟人谈笑风生，暗自感叹，这男人工作的时候帅，干家务的时候帅，社交时帅，怎么会这么有风采？等熟人走后，张虔揽住她，附在她耳边道："宝贝儿，当着人面别这么看我，等没人的时候，随便你看。"叶阳知道自己犯花痴了，脸热了起来。他见她不好意思，迅速地亲了一下她的脸颊。

她又来看他。

他将她揽到了怀里，顺着队伍，进了场。

番外二：年轻气盛

梁箴也不知道为什么张虔跟别人谈恋爱时，会变得格外有魅力，而跟自己谈恋爱时，就是一个长得好看的傻大个。

俩人硬生生把初恋谈成了兄弟恋。

第一次接吻，还都笑场了。

当然，有时候，她也挺心动，毕竟长得帅。

梁箴跟他谈恋爱，一是因为好奇，二是朋友们起哄。但就日常相处中，高中时的张虔实在有太多令人吐槽的地方。

不懂女生就罢了，还爱火上浇油。也没什么耐心，让他等一会儿她，他就嫌弃她慢。后来，她遇到了一个合眼缘且还脾气好的追求者，就跟张虔和平分手了。

张虔一副如蒙大赦的样子，让梁箴特别不爽。

不过这无伤大雅。

梁箴的父亲是美术电影制片厂的，她受父亲影响，考了电影学院的美术专业。

大学一开学，她跟脾气好的男朋友分了手，因为俩人不在一个学校，她觉得麻烦。下半学期，她开始跟同班的男同学恋爱。

而张虔一直没谈。

等她知道张虔在追别人时，已经是大三的上半学期末。

傅晚卓过生日，让张虔把人叫过来一块玩儿。

张虔本来应下了，结果最后又说，人太忙了，来不了。

大家开始嘘他，说别是婉拒吧，并笑话他不行。

张虔像被人说中了似的，情绪整晚都不高，也很少说话。

梁箴却格外留意他。

被男友发现了，她男友还跟她吵架。

梁箴觉得有些烦，就借此跟男友分了手。

她和男友分手没多久，听说张虔谈恋爱了。不过因为平时不常见，她也没觉得有什么。

大三暑期，傅晚卓组队去尼泊尔，张虔说不去。傅晚卓调侃他舍不得女朋友，让他叫上女朋友一块儿。结果张虔的女朋友依然没来，但张虔又说要去。

B 市飞尼泊尔在广州转机，有将近两个小时的时间，大家都在说笑，只有张虔心不在焉地坐在那里。

梁箴笑着对傅晚卓道：“看他那样儿，好像谁逼他来似的，要不然让他回去吧。”

张虔抬眼看了她一下，那眼神中的冷意，极其陌生。

梁箴忽然有些怕。

不过她不是怯场之人，硬着头皮顶他："怎么，我说得不对吗？你这一副谁欠了你钱的样子，真的很没意思。"

张虔直起腰看着她。

傅晚卓见气氛剑拔弩张起来，正要打岔，张虔伸手掂起了自己的背囊，道："是挺没意思的，那我回去好了。"

旁边正在说话的几个人都安静了下来。

梁篋开玩笑呢，被他这么一接，有些恼羞成怒。

傅晚卓上去抢他手中的背囊："干吗呢这是？她是什么人，你应该比谁都清楚，怎么还当真了？"

梁篋要上前找他理论，边上有姑娘赶紧拦。

这一下把梁篋架了起来，好像不说两句狠话，就跟她怕他似的，她冷笑道："本来是高兴事，因为你一个人，弄得大家都不高兴，像话吗？说真的，张虔，如果不想去，现在就回吧。"

张虔似乎不是赌气，而是真的觉得旅行没意思，想回去，他平和道："我是要回去的。"说着把背囊从傅晚卓手中抢了过来，"你们去吧，我先回去了。"

几个男生又上来夺他背囊。

傅晚卓说他这么回去了，让梁篋下不来台，不能回去。

张虔说，跟梁篋没关系，是他自己不想去了。

大家又说他在说气话。

张虔越说不去，梁篋火越大。最后，她索性将自己的东西一摔，说她不去了。

这一下把张虔架住了，他不去也得去了。

俩人之间有些别扭。

但到了尼泊尔后，这种别扭的情绪就消散了。

虽然大家来之前有吃苦准备，但到了后，还是被尼泊尔的贫瘠和落后所震惊。

吃住什么的倒是没什么，就是交通不便利，把大家弄得苦不堪言。

一场旅行，活脱脱像苦行。

不过到底是宗教的发源地，落后和混乱让这里蒙上了一种神秘的宗教色彩，对他们这群学艺术的人来说，十分有看头。只不过梁篋发现张虔仍然心不在焉，他只在购物时，认真买了些小玩意儿。

梁篋能根据他买的东西猜出来他是给谁买的。

他女朋友。

而且她还有种不好的预感，她觉得张虔会半途折回去。

在博卡拉看日出，大家都在忙着欢呼，只有张虔沉默不语。

半明半暗的天光将他的眉眼笼得模糊，他似乎在看日出，又似乎没有看，整个人显得既近且远。

梁箴觉得张虔好像变了个人似的，变得她越来越不认识。

她逐渐觉得自己以前认识的张虔好像是个假的一样。

她离开热闹欢呼的人群，走到他身边，问："想什么呢，这么入神？"

他回过神来，看了她一眼，说没什么，然后找到傅晚卓，跟他说家里有事，要先回去。

中途折返，傅晚卓以为是什么大事，很紧张，问怎么了。

他又说不是什么大事。

梁箴当时就想到了他不肯来的女友，玩笑道："不会是因为你女朋友吧？"

他没承认也没否认，只道："我先走了，有事打电话。"

梁箴下意识地抓住了他的手腕，那一刻出现的心理，是她想把他留下，非常想把他留下："不是大事，就不能结束了再回去处理吗？我们一块来的，你一个人回去多没意思。"

张虔轻轻挣脱她的手："继续待着也没意思，你们玩吧。"

梁箴看着他下去的背影，也觉得有点没意思了。

傅晚卓顺着她的目光看了一会儿，道："箴箴，我是支持你的，但我也要告诉你，张虔和他女朋友现在感情好着呢，你一时半会儿可能插不进去。"

梁箴转头问："他女朋友何方神圣，非得中途把人叫回去？"

傅晚卓耸耸肩："没见过，只知道厉害着呢。"

梁箴饶有兴味："什么意思？"

"张虔说见面特亲切，不见面特冷淡，几乎不主动联系他，他问我这是什么情况。"傅晚卓挑了挑眉，"我说这是欲擒故纵的最高段位，他遇到高手了，他还不信。"

梁箴是在张虔生日那天见到他女朋友的。

以为是精致冷艳大杀四方的人，没想到只是个眉眼长得稍微好看点的普通姑娘。

张虔对她特体贴，不仅给她剥虾，还吃她吃不完的剩饭。

俩人还总是咬耳朵，搞得大家嘘声一片。

张虔笑着说请大家见谅，他还在热恋期，难免。

大家嘘他嘘得更厉害，他女朋友的脸也就更红了。

梁箴不由得冷笑起来。

张虔察觉后，瞪了她一眼。

梁箴给了他一个白眼。

他没搭理她。

到了 KTV 后，俩人也黏糊得不行，酸倒一大片人。

不过张虔生日过后没多久，梁箴就从傅晚卓那听说他们分手了。

她很吃惊，问傅晚卓为什么。

傅晚卓说不知道，只知道分手了。

梁箴很想知道张虔现在的状态，又不好直接去问他，从张虔的室友那打听到他现在变成了运动达人，就拉着朋友到操场去偶遇。

运动状态下，人仍旧是清爽的，阳光的，看不出一点不同。

她问他是不是跟女朋友分手了。

他点了点头。

她问他为什么。

他似笑非笑地看她，笑里有一点很浅的冷漠："分就是分了，哪有那么多为什么？"

不知道为什么，他越这样，梁箴越心动。尤其那点冷漠，很勾人。

后来她在学校食堂碰到盛超，听说他们要自驾去云南，强迫式地跟去了。

车一出 B 市，张虔松懈下来，话变得特别特别少。只有到大理时，他的兴致高了一些，买了好多小玩意儿，草编的蚂蚱、竹雕的茶花，还有手串，都是女生喜欢的小玩意。不过他很快又将那些东西都丢到了路边的垃圾桶里。

黑色的吉普车开在大理的乡间公路上，两边是一望无际的田野。

高原上几乎看不到天，全是云。

云垂下来，仿佛站上车顶，就可以摘下来一片。

风从窗口灌进来，带着风雨欲来的沉闷和田野的清新。

张虔闭眼靠在那里，眉头微微皱着，脸上的神气，似是不耐烦，更似被什么困住了。

这份困惑与挣扎让张虔显出了一种有别于往时的脆弱。

平时那么自信骄傲的一个人，猛不丁地露出自己柔软的触角，这脆弱便有了惊心动魄之感。

对梁筬来说是一种很致命的吸引。

她不受控制。

音响里在放一首歌。

梁筬问前面开车的盛超，是什么。

盛超回答是《The World Is Gray》。

这世界是灰色的。

张虔的世界也是灰色的。

她凑到他耳边，攒了一腔温柔，叫了他的名字。

他睁开眼睛来看她，她在他睁眼的那一刻凑上去吻他。

她会让他更印象深刻的。

一个短暂又漫长的吻。

张虔皱眉看她，脸上的神气依然很困惑。

她伏在他膝头，道："张虔，我们两个重新开始吧，我会比她对你好一百倍。"

张虔茫然地看向车窗外，天阴沉沉的，快要下雨了。

半晌，他的手抚上了她的发。

盛超从后视镜里看了一眼俩人，微不可闻地叹了口气。

雨很快就下了，噼里啪啦，快且猛。

到了预订客栈，仨人各自去洗漱。

客栈供应晚餐，洗漱过后，仨人下楼吃晚餐。

雨越下越大，没有停下来的趋势。

吃过晚餐后，仨人坐在走廊说话。

张虔和盛超在谈他们的毕业作品。

梁筬说想喝酒，叫张虔跟她一块儿到车里去拿。

张虔没让她跟着跑，而是自己去了，但迟迟没有回来。

打电话也没人接。

盛超有些担心，说要去看看，梁筬拦住他，一个人去了。

时值旅游淡季，停车场只有他们的吉普车。

梁箴撑伞走到车旁。

雨很大，这么点路程，她的裤脚全湿了。

副驾驶的车窗半降，她看见张虔趴在方向盘上，不知道是在想事情，还是睡着了。

而副驾驶的车座上横七竖八倒着没喝的罐装啤酒。

梁箴试着开车门，没想到车门真没锁。

张虔抬眼来看，见到是她，靠回了椅背上。

车里有很重的烟酒味儿。

梁箴没说话，只是拉过他的手，握住了。

从高二到大三，不过四年，他们却已经产生了剧变。

他们之间隔着她的两段恋爱，隔着他的一段恋爱。

陌生又熟悉。

张虔去看她。

她亲了亲他的手背。

以前和他接吻，只觉得好玩好奇还有点搞笑的尴尬，现在吻他，她无比虔诚。

张虔想起她说，她会比他的前女友对他好一百倍。

他并不相信，但此刻想起来，他觉得窝心。

他捧住她的脸颊，吻了上去。

好像也没什么不同。

其实没必要过度放大一个人与另外一个人的不同。

他松了口气。

将近一个月的困惑、纠结，或许还有等待，全部结束了。

第二天早上醒来，他捡起衣服，套上去，走出房间。

雨已经停了，空气清冽。

盛超早就醒了，此刻正拿着摄影机在院子里拍花草，还有蹦蹦跳跳的小孩。

走廊上有桌椅，他坐下来，居高临下地看着院子里的一切。

院子里有生锈自行车，湿淋淋的秋千，几丛花草，跑来跑去的黄狗，还有穿过半个院子的晾衣绳。

他掏出手机，删了前女友的手机号，删了短信，删了 QQ 号，删了照片，删了邮件，一口气把所有东西删了干净。

他做不到看见了也能无动于衷的地步，那就只能眼不见心不烦。

有种解脱的快感。

盛超说他在钻牛角尖。

盛超说他自视太高，一旦失败，就容易不甘心，容易钻牛角尖。

他坚持说没有。

但他知道有。

而且从云南回去后，他就意识到自己这一步走错了。

但为了跟自己赌气，他又不想承认自己走错了。

为了证明自己没有错，或者为了把错误拧成正确，他对梁箴很好，几乎有求必应。

但梁箴还是觉得看张虔跟别人谈恋爱，和跟张虔谈恋爱是完全不同的感受。

他跟别人谈恋爱，她看到了温柔，看到了耐心。但跟他谈恋爱，她发现他的温柔和耐心中有一种疏离，这种疏离勾得她异常难受。

她频繁问张虔关于前女友的问题，如果给她发现他有半点不对劲，她就要大闹一场来发泄自己的难受。但他没有，问什么都说，甚至，她当着他的面，骂前女友是个 bicth，他都只是淡淡一笑。

一种近乎冷漠的平静，甚至让人觉得凉薄。

她以为是张虔没有正儿八经地爱过前女友的缘故。

直到盛超过生日。

他多喝了几杯酒，在回学校的路上，他密密麻麻地吻她。

喝了酒后，他身上那点疏离就没影了，像个调皮的孩子一样。

她被他吻得柔肠百结，正想哄他说句他爱她，因为张虔平时从不说这句话。

她要是逼他，两人只能吵架。

醉酒的人果然好说话，她才一问，他立马就说爱，说了好几遍，还问她爱不爱他。

听到她的答案跟他一样，他将她揉进怀里，把脸埋在她颈里，气息沉重，莫名有种深情："阳阳，我想你。"

她开始没反应过来，等反应过来后，全身都凉了。

她从张虔怀里出来，看着他，问："你刚才叫我什么？"

张虔不知道自己刚才叫错人了，问怎么了。

梁箴一字一句道："你刚才说，阳阳，我想你。"

张虔一震，显然也没想到。

梁箴见他这样的反应，像是猜测被证实了一样，顿时恼羞成怒，抬手给了他一耳光。但这么着不解气也不解恨，梁箴扑上去又咬又打，咬完她蹲在他面前，捂着脸哭了，又哭又骂，骂他无耻，骂他自私，骂他渣男。等她哭累了，骂完了，然后就走了。

梁箴走后，张虔在马路牙子上坐了下来，坐了一会儿，忽然抽了自己两个耳光。

所有的一切，都在这两个耳光里结束了。

番外三：盛大梦想

进到酒店房间，张虔将门关上，从后面抱住她。良久，他的气息渐渐稳住，满足地叹了口气："今天很奇怪，你明明就在我手边，我还是很想你。"

她的眼圈一下就红了。

他趁热打铁："我们以后一定要常来。"

她回身搂他，不满道："谁要跟你常来。"

他厚脸皮道："你。"

她无情道："你做梦。"

他一把将她抱举起来，张狂道："让你看看是不是做梦。"

她忙搂住了她的脖子，问："重吗？"

他往上掂了一下，找到舒服的位置，让她抱得更牢："比之前重了许多。"疑惑，"你最近背着我偷偷吃什么了？"

她立马直起身体："胡说，我今天出门前称了一下，比昨天还掉了两斤，怎么会重？"

他笑了："你多重我都抱得起来，别减了，现在挺好的。"

她又搂紧了他的脖子。

卧室有落地大窗，窗帘拉开，能看到外头斑斓的城市夜景。

他借着城市的灯光，将她放到床上压倒，细细地看她。

她被他看得有些不自在，别开了头，问："怎么了？"

他抬手将她眉边的头发扫下去，低声道："你今晚特别好看。"

她笑了："我化了妆。"

他摇摇头："不是化妆的缘故，就是……说不出来，就是比平时好看点。"

她问："你这是情人眼里出西施吗？"

他把脸埋在她肩上，笑道："可能有点。"

她没有吭声。

他也没再说话。

房间里静下来。

在这样的安静中，张虔产生了一种久违的熟悉感，好像以前什么时候经历过这个时刻似的。但他又明确知道自己没有经历过这样的时刻，因为他此前的人生并没有爱过其他姑娘，也没带其他姑娘来过酒店。他想或许是他长久以来的想象，又或许是他曾经做过的梦。那应该也是一间卧室，光线半明半暗，床头柜上摆着绿植。可能是薄荷，可能是迷迭香，也可能是艾蒿，总之非常茂盛。植物在黑暗中生长，香气盈满屋室，他和一个满身清香的姑娘在这样的房间里缠绵。姑娘有鹿一样灵动的眼睛，有狐狸一样狡黠的笑容，有羊一样的温顺。

那时候，他们还没遇见。

她只是一团模糊的影子，没有眉与眼，只是一种抓不住的感觉。

在他的想象中，这一刻发生了无数次。

好一会儿，她吻了一下他的耳郭，小声道："生日快乐，宝贝儿。"

他寻找她的嘴唇，吻住了她，一开始吻得特别轻柔，而后逐渐加深，越来越深。等分开时，他又把脸埋到了她颈里，好一会儿，道："我爱你。"

她眼眶一酸，眼泪顺着眼角滑下去，她忙抬手抚过，推了推他，小声道："我去洗洗。"

他不肯动，只道："我跟你一块儿洗，好不好？"

她摇摇头："我先去，你等会儿再去。"

他低声嘱咐："那你快点。"

她洗完出来，张虔跟着去了洗手间，出来后，发现她不在客厅，就进了卧室。

卧室没开灯，他借着从客厅漫进来的灯光看到床尾凳上放着她的裙子和贴身衣物，想到她现在浑身光溜溜的，身体中的血轰的一声，涌到头顶，他差点站不稳。

他克制着步子，一步一步地走了过去，但是没看她，而是伸手去开床头的灯。

她轻声阻止他：“别。”

他低声道：“我想看看你。”

她只道：“别。”

他见她坚持，只好听从她，收回动作，在床边坐下。

她趴在枕头上，被子搭在腰间，身体的曲线在半明半暗的光线中显出优美的弧度。

他屏住了呼吸，好半天，缓缓伸出了手，指背若有似无地沿着她的脊背滑下去。

她的身体紧绷起来。

他怀着虔诚之意，俯身吻了下去。

她翻身搂住了他。

他问她疼吗，她小声说还行，没想象中那么可怕。

他说了很多甜言蜜语，那些话他平时说不出来，此刻因为这样亲密无间，全都说了，她也回应了许多，只是大多含混。

许久，身上的汗渐渐干了，他将她往上捞了捞，俯在她身体上方，吻了吻她，问：“什么感觉？”

她心口缠绵，说不出话来。

他逼问道：“说不说？”

她抿了抿唇角，敷衍道：“食髓知味。”

他继续道：“我不懂，你给我解释解释，什么叫食髓知味？”

她没吭声。

他俯身在她颈上咬了一口，她轻轻抽了口凉气，他道：“说不说？”

她只好道：“骨髓的味道特难吃，吃完一次后再也不想吃了。”

他笑了：“真是这个意思？”

她道：“不信可以自己去查。”

他贴着她的耳根，小声问：“刚才是谁说无论我老了还是秃了，发福了还是有啤酒肚了，都会爱我的？”

她推开他，背过身去：“是鬼……”

他笑了，吻了吻她的发：“放心，我五十岁也不会有啤酒肚，更不会让自己秃的。”

她没吭声。

他抱她去洗手间，将浴缸里放满水，将她抱进去。

俩人浸在热水中，身体被泡得舒展下来，她靠在他肩上，没说话。

浴室里很热，水蒸气凝成水珠，从四处落下来，啪嗒一声，好一会儿，又啪嗒一声。

时间仿佛都被拉长了，跟着慢下来。

好一会儿，她让他给她唱首歌。

他问唱什么。

她说不知道，随便唱。

他这会儿不太想唱情歌，就唱了一首童谣《摇啊摇，摇到外婆桥》：

摇啊摇摇啊摇。
一摇摇到外婆桥。
外婆夸我好宝宝。
请我吃块大年糕。
好宝宝。
请我吃块大年糕。

她笑了，亲了一下他的肩，道：“你真可爱。”

他的眼睛被热气熏得湿润，含笑带亮：“这就可爱了？没见识。”

她吻上去：“那你让我长长见识。”

他见她眼神迷离，似有媚态，喉咙有些紧：“你行吗？”

她摩挲着他的心口：“我没什么不行的，你行吗？”

他一把捉住她的手，警告似的捏了一下：“刚开荤的人禁不起挑逗，你可别招我。”

她垂着眼笑了一下：“你轻点成吗？”

他脸上出现可怕的红晕，硬着头皮道：“你别乱叫，我就能轻点。”

她真的不叫了，他从镜子里看到她那种难以忍耐却又不得不忍耐的表情，却冲动更甚，但又怕弄疼她，不得不控制，他克制得很辛苦。完事后，他将她搂到怀里，撑着洗漱台，缓了一会儿，去冲洗，而后裹了浴袍，抱出去，将她搁在沙发上。

她是真累了，趴在那里一动不动。

他坐上去，将她的头托起来，搁在自己腿上。

她不说话，他也不想说话，就仰头靠在沙发背上。

在昏昏然的安静中，他想到了同居。

同居这词可能不准确，他想过日子。

他父母的感情太好，谁都插不进去，他也插不进去。小时候看着他们，他常常会没由来地感觉到孤单和沮丧，他很小的时候就幻想找一个小姑娘，俩人一起腻腻歪歪，但又觉得这念头出现得太早，毕竟俩人才交往半年，就要求人小姑娘跟自己过日子，不得吓死她。但他真想要属于两个人的独立空间。她的学业和兼职几乎已经填满生活，没有双休日，没有寒暑假，他只能晚上跟她谈恋爱。再遇到俩人都忙的时候，好几天都见不到。如果能住在一起，晚上一块儿睡觉，那白天即使不见面也无所谓。

他正迷迷糊糊地想着，她忽然醒了，人一下子坐了起来，把他还吓了一跳。

她捂着脑门缓了一会儿，去看他。

他问怎么了。

她认真道："你刚才是不是说话了？"

他笑了，将她抱到腿上来，问："你听见什么了？"

她把额头抵在他肩上，声音含混："你说什么了？"

他被她似醒非醒的声音勾得心痒，扯开她睡袍的腰带，一边揉一边道："你想听什么？"

她有气无力地抵在他身上："想听你弹吉他。"

他低声道："可是吉他在车里。"

她讨好地亲了一下他的脸颊，眼睛雾蒙蒙地看着他："你去拿好不好？我想听。"

他被她那模样迷住，别说半夜下楼拿吉他了，就是半夜偷吉他估计都能干得出来。

他穿好衣服，下去了。

凌晨夜深露重，还有凉风，他长长舒出了一口气，朝自己的车走去。一种怅然慢慢从心里滋生，一点点扩大，等他走到自己的车旁，心里已经十分难受。

他撑着车窗，揉了揉心口，无济于事。

他拿了吉他，又拿了自己的烟和打火机，没有着急上去，而是走到路边去。

酒店前一排老槐树，枝干又大又粗，槐花落满人行道和机动车道。他将吉他靠在树干上，坐在马路牙子上抽烟。

凌晨的马路上，车辆不多，行人也少。

这个庞大繁忙的城市，在深夜终于静了下来。

两支烟抽完，他多少好过了一些，提着吉他上去了。

客厅里只开了两盏壁灯，灯光很浅，气氛蒙昧，她仍旧在沙发上躺着。

他将吉他放在桌上，跪下去看她。

他摸了摸她的睫毛，低声问："宝贝儿，睡着了吗？"

她迷迷糊糊地睁开眼睛看他。

他笑了："睡着了怎么还眨眼？"

她声音含混："可能做梦吧。"

他替她将黏在脸上的头发拨下去，问："什么梦？"

她摇摇头："不记得了，就记得做梦了。"

他俯身亲了一下她，问："我抱你去睡吧。"

她摇摇头："不想睡，想听你唱歌。"

他问她想听什么，她说什么都行。

他弹吉时，她就趴在沙发上听，一动不动，乖极了。不过她没坚持多久，就睡着了。等她睡着了，张虔抱她去床上，刚站起来，她就醒了，迷迷糊糊地问他几点了，他说还早着。

她搂住他的脖子，没再说话。

他将她放在床上，关了灯，将她搂到了怀里。

她哼哼唧唧地说了一句什么话，他没听清，但又想吻她，本来只想吻一下，吻起来就没完没了。

次日，他睡到快中午才醒，她已经不在了。

打电话给她，她没接；发信息给她，她说先回宿舍了。

他拉了被子蒙住自己。

也好，分开缓冲缓冲。

如果她在这儿，俩人估计都会羞得不敢看对方。

结果这一缓冲，就缓冲出了事情，他下午收到了她的分手短信。

看到短信的时候，他心里一沉，虽有不好的感觉，但介于前一天实在太过甜蜜，他决定不当真。

不过等到她说高中没谈过恋爱，想试一试，试完发现好没意思的时候，他就没办法不当真了。

她甚至有些恼羞成怒。

他从 X 大的女生宿舍楼下来，在楼前的那条林荫道旁坐下。

对面是铁网围成的网球场，高温夏日，烈日晒得绿色的铁网都要化了似的。里边空荡荡的，没有一个人。

他想到他之前陪她在这里打过网球。

明明就是暑假前的事情，他却觉得恍如隔世。

甚至昨天的事情，他也有恍如隔世之感。

他抽了两根烟，人逐渐冷静下来。

脑子里把刚才发生的事情过了几遍。

以前刻意忽略掉的那些事情，由着她这次的态度和那些话，重新浮了出来。

他们从认识到交往，快一年了，她几乎没主动找过他。他和梁箴一块去尼泊尔，半个多月，她竟然可以不联系他。而后来，无论感情再好，她也能做到事事分清，生怕占他一点便宜……

他觉得她好像只是站在那里，接受了他的付出。

他给，她就要。

他不给，她也无所谓。

对她来说，他是一个对她好的人。如果把他换成其他人，她也不会觉得有什么差别。所以她从不主动，因为不怕失去。所以可以挑今天说分手，因为不用考虑他的感受。

他不知道她是真的觉得没意思，还是有别的什么缘故，可他实在想不出能有什么原因。

他走了。

最开始并没有痛感，因为潜意识里在等待。

等什么他不知道，但他在等。

等了一段日子，发现什么都没有，他有些恼羞成怒。因为什么都没有逐渐在印证她说的“好没意思”的这个结论。他想把她叫出来确认一遍，但一想到她说“好没意思”那个神态……她要是再当着他的面说一遍，他不知道自己会做出什么事情来。

这个阶段的怒盖过了思念，他开始讨厌她。

以往在他眼里的优点全变成了缺点。

自重变成了自尊心太强，坚持变成了笨拙，被动变成了无趣。

除了一张脸，一无是处。

但随着时间的流逝，这些愤怒也渐渐淡下去，那些夹杂在冷漠、失望中的思念渐渐茂盛起来。

他想她。

想起很多相处时的小事，想起她送他的那些书，想起丑南瓜，想她送他的戒指，想起她发呆的傻样……他知道她是个认真的人，以前知道，现在分手了，也没办法否认。

但他没有去找她。

一个全盘否认他的人，她再好，对他来说，也没有任何意义。

虽然这么想着，但他还在等待。

不知道为什么，他就觉得他能等到什么。

但还是什么都没有。

他知道不该再有期待，但控制不住。

越不让自己想，他反而想得越厉害。

那段时间，脾气变得特别不好，常常会突然恼羞成怒。

因为想到了她。

那段时间，他对世界、对自己都产生了怀疑。

他发现世界不是他相信的那样，有付出就有回报。他也发现自己并不是自己想象中那样洒脱。

不过，等他彻底走出来后，回头去看，发现那事儿根本没什么大不了。

他只是没办法接受自己全心全意去做一件事，却失败了。

他二十余年的人生中，所有付出都得到了相应的回报，更多的时候，还是回报多于付出。他就以为这个世界上，没有什么不可以被征服。

她是他人生中跌得最大的一个跟头。

但他感谢她。

她给他上了一课，她让他切切实实地知道，这个世上多的是他无法掌控的事情。

做人要谦逊。

番外四：他恨她，他爱她

那天李小白从西门回小区，走到七十三号楼旁时，瞧见梧桐树的阴影中有个男人正坐在那抽烟。

虽然看不清楚脸，但看坐姿和抽烟的动作就知道是帅哥。

她顿时想到了叶阳的男朋友。

长得好看的人，生活中有很多，比如前面卖包子的小哥哥浓眉大眼非常帅。她买包子时，会多瞟人家两眼，但过了就忘。而叶阳的男朋友的帅是过目不忘的，有冲击感的，会让你止不住地回味起他的一举一动。这种帅，不单靠脸，甚至完全不靠脸。因为只要那种气质和气场在，换张没那么帅的脸，照样给人冲击感。

李小白叹息，为什么自己遇不到这种大帅哥？但又不得不承认，她没人长得好，遇不到大帅哥很正常。

她从大帅哥身边经过，正好那人侧过来往这边看。

李小白立刻认出来了，还真是叶阳的男朋友。

她停下来。

张虔也认出她来了，坐直了身体。

李小白朝他走过去，笑道："叶阳不在？"

问完这句话，她才瞟见他是光着脚。

张虔将未抽完的烟掐灭，淡淡一笑："我下来抽根烟。"又问，"下班这么晚？"

李小白笑："同事离职，闹得晚了点。"往他脚上看了一下，打趣，"这么冷的天，叶阳也舍得让你光脚出来？"

他自嘲道："她没什么不舍得的。"

李小白听这哀怨的语气，想着是吵架了，于是玩笑道："阳阳是个嘴硬心软的人。"

嘴硬心软有什么可怕的？张虔想，怕的是嘴软心硬。他觉得自己女朋友嘴硬心软的时候少，嘴软心硬的时候倒挺多。当然了，他说的是以前。现在他还不太了解，不过多半跑不了。

他轻轻一哂，没有说话。

李小白不知道到底是什么情况，也不敢多说，问："一块上去，还是我叫她下来？"

张虔并不打算回去，就让她先上去了。

李小白上楼后，张虔就走了。

走后，他没有再联系叶阳。

如果没有看话剧时的偶遇，如果没有和傅晚卓的偶遇，如果他没有利用工作的事情逼她，她可能打算和他装作一辈子不认识。哪怕他已经去了她家里，和她发生了关系，甚至留了表，给她一个主动联系他的借口，她仍然没有主动找过他，甚至转头就跟叶未匀出国了。如果不是他打了那通电话，如果不是叶未匀接了电话，他们之间可能什么都不会发生。

他不懂为什么他在她眼前，她还能看到别人？

他不懂她到底想要什么。

他不懂到底她想要的什么他没有，她能一而再再而三地忽视他。

他也不懂，他到底对她来说重不重要。

他想知道，如果他不主动找她，她是否会来找他？

哪怕只有一次。

无论什么感情，单方面的维护都不是长久之计。人生需要尝试，更需要及时止损。

他已经不是看不到回报也会义无反顾冲上去的毛头小伙子。

他需要回报，需要她爱他，需要她义无反顾，非常非常爱他。

不然她对他没有任何意义。

但她一直没有联系他。

日渐一日地失望，失望透顶。

重来一次，原来结果还是一样。

当年他就一次没主动找她，他们就分手了。

如今还是这样。

渐渐他觉得他们分手真是性格原因，跟年少没什么关系，跟不懂珍惜没什么关系。

但没有特别失望，毕竟他曾经失望过。

这次再失望，也不会比第一次更失望。

去上海出差前，他终于收到了前女友寄过来的戒指，那时候距离他们吵架已经过去半个月了。

他并不高兴，相反有些失望。

等了半个月，就等来了一枚戒指，其他的什么都没有了。

打电话约见面，或者直接来找他，不成吗?

直到现在，她都不肯放低姿态。

他没有回应她。

她那边再也没动静。

好像戒指只是她兴之所至寄过来的，他不回应，她就耸耸肩，那就算了。

他到上海出差。

《名利场》的定档发布会。

来了很多知名导演和演员给陈宗洛导演助阵，阵仗异常盛大，加上在海上，要特别注意安全，他跟着忙了好几天。

忙起来的时候，一整天都想不起她来；晚上回到酒店，巨大的疲惫感涌上来，他会非常想要她的亲吻和拥抱。

洗了澡，明明已经累极，但他还是睡不着。

走到窗前，拉开窗帘，视野里，月亮极其漂亮。

拍了一张照片，想发给前女友，却又不想发给她，于是登录了好久没登录的微博，发了条微博。

发完想起她的微信昵称“假如一分钟活一生”。

让他印象很深刻的昵称，在微博里搜索，没想到还真有。

微博更新停留在他八月生日的那天，文案是：“宝贝儿，生日快乐。”没有任何配图。

回想那天，他们两人之间其实弄得挺不愉快。

她差点没骂他是个渣，只是碍于他甲方的身份留了一线，将拒绝的话说得很委婉。

没想到她回去还是偷偷地给他送了祝福。

多可爱。

他又顺着她的微博看到了她的父母。

地铁口一家很小的包子铺。

想到她那复杂的家庭的关系，想到她那对不负责任的父母，他多少有些好奇，于是发布会彻底结束后，按图索骥，找了过去。

虽然她不是在父母的教养下长大，可还是能从她父母身上找到她的影子。

她有她母亲的一点要强，有她父亲的一点实诚。

包子铺下午不是很忙，他要了一碗凉皮，在店里吃。

一边吃，他一边跟老两口闲话家常，很快就把话题引到了她身上。

她父母说她从小到大都没让他们操过心；说她五岁的时候，就会做饭；说她性子太倔，别人家的孩子一打就满街跑，她往那一站，一动不动，叫人越打越气；说有一次太生气，把她的胳膊摔断了，她连哭都没哭；说她十岁的时候，就不住爷爷奶奶家了，一个人住在他们的老院子里……

从她父母口中，他渐渐拼凑出他所不知道的她的人生。

很孤独寂寞的童年。

他听得心酸，对她的怨气也少了些。

不过他仍然不打算联系她。

其他事情，他怎么让她都没关系，但在感情上，他不能让她。

她必须全心全意爱他，不能有保留。

有一天下班后，他去逛超市。

他走走看看，但其实没购买的欲望，只有走到主食厨房那里，买了一些面条准备做炸酱面。后来又推车到农副产品区，买了黄瓜、胡萝卜、豆芽等配菜。在挑选黄瓜时，他看到对面一对中年夫妻，妻子正在挑选食材，丈夫板着一副脸孔，喊她别买了，这些食材家里有。妻子充耳不闻，埋头挑自己的食材。丈夫真生气了，连名带姓地喊她的名字，一连喊了两遍，妻子像故意跟他作对似的，就是不理他。

明明一点都不浪漫，他却觉得这场景十分有爱，又想到将来某人可能也会这么对他。

他心里最后一丝怨气也就那么散了，回到家里边做饭边思考她和他的未来。

他觉得还是应该同居。

这件事，他从九年前就开始期待了。

脱光了做爱，搂着睡觉，醒来看到她的脸，一起做饭，一起看电影，坐在阳台听风，看天上半明半暗的云，去遥远的西班牙，生双胞胎……

他曾经赋予过她这样的期待。

他现在对她仍然有这种期待。

番外五：一切必然都是偶然

程柠的朋友在涂白寺那边开了一家陶艺馆，她最常到那边学陶艺。

前几天她做了一对杯子，杯子晾干，朋友给她拍了照，让她抽空来上釉。

上釉加绘画，搞了整整一下午。

两只杯子，一只绘了张虔的英文名，一直绘了自己的英文名。

她拍照给张虔看。

张虔下班后开车去接她，俩人在店里跟她朋友聊了一会儿，说一块儿去吃饭。

程柠的朋友说走不开，给他们推荐了附近的火锅店，让他们自己去。

那一天，张虔一走进“鹿鸣宴”，就看到了前女友。

前女友似乎也看到了他，但他不确定是不是，因为他抬眼时，她正好将目光收走。

服务员将他和程柠引到座位上，给了他们菜单。

程柠点单时，他开始琢磨刚才那姑娘到底是不是前女友。

一会儿觉得是，一会儿觉得不是。

一会儿希望是，一会儿希望不是。

点完后，服务员比比手，说小料在那边，就离开了。

程柠见他思考得入神，问：“怎么了？”

他把思绪从前女友身上抽出来，说“没事”。

俩人一块去调小料。

他站起来时，一眼就看到了她，她头上多了一顶帽子。

他本来倾向于不是，但忽然又倾向于是了。那瞬间，他下意识改变既定路线，朝她走了过去。

他叫出了那个名字。

那个他已经忘记很久的名字。

叫出来自己都觉得陌生。

叶阳？

她正在看手机，听到他叫她的名字，有瞬间的停顿，而后慢慢抬起了眼。

她抬眼的一瞬间，他惊讶地发现真的是。但分开的时间真的太久，这位曾经让他刻骨铭心的前女友此时已掀不起他内心的波澜，他内心好像只是轻轻“啊”了一声，原来真是她。

他仔细打量她。

黑帽子，白T恤，牛仔裤。

T恤上印着不规则的“誓死效忠甲方大大”的毛笔字样，毛笔字的间隙里嵌了印章，印章上刻着四个隶书小字，应该是公司名，但他并没看清楚到底是什么传媒。

打完招呼，调了小料，回到座位上，程柠似笑非笑道：“这么多年了，人还戴着帽子，你是怎么认出来的？”

他笑了：“我们进来时，她站在过道上，人一晃，我觉得有点像。”

程柠拿了筷子当话筒，递到他嘴边道：“采访一下张总，时隔多年，偶遇前女友是什么感觉？”

他煞有介事地接过“话筒”，回答道：“啊，原来现在变成这样了。”

程柠等了一会儿，诧异道：“这就完了？”

他点点头：“完了。”

程柠笑：“没让你想起过去的美好时光？”

他摇摇头，将筷子递给她：“七八年又不是七八个月，能想起什么来？”

程柠接过筷子，道：“不过我对她还挺好奇的。”

他不解地看着她：“好奇什么？”

程柠笑道：“好奇你过去是多没意思，没意思到能成为分手的理由。”

他似笑非笑道："那你去问，我也很想知道。"

程柠立刻道："我才不要给你当枪使，要问你自己去问。"回头看了一眼，"多好的机会，现在就她一个人，你快去问，问完回来告诉我。"

他无所谓道："那倒也没好奇到那个程度。"

程柠忍不住嘲笑他："人家把你甩了，你拉不下那个脸吧？"

他低声笑了一下："是有点，不过主要还是时过境迁。"

正好服务员过来上菜，俩人的话题就转移到了火锅上。

他和程柠分手后，回到自己家，在客厅坐着，这才有空系统地去回想跟前女友偶遇的种种细节。

虽然戴着帽子，没看清楚脸，但给人的感觉还是以前那种。

他到书房抽出那本《一句顶一万句》，把里头的证件照拿出来看，看着这张脸，才能勉强拼凑出一个完整的人，觉得好像也没什么，就又将它放入了书中，将书放回原处；而后选了一部电影，窝在沙发上看，却发现自己没看进去。他将电影关了，客厅中整个暗下来。他在黑暗中坐了一会儿，而后进了书房，打开电脑，思索了一会儿，在搜索框里打了"方圆传媒"四个字。

叫方圆传媒的挺多，不过公司规模都不大，连百科都没有，搜到的几乎都是招聘信息。

方圆文化传媒股份有限公司，方圆传媒广告有限责任公司，方圆影视传媒有限责任公司……

他下意识地点开了方圆影视传媒，是家做整合营销的公司，看了一下招聘信息上的公司简介，倒有两个不错的项目。

他看着招聘网站上的招聘信息，有文案、设计、媒介、项目经理……

招聘职位挺多，看得出是家处于上升期的公司。

不知道她现在是什么职位。

多半不会是媒介。

媒介跟媒体打交道，需要庞大的人脉支撑，需要花费大量的精力维护，就她那被动的性子，应该做不来这样的工作。

设计应该也不大可能。

文案倒可能，工作内容跟文字相关，与她的专业契合，只是不知道做到什么职位了。

招聘的最高职位也就是高级项目经理了。

以前他还带项目时，倒经常跟这个职位的人打交道。

是个苦差事。

想起她T恤上的字样，调侃中尽显辛酸，想必是个负责人，经常跟甲方打交道之类的人。

他合上了电脑。

事情就这么过去了。

只是他偶尔会想起“方圆传媒”这个公司。

像一种好奇心。

不好奇前女友怎样怎样，而是好奇她在不在他认为的那家“方圆传媒”。

好像他做了一道无关紧要的选择题，对与错，都不会影响什么，但他就是想知道自己做得对不对。

九月的某一天，他和李默在公司楼下吃饭。

吃饭时，俩人说起《海市蜃楼》比稿的事情。

李默说接触了几个公司，已经发出了比稿邀请。

他脑子里又浮出方圆传媒来，顺嘴问李默知不知道这公司。

李默说没听说过，问是什么公司。

他说应该是个营销公司，之前谁跟他提起过，说用着不错。

李默听他这么说，说正好，熟人推荐最靠谱，回去就让人联系一下，看看他们能不能赶得上下周《海市蜃楼》的比稿。但当时的张虔，并没有这个想法，至少这个想法还没有形成，他只是顺嘴一问，但被李默说出来后，他也不想再说什么，没必要。

他只是想试一试。

不为别的，只为了不让自己继续好奇。

如果她不在，那就算了，反正这事也没那么重要。

比稿那天，他在李默的引见下去见王彦。

王彦正在跟大河传媒的老板进行商业互捧。

张虔远远一扫，就知道没有。

走近了，用目光将一圈人又扫了一遍，发现的确没有后，他微微松了口气。

也是直到那一刻，他发现，对于前女友，虽然他有诸多遗憾，但并不想跟她有太多交集。好像小时候心心念念想买一个什么东西，等攒够了钱，能买了，他却已经不想要了。

记忆里的人，应该让她待在记忆里。

他夸了一句方圆传媒的方案做得漂亮。

潜台词是，PPT 的确弄得很漂亮，但是内容差点意思。

王彦不知道是没听懂，还是装傻，听他这么说，很热情地给他介绍做 PPT 的人，回头一瞧，没看到人，问同行的吴晴："叶阳呢？"

张虔愣住了。

吴晴说好像去洗手间了。

他忽然又笑了出来。

这事真奇妙。

好像当年，他和她分手。

他从 X 大的女生宿舍走出来时，并未意识到那是他们最后一次见面。他原以为所有分手都会经过漫长的拉锯，就像他的朋友们所经历的那样，藕断丝连，拖泥带水。但事实是，从那以后，她没有再找过他，他也没找过她，异常默契。他不知道自己什么时候感受到彻底失去了，他只知道他感受到的时候，已经什么都晚了。

他想，或许真正的离别都是悄无声息的，而重逢多是不期而遇。

图书在版编目（CIP）数据

被前任看见一个人吃火锅 / 胡柚著 . -- 南京 : 江苏凤凰文艺出版社 , 2021.1
ISBN 978-7-5594-5276-4

Ⅰ . ①被… Ⅱ . ①胡… Ⅲ . ①长篇小说 – 中国 – 当代
Ⅳ . ① I247.5

中国版本图书馆 CIP 数据核字 (2020) 第 198422 号

被前任看见一个人吃火锅

胡柚 著

责任编辑　张　倩
特约编辑　蒯　欣
封面设计　蜀　黍
出版发行　江苏凤凰文艺出版社
　　　　　南京市中央路 165 号，邮编：210009
网　　址　http://www.jswenyi.com
印　　刷　河北鹏润印刷有限公司
开　　本　700mm × 980mm　1/16
印　　张　22
字　　数　360 千字
版　　次　2021 年 1 月第 1 版
印　　次　2021 年 4 月第 2 次印刷
书　　号　ISBN 978-7-5594-5276-4
定　　价　48.00 元
